BASTEI LÜBBE

Von Stephen King erschien bei Bastei Lübbe:

13001	Feuerkind
13008	Shining
13035	Cujo
13043	Trucks
13088	Katzenauge
13121	Carrie
13160	Nachtschicht
13299	Der Werwolf von Tarker Mills
13411	The Stand – Das letzte Gefecht
13343	The Green Mile. Der Roman zum Film
13346	Geschichten aus der Schattenwelt (zusammen mit A. C. Doyle, M. McDowell)

Stephen King

POPSY

Kurzgeschichten

herausgegeben von
J. N. Williamson

BASTEI
LÜBBE

BASTEI LÜBBE TASCHENBUCH
Band 25686

Vollständige Taschenbuchausgabe

Bastei Lübbe Taschenbücher ist ein Imprint
der Verlagsgruppe Lübbe

Titel der amerikanischen Originalausgabe: MASQUES II

Masques series originated by John Maclay

Umschlaggestaltung: Tanja Diekmann
Titelfoto: Bildagentur Look
Satz: KCS GmbH, Buchholz/Hamburg
Druck und Verarbeitung: AIT Trondheim
Printed in Norway
ISBN: 3-404-25686-7

Inhaltsverzeichnis

Danksagungen

Der Herausgeber möchte Dank sagen für die Hilfe und Unterstützung und den Rat vieler Freunde, Autoren, Rezensenten, Agenten und Liebhaber des weitgespannten Genres »Horror und Übernatürliches«. Diese alphabetische Liste ist unbestreitbar unvollständig. Die oben ausgedrückte Dankbarkeit ist es jedoch *nicht*.

Mike Ashley, *British Fantasy Society*; *Balrog 1985 Awards Committee*, Charles Beaumonts Inspiration; Ray Bradbury; James H. Bready; *The Baltimore Sun*; Francis D. Burke; Ethel T. Cavanaugh; Carolyn Churchman; Don Congdon; Michael Congdon; Orson Scott Card, *Nebula Awards Report*; Delores J. Everts; Janet Fox, *Scavenger's Newsletter*; W. Paul Ganley; William Grabowski; Peter Heggie, *The Authors Guild*; der bereits verstorbene Milton L. Hillman; *The Horror Show*; *The Inkling* (Marilyn Bailey); Tappan King, *Rod Serling's Twilight Zone Magazine*; Stephanie Leonard, *Castle Rock*; *Locus*; David Maclay; John B. Maclay III; Joyce Maclay; Robert R. McCammon; Kay McCauley, Kirby McCauley, Nancy Parsegian; *Publishers Weekly*; James Rooke; Stuart David Schiff, *Whispers*; Eric Slaughter, Waldenbooks; Milburn D. Smith,

Starlog Group; Peter Straub; *Science Fiction Chronicle*; Anthony Timpone, *Fangoria*; Greg Todd, *WRTV*, *Indianapolis*; Bob und Phyllis Weinberg, Joseph V. Wellhoelter; John K. Williamson; Mary T. Williamson, *Midwest Literary Agency*; Ron Wolfe; Dick Wolfsie, *Night Talk*, World Fantasy Convention 1985 Awards Committee.

Einleitung

Es ist schwierig für Autoren, wahrhaft originelle Ideen zu entwickeln, die Monster und das Übernatürliche verarbeiten, und noch schwieriger ist es, glaubhaft zu schreiben.

Aber es überraschte mich nicht, daß unsere legendären Gruselgrößen damit zurechtkamen und daß die sorgfältig ausgewählten, begabten neuen Autoren genauso eine lebhafte Phantasie entwickelten. Aber es ist mir ein Vergnügen, Ihnen mitteilen zu können, daß Sie in dieser Anthologie auch Geschichten von handfestem Realismus, psychologischer Gelehrtheit, deftigem Humor und Satire, von Okkultem und Unheimlichem, von Bissigkeit und Tiefgründigkeit finden werden.

Einer der Gründe, warum Herausgeber üblicherweise eine bestimmte Art von Geschichten ablehnen, liegt darin, daß sie tatsächlich annehmen, die Leser glauben nicht mehr an das Böse oder das Übernatürliche. Es ist mir eine große Freude, in meiner Mannschaft – sozusagen als meinen Helfer und engen Berater – den Inspirator für die erste *Masques**-Anthologie, Charles Beaumont, begrüßen zu dürfen.

* Anm. der Red.: Titel der amerikanischen Originalausgabe

In seinem Nachwort zu der hervorragenden 1962er-Anthologie bei Ballantine Books, *The Fiend In You* (›Das Böse in Dir‹), schrieb Beaumont, daß die Menschen während des größten Teils unserer Geschichte Kulturen – Nationen – auf dem Übernatürlichen aufgebaut haben; auf Mächten, die keiner von uns richtig verstand, verstehen konnte.

Was uns überhaupt motivierte, so meint Chuck, war die Angst. Die Angst vor dem Unbekannten.

Und warum, so fragte Beaumont, wird uns noch immer von Büchern, Geschichten und Schauspielen, die sich mit unseren alten Ängsten beschäftigen, heilloser Schrecken eingejagt?

In uns ist noch immer ein Kern, ›ein grundsätzliches Gespür dafür, daß nicht alle Dinge auf dieser Welt auch von dieser Welt stammen‹, verkündete Beaumont. Und das, was ›ein paar Menschen tun ‹ – nämlich jene, die die Geschichten erfinden »ist nichts anderes, als ›die dünne Tünche der modernen Zivilisation‹ als Furnier zu entlarvten. Sie zeigen, wecken und untersuchen bestimmte Kräfte, Mächte, Stimmungen und Seltsamkeiten, vor denen wir ›tatsächliches Entsetzen verspüren sollten‹.«

Sei es, wie es sei. Die Geschichten in dieser Anthologie tauchen deshalb hier auf, weil ich irgendwie Chucks Überzeugung teile. Während ich absolut dafür bin, daß Horrorstoffe wenigstens zu einem gewissen Teil die geheimen Winkel unseres Geistes erforschen müssen, die unheimlichen Ereignisse, die zwischen den Tagesnachrichten versteckt sind, glaube ich nicht, daß das Böse tot und daß der Tod ewig ist. Ich glaube auch nicht für einen winzigen Augenblick, daß das Übernatürliche eine Mode ist, die sich überlebt hat, oder daß alles von der Naturwissenschaft erklärt werden kann – zumindest, daß es versucht wurde. Ich glaube nicht, daß all die Überraschungen und Schocks, die uns geblieben sind, am Ende als Produkte aus den Tiefen der menschlichen Psyche identifiziert werden können, noch glaube ich, daß irgend etwas davon für immer unerklärbar ist.

Die vorliegende Anthologie geht von der überwältigenden Wahrscheinlichkeit aus, daß ›nicht alles auf dieser Welt auch von dieser Welt ist‹. Und wir glauben, daß die vergnügliche Lektüre von Geschichten und Romanen, in denen Beaumonts Auffassung an Beispielen dargestellt wird, genauso wichtig ist wie das Studium ernsthafterer, gewichtiger Werke aus dem unendlichen Berg realistischer oder existentialistischer Fiktion.

J. N. Williamson

STEPHEN KING

Popsy

Stephen King ist groß, zurückhaltend (verständlicherweise), aber nicht unnahbar, zwinkert viel und steht zu seinem Wort. Das ist es jedoch nicht, was ihn so einzigartig macht. Berühmt wurde er durch sein Talent und seinen Fleiß.

Steve braucht man nicht vorzustellen. Er ist genauso bekannt wie Abe Lincoln. Oder wie Muhammad Ali; oder wie Billie Jean King (die beiden sind jedoch nicht miteinander verwandt).

Meine Schwiegermutter hat keine einzige seiner Veröffentlichungen gelesen, was jedoch nichts besagt; meine Arbeiten ignoriert sie auch.

Der bissige, phantasievolle Jim Kisner meint: ›Die meisten Leute stufen King nicht als einen Autor von Horrorgeschichten ein.‹

Ich glaube, dies liegt nicht an der Art und Weise, wie man King ›verkauft‹, sondern an seiner Vielseitigkeit als Schriftsteller.

Seine neueste Geschichte ist ungekünstelt, ein bißchen ironisch und ganz anders als die meisten seiner Werke. Der Schluß, auf den die Handlung zwangsläufig zusteuert, ist einfach umwerfend.

Langsam fuhr Sheridan am Einkaufszentrum vorbei. Da sah er das kleine Kind. Es kam aus dem Haupteingang, über dem in Leuchtbuchstaben COUSINTOWN stand. Es war ein Junge von ungefähr drei, höchstens fünf Jahren. Sein Gesicht war zu einer Grimasse verzogen, die Sheridan mittlerweile bestens kannte. Er wollte nicht weinen, würde aber trotzdem gleich losheulen.

Sheridan hielt kurz an und spürte die vertraute Anwandlung von Ekel … doch je häufiger er ein Kind aufgriff, um so schwächer wurde das Gefühl. Nach dem erstenmal hatte er eine Woche lang nicht geschlafen. Er verabscheute sich selbst. Unentwegt mußte er an den feisten, öligen Türken denken, der sich Mr. Wizard nannte, und fragte sich, was er wohl mit den Kindern täte.

»Sie unternehmen eine Bootsfahrt, Mr. Sheridan«, hatte ihm der Türke gesagt, nur daß es aus seinem Mund so klang: *Ssie unterrnähmen eine Bootssfahrr-t, Miestär Sherr-idahn.* Dabei hatte er gelächelt. *Und wenn du schlau bist, dann stellst du keine Fragen mehr*, hatte das Lächeln besagt; klar und deutlich, ohne jeden Akzent.

Sheridan hatte nicht weiter gefragt, doch das bedeutete nicht, daß er sich keine Gedanken mehr machte. Schlaflos wälzte er sich hin und her, wünschte sich, er könne die Zeit zurückdrehen, stünde noch einmal vor der Entscheidung und vermöchte der Versuchung zu widerstehen.

Beim zweitenmal war es fast genauso schlimm gewesen … das dritte Mal ging es schon etwas besser … und nach dem vierten Mal interessierte ihn nicht länger die *Bootssfahrr-t* und was am Ende mit den kleinen Kindern passierte.

Sheridan fuhr mit dem Lieferwagen in eine der Parkbuchten direkt vor dem Einkaufszentrum. Diese Plätze waren fast immer frei, weil sie Behinderten vorbehalten waren. Am Heck seines Lieferwagens klebte eine dieser Plaketten, die der Staat an Schwerbehinderte ausgab; auf diese Weise wurden die Wachleute der Supermärkte nicht mißtrauisch, und diese Parkplätze lagen sehr günstig.

Du tust immer so, als seiest du nicht auf der Suche, doch ein, zwei Tage vorher »besorgst« du dir eine Invaliden-Plakette.

Scheißegal; er steckte in der Klemme, und das Kind dort konnte ihm heraushelfen.

Er stieg aus und ging zu dem Jungen, der sich immer ängstlicher umschaute. Jawohl, dachte er, der Kleine mußte um die fünf Jahre alt sein, vielleicht sogar sechs – er war nur sehr zart. In dem harten, grellen Licht, das durch die Glastür schien, sah er blaß und kränklich aus. Möglicherweise fehlte ihm wirklich etwas, doch Sheridan ging davon aus, daß er lediglich verängstigt war.

Hoffnungsvoll schaute er zu den Leuten empor, die an ihm vorbeimarschierten; Leute, die das Einkaufszentrum betraten, erpicht darauf, etwas zu kaufen, und die dann mit Tüten und Paketen beladen wieder herauskamen, die Gesichter verklärt, beinahe wie in Trance, weil sie sich auf irgendeine Weise befriedigt fühlten.

Der Junge trug Jeans und ein T-Shirt mit dem Emblem der Pittsburgh Pinguine. Er wollte, daß ihm jemand half, hielt Ausschau nach einem Menschen, der ihn beachtete und merkte, daß er Hilfe brauchte, der ihm die richtige Frage stellte – *Hast du deinen Dad verloren, mein Sohn?* – hätte bereits genügt. Er suchte einen Freund.

Hier bin ich, dachte Sheridan, während er sich dem Kind näherte. *Hier bin ich, Sonny – ich will dein Freund sein.*

Fast hatte er den Jungen erreicht, da erspähte er durch die Glasscheibe einen Wachmann, der auf die Tür zuschlenderte. Er faßte sich in die Brusttasche seiner Jacke, vermutlich, um ein Päckchen Zigaretten herauszuholen. Gleich träte er nach draußen, sähe den Jungen, und Sheridan ginge leer aus.

Scheiße, dachte Sheridan. Aber wenigstens hatte ihn der Wachmann nicht dabei erwischt, wie er das Kind ansprach. Das hätte nicht gut ausgesehen.

Sheridan zog sich ein wenig zurück und kramte umständlich in seinen Taschen, wie um sich zu vergewissern, daß er die Wagenschlüssel noch bei sich hat. Sein Blick wanderte zwischen dem Wachmann und dem Jungen hin und her. Der Kleine hatte angefangen zu weinen. Noch brüllte er nicht lauthals los, aber in seinen Augen sammelten sich Tränen, die das rötliche Licht einer Neonreklame reflektierten und ihm langsam die Wangen hinunterrollten.

Das Mädchen vom Informationsstand winkte dem Wachmann zu und sagte etwas. Sie war hübsch, brünett, ungefähr fünfundzwanzig Jahre alt; der Wachmann war dunkelblond und trug einen Schnauzer. Als er sich auf die Ellenbogen stützte und sie anlächelte, fand Sheridan, die beiden sähen aus wie die Pärchen, die auf manchen Zigarettenreklamen abgebildet waren. *Genuß zu zweit. Erlebnisse sammeln.* Er stand hier draußen wie auf glühenden Kohlen, und die beiden da drinnen begannen heftig miteinander zu flirten. Ihre Wimpern flatterten kokett. Wie raffiniert.

Kurzerhand beschloß Sheridan, die Chance zu nutzen. Die Brust des Kindes zuckte, und wenn es erst einmal losheulte, würde sich jemand um ihn kümmern. Es paßte ihm ganz und gar nicht, aktiv zu werden, wenn ein Wachmann keine zwanzig Schritte von ihm entfernt stand; doch wenn er binnen vierundzwanzig Stunden seine Schulden bei Mr. Reggie nicht beglich, dann würden ihm zwei kräftige Kerle einen Besuch abstatten und seine Arme ein paarmal umknicken.

Er ging zu dem Kind; ein großer Mann in khakifarbener Hose und unauffälligem Van-Heusen-Hemd, mit einem breiten, biederen Gesicht, das auf den ersten Blick freundlich wirkte.

Die Hände auf die Schenkel gestützt, beugte er sich über den Jungen, der ihm sein blasses, verstörtes Gesicht zuwandte. Er hatte smaragdgrüne Augen, wobei die Farbe durch die Tränen intensiviert wurde.

»Hast du deinen Dad verloren, mein Sohn?« fragte Sheridan freundlich.

»Meinen Popsy«, antwortete der Junge, während er sich die Augen wischte. »Mein Dad ist nicht hier, und ich ... ich kann meinen P-P-Popsy nicht mehr finden!«

Der Junge begann laut zu schluchzen, und eine Frau, die auf den Eingang zusteuerte, blickte sich mit leiser Neugier um.

»Alles in Ordnung«, sagte Sheridan zu ihr, und sie ging weiter. Sheridan nahm den Jungen tröstend in den Arm, wobei er ihn ein Stückchen nach rechts zog ... in Richtung des Lieferwagens. Dann spähte er noch einmal durch die Scheibe.

Der Wachmann und das Mädchen von der Information steckten die Köpfe zusammen und tuschelten. Zwischen ihnen schien es gefunkt zu haben ... und falls noch nicht, dann war es bestimmt bald soweit. Sheridan atmete auf. In diesem Moment hätte die Bankfiliale im Einkaufszentrum überfallen werden können – der Wachmann hätte es nicht einmal bemerkt.

Es sah ganz danach aus, als ginge wieder alles glatt.

»Ich will zu meinem Popsy«, weinte der Junge.

»Natürlich, das kann ich verstehen«, erwiderte Sheridan. »Wir gehen ihn jetzt suchen. Hab keine Angst.«

Er zog ihn ein bißchen weiter nach rechts.

Voller Hoffnung blickte der Junge zu ihm empor. »Glaubst du, daß wir ihn finden, Mister?«

»Klar.« Sheridan grinste. »Verlorengegangene Popsys wiederzufinden – na ja, man könnte sagen, das ist eine Spezialität von mir.«

»Wirklich?« Der Junge deutete ein Lächeln an, obwohl die Augen in Tränen schwammen.

»Und ob.« Sheridan spähte abermals durch die Scheibe, um sich zu vergewissern, daß der Wachmann immer noch mit dem Mädchen turtelte. Von seinem jetzigen Standort aus konnte er die beiden kaum noch sehen. Und selbst wenn der Wachmann zufällig hochblicken sollte, wäre es mehr als fraglich, ob er Sheridan mit dem Jungen überhaupt wahrnehmen würde.

»Was für eine Kleidung trägt dein Popsy, Junge?« erkundigte sich Sheridan.

»Seinen Anzug. Den er immer anhat. Ich hab ihn nur ein einziges Mal in Jeans gesehen.« Es klang, als wundere sich der Junge, daß Sheridan dies nicht wußte.

»Ich wette, der Anzug ist schwarz«, entgegnete Sheridan.

Die Augen des Jungen strahlten auf. Im Schein der Neonreklame leuchteten sie rot, als hätten sich die Tränen in Blut verwandelt.

»Du hast ihn *gesehen*! Wo?« Seinen Kummer vergessend, wollte der Junge zur Tür zurückrennen, und Sheridan mußte sich beherrschen, um ihn nicht gleich zum Wagen zu schleppen. Zu gefährlich. Sie konnten Aufsehen erregen. Es durfte nichts passieren, woran sich später jemand erinnern mochte. Der Junge mußte freiwillig in den Wagen steigen. Außer der Windschutzscheibe bestanden sämtliche Fenster aus dunkelgetöntem Glas. Selbst aus nächster Nähe war es beinahe unmöglich hineinzuschauen.

Als erstes mußte er das Kind in den Wagen locken.

Er berührte den Jungen am Arm. »Drinnen hab ich ihn nicht gesehen, mein Sohn. Er war da drüben.«

Er deutete über den Parkplatz mit den endlosen Reihen von Autos. Am Ende gab es eine Zufahrtsstraße, und dahinter sah man die gelben Zwillingsbögen eines McDonald's-Restaurants.

»Was wollte Popsy denn *da*?« fragte der Junge in hellem Staunen, als seien entweder Sheridan oder Popsy – möglicherweise auch beide – plötzlich verrückt geworden.

»Das weiß ich nicht«, erwiderte Sheridan. Sein Verstand arbeitete auf Hochtouren, wie stets, wenn es darauf ankam, eine Sache nicht zu vermasseln, sondern zu einem guten Ende zu bringen.

Popsy. Nicht Dad oder Daddy, sondern Popsy. Der Junge hatte ihn korrigiert. Popsy mußte der Großvater sein, folgerte Sheridan. »Aber ich bin mir ziemlich sicher, daß er es war. Ein älterer Mann in einem schwarzen Anzug. Weißes Haar ... grüne Krawatte ...«

»Popsy hatte seine blaue Krawatte um«, versetzte der Junge. »Weil es meine Lieblingskrawatte ist.«

»Sicher, sie könnte auch blau gewesen sein«, räumte Sheridan ein. »Bei diesem Licht kann man sich täuschen. Komm, hüpf in den Wagen, ich fahre dich rasch zu ihm.«

»Bist du auch *sicher,* daß es Popsy war? Ich kann mir nicht vorstellen, daß er irgendwohin geht, wo man ...«

Sheridan zuckte mit den Schultern. »Paß auf, Junge, wenn du glaubst, daß ich mich irre, dann suchst du am besten selbst nach ihm. Vielleicht findest du ihn sogar.« Ohne ein weiteres Wort schritt er zu seinem Lieferwagen.

Der Junge biß nicht an. Sheridan spielte mit dem Gedanken, umzukehren und es noch einmal zu versuchen, doch das Ganze dauerte schon zu lange. Wenn man den Kontakt nicht auf ein Minimum beschränkte, riskierte man zwanzig Jahre in Hammerton Bay. Das beste wäre, er führe gleich zu einem anderen Einkaufszentrum. Nach Scoterville vielleicht. Oder ...

»Warte, Mister!« Der Junge rief ihn, mit Panik in der Stimme. Er kam ihm hinterhergerannt. »Warte auf mich! Ich hatte Durst, und er wollte mir etwas zu trinken besorgen. Vielleicht glaubte er, da drüben bekäme er etwas für mich. Warte!«

Lächelnd drehte sich Sheridan um. »Ich hätte dich sowieso nicht alleingelassen, mein Sohn.«

Er führte den Jungen zu dem Lieferwagen, ein vier Jahre altes, in einem unauffälligen Blau gestrichenes Modell. Während er die Tür öffnete, lächelte er den Jungen unentwegt an. Unschlüssig blickte der Kleine zu ihm empor, während die klargrünen Augen in dem bleichen Gesicht zu schwimmen schienen.

»Steig nur ein, hab keine Angst«, lockte Sheridan.

Der Junge kletterte in den Wagen. Und sobald sich die Tür hinter ihm geschlossen hatte, gehörte sein kleiner Körper Briggs Sheridan.

Frauen waren nicht sein Problem, und auf Alkohol konnte er verzichten. Seine Leidenschaft gehörte den Karten – und jedes Spiel war ihm recht, solange man dabei gewinnen konnte.

Doch er hatte nur verloren: Arbeitsstellen, Kreditkarten, das Haus, das seine Mutter ihm hinterlassen hatte. Bis jetzt war er noch nie inhaftiert gewesen, doch als er das erste Mal Scherereien mit Mr. Reggie bekam, hätte er das Gefängnis vorgezogen.

In jener Nacht war er regelrecht durchgedreht. Er stellte fest, daß es besser war, wenn man gleich zu Anfang verlor. Wurde man schon zu Beginn gerupft, verging einem der Spaß. Man zockelte heim, sah ein bißchen in die Röhre, legte sich schlafen. Erzielte man jedoch auf Anhieb einen Gewinn, hatte man Blut geleckt. Wie besessen hatte er die Nacht durchgespielt und insgesamt siebzehntausend Dollar verloren.

Er konnte sein Pech nicht fassen. Wie benebelt fuhr er nach Hause, wobei das Ungeheuerliche dieses Vorkommnisses ihn in eine Art Hysterie versetzte. Unterwegs im Wagen hielt er sich beständig vor Augen, daß er Mr. Reggie nicht siebenhundert, auch nicht sieben*tausend*, sondern *siebzehntausend* Dollar schuldete. Jedesmal, wenn er sich bemühte, dies mit seinem Verstand zu erfassen, kicherte er albern und drehte das Radio noch lauter.

Am nächsten Abend verging ihm das Kichern, als die beiden Gorillas – die ihm die Arme wie Streichhölzer knicken würden, falls er nicht zahlte – ihn in Mr. Reggies Büro schleppten.

»Natürlich zahle ich«, plapperte Sheridan drauflos. »Ich werde selbstverständlich bezahlen. Aber, hören Sie, ich brauche ein paar Tage, vielleicht eine Woche, allerhöchstens vierzehn Tage ...«

»Sie langweilen mich, Mr. Sheridan«, sagte Mr. Reggie.

»Ich ...«

»Schnauze! Ich weiß genau, was Sie tun, wenn ich Ihnen eine Woche Zeit gebe. Sie pumpen sich zweihundert von einem Freund, falls Sie überhaupt noch einen Freund haben, der Ihnen was borgt. Andernfalls brechen Sie in einen Schnapsladen ein – wenn Sie dazu nicht zu feige sind. Ich persönlich traue Ihnen soviel Mut nicht zu, aber möglich ist alles.«

Mr. Reggie beugte sich vor, stützte sein Kinn in die Hände und lächelte. Er duftete nach Ted Lapidus Cologne. »Angenommen, Sie kämen in den Besitz von zweihundert Dollar. Was würden Sie damit tun?«

»Ihnen geben«, hatte Sheridan gestammelt. Mittlerweile stand er kurz davor, sich in die Hose zu machen. »Das Geld würde ich Ihnen sofort bringen.«

»Nein, das würden Sie nicht«, widersprach Mr. Reggie. »Sie würden es sofort wieder verspielen. Von Ihnen bekäme ich nichts weiter als einen Haufen fadenscheiniger Ausflüchte. Diesesmal sitzen Sie ganz schön in der Tinte, mein Freund. Und zwar bis über beide Ohren.«

Sheridan begann zu heulen.

»Diese Burschen hier könnten Sie reif machen für einen langen Krankenhausaufenthalt«, sinnierte Mr. Reggie. »Dann lägen Sie da mit einem Schlauch in jedem Arm und einem zusätzlichen in der Nase.«

Sheridan heulte Rotz und Wasser.

»Ich gebe Ihnen eine letzte Chance«, fuhr Mr. Reggie fort. Auf dem Schreibtisch schob er ihm ein zusammengefaltetes Blatt Papier zu. »Vielleicht kommen Sie mit diesem Mann zurecht. Er nennt sich Mr. Wizard. Setzen Sie sich mit ihm in Verbindung, er ist ein Scheißkerl, genau wie Sie. Und jetzt verschwinden Sie. Aber in einer Woche sind Sie wieder hier und legen mir das Geld auf den Tisch. Andernfalls lasse ich Sie von meinen Freunden durch die Mangel drehen. Wenn die beiden erst einmal anfangen, können sie gar nicht mehr aufhören.«

Auf dem Blatt Papier stand der richtige Name des Türken. Sheridan ging zu ihm und hörte von den Kindern und den *Bootssfahrr-ten*. Mr. Wizard nannte auch eine Summe, die beträchtlich höher lag, als der Betrag, den er Mr. Reggie schuldete. Danach begann er, die Einkaufszentren zu belauern.

Er verließ den Parkplatz des Einkaufszentrums von Cousintown, wartete ab, bis der Weg frei war, und bog dann in die Straße ein, die zu McDonald's führte. Der Junge saß leicht vornübergebeugt auf dem Beifahrersitz, die Hände auf die Knie gestützt, die Augen hellwach. Sheridan fuhr auf das Gebäude zu, hielt jedoch nicht, sondern brauste daran vorbei.

»Warum fährst du weiter?« fragte der Junge.

»Ich will zum hinteren Eingang«, erwiderte Sheridan. »Reg

dich nicht auf, mein Kleiner; mir scheint, ich habe ihn dort gesehen.«

»Wirklich?«

»Ich bin mir ziemlich sicher.«

Erleichterung malte sich auf dem Gesicht des Jungen ab, und einen Augenblick lang verspürte Sheridan Mitleid mit ihm. Teufel noch mal, er war doch kein Ungeheuer oder ein Wahnsinniger! Aber seine Schulden waren jedesmal ein bißchen größer geworden, und Mr. Reggie, dieser Schuft, kannte kein Erbarmen.

Diesesmal waren es nicht siebzehntausend, auch nicht zwanzigtausend oder gar fünfundzwanzigtausend. Fünfunddreißig Riesen mußte er bis nächsten Samstag besorgen, andernfalls würden die beiden Gorillas ihn in die Zange nehmen.

Er hielt hinter dem Gebäude neben den Müllcontainern. Kein anderes Fahrzeug parkte dort. Gut. An der Innenseite der Tür befand sich ein Fach aus elastischem Plastik, für Karten und andere Sachen. Mit der Linken faßte Sheridan hinein und holte Handschellen aus Stahl heraus.

»Warum halten wir hier, Mister?« fragte der Junge. Der Tonfall seiner Stimme hatte sich geändert. Die Angst, die er jetzt verspürte, war neu. Vage begriff er, daß die Trennung von Popsy nicht das Schlimmste war, das ihm zustoßen konnte.

»Wir halten nicht an; wir bleiben nur ganz kurz stehen«, entgegnete Sheridan. Bei seinem zweiten Coup hatte er gelernt, daß man ein außer sich geratenes, sechsjähriges Kind nicht unterschätzen durfte. Damals hatte ihn der Junge in die Eier getreten und wäre ihm um ein Haar entkommen.

»Ich vergaß nur, meine Brille aufzusetzen, die ich beim Autofahren brauche. Wenn die Polizei mich so erwischt, könnte ich meinen Führerschein verlieren. Sie steckt in dem Brillenetui, das bei dir auf dem Boden liegt. Es muß heruntergerutscht sein. Kannst du es mir bitte geben?«

Das Kind bückte sich nach dem Brillenetui, das jedoch leer war. Sheridan lehnte sich zu dem Jungen herüber und ließ einen Bügel der Handschellen zuschnappen. Dann begann der Ärger. Hatte er nicht eben noch gedacht, man dürfe Sechsjährige nicht unterschätzen?

Der Junge kämpfte wie eine Wildkatze; er wand und krümmte sich wie ein Aal, mit einer Kraft, die Sheridan diesem Bündel aus Haut und Knochen niemals zugetraut hätte. Er trat um sich, zappelte und warf sich gegen die Tür, während er unentwegt sonderbare, vogelartige, spitze Schreie ausstieß. Er bekam den Griff zu fassen. Die Tür ging auf, doch die Innenbeleuchtung schaltete sich nicht ein. Nach jenem zweiten Jagdausflug hatte Sheridan die Lampe zerbrochen.

Er packte den Jungen beim Halsband des T-Shirts und zerrte ihn zurück. Vergeblich mühte er sich ab, den anderen Bügel der Handschellen an der Armstütze des Beifahrersitzes zu befestigen.

Zweimal biß ihn der Junge in die Hand – bis aufs Blut. Gott, die Zähne waren scharf wie Rasiermesser. Ein stechender Schmerz durchzuckte den ganzen Arm.

Er verpaßte dem Jungen einen Faustschlag auf den Mund. Halb betäubt fiel das Kind auf den Sitz. Die Lippen und das Kinn waren verschmiert mit Sheridans Blut, und ein paar Tropfen sickerten auf das T-Shirt.

Sheridan fesselte den Kleinen an der Armstütze, dann begann er, die Wunden an seiner rechten Hand auszusaugen.

Der Schmerz war wirklich grauenhaft. Im trüben Schein der Armaturenbeleuchtung betrachtete er die Hand. Über dem Rücken verliefen vom Gelenk bis zu den Fingerknöcheln zwei flache, ausgezackte Risse, jeder ungefähr fünf Zentimeter lang. Blut quoll in kleinen Rinnsalen hervor.

Trotzdem verspürte er nicht den Wunsch, den Jungen noch einmal zu schlagen, und das hatte nichts damit zu tun, daß er die Ware in einwandfreiem Zustand abliefern wollte. Der Türke hatte ihm eingeschärft, daß dies sehr wichtig sei. *Wenn die Waarre beschädigt wirrd, ssinkt ssie im Werrt*, hatte er in seinem kehligen Akzent gesagt.

Er machte dem Jungen keinen Vorwurf daraus, daß er sich wehrte – er an seiner Stelle hätte genauso gehandelt. Die Wunden mußte er so schnell wie möglich desinfizieren – vielleicht ließ er sich am besten sogar eine Spritze verpassen – er hatte mal gelesen, daß Menschenbisse sehr gefährlich seien – aber irgendwie bewunderte er den Jungen für seinen Mut.

Er fuhr um das Gebäude herum und gelangte wieder auf die Straße. Dort bog er links ein. Der Türke wohnte am Stadtrand von Taluda Heights in einem großen, ranchähnlichen Haus. Auf Nebenstrecken – sicher war sicher – wollte Sheridan dorthin. Für die dreißig Meilen brauchte er fünfundvierzig Minuten, höchstens eine Stunde.

Er passierte das Schild, auf dem stand: DAS COUSIN-TOWN-EINKAUFSZENTRUM DANKT FÜR IHREN BESUCH, dann bog er abermals nach links ab. Sorgsam achtete er darauf, daß er nicht schneller als die vorgeschriebenen vierzig Meilen pro Stunde fuhr. Aus der Hosentasche zog er ein Tuch und wickelte es sich um die rechte Hand. Dann kreisten seine Gedanken nur noch um die vierzig Riesen, die der Türke ihm versprochen hatte.

Ärgerlich blickte sich Sheridan um. Gerade hatte er so schön davon geträumt, wie er bei Mr. Reggie die Bank sprengte. Der winselte zu seinen Füßen, beschwor ihn aufzuhören, wenn er ihn nicht ruinieren wollte.

Der Junge hatte wieder angefangen zu weinen, und die Tränen schimmerten immer noch in diesem eigentümlichen Rotton. Zum erstenmal kam Sheridan der Gedanke, der Junge könnte krank sein. Nun, ihn brauchte das nicht zu stören, sofern er sich nicht ansteckte und Mr. Wizard ihm das Geld gab, bevor er etwas merkte.

»Wenn mein *Popsy* dich findet, dann kannst du was erleben«, zeterte der Junge.

»Sicher«, erwiderte Sheridan und steckte sich eine Zigarette zwischen die Lippen. Er verließ die Straße Nummer achtundzwanzig und fuhr auf einem nicht gekennzeichneten, zweispurigen Asphaltweg weiter. Zur Linken erstreckte sich ein Sumpfgebiet, auf der anderen Seite erhob sich dichter Wald.

Der Junge zerrte an den Handschellen und gab einen schluchzenden Laut von sich.

»Hör auf damit. Damit erreichst du ohnehin nichts.«

Trotzdem zog der Junge weiter. Diesesmal erklang ein ächzendes, knurrendes Geräusch, das Sheridan stutzig werden ließ. Er sah hin und bemerkte zu seinem Erstaunen, das die Metallstütze neben dem Sitz, die er selbst angeschweißt hatte, verbogen war. *Scheiße!* dachte er. *Er hat Zähne wie ein Rasiermesser, und stark wie ein Ochse ist er auch noch.*

Er fuhr auf das erdige Bankett und hielt an. »Laß das sein!« befahl er.

»*Nein!*«

Wieder ruckte der Junge an den Handschellen, und Sheridan sah, wie sich die Strebe weiter durchbog. Gott, wie war das *möglich*?

Das macht die Panik, sagte er sich. *Die Angst verleiht ihm solche Kräfte.*

Doch kein anderes Kind hatte dies geschafft, und viele hatten schlimmer herumgetobt als er.

Er öffnete das Handschuhfach und nahm eine Injektionsspritze heraus. Der Türke hatte sie ihm gegeben und ihn gewarnt, sie lediglich im äußersten Notfall zu benutzen. Drogen, meinte er (nur daß es bei ihm wie *Drroogen* klang), könnten der Ware schaden.

»Siehst du das hier?«

Der Junge nickte.

»Willst du, daß ich sie benutze?«

Der Junge schüttelte den Kopf. Die Augen waren vor Schreck geweitet.

»Das ist vernünftig von dir. Sehr vernünftig sogar. Wenn ich dir diese Spritze gebe, verlierst du das Bewußtsein.« Er verstummte. Er wollte es nicht aussprechen. Verdammt noch mal, wenn ihm keiner Feuer unter dem Hintern machte, dann war er ein richtig netter Kerl. Doch es mußte sein. »Du könntest sogar sterben.«

Der Junge starrte ihn an. Die Lippen zitterten, und das Gesicht war aschfahl.

»Wenn du hübsch brav bist, dann bekommst du keine Spritze, okay?«

»Okay«, flüsterte der Junge.

»Versprochen?«

»Ja.« Der Junge zog die Oberlippe hoch und entblößte eine Reihe weißer Zähne. An einem Zahn klebte noch Sheridans Blut.

»Schwörst du es bei deiner Mutter?«

»Ich hatte nie eine Mutter.«

»Scheiße«, fluchte Sheridan und fuhr wieder los. Ein bißchen schneller jetzt, und nicht nur, weil er sich auf einer Nebenstraße befand. Das Kind war ihm unheimlich. Er wollte es dem Türken übergeben, das Geld in Empfang nehmen und abhauen.

»Mein Popsy ist sehr stark, Mister.«

»So?« entgegnete Sheridan, während er bei sich dachte: *Das kann ich mir vorstellen, mein Sohn. Wahrscheinlich ist er der einzige Opa im Altersheim, der sich den Schlips selbst umbinden kann.*

»Er findet mich bestimmt.«

»Hmmm.«

»Er kann mich riechen.«

Das glaubte Sheridan ihm gern. Er roch den Knaben ja auch. Daß Angst einen speziellen Geruch verströmt, hatte er auf seinen früheren Expeditionen erfahren. Doch dieser Junge roch anders als die Kinder, die er sonst mitgenommen hatte – nach einer Mischung aus Schweiß, Erde und langsam verkochender Batteriesäure.

Sheridan kurbelte das Seitenfenster herunter. Hinter der Straße dehnte sich scheinbar endlos das Moor. In den zahllosen Wasserlachen spiegelte sich das Mondlicht wie ein Fächer.

»Popsy kann fliegen.«

»Natürlich«, stimmte Sheridan zu. »Und besonders gut nach ein paar Flaschen Schnaps.«

»Popsy ... «

»Halt endlich die Klappe, ja?«

Der Junge schwieg.

Nach vier Meilen ging das Moor in einen großen stillen Weiher über. Hier bog Sheridan nach links auf einen unbefestigten Fahrweg ab. Fünf Meilen weiter westlich würde er dann auf den Highway 41 stoßen, und von dort war es nur noch ein Katzensprung bis nach Taluda Heights.

Er betrachtete den Weiher, der im Mondschein wie ein silberner Spiegel glänzte ... und dann war das Licht plötzlich weg. Einfach ausgelöscht.

Über ihm erklang ein klatschendes Geräusch, wie wenn der Wind Bettlaken an einer Wäscheleine schüttelt.

»Popsy!« schrie der Junge.

»Schnauze. Das war bloß ein Vogel.«

Doch auf einmal gruselte ihm. Immer unheimlicher wurde ihm zumute. Er sah zu dem Jungen hin. Der zog wieder die Oberlippe hoch und bleckte sein Gebiß; er hatte sehr weiße, unnatürlich große Zähne.

Nein ... groß war nicht der richtige Ausdruck, um sie zu beschreiben; sie erschienen eher lang, besonders die beiden Eckzähne.

Der Anblick beflügelte seine Phantasie; alles mögliche fiel ihm wieder ein.

Ich hatte Durst.

Ich kann mir nicht vorstellen, daß er irgendwohin geht, wo man – … hatte er sagen wollen, *wo man ißt?*)

Er findet mich bestimmt. Er kann mich riechen. Mein Popsy kann fliegen.

Ich hatte Durst, und er wollte mir etwas zu trinken besorgen … Ich hatte Durst, und er wollte mir JEMANDEN zum trinken besorgen …

Mit einem dumpfen Knall landete etwas auf dem Dach des Lieferwagens.

»Popsy!« kreischt der Junge, außer sich vor Freude. Plötzlich konnte Sheridan den Weg nicht mehr sehen – eine gigantische, von prallen Adern durchzogene Schwinge, wie die einer Fledermaus, verdeckte die gesamte Windschutzscheibe.

Mein Popsy kann fliegen.

Sheridan stieß einen Schrei aus und trat auf die Bremse; er hoffte, das Ding da oben möge vom Dach rutschen. Zu seiner Rechten erklang ein stöhnendes, knarrendes Geräusch, wie es unter einem starken Zug stehendes Metall von sich gibt, dann ein trockener, schnappender Laut. Im nächsten Moment krallten sich die Finger des Jungen in sein Gesicht und zerkratzten ihm die Wange.

»Er hat mich gestohlen, Popsy!« kreischte der Junge mit seiner Vogelstimme zum Dach hinauf. *»Er hat mich gestohlen, er hat mich gestohlen, der böse Mann hat mich gestohlen!«*

Du verstehst das nicht, mein Junge, dachte Sheridan, indem er nach der Injektionsspritze griff. *Ich bin kein Unhold, ich stecke nur in einer entsetzlichen Klemme. Verdammt noch mal, unter den richtigen Umständen könnte ich dein Großvater sein …*

Doch als Popsys Hand, die eher einer Raubvogelklaue glich, das Seitenfenster durchstieß und Sheridan die Spritze entriß – zusammen mit zwei seiner Finger –, begriff er, daß er sich geirrt hatte.

Im nächsten Moment schälte Popsy die Tür an der Fahrerseite an einem Stück aus dem Rahmen. Zurück blieben nur noch die verbogenen Scharniere, nutzlose Metallstücke mit scharfen, glänzenden Bruchkanten. Sheridan sah ein sich im Wind bauschendes Cape, eine Art Kette mit Anhänger und die – blaue – Krawatte.

Popsy zerrte ihn aus dem Wagen, wobei seine Krallen den Stoff der Jacke und des Hemdes durchdrangen und sich tief in das Fleisch der Schulter gruben. Mit einemmal wechselten Popsys Augen die Farbe; das Grün verwandelte sich in ein blutiges Rot.

»Wir gingen nur ins Einkaufszentrum, weil mein Enkel ein paar Spielzeugfiguren haben wollte«, flüsterte Popsy. Sein Atem stank nach fauligem Fleisch. »Die, die sie immer im Werbefernsehen zeigen. Alle Kinder sind verrückt danach. Du hättest ihn in Ruhe lassen sollen. Du hättest *uns* in Ruhe lassen sollen.«

Sheridan wurde durchgeschüttelt wie ein Sack Lumpen. Er kreischte und wurde abermals gebeutelt. Dann hörte er, wie Popsy den Jungen besorgt fragte, ob er immer noch durstig sei; der Junge sagte ja, sehr sogar, der böse Mann habe ihn erschreckt, und seine Kehle sei *soo* trocken.

Er erhaschte noch einen Blick auf Popsys Daumennagel, bevor er unter sein Kinn tauchte; ein kräftiger, ausgezackter, brutaler Nagel.

Ehe Sheridan begriff, was geschah, schlitzte ihm der Nagel

die Kehle auf. Zuletzt, ehe ihm schwarz vor Augen wurde, sah er den Jungen, wie er mit den Händen einen Becher formte, um den Strahl, der aus der zerfetzten Arterie strömte, aufzufangen. Genauso hatte er als Junge an heißen Sommertagen aus dem Wasserhahn im Hof getrunken. Popsy stand neben seinem Enkel; und während der Junge seinen Durst stillte, streichelte er ihm sanft und liebevoll das Haar.

Ramsey Campbell

Der zweite Blick

Als ich Ramsey Campbell auf der World Fantasy Convention traf, kannten wir uns nur vom Austausch zweier Briefe her. Wir lächelten uns an, es gab viel Geräusper, und die meiste Zeit wurde geschwiegen. Wenn ich nervös bin, sage ich manchmal impulsive Dinge, und genau das passierte mir auch an jenem Abend in Tucson.

»Für die nächste Ausgabe von MASQUES *hätte ich gern eine Glanzleistung von Ihnen, Ramsey.«*

Verdutzt hob er erst eine, dann noch die andere Braue. Ein Rückzieher war nicht mehr möglich, deshalb fuhr ich hastig fort: »Nichts Vages, etwas, das mir die Haare zu Berge stehen läßt – um die zweitausend Worte.«

Nur sein Wunsch, die anglo-amerikanischen Beziehungen nicht zu stören, brachte mir keine Abfuhr ein.

Sechs Wochen später erhielt ich aus Merseyside diese herrliche Kurzgeschichte. Nichts daran ist vage, und beim Lesen dieses Meisterwerks jagte mir ein Schauer nach dem anderen über den Rücken – zweitausend Worte lang!

Ab jetzt stellt der Autor von Incarnate, THE FACE THAT MUST DIE *und* THE NAMELESS, *für mich den Inbegriff eines professionellen Schriftstellers dar.* DER ZWEITE BLICK *ist ein Meisterstück seines literarischen Könnens.*

Key wartete gerade auf Hester, als er sich in seiner neuen Wohnung zum erstenmal heimisch fühlte. Das Paar über ihm war ausgegangen, und sie hatten daran gedacht, das Fernsehgerät abzuschalten. In der ersehnten Stille schritt er durch die Zimmer. Die Dielen knarrten leise, und als die Küchentür hinter ihm zuschwang, erkannte er das Geräusch. Zum erstenmal erschien ihm die Wohnung warm, nicht nur wegen der Zentralheizung. Doch während er Kaffee aufbrühte, überlegte er, an welches Zuhause ihn die Wohnung erinnerte.

Die Türglocke klingelte; gedämpft, denn er hatte den Hammer mit Stoff umwickelt. Er ging durch das Wohnzimmer, vorbei an den Regalen mit Büchern und Schallplatten, und in die kleine Diele, um Hester einzulassen. Ihre vollen Lippen streiften seine Wange, ihre langen Wimpern berührten sein Augenlid, wie die Verheißung auf einen weiteren Kuß.

»Entschuldige, wenn ich zu spät komme«, sagte sie. »Ich mußte den Bürgermeister aufzeichnen. Bist du soweit?«

»Ich habe gerade Kaffee gemacht«, antwortete er, was soviel wie »Ja« bedeutete.

»Ich hole das Tablett.«

»Das kann ich selbst«, protestierte er und bereute seine anfängliche Gereiztheit. Je älter man wurde, um so leichter schnappte man wohl ein. Halb amüsierte, halb ärgerte er sich darüber, daß er Hester so barsch angefahren hatte. Und dabei gab sie sich doch die Mühe, zu ihm nach Hause zu kommen und ihn auf Band aufzunehmen. »Hör einfach nicht auf mich alten Griesgram«, brummelte er. Als Antwort legte sie ihm die schlanken, kühlen Finger auf die Lippen.

Er saß im Licht der Märzsonne, das durch das Fenster strömte, sich verdunkelte und neu aufleuchtete, und gab einen kritischen Überblick über die Schallplatten, die er in diesem Monat gehört hatte. Er beanstandete die Akustik der Brahms-Aufnahmen, lobte den reinen Klang eines Streichorchesters. In der Rundfunkstation würde Hester dann seine Rezensionen mit Auszügen aus den jeweiligen Platten verdeutlichen. »Ein glänzender Stegreifmonolog«, lobte sie, als er geendet hatte. »Gehen wir diese Woche ins Kino?«

»Wenn du möchtest. Ja, natürlich. Entschuldige, daß ich so übellaunig bin«, erwiderte er, nach einer Ausflucht suchend. »Vielleicht ist das der Beginn meiner zweiten Kindheit.«

»So lange es dich jung erhält.«

Er lachte und tätschelte ihre Hand. Trotzdem wünschte er sich plötzlich, sie möge gehen, damit er in Ruhe nachdenken konnte. Hatte er unbewußt die Wahrheit ausgesprochen? Dann sollte er froh sein, denn er hatte eine glückliche Kindheit genossen. An das, was zum Schluß geschah, brauchte er sich ja nicht ständig zu erinnern.

Sobald Hester fort war, eilte er in die Küche und machte unentwegt die Tür auf und zu, während er angestrengt lauschte. Je länger er hinhörte, um so unsicherer wurde er, ob sie tatsächlich wie eine bestimmte Tür in seinem Elternhaus klang.

Er durchquerte die Küche, die er am Morgen geputzt hatte, und gelangte an die Hintertür. Als er sie aufschloß, glaubte er, einen Hund zu hören, der mit den Pfoten daran kratzte, doch draußen war kein Hund. Der Wind fegte über die schlammigen Felder und durch die knarrenden Baumwipfel am Ende des kleinen Gartens, trug ihm den Duft des nahen Frühlings zu und peitschte Regen in sein Gesicht.

Von der hinteren Tür seines Elternhauses aus hatte er den Friedhof sehen können, doch damals hatte es ihn nicht gestört; mit erfundenen Geschichten pflegte er seine Freunde zu erschrecken. Nun vermittelte ihm das freie Feld ein Gefühl der Sicherheit. Es mußte am Wetter liegen, daß es in der Küche nach feuchtem Holz roch. Er schloß die Tür und las eine Weile Sherlock Holmes, bis seine Hände zu zittern begannen. Ich bin bloß müde, sagte er sich.

Bald kam das Paar von oben heim. Key hörte, wie sie ihre Einkäufe in der Küche abstellten, danach eilige Schritte zum Fernsehgerät. Eine Minute später übertönten sie mit ihrem Geplapper den Lärm einer Schießerei in Abilene oder in Dodge City oder an irgendeiner Koppel, als wüßten sie nicht, daß Zuschauer sich von der Straße fernhalten oder zumindest leise sprechen sollten. Das Abendessen nahmen sie fast zur selben Zeit ein wie Key, und das Klappern ihres Bestecks erweckte in ihm den Eindruck, er befände sich nicht nur in seiner, sondern gleichfalls in ihrer Küche. Vielleicht roch es bei ihnen nicht so nach feuchtem Holz unter dem Linoleum.

Nach dem Essen setzte er sich Kopfhörer auf und spielte eine Bruckner-Sinfonie auf der CD-Anlage. Gewaltige musikalische Gebilde stiegen aus dem Dunkel. Schließlich war er bereit fürs Bett, doch trotzdem konnte er nicht einschlafen. Die Schlafzimmertür klang plötzlich sehr viel vertrauter. Sie erinnerte ihn an die Tür in seinem alten Schlafzimmer. Und wenn schon? Das Zurückkehren von Erinnerungen gehörte zum Altwerden. Dann öffnete er zögernd die Augen und starrte in die Finsternis. Längst hatte er gemerkt, daß die Aufteilung seiner Wohnung genau den Räumlichkeiten im Erdgeschoß seines Elternhauses entsprach.

Andernfalls wäre es noch merkwürdiger gewesen. Kein Wunder, daß er sich als junger Mann jahrelang so hilflos gefühlt hatte, nachdem er dem Tod so nahe gewesen war. Dennoch ertappte er sich dabei, wie er auf Geräusche lauerte, die er lieber nicht hören wollte; und als er endlich einschlief, träumte er von dem Tag, an dem der Krieg ihn eingeholt hatte.

Es passierte zu Anfang des Blitzkriegs, von dem die Stadt um ein Haar verschont geblieben wäre. Er war es leid, sich bei jedem Fliegeralarm unter der Treppe zu verstecken; er wartete auf seine Einberufungspapiere, damit er gegen die Nazis kämpfen konnte.

An jenem Tag war er aus seinem Unterschlupf aufgetaucht, sobald Entwarnung gegeben worden war. Er verließ das Haus durch die hintere Tür und blickte zum klarblauen Himmel empor. Während er in der Betrachtung dieses friedvollen, heiteren Bildes versunken dastand, dröhnte über seinem Kopf ein verirrter Bomber hinweg und warf eine Bombe ab, die für die Schiffswerft flußaufwärts bestimmt gewesen sein mußte.

Er schien wie gelähmt, bis die Sirene dann verspäteten Alarm gab. Im letzten Moment warf er sich flach auf den Boden, mitten in das Blumenbeet seines Vaters, wobei ihm dies trotz seiner Panik noch leid tat.

Die Bombe traf den Friedhof. Key sah, wie sich die Gräber in die Höhe hoben, hörte hinter sich das Zersplittern des Küchenfensters.

Eine Flutwelle aus Erde, Grabsteinen, Bruchstücken von Särgen und was sonst noch emporspritzte, war auf ihn zugerast, verfinsterte den Himmel. Er brauchte lange, um sich aus dem Traum zu lösen, noch länger, um sich zu vergegenwärtigen, daß er sich in seiner Wohnung befand, und nicht unter Erde und Trümmern begraben.

Den Tag verbrachte er mit Schallplattenhören und Warten auf Hester.

Ständig bildete er sich ein, an der Hintertür ein Scharren zu vernehmen; doch vielleicht handelte es sich um Störgeräusche vom Fernseher droben, der an diesem Tag ohnehin undeutlich klang.

Hester sagte, sie hätte draußen kein Tier gesehen, doch während Key den Mantel anzog, sog sie scharf die Luft ein. »Wegen der Feuchtigkeit solltest du dich mal an den Vermieter wenden.«

Das Kino, ein umgebautes Lagerhaus unweit der Werft, zeigte *Citizen Kane*. Der Film war in dem Jahr entstanden, als die Bombe fiel, und damals hatte er sich darauf gefreut, ihn zu sehen. Nun fand er, zum erstenmal in seinem Leben, daß in einem Film zu viel gesprochen wurde. Immerzu mußte er an den sich aufbäumenden Friedhof denken, dessen Fragmente ihn gierig verschlangen.

Später brachten seine Eltern ihn ins Krankenhaus, und ein Nachbar nagelte Bretter vor das zertrümmerte Fenster. Wieder daheim, bekam er zufällig mit, wie seine Eltern sich über dieses Fenster unterhielten. Während er beinahe hilflos im

Bett lag, erfuhr er, daß sie sich nicht sicher waren, woher das Holz für die Verkleidung stammte.

Der Nachbar schwor, es sei von den Arbeiten in seinem Haus übriggeblieben. Neuwertig schien das Holz zu sein; der schwache Geruch wehte vielleicht vom Friedhof herüber. Trotzdem hatte Key so bald wie möglich ein Klavierkonzert gegeben, um das Geld für eine neue Scheibe zu verdienen. Doch selbst nachdem das Glas eingesetzt worden war, hatte es in der Küche weiterhin nach fauligem Holz gerochen.

Vielleicht lag es an dem aufgewühlten Friedhof, obwohl der mittlerweile wieder aufgeräumt war, aber gab es nicht zu viele Unabwägbarkeiten? Endlich verstummten die Dialoge in *Citizen Kane*, und Musik erklang.

Bis Lokalschluß saß Key mit Hester in der Bar. Dann gestand er sich ein, daß er mit seinen lauernden Erinnerungen nicht allein sein wollte. Indem er Hester auf eine Tasse Kaffee in seine Wohnung einlud, verschaffte er sich lediglich eine Atempause, mehr konnte er von ihr nicht erwarten, nicht in seinem Alter.

»Paß gut auf dich auf«, sagte sie an der Tür, während sie sein Gesicht zwischen ihre kühlen Hände nahm und ihn dabei anschaute. Sie war längst fort, da schmeckte er immer noch ihre Lippen. Zu Bett wollte er erst gehen, wenn er sich ein wenig ruhiger fühlte. Er schenkte sich einen großen Scotch ein.

Bei den Debussy-Präludien hätte er sich entspannen können, wäre der Lärm von droben nicht durch seine Kopfhörer gedrungen. Flugzeuge dröhnten heran, Maschinengewehre knatterten, dann fiel eine Bombe. Die Explosion ließ Key erschauern. Er riß sich die Kopfhörer ab und schickte sich an, nach oben zu stürmen und sich zu beschweren. Doch jäh blieb er stehen, weil er ein neues Geräusch hörte. Die Küchentür ging auf.

Vielleicht hat sie sich durch den Aufprall der Bombe geöffnet, dachte er zerstreut. Rasch schritt er zur Tür. Er streckte die Hand nach dem Knauf aus, als ihm der Gestank faulenden Holzes entgegenschlug und er die Küche sah – die Küche seines Elternhauses. Er schaute auf die neu eingesetzte Fensterscheibe über dem alten Spülstein, die rissige Hintertür, von der das Scharren und Kratzen zu kommen schien. Er warf die Tür ins Schloß. Der Knall mutete unglaublich vertraut an. Dann taumelte er in sein Bett, die einzige Zufluchtsstätte, die ihm einfiel.

Er lag da und versuchte, den Kontakt mit der Realität wiederherzustellen. Jetzt, wo das Fernsehgerät ihm eine Orientierungshilfe hätte sein können, hatte jemand es abgestellt. Er konnte unmöglich gesehen haben, was er gesehen hatte, sagte er sich. Der Geruch und das Scharren mochten ja da sein, doch was bedeutete dies für ihn? Verfiel er abermals in den Zustand, in dem er sich nach seiner Rückkehr aus dem Krankenhaus befunden hatte? Zu furchtsam, um in seinem Elternhaus ein Zimmer zu betreten, aus Angst vor dem, was ihn dort erwarten mochte? Solange er glaubte, daß er es fertigbrächte, brauchte er nicht nach oben zu gehen, um sich seinen Mut zu beweisen. Wenn er im Bett lag, konnte ihm nichts passieren. Er bestärkte sich in dieser Überzeugung, bis er schließlich einschlummerte.

Ein kratzendes Geräusch weckte ihn. Verschwommen erinnerte er sich, daß er die Schlafzimmertür nicht geschlossen hatte, und die Küchentür mußte wieder aufgegangen sein. Andernfalls hätte er das ungeduldige Scharren nicht gehört. Erbost setzte er sich hin und ließ Ärger in sich aufsteigen, damit ihn die Furcht nicht übermannte.

Er öffnete die Augen und erstarrte. Ihm stockte der Atem. Er befand sich in seinem Schlafzimmer – in dem, das er seit fast fünfzig Jahren nicht gesehen hatte.

Er schaute sich um – erkannte die niedrige, schräge Decke, die ungleich langen geblümten Vorhänge, die Ecke, wo die neue Tapete die alte nicht ganz verdeckte. Eine Art ehrfürchtiger Scheu schien ihn zu lähmen, als genüge ein Atemzug, um das Bild zu vertreiben. In diese absolute Stille hinein erklang das Scharren, lauter und drängender als je zuvor. Der Gedanke, zu sehen, wer oder was immer das Geräusch erzeugte, erschreckte ihn. Er griff nach dem Telefon neben seinem Bett. Wenn jemand bei ihm wäre – Hester – würde das Bild dieses unmöglichen Raumes sicher verschwinden. Doch in seinem alten Zimmer hatte es kein Telefon gegeben, und seine Hand faßte ins Leere.

Er kauerte sich in das Kissen, verging fast vor Angst, dann richtete er sich mit einem Ruck auf. All die Jahre lang hatte er den Mut nicht verloren, und, bei Gott, er würde sich auch jetzt nicht kleinkriegen, lassen. Er verließ das Schlafzimmer und marschierte in die Wohnstube.

Er befand sich immer noch im Haus seiner Eltern. Um den Kamin gruppierten sich durchgesackte Sessel. Aus der sich kräuselnden Asche flackerte es noch einmal auf, und im Spiegel über dem Kaminsims erblickte er sein Gesicht. So gealtert hatte er sich noch nie gesehen. Er riß die Tür zur Küche auf und ging festen Schrittes an dem geschwärzten Herd und dem Spülstein vorbei, um den Grund für das Scharren zu erforschen.

Der Schlüssel, der immer im Schloß der Hintertür steckte, war so kalt, daß es schmerzte, ihn anzufassen. Er drehte ihn halb herum, dann erstarrten seine Finger, versteiften sich vor Angst. Die Furcht hatte seine Erinnerungen gelöscht, doch nun entsann er sich an etwas, das er mit Gewalt zu verdrängen suchte, bis er mit seinen Eltern nach dem Krieg fortgezogen war. Das kratzende Geräusch kam nicht von der Tür her. Es erklang hinter ihm, unter dem Fußboden.

Er drehte noch einmal den Schlüssel, so heftig, daß er entzweibrach. Er saß in der Falle. All die Jahre lang hatte er das Kratzen und Scharren nur gehört, jetzt wollte er nachschauen, was es war. Das rastlose Schaben und Krallen endete mit dem Geräusch von splitterndem Holz. Zitternd zwang er sich dazu, sich umzuwenden, damit er wenigstens nicht hinterrücks angegriffen werden konnte.

Der ausgetretene Linoleumbelag war aufgeplatzt wie eine faule Frucht. Der Riß hatte Manneslänge, und aus ihm heraus quollen geborstene, scharfzackige Bretter. Ein Gestank nach Erde und Fäulnis wehte ihm entgegen, und empor reckte sich ein nebelhaftes Gebilde – eine Hand. Kaum wahrzunehmen, gerade noch erkennbar. Mit eckigen Bewegungen winkte sie ihm zu. »Komm zu uns«, flüsterte eine Stimme, die aus einem mit Schlamm verklebten Mund zu tönen schien. »Wir haben auf dich gewartet.«

Key torkelte vorwärts, umfangen von einer Trance, die ihn seit dem Erwachen im Griff hielt. Dann warf er sich zur Seite, fort von dem gähnenden Spalt. Wenn er schon sterben mußte, dann nicht auf diese Weise.

Er flüchtete durch die Wohnstube, wobei er um ein Haar über einen Braille-Roman gestolpert wäre, zerrte die Vordertür auf, stürzte ins Freie. Ein schriller Jaulton, der rasch näher kam, drang an seine Ohren. Er glaubte, es sei die Sirene, die Entwarnung gab. Er war wieder blind, wie seit dem Tag, als die Bombe fiel. Erst als er vor den Lastwagen lief, begriff er, was geschah. In dem flüchtigen Moment, ehe ihn das Fahrzeug überrollte, wünschte er sich, er hätte wenigstens einmal Hesters Gesicht gesehen, als sein Augenlicht zurückkehrte.

William F. Nolan

Der Autofriedhof

Bill Nolan ist ein langbeiniger Kobold mit einem strahlenden Lächeln, und er verteilt Umarmungen, wie man sie seit Großvaters Zeiten nicht mehr erlebt hat. Er ist ein sehr vielseitiger Autor, der manchmal mitten in der Arbeit an einem Fernsehspiel eine Pause einlegt, um eine neue Geschichte zu schreiben. Er ist wirklich einzigartig.

Die Idee zu DER AUTOFRIEDHOF *findet sich bereits in einer* **Horror Show** *vom Winter 1986 unter dem Thema: ›Aus dem Notizbuch des William F. Nolan‹. Dort schreibt er: ›Hat schon mal jemand darüber nachgedacht, wie sehr der Tod auf einem Autofriedhof zu Hause ist? … Ich meine all die Wracks der verunglückten Autos mit den Seelen der Toten darin.‹*

Und warnend fügt der greise Sprecher hinzu: ›Ich an deiner Stelle würde mich von einem Autofriedhof fernhalten.‹

DER AUTOFRIEDHOF *ist eine Horrorgeschichte reinsten Wassers, qualitativ vergleichbar mit* HALLOWEEN MAN *und seinen großartigen Erzählungen in Wuffin's* THINGS BEYOND MIDNIGHT *(1984); sie zählt zu seinen besten Arbeiten.*

Wie schrieb doch Ray Bradbury? ›Gott erfand ein Aufputschmittel und nannte es Nolan. Man wird süchtig nach ihm.‹

Er lag am Stadtrand, gleich hinter den Gleisen des stillgelegten Güterbahnhofs. Mein Schulweg führte daran vorbei; morgens, wenn die Sonne hell auf Missouri niederschien, und nachmittags, wenn die Schatten länger wurden. Die Schulbücher eng an meine Brust gepreßt, eilte ich dann heim, ohne auch nur einen Blick in jene Richtung zu werfen.

Der Autofriedhof.

Selbst am hellichten Tag grauste uns Kindern davor. Er war alt, und seit die Leute zurückdenken konnten, hatte es ihn in Riverton gegeben. Der Platz nahm einen vollen Straßenzug ein. Ringsum verlief ein schiefer Bretterzaun, der vermutlich niemals einen Anstrich gesehen hatte. Die Latten verrotteten, und durch die zahlreichen Lücken konnte man die Wracks der Autos und Lastwagen erspähen, obszön ineinander und übereinander verkeilt, dicht an dicht, in rostiger Umarmung.

Man sah geborstene Motoren, aus denen abgerissene Wasserschläuche wie Eingeweide herausquollen, verwitterte Ladeflächen von Lkws, die Sonne und Regen aufgeweicht und hochgewölbt hatten, zertrümmerte, mit einem dunkelbraunen Geschmier verklebte Windschutzscheiben. (»Das stammt von dem Gehirn der Leute, wenn sie mit dem Kopf gegen das Glas knallten«, erklärte Billy-Joe Gibson, und jeder glaubte ihm.)

Das breite Tor aus schwarzem Metall an der Vorderseite war fast immer geschlossen, aber in manchen Nächten, niemals tagsüber, öffnete es sich knarrend wie ein großes, eisernes Maul; dann fuhr der alte Mr. Latting mit seinem zerbeulten, qualmenden Abschleppwagen hindurch, am Haken ein verunglücktes Auto, das an ein zerquetschtes metallenes Insekt erinnerte.

Wir Kinder erfuhren nie genau, wo er die Wagen aufsammelte – doch auf der Interstate gab es häufig schwere Unfälle, besonders im Herbst, wenn der Nebel aus den Wäldern um Riverton herauswogte und die Straße in eine pulsierende kalkweiße Decke hüllte.

Fremde, die sich in der Gegend nicht auskannten, kamen mit achtzig angebraust und tauchten wie blind in das Nebelloch hinein. Man hörte Bremsen kreischen; Räder, die blockierten. Dann den Knall, wenn der Wagen gegen die Leitplanke prallte. Zum Schluß trat eine längere Stille ein. Später, manchmal sehr viel später, vernahm man das Jaulen der Sirene von Sheriff Joe Thompsons Chevy, der sich der Unfallstelle näherte. Wir Kinder rechneten uns aus, daß einige der verunglückten Wagen auf dem Autofriedhof landeten.

Kam man bei Nacht an diesem unheimlichen Platz vorbei, schimmerten die aufeinandergetürmten Metalleichen in einem trüben, grünlichen Licht. Es stammte von einem Strahler, den Mr. Latting ständig eingeschaltet ließ. Wenn sich die Dämmerung herabsenkte, ging er automatisch an und brannte dann bis zum Morgengrauen.

Jedes neu nach Riverton hinzugezogene Kind fragte uns irgendwann einmal nach dem Autofriedhof. »Wart ihr schon mal drinnen?« erkundigte es sich; und wir antworteten dann: »Na klar, sehr oft sogar.« Doch es war gelogen. Ich kannte kein Kind, das den Platz jemals betreten hatte.

Dafür gab es einen guten Grund. Mr. Latting ließ ihn von einem großen, grauen Hund bewachen. Die Rasse war unbestimmt, am ehesten glich er noch einer Bulldogge. Das Monstrum war häßlich wie die Sünde. Es besaß nur ein gesundes Auge; das andere bedeckte eine geäderte Membran. Vielleicht hatte er es in einem Kampf verloren.

Das heile Auge glitzerte schwarz wie ein Stück polierte Kohle. Der wuchtige, glatte Kopf saß auf einem muskelbepackten Rumpf; das verfilzte Körperfell war ölverschmiert und mit Räudeflecken durchsetzt. Vom Schwanz war nur noch ein Stummel übrig, er sah aus wie abgebissen.

Der Köter bellte uns niemals an, er gab überhaupt keine Laute von sich. Doch kam einer von uns dem Platz zu nahe, fletschte er seine spitzen gelben Zähne, die Lippen gekraust in stummer Wut.

Und wagte es einmal einer, den Zaun zu berühren, dann warf sich der Hund mit voller Wucht dagegen, und durch die Lücken zwischen den Brettern schnappte er nach uns.

Zuweilen im Herbst, wenn die Abende neblig wurden, sahen wir den Hund, wie er bei Sonnenuntergang, gleich einem grauen Gespenst, durch das Hoftor glitt, hinter Sutters Geschäft in den Wald eindrang und unseren Blicken entschwand.

Einmal, in einer Anwandlung von Tollkühnheit, folgte ich ihm. Am Waldrand tauchte er aus dem Schatten der Bäume auf und trottete die Böschung hoch, die zur Interstate führte. Ich sah, wie er neben der Fahrbahn hockte und die vorbeiflitzenden Autos beobachtete. Er schien es zu genießen.

Als er seinen massigen Kopf drehte und mich anfunkelte, zog ich mich hastig in das Dickicht zurück, zu Tode erschrocken. Ich fürchtete, der graue Teufel könnte mir nachlaufen. Ich weiß noch, wie ich den ganzen Weg bis nach Hause rannte.

Bei einer Gelegenheit fragte ich meinen Vater, was er über Mr. Latting wüßte. Er antwortete, er wüßte gar nichts von ihm, außer, daß ihm schon immer der Autofriedhof gehört hätte. Und der Hund. Und der Abschleppwagen. Ständig trüge er einen langen schwarzen Mantel, dessen ausgefranster Kragen auch im Sommer hochgeklappt war. Dazu einen großen Schlapphut mit rattenzerfressener Krempe, die sein hageres, pockennarbiges Gesicht mit den stechenden Augen beschattete.

Mr. Latting sprach niemals. Keiner hatte ihn je ein Wort reden hören. Und da er nicht im Ort einkaufte, bekamen wir nie heraus, woher er seine Nahrungsmittel bezog. Er schien auch nichts zu verkaufen. Ich meine, kein Mensch ging je zum Autofriedhof, um nach Ersatzteilen für einen Wagen oder Lkw zu suchen. Mr. Latting galt als unser Original. Wahrscheinlich hat jede Stadt ihren Sonderling. Die meisten sind wohl harmlos.

Trotzdem wirkte *er* irgendwie unheimlich.

So standen die Dinge, als ich in Riverton aufwuchs. Mit achtzehn ging ich in einer anderen Stadt aufs College, und ein neuer Lebensabschnitt begann. Ich wurde Ingenieur wie mein Dad, doch er hatte es beruflich nie zu etwas gebracht. Ich war dreißig und besaß meine eigene Firma, als ich schließlich zurückkehrte. Zur Beerdigung meines Vaters.

Zehn Jahre zuvor hatte Mom sich von ihm scheiden lassen. Mit ihrem zweiten Ehemann lebte sie nun in Cleveland. Sie weigerte sich, zur Beisetzung zu kommen. Meine einzige Schwester wohnte in Kalifornien und brachte das Reisegeld nicht auf; Brüder hatte ich keine. Also fiel es mir zu, meinen Vater zu begraben.

Die Beerdigung fand im Herbst statt, auf dem Oakwood-Friedhof. Es war eine trostlose, deprimierende Angelegenheit. Nur wenige Trauergäste kamen – ein paar von Paps alten Kumpanen, selbst schon mit einem Bein im Grab, und ein Trüppchen meiner ehemaligen Schulkameraden, die sich genauso unbehaglich fühlten wie ich. Sie wollten mir lediglich ihr Beileid aussprechen. Zwischen uns gab es keine Gemeinsamkeiten mehr, von der alten Freundschaft war nichts geblieben.

Nachdem es vorüber war, beschloß ich, noch am selben Abend nach Chicago zurückzufahren. In Riverton hielt mich nichts mehr. Paps unter die Erde bringen, und dann nichts wie weg. So hatte ich es von Anfang an geplant.

Nach dem Verlassen des Friedhofs kam ich am Schrottplatz vorbei. Langsam ließ ich den Wagen an dem verschlossenen Tor entlangrollen. Durch die Gitterstäbe war nichts zu sehen. Keine Spur von Leben oder Bewegung.

Sicher, zwölf lange Jahre waren vergangen. Mittlerweile war der alte Latting bestimmt tot, sein Hund auch. Wem mochte der Platz heute gehören? Als Grundstück war er nichts wert, wenn Sie mich fragen.

Düstere Erinnerungen drangen auf mich ein und beschäftigten meinen Geist. An dem Autofriedhof war immer etwas faul gewesen – irgend etwas stimmte da nicht. Und an diesem Eindruck hatte sich nichts geändert. Ich erschauerte, als mich plötzlich ein kalter Luftzug streifte, dann stellte ich die Heizung höher ein.

Ich fuhr in Richtung Interstate.

Zehn Minuten später sah ich den Hund. Er hockte vor dem Wald an der Straße, auf dem bekiesten Randstreifen, an genau derselben Stelle, wo ich ihn Jahre zuvor schon einmal beobachtet hatte. Als ich näherkam, hob das große graue Tier den Kopf und fixierte mich mit dem einen kohlschwarzen Auge.

Derselbe Hund. Dasselbe tote, überwachsene Auge in der rechten Hälfte des wuchtigen Schädels, dasselbe räudige Fell, derselbe muskelbepackte Rumpf und Stummelschwanz.

Derselbe Hund – oder sein Geist.

Plötzlich befand ich mich inmitten dichter, wirbelnder Nebelschwaden, die mir den Blick nahmen. Ich fuhr viel zu schnell. Die Erscheinung am Waldrand hatte meine Aufmerksamkeit abgelenkt. Ich trat auf die Bremse. Die Räder blockierten und begannen auf der nebelfeuchten Straße zu rutschten. Der Wagen schlitterte auf die Leitplanke zu. Drohend kam mir der milchweiße Streifen aus hartem Stahl entgegen. Näher und näher, bis ich frontal damit zusammenprallte.

Es gab einen ohrenbetäubenden Lärm, als Metall auf Metall stieß. Die Windschutzscheibe splitterte. Das Lenkrad bohrte sich in meine Brust. Knochen krachten. Muskeln spalteten sich, Blut. Schmerzen. Dunkelheit.

Stille.

Dann – ein allmähliches Erwachen. Das Bewußtsein kehrte zurück. Blinzelnd versuchte ich, den Blick zu klären. Das Gesicht war gefühllos; ich konnte weder Arme noch Beine bewegen. Schmerzen durchtobten wie ein Feuer meinen Leib. Dann merkte ich, daß der Wagen auf dem Kopf stand. Das Dach umhüllte mich wie ein metallenes Leichentuch.

Panik ergriff von mir Besitz. Ich war gefangen, eingeklemmt in dem umgekippten Autowrack. Ich kämpfte gegen die Panik an, sagte mir, es hätte schlimmer kommen können. Viel schlimmer. Mein Kopf hätte durch die Windschutzscheibe gehen können, die zwar gesplittert, aber immer noch beisammen war; der Wagen hätte Feuer fangen, ich mir das Genick brechen können. Gottlob hatte ich den Unfall überlebt. Jemand würde mich schon finden.

Dann hörte ich Geräusche von einem Abschleppwagen. Durch die spinnennetzförmigen Risse in der Windschutzscheibe sah ich ihn im Nebel auf mich zukommen – es war *derselbe* Abschleppwagen, wie ich ihn als Junge gekannt hatte. Die vorderen Kotflügel fehlten, die Haube war zerbeult, die Stoßstange mit Draht befestigt ... Das Rumpeln des vorsintflutlichen, altersschwachen Motors klang entsetzlich vertraut.

Der Wagen blieb stehen. Quietschend öffnete sich eine Tür, und der Fahrer stieg aus. Er kam zu meinem Auto herüber und ging in die Hocke, um mich anschauen zu können.

Mr. Latting.

Er sprach. Zum erstenmal hörte ich seine Stimme – sie klang wie rostiges Metall. Als käme sie aus der Tiefe eines Grabes. »Sieht ganz so aus, als hätten Sie 'nen Unfall gehabt.« Als er lächelte, entblößte er eine Reihe fauler Zähne. Die Augen unter der zerfledderten Hutkrempe glitzerten.

Das Sprechen bereitete mir Mühe. »Ich ... ich bin schwer verletzt. Brauche ... einen Arzt.« In meinem Mund sammelte sich Blut. Ich stöhnte; Schmerzen durchbohrten mich wie eine Messerklinge.

»Keine Aufregung«, erwiderte er. »Wir kümmern uns um Sie.« Ein trockenes Kichern folgte. »Bleiben Sie ganz ruhig. Überlassen Sie alles uns.«

Mir schwindelte. Jeder Atemzug war mit einer Anstrengung verbunden. Alles verschwamm vor meinen Augen. Ich kämpfte gegen die nahe Ohnmacht an. Hörte, wie Ketten befestigt wurden, spürte, wie sich der Wagen hob, fühlte Erleichterung. Dann merkte ich eine Vorwärtsbewegung, vernahm das unregelmäßige Tuckern eines Motors ... Bis eine neue Woge des Schmerzes mich in die Finsternis spülte.

Ich erwachte auf dem Autofriedhof.

Das kann nicht sein, dachte ich mir. Das ist unmöglich. Er würde mich doch nicht *hierher* bringen! Ich brauchte ärztliche Versorgung, mußte schleunigst in ein Krankenhaus. Ich konnte sterben.

Sterben!

Die Vorstellung traf mich wie ein Hammerschlag. Ich lag im Sterben, und ihm war es gleichgültig. Er hatte nichts getan, um mir zu helfen; ich saß immer noch eingeklemmt in dieser verbogenen Metallhülle. Wo blieb die Polizei? Warum waren keine Mechaniker da, um mich mit Schweißbrennern aus meinem Gefängnis zu befreien? Wieso kam kein Krankenwagen?

Ich mußte blinzeln. Das blaßgrüne Licht, das von dem großen Strahler in der Mitte des Hofs ausging, warf bizarre Schatten auf die hoch übereinandergestapelten Schrottautos.

Ich hörte, wie das Tor geschlossen und abgesperrt wurde. Dann Lattings knirschende Schritte auf dem Kies. Mein Wagen stand immer noch auf dem Kopf.

Ich versuchte, den Türgriff zu erreichen. Vielleicht konnte ich mich selbst befreien. Doch der gräßliche Schmerz, der mich durchzuckte, vereitelte jede Bewegung.

Vor der Windschutzscheibe erschien Lattings Gesicht. Wie ein Totenschädel. Durch das gesplitterte Glas schaute er mich an. Grinsend zog er die Lippen zurück. »Geht's Ihnen gut da drinnen?«

»Großer Gott, nein!« ächzte ich. »Ich brauche ... einen Arzt. Um Himmels willen ... rufen Sie ... einen Krankenwagen.«

Er schüttelte den Kopf. »Hier im Hof gibt's kein Telefon«, erwiderte er mit krächzender Stimme. »Außerdem brauchen Sie keinen Arzt, mein Sohn, Sie haben doch *uns*.«

»Uns?«

»Sicher. Mich und den Hund.« Neben Lattings Gesicht tauchte der wuchtige Schädel des grauen Untiers auf. Von der roten Zunge tropfte der Geifer, und der Blick aus den schwarzglänzenden Augen war starr auf mich geheftet.

»Aber ... ich verblute!« Ich hielt den rechten Arm hoch, aus dem eine Blutfontäne spritzte. »Und ich ... ich habe bestimmt innere Verletzungen.«

»Natürlich«, gluckste Latting. »Sehr *schwere* sogar.« Lüstern schielte er mich an. »Am Kopf befindet sich eine tiefe Schnittwunde, beide Beine sind zerquetscht, der Brustkorb ist eingedrückt. Wahrscheinlich ist keine Rippe mehr heil.« Er kicherte wieder.

»Sie verrückter alter Trottel«, schnauzte ich ihn an. »Ich ... ich hetze Ihnen den Sheriff auf den Hals.« Ich achtete nicht auf den Schmerz, sondern tobte weiter. »Dafür landen Sie im Gefängnis!«

»Das Drohen nützt Ihnen gar nichts«, versetzte Latting. »Der Sheriff kommt nicht hierher. Niemand betritt den Hof. Das müßten Sie eigentlich wissen. Nur Leute wie Sie landen hier.«

»Was soll das heißen … Leute wie ich?«

»Sterbende«, krächzte der Alte. »Denen die Knochen zerschmettert sind und deren Herzblut langsam aus den Adern tropft. Die von der Interstate.«

»Sie … Sie haben das schon mal getan?«

»Klar. Sehr oft. Was glauben Sie, wovon wir all die Jahre lang gelebt haben, der Hund und ich? Was sich auf der Interstate abspielt, hält uns am Leben … das, was sich in den zertrümmerten Autos befindet, den umgestürzten Lastwagen. Wir *brauchen* das, was da drin ist.« Er zauste das räudige Nackenfell des Hundes. »Nicht wahr, alter Junge?«

Wie zur Antwort krauste das Tier die schleimigen roten Lippen und bleckte die Zähne – während mich das eine Auge unverwandt anstarrte.

»Das hier ist kein gewöhnlicher Hund«, erklärte Latting. »Er scheint ganz genau zu wissen, *wen* er sich für seinen bösen Blick aussuchen darf. Nicht jeder kommt dafür in Frage. Nur Leute wie Sie, die niemand vermißt und nach denen keiner suchen wird. Ich kann keine Neugierigen gebrauchen, die auf dem Hof herumschnüffeln und Fragen stellen. Aber er trifft die richtige Auswahl, der Wagen verunglückt im Nebel, und ich schleppe ihn hierher.«

Rote Schleier aus Schmerzen umflorten meinen Geist. Dumpf erinnerte ich mich, wie durchdringend mich der Hund mit dem schwarzen Auge angestarrt hatte, während ich an ihm vorbeifuhr. Er hypnotisierte mich, brachte mich dazu, daß ich die Gewalt über den Wagen verlor und gegen die Leitplanke prallte. Der böse Blick.

»Höchste Zeit, daß ich aufhöre zu schwatzen und mit der Arbeit anfange«, meinte Latting. Er richtete sich auf. »Komm, Hund.« Er führte das Ungetüm vom Wagen fort.

Zitternd schöpfte ich Atem, während ich mir verzweifelt einzureden versuchte, jemand müsse den Unfall gehört und gemeldet haben, und der Sheriff träfe jeden Moment ein. Man würde mich aus dem Autowrack herausschneiden, auf kühle, saubere Laken betten, mit sanfter Hand das Blut abwaschen, die Wunden versorgen ...

Beeilt euch, verdammt noch mal! Ich sterbe! Ich sterbe!

Ein lautes Krachen erschreckte mich. Mit einem Schmiedehammer schlug Latting auf das Sicherheitsglas der Windschutzscheibe ein. Unermüdlich ...

»Diese Dinger werden mit jedem Jahr widerspenstiger«, knurrte er, ohne von seinem Vorhaben abzulassen. »Ah ... na endlich!«

Jäh gab die gesamte Windschutzscheibe nach. Sie löste sich auf in winzige, scharfkantige Splitter, die mir auf Kopf und Schultern rieselten und mir ins Fleisch schnitten.

»So ist's schon besser, nicht?« sagte der Alte, während sich sein pockennarbiges Gesicht zu einem Grinsen verzog. »Jetzt kommt er mühelos an Sie heran.«

An mich heran?

Der Hund. Natürlich, er meinte den Hund. Dieses stinkende, widerwärtige Scheusal. Ich blinzelte das Blut aus meinen Augen und versuchte zurückzuweichen, so weit weg wie möglich von der klaffenden Öffnung. Doch es war zwecklos. Mich peinigten unbeschreibliche Schmerzen. Ermattet ließ ich mich gegen das verbeulte Metall des eingedrückten Wagendachs sacken und weigerte mich zu begreifen, was mit mir geschah.

Der Hund zwängte seine breiten Schultern durch die Öffnung. Der Gestank, den er verströmte, reizte meine Nase. Das weitaufgerissene Maul stülpte sich über mich, die Zähne begannen zu mahlen; das struppige Fell kratzte meine Haut.

Ich vernahm grauenhaft saugende und schlürfende Geräusche ... und ich fühlte, wie er mich herunterschlang ... meinen Körper *in einem Stück* verschluckte ...

Ich verspürte den Drang, mich zu bewegen. Den Hof zu verlassen. Die Luft war kalt und versprach baldigen Frost. Über mir hing stahlgrau der Himmel.

Es tat gut, wieder zu laufen. Zu rennen. Die Stadt und die Wälder hinter mir zu lassen.

Innerlich war ich ganz ruhig. Ich erfreute mich an den Gerüchen, die von der Erde, dem Beton und dem Metall ausgingen. Ich *lebte*. Meine Kräfte waren zurückgekehrt. Ich genoß es, lebendig zu sein.

Ich wartete. Gelegentlich rauschte ein Wagen an mir vorbei, in rasantem Tempo. Ich ignorierte sie alle. Bis dann – endlich – der richtige kam. Ein Glücksgefühl durchströmte mich. Er war da, der Wagen, der mir und meinem Herrn Kraft und Leben verhieß.

Ich hob den Kopf. Der Fahrer des Lastwagens sah mich. Mein Blick fing den seinen ein, als er an mir vorbeibrauste und im Nebel verschwand.

Geduldig wartete ich auf den Knall.

Robert Bloch

Die neue Saison

Diejenigen von Ihnen, die nur gelegentlich Horror lesen, könnten zu dem Schluß kommen, daß Bloch, Matheson, Bradbury und Beaumont das Genre fest im Griff hatten, bis 1974 Stephen King das Steuer übernahm. Aber während ich gerade ein Kapitel für die 86er Ausgabe von FICTION WRITER'S MARKET *schrieb, entdeckte ich, wie stark der Einfluß von Bob Bloch immer noch ist. Würde man eine Liste der wichtigsten Horror-Schriftsteller der Moderne erstellen, er* müßte *einfach an erster Stelle genannt werden.*

Bob war gerade als Ehrengast zu einem Bostoner Kongreß eingeladen worden, als er hörte, daß das Fernsehen seine Geschichte EVERYBODY NEEDS A LITTLE LOVE *gekauft hatte. Trotz Grippe fand er die Zeit und die Energie, die folgende dynamische Geschichte zu schreiben – und fand in Beantown eine Rekordzahl von 4000 Zuhörern vor, die ihn erwarteten.*

Robert Blochs Erfahrung als Gast von Talkshows und Autor zahlreicher Drehbücher für das Pantoffelkino macht seine Geschichte DIE NEUE SAISON *sehr glaubwürdig. Sie beschreibt, welche Entwicklung das Fernsehen – und uns – vielleicht erwartet. Sie ist nicht nur eine hinreißende Lektüre; sie beschwört eine furchtbare und nicht ganz unmögliche Zukunftsvision herauf.*

Harry Hoaker stand am Bühnenaufgang und wartete auf seinen Auftritt; langsam wurden die Lichter abgeblendet.

Das bekannte Indikativ ertönte in Stereo, ein Spotlicht erfaßte den Ansager auf der linken Bühnenseite und umrahmte sein gutmütiges, pausbäckiges Gesicht mit einem goldenen Schein. Der Ansager war dick, weil dicke Männer komisch sind.

»Hello, Harry«, sagte der Ansager, wobei er die Endsilbe eines jeden Wortes auseinanderdehnte, so daß sich die Begrüßung anhörte wie »Helloooo harreeee!« Das war auch komisch.

Das Blasorchester spielte einen Tusch, der sich mit dem aufbrandenden Applaus vermischte. Das Spotlicht schwenkte nach rechts, Harry kam auf die Bühne und bewegte sich zur Mitte hin, während der Applaus zu einem Tosen anschwoll.

Früher war es ihm sehr schwer gefallen, abzuwarten, bis die Welle des Beifalls abgeklungen war, und dann in der atemlosen, erwartungsvollen Stille da oben zu stehen. Jetzt war alles nur noch Routine, automatisch, mechanisch.

Harry löschte den Gedanken aus und sah blinzelnd in die Scheinwerfer, die über ihm aufflammten. Sie beleuchteten zwar die Bühne, aber er selbst wurde von ihnen so geblendet, daß er das Publikum nicht sehen konnte.

»Ich weiß, daß ihr da draußen seid – ich kann euch atmen hören.« Er erinnerte sich daran, daß er diesen Spruch angebracht hatte zu einer Zeit, als Witze noch wirklich zündeten. Und sie hatten das Publikum buchstäblich mit Witzen bombardiert; in der guten alten Zeit waren die Shows noch wie eine Neuauflage von Pearl Harbor gewesen.

Aber heute abend begann eine neue Saison, und während Harry sich für den Applaus bedankte, wanderten seine Gedanken in seine eigene Vergangenheit zurück. In den Augen des Publikums hatte es zehn Sekunden gedauert, bis er in der Mitte der Bühne stand, aber Harry wußte es besser – es hatte ihn zwanzig Jahre gekostet dahin zu kommen.

Damals, vor zwanzig Jahren, hatte er noch wirklich Blut und Wasser geschwitzt wenn er darauf wartete, daß der Applaus abebbte, wenn er mit dem komischen Hut auf dem Kopf und den Pluderhosen dastand, die er für seine Kindersendung trug. Drei Jahre hatte er gebraucht, um sich mit Müh und Not aus dem Ghetto des Vormittagsprogramms zu ziehen, und alles, was er dann bekam, war eine Ratespiele-Sendung am Nachmittag für die breite Masse. Es war eine echte Schufterei, sich mit kreischenden Hausfrauen abgeben zu müssen, die sich fast in die Hose machten bei Fragen wie »Welches regierende Oberhaupt von Großbritannien wurde die ›jungfräuliche Königin‹ genannt? Ein Tip: es war *nicht* Elizabeth Taylor.«

Aber Harry machte seine Sache gut. Aus eigener Initiative verpflichtete er einige Autoren, die ihm anständiges Material lieferten, und das machte sich bezahlt. Als der Sender beschloß, eine späte Talk-Show als Konkurrenz für Johnny Carson ins Programm aufzunehmen, empfahl Harrys Agent ihn für die Rolle des Gastgebers, und er bekam den Zuschlag.

Zuerst war er vor Angst ganz kopflos gewesen, aber sein Agent hatte ihn beruhigt. »Mach dir darüber keine Sorgen, Junge. Da draußen gibt es genug Nachteulen und Leute, die an Schlaflosigkeit leiden, die dir deine Einschaltquoten sichern werden. Du brauchst dich bloß an das System zu halten.«

Sein Rat hatte funktioniert, und das tat auch Harry in diesen ersten Jahren. Er forderte alles von seinen Autoren, und wenn sie nach ein oder zwei Saisons ausgequetscht waren, ersetzte er sie durch neue, frische Köpfe. Sie hinterließen ihm ein System von Sketchen und Gags, das seine Show prägte. Die Zuschauer konsumierten seine Sendung, und er konsumierte seine Gäste – kaute sie gründlich durch und spuckte sie wieder aus. Ein ganzer Stab von einfallsreichen Sendeleitern versorgte ihn mit gefeierten Persönlichkeiten des Tages – jeder, der im Sender mit einer neuen Show herauskam, und auch jeder, der zwar keine Show, aber einen Vertrag hatte und der die PR brauchte. Angereichert wurde die Mixtur mit zugkräftigen Stars, die ihren neuesten Film vorstellten, Top-ten-Interpreten mit ihrem neuesten Hit. Altstars, die Werbung für ihre Autobiographie machten, und sogar mit ein paar echten Schriftstellern, die ihm als Pausenfüller gerade recht kamen, wenn er jemanden brauchte, über den die Leute lachen konnten. Es war ganz sicher ein ausgeklügeltes System, und es funktionierte.

Jetzt umfaßte sein Autorenstab sieben Leute, und Harry brauchte sich noch nicht einmal die Mühe zu machen, sich mit ihnen zusammenzusetzen, um die Gags oder auch nur ein Skript durchzusprechen – er sah alles auf dem Monitor des Teleprompters, und er brauchte es nur abzulesen. Wenn ein Witz nicht ankam, dann wurde er einfach herausgeschnitten, bevor die Show später am Abend über den Sender ging.

Im Laufe der Jahre hatte er es sich sogar noch einfacher

gemacht und statt fünf nur noch drei Shows pro Woche moderiert; für die restlichen Shows setzte er »Gast-Talkmaster« ein – Leute, die zwar gut waren, aber nicht *zu* gut. Das half, genau wie die langen Sommerpausen, in denen viele Wiederholungen gebracht wurden. Manchmal fing er sich deswegen einen öffentlichen Rüffel ein, die Kritiker sagten, er sei dabei, faul und launisch zu werden, aber solange sie den wahren Grund für seine Abwesenheit nicht kannten, war es Harry egal.

Sie wußten nicht, daß er krank war.

Lange Zeit hatte er es selbst nicht gewußt, weil er seinen Motor mit Alkohol und Tabletten in Gang hielt. Dann, vor ein paar Jahren, spielte sein Körper nicht mehr mit.

Es war nicht AIDS, so sagten sie ihm, aber es war möglich, daß es etwas war, was sie eine Mutation des Virus' nannten. Aber im Grunde genommen war es egal, wie seine Krankheit hieß. Er hatte es, und es hatte ihn.

Sie versuchten es mit neuen Tabletten, und er hielt durch, bis er begann, an Gewicht zu verlieren. Dann verordneten sie ihm Kobalt-Bestrahlungen; sein Haar fiel aus, aber er trug eine Perücke, und niemand merkte etwas. Schließlich wirkten auch die Kobalt-Bestrahlungen nicht mehr, und auch Harry stellte seine Funktion ein; das war im letzten Jahr gewesen, kurz vor der Sommerpause, und das gab ihm drei Monate Zeit für die erste Bypass-Operation und die anschließende Rekonvaleszenz.

Als der Herbst kam, war er wieder auf den Beinen, aber irgendwann in der darauffolgenden Zeit, Januar oder Februar, er wußte es nicht mehr genau, wurde es wieder ganz schlimm, und sie sprachen von Transplantation. Den Rest der Saison erlebte er wie durch einen Schleier, in der einen Woche ging es ihm gut, in der nächsten wieder schlecht, er nahm neue Tabletten, unterzog sich neuen Tests, versuchte neue Behandlungsmethoden, lebte quasi von einer Show zur anderen, und schaffte es so bis zum Sommer. Dann machten sie sich ans Werk. All das Gerede, das er in den vergangenen Jahren gehört, aber nie weiter beachtet hatte – Hautverpflanzungen, Amputationen, Prothesen –, wurde jetzt real. Aber nicht zu real, denn während sie mit radikalen Behandlungsmethoden an ihm experimentierten, stellten sie ihn mit Injektionen ruhig. Er konnte sich nicht mehr an alles erinnern, was sie mit ihm gemacht hatten, aber jetzt funktionierte er wieder. Ein medizinisches Wunder, so hatten die Ärzte es genannt, und außer dem Riesenbetrag, den er an sie für seine Behandlung zahlte, mußte er nochmals das gleiche Sümmchen dazulegen, um sich ihr Schweigen zu erkaufen.

Der Applaus war jetzt abgeebbt, und Harry sah sich mit der Stille konfrontiert. Er zwang ein Grinsen auf sein Gesicht, sah auf den Teleprompter und stieg flüssig und mühelos in seinen Eröffnungsmonolog ein. Bei einigen Gags verstand er die Pointe nicht, denn sie basierten auf aktuellem Tagesgeschehen, und er war nicht auf dem laufenden. Aber der Monitor zeigte ihm sogar an, wann er eine Pause zu machen hatte, und wann immer er das tat, kamen die Lacher.

Eine neue Saison, aber immer noch das alte System, plus ein paar neuen Gags – Material, das vom Computer selektiert worden war, um sicherzustellen, daß es up to date war, demographische Tiefenanalysen, damit die Eintrittskarten für die Show nur an Leute vergeben wurden, die ein brauchbares Publikum abgaben. Die Leute in der Produktion wußten, was zu tun war und wie es zu tun war, wie man die Einschaltquoten in die Höhe trieb und neue Zuschauer einfing. Was er hier machte, hatte nur noch ganz entfernt etwas mit den alten Zeiten zu tun, in denen Steve Allen als erster Talk-Shows machte, live, ohne die Chance, irgendwelche Ausrutscher auszubügeln.

Mühelos produzierte Harry einen weiteren Gag, wartete auf die Lacher, setzte noch einen obendrauf und molk noch eine Lachsalve aus dem Publikum heraus. Es war so leicht.

Aber so leicht war es nicht. Der Text rollte ab, die Lacher kamen, aber irgend etwas stimmte nicht.

Er blinzelte in das Licht, das das Publikum vor ihm verbarg und ihn selbst entblößte, und fragte sich, wieviel sie wohl sehen konnten, wieviel sie wußten.

Aber wie konnten sie irgend etwas wissen? Seit Jahren schon schirmte er sein Privatleben von der Öffentlichkeit ab. Er gab keine Interviews und las nicht die, die seine Agenten in den Gazetten plazierten. Mitarbeiterbesprechungen und Konferenzen fanden unter Ausschluß der Öffentlichkeit statt. Ihm blieb keine Zeit, um sich mit Freunden oder Bekannten zu treffen; er gab keine Parties und nahm keine Einladungen an. Seit seiner letzten Scheidung – Jesus, das war schon über sechs Jahre her – hatte er keine Frau mehr gehabt, noch nicht mal ein Callgirl, und er wollte auch keine. Eine Limousine brachte ihn zum Studio und wieder zurück zu seinem vollautomatisierten Haus; alle Sicherheits- und Hilfseinrichtungen funktionierten reibungslos. Tagsüber stumpfte ihn der Alkohol ab. Nachts ließen die Tabletten ihn Schlaf finden. Aber es sickerte nichts von alledem an die Presse durch; wie also konnte irgend jemand etwas wissen?

Das Dumme war nur, daß es auch andersherum funktionierte. Wenn die Leute nichts über ihn wußten, dann wußte er auch nichts mehr über die Leute. Seine Verbindung zur Außenwelt hatte sich gelockert, und seit die Schwierigkeiten begonnen hatten, war er überhaupt nicht mehr auf dem laufenden. Seitdem er krank war, las Harry noch nicht einmal mehr die Zeitung – dieses ganze Gequatsche über neue gesundheitliche Probleme in der Bevölkerung zerrten an seinen Nerven, und auch von der Panikmache in den Spätnachrichten wollte er nichts hören. Das einzige, was er sich im Fernsehen ansah, waren alte Filme, und die Stars, die darin spielten, waren tot.

Tote Stars – was für ein Witz! Das Publikum lachte gerade; sie wußten nicht, daß Harry selbst praktisch ein toter Star war, ein Gehirn in einem mechanisierten Körper, ein Produkt plastischer und kosmetischer Chirurgie, mit eingebauten künstlichen Organen, die von elektrischen Impulsen und Computer-Schaltkreisen in Gang gehalten wurden.

Sie wußten es nicht, und dafür, daß sie es nicht wußten, würde er auch in der kommenden Saison sorgen. Aber er sollte die Vergangenheit jetzt besser vergessen und sich dem zuwenden, was er hier tat. Jetzt zeigte ihm der Teleprompter gerade an, daß er seinen ersten Gast vorstellen mußte.

Harry machte die Ansage, und ein Jockey betrat die Bühne, ging auf ihn zu und gab ihm die Hand, bevor sie beide in der Bühnenmitte in ihren Sesseln Platz nahmen. Der Jockey war groß und kräftig und hatte einen Bart; es überraschte Harry, daß seine Hand so kalt und sein Händedruck so schlaff war. Lampenfieber, natürlich – komisch, wie diese mit

Hormonen vollgepumpten Affen vor Publikum auf einmal das große Schlottern bekamen.

Aber hier gab es nichts zu schlottern, er brauchte nur seinen Text vom Monitor abzulesen. Harry las den ersten Satz ab und wartete auf die Antwort.

Sie kam nicht.

Harry wiederholte die Zeile, und diesmal sorgte er dafür, daß der Jockey ihn hören mußte. Oder hatte er ihn etwa doch nicht gehört? Dieser Kretin saß einfach da und gab keinen Pieps von sich. *Zum Teufel – er wird doch kein Analphabet sein?*

Harry warf ihm einen verstohlenen Blick zu, und flüsterte: »Wir sind auf Sendung, du Idiot! Gib mir eine Antwort – sag irgend etwas, um Himmels willen!«

Keine Reaktion. Das Gesicht des Jockeys war leer und ausdruckslos.

Harrys Gesicht war jetzt auch leer, aber innerlich kochte er vor Wut. *Jesus, der Kerl ist high, er hat sich vorher was geraucht ...*

Sein Instinkt kam ihm zu Hilfe. Er wandte sich dem Publikum zu und ließ irgendeinen alten Witz los, der ihm gerade in den Kopf kam. Es war eine schwache Pointe, aber alles war besser als diese Totenstille.

Der Jockey bewegte keinen Muskel; er saß nur da wie erstarrt. Da gab es nur eins – runter mit ihm von der Bühne, und zwar so schnell wie möglich. Harry gab das Zeichen, eine Handbewegung, und zwei vollbusige Blondinen stakselten auf die Bühne. »Harrys Hostessen«, so wurden sie genannt, aber eigentlich waren sie dazu da, ihm in Notfällen wie diesem aus der Patsche zu helfen. Und während er einen weiteren Witz losließ, der Jockey sei einem plötzlichen Anfall von Achillesferse erlegen, halfen die lächelnden Mädchen dem Kerl, sich aus seinem Sessel zu erheben.

Ach was, »sie halfen ihm« – sie konnten ihn noch nicht einmal um *einen* Zentimeter verrücken, er saß einfach da, steif wie ein Brett. Harry schoß noch einen Witz hinterher, während die Mädchen, die jetzt nicht mehr lächelten, den großen Affen praktisch zwischen sich hängend von der Bühne *schleiften*.

Was jetzt? Harry gab erneut ein Zeichen, und der dicke Ansager kam ihm zu Hilfe, stapfte auf die Bühne und erzählte irgendeine komische Geschichte, die nichts mit dem zu tun hatte, was zuvor geschehen war. Als er, aufsah, bemerkte Harry, daß der Teleprompter den Text vorgespult hatte und ihm jetzt eine Zeile vorgab, auf die ein Werbespot folgte.

Als der Spot kam, schaltete er sein Mikrophon ab und sagte schnell: »Was geht hier vor?«

»Der Computer funktioniert nicht mehr«, sagte der Ansager. Und dann ging er ohne ein weiteres Wort mit steifen Schritten von der Bühne ab.

»Hey, kommen Sie wieder zurück …«

Harry rief ihm hinterher, aber der Ansager beschleunigte nur seinen Schritt und bewegte seine Beine ruckartig, während er in seiner Hast, die Bühne zu verlassen, auf die Kulisse zutaumelte.

Panisch suchten Harrys Finger nach den Knöpfen am verbreiterten Ende seiner Sessellehne und preßten das Signal, das die Regie in der Kontrollkabine alarmieren würde.

Es kam keine Antwort. Einer neuer Werbespot rollte auf dem Monitor ab, aber das half ihm auch nicht weiter. Harry sah blinzelnd in die Scheinwerfer, bis es ihm gelang, die vorne mit Glas verkleidete Kontrollkabine hoch oben an der rückwärtigen Wand des Studios zu erkennen.

Die Kabine war leer.

Keine Regie. Keine Sendeleiter, noch nicht einmal ein Tontechniker.

Harry saß da und starrte. *Was soll das alles? Erzählt mir nicht, daß jetzt alles computerisiert ist – Kameraeinstellungen, Tonstärke, Beleuchtung, Montagearbeiten …*

Verzweifelt warf er einen Blick zum Bühnenaufgang und wünschte dann, er hätte es nie getan. Dort auf dem Fußboden lag der Ansager, ausgestreckt mit dem Gesicht nach unten, direkt neben dem regungslosen Jockey. Während Harry noch hinsah, näherten sich zwei Paramediziner, knieten sich neben die fette Gestalt und zogen dem Ansager sein Jackett und das Hemd aus. Hastig begannen sie, die glänzenden Knöpfe zu drücken, die in seinen nackten Rücken eingebettet waren, und fummelten an Verbindungskabeln herum.

Verbindungskabel.

Harry stellte ein paar eigene Verbindungen her. *Jesus, er ist genau wie ich! Und der Jockey auch.*

Dann rollten auf dem Monitor die letzten Meter des Werbespots ab, und Harry war wieder auf Sendung. Sein Blick suchte nach dem Teleprompter, aber da war kein Text. Alles, was er jetzt tun konnte, war, sein Mikrophon wieder einzuschalten und Zeit rauszuschinden.

Aber das Mikrophon war tot. Tot, genau wie der Ansager und der Jockey, und …

Die Erkenntnis traf ihn wie ein Blitz. Er war nicht der einzige. Etwas hatte sich hier ereignet, während er weggewesen war. Harry erinnerte sich jetzt an die Gerüchte über eine Epidemie; das Ganze mußte schon ziemlich lange so gegangen sein, man hatte es zwar vertuscht, aber trotzdem war es geschehen. Immer mehr Top-Leute waren jetzt wie er, leere Hüllen, die künstlich am Leben gehalten wurden.

Wie weit hatte es sich schon verbreitet? Wie lange würde es dauern, bis Präsidenten programmierte Puppen waren, bis die Welt von Robotern regiert wurde? Die Fakten änderten sich auch nicht, wenn man es ein medizinisches Wunder nannte – dies war eine Verschwörung. Irgend jemand mußte die Notbremse ziehen und die Wahrheit sagen, und zwar schnell.

Jetzt ertönte ein schwaches Summen, und Harry wußte, daß sein Mikrophon wieder arbeitete; ein automatischer Sicherheits-Schaltkreis hatte den Ausfall behoben. Aber jetzt war es an ihm, den anderen großen Ausfall zu beheben.

Harry blickte direkt in das Licht, das ihn von seinem Publikum trennte und überbrückte die Kluft mit Worten. Er mußte sie jetzt warnen, und wenn es das letzte war, was er tat.

»Könnt ihr mich hören? Dann seht zu, daß ihr hier schleunigst rauskommt! Versteht ihr – das alles ist nicht wirklich. *Ich* bin nicht wirklich. Sagt es all euren Freunden. Laßt nicht zu, daß die Computer die Macht ergreifen, laßt nicht zu, daß künstliche Organe und eingepflanzte Kabel euch zu Zombies machen! Es ist mit mir geschehen, und es kann auch euch passieren, wenn ihr nichts dagegen tut. Findet ein Mittel dagegen – kehrt zur Realität zurück, bevor es zu spät ist!«

Harry machte eine Pause und wartete auf eine Reaktion.

Und dann kam sie – eine große Lachsalve vom Band.

Damit hätte er natürlich rechnen müssen. Es gab immer ein Tonband, um die Lacher aus dem Publikum herauszukitzeln, und ein anderes, um den Applaus zu verstärken.

Aber mit den Jahren hatte Harry gelernt, zwischen Gelächter aus der Konserve und einer echten Lachsalve zu unterscheiden. Und diese Heiterkeit war mechanischen Ursprungs. Da draußen gab es niemanden, der lachte, niemanden, der applaudierte, niemanden, der reagierte, weil sie nicht wußten, *wie* sie reagieren sollten, wenn man ihnen kein Stichwort gab. Dies war eine komische Show, er war ein komischer Mann, und auf eine unerwartete Warnung wie diese konnten sie nicht selbständig reagieren.

In all den Jahren, in denen die Chirurgie ihn nach und nach seines Körpers beraubt hatte, hatte etwas ihre Gehirne gestohlen. Computer übernahmen für sie das Denken, die öffentlichen Medien diktierten ihren Lebensstil. Liebe machen, Auto fahren oder bei Protestdemonstrationen ihre Fäuste schütteln, all das war nur eine Imitation. Maschinen stellten die Produkte her, Maschinen warben für die Produkte, Maschinen kauften die Produkte, und sie verbrauchten sie auch. Das Leben war nicht mehr real – es war wie diese Show mit ihren falschen Gästen, den falschen Zufällen und ihrem falschen Gastgeber.

Die einzige Realität, die Harry jetzt wahrnehmen konnte, war seine eigene Verzweiflung. Was hätten Warnungen für einen Sinn? Die Zuschauer würden nicht hören, was er sagte – es würde aus dem Band geschnitten werden.

Aber es gab noch eine Möglichkeit. Mundpropaganda. Das war die Lösung – wenn er mit dem Studiopublikum in Verbindung treten und sie überzeugen konnte, würden sie hinausgehen und die Wahrheit verbreiten. Und er mußte sie jetzt überzeugen, denn dies war seine letzte Chance.

Harry starrte in die Lichter, kämpfte gegen den blendenden Glanz und zwang sich dazu, Augenkontakt mit den Gestalten zu suchen, die schweigend in den Schatten unter ihm saßen. Seine Sicht verschleierte sich, klärte sich dann wieder, und er starrte auf ein leeres Studio.

Es gab kein Publikum.

Kein Publikum – nur Harry und den Teleprompter. Ein blinkendes Licht sagte ihm, daß er wieder funktionsfähig war; schon erschien auf dem Bildschirm sein nächster Satz.

Automatisch begann Harry die Worte laut vorzulesen. Zum Teufel, es war eine neue Saison, the show must go on, und ein Witz war ein Witz.

Und wenn es kein Publikum gab, dann machte das auch nichts. Er hatte ja immer noch die Lacher vom Band.

RICHARD MATHESON

In Kürze verstorben

Wenige Fantasy-Autoren schreiben so kompromißlos amerikanisch wie Richard Matheson. Als einer der ersten ließ er seine makabren Geschichten in der Alltagswelt spielen, und zwar in der Alltagswelt von heute. Wenn er dann noch das Überraschungsmoment mit kühler Präzision in die Handlung einbaut, gelingt es ihm, beinahe jeden Leser in seinen Bann zu ziehen.

Dick Matheson ist unübertroffen in der Schilderung des alltäglichen Schreckens, der – losgelöst vom gedruckten Wort – in den Dialogen greifbar wird. Dem Autor von THE SHRINKING MAN, DUEL, THE TEST, WHAT DREAMS MAY COME, BEING, BID TIME RETURN *und* PREY *wurde 1984 der World Fantasy Award for Life Achievement verliehen. Vielleicht hätten sie die Verleihung danach einstellen sollen.*

Genießen Sie nun diese kostbare Mini-Story von Richard Matheson. Sie spricht für sich selbst!

Der kleine Mann öffnete die Tür und trat herein aus dem gleißenden Sonnenlicht. Er war Anfang Fünfzig – ein dürrer, unscheinbarer Mann mit schütterem grauem Haar. Nachdem er die Tür leise geschlossen hatte, blieb er in der dämmerigen Halle stehen, um seine Augen an die veränderten Lichtverhältnisse zu gewöhnen. Er trug einen schwarzen Anzug, ein weißes Hemd und eine schwarze Krawatte. Trotz der Hitze war sein Gesicht bleich und seine Haut trocken.

Als sich seine Pupillen dem Dämmerlicht angepaßt hatten, nahm er den Panamahut ab und ging durch den Korridor ins Büro. Der Teppichboden schluckte das Geräusch seiner Schritte.

Der Bestattungsunternehmer sah von seinem Schreibtisch auf. »Guten Tag.«

»Guten Tag«, erwiderte der kleine Mann mit leiser Stimme.

»Kann ich etwas für Sie tun?«

»Ja«, sagte der kleine Mann.

»Bitte.« Der Bestattungsunternehmer wies auf einen Sessel vor seinem Schreibtisch.

Der kleine Mann hockte sich auf die äußerste Kante des Sessels und hielt den Panamahut auf dem Schoß. Er sah zu, wie der Bestattungsunternehmer ein Formular aus einer Schublade zog.

»Also«, begann er. Aus einem Onyxständer nahm er einen schwarzen Füller. »Wer ist der Verstorbene?« fragte er in sanftem Ton.

»Meine Frau«, antwortete der kleine Mann.

Der Bestattungsunternehmer gab einen mitfühlenden Laut von sich. »Tut mir leid für Sie.«

»Ja.« Der kleine Mann starrte ins Leere.

»Wie heißt sie?«

»Marie«, sagte der kleine Mann leise. »Arnold.«

Der Bestattungsunternehmer setzte den Namen ein. »Adresse?«

Der kleine Mann nannte die Adresse.

»Ist sie dort?«

»Ja, sie ist dort.«

Der Bestattungsunternehmer nickte.

»Es soll alles erstklassig sein«, bestimmte der kleine Mann. »Das Allerbeste.«

»Ja, natürlich«, sagte der Leichenbestatter, »natürlich.«

»Geld spielt keine Rolle.« Sein Adamsapfel bewegte sich, als er trocken schluckte. »Nichts ist mehr von Bedeutung – nur noch das.«

»Ich verstehe.«

»Ich will das Allerbeste«, wiederholte der kleine Mann. »Sie ist so wunderschön. Das Beste ist für sie gerade gut genug.«

»Verstehe.«

»Sie bekam immer nur das Beste. Dafür habe ich schon gesorgt.«

»Natürlich.«

»Es werden viele Leute da sein«, sagte der kleine Mann. »Sie war sehr beliebt. Sie ist wunderschön, und so jung. Sie muß das Beste vom Besten bekommen. Verstehen Sie das?«

»Aber sicher«, beruhigte ihn der Leichenbestatter. »Sie werden mehr als zufrieden sein, das garantiere ich Ihnen.«

»Sie ist so wunderschön, so jung.«

»Ja, natürlich.«

Der kleine Mann saß unbeweglich da, als der Bestattungsunternehmer seine Fragen stellte. Sein Tonfall blieb immer der gleiche. So starr war sein Blick, daß der Bestattungsunternehmer ihn kein einziges Mal blinzeln sah.

Als das Formular ausgefüllt war, setzte der Mann seine Unterschrift darunter und erhob sich. Auch der Bestattungsunternehmer stand auf und kam um den Schreibtisch. »Ich kann Ihnen versichern, daß wir alles zu Ihrer Zufriedenheit erledigen werden.« Damit streckte er ihm die Hand entgegen.

Der kleine Mann ergriff sie und hielt sie einen Augenblick umklammert. Seine Handfläche war kühl und trocken.

»Wir sind in einer Stunde bei Ihnen«, versprach der Unternehmer.

»Gut.«

Der Leichenbestatter geleitete seinen Kunden hinaus.

»Sie soll nur das Allerfeinste bekommen«, sagte der kleine Mann. »Nur das Allerfeinste.«

»Wir werden Sie voll zufriedenstellen.«

»Sie hat nur das Beste verdient.« Der kleine Mann starrte vor sich hin. »Sie ist so wunderschön. Jeder hatte sie gern. Jeder. Sie ist so jung und schön.«

»Wann ist sie denn gestorben?« fragte der Bestattungsunternehmer.

Der kleine Mann schien ihn nicht zu hören. Er öffnete die Tür und trat hinaus ins Sonnenlicht, Er setzte seinen Panamahut auf. Als er schon fast an seinem Wagen war, antwortete er mit leisem Lächeln: »Sobald ich zu Hause bin.«

DAVID B. SILVA

Eisskulpturen

David, der THE HORROR SHOW *herausgibt – ein vierteljährlich erscheinendes Horror-Magazin, das ›genau das ist, was das Genre braucht‹, so Dean R. Koontz –, ist wirklich der Mann für den Job! Er ist ein Herausgeber, wie sie alle sein sollten: groß, massig, mit breiten Schultern, unter denen es ganz verdächtig nach Muskeln aussieht. Genauso stark wie er selbst ist auch sein erster Roman,* CHILD OF DARKNESS.

Der 37jährige aus Kalifornien stammende Dave, der von der SMALL PRESS WRITERS & ARTISTS ORGANIZATION (SPWAO) *schon viele größere Auszeichnungen erhalten hat, hat sich sehr schnell aus eigener Kraft einen guten Namen als Schriftsteller gemacht. Hier wagt er sich an die eine gigantische Geschichte, wie wir sie alle früher oder später einmal erleben: eine Geschichte, an der man wachsen muß, um sie zu verarbeiten. Davids* EISSKULPTUREN *ist eine gänsehauterzeugende und doch gleichzeitig bewegende Lektüre, die eine Hyper-Utopie an Gefühlen und einen Eindruck kosmischer Unausweichlichkeit heraufbeschwört, deren furchtbare Geheimnisse sich noch jahrelang in Ihren Gedächtniszellenfesthaken werden.*

Ich dachte, ich hätte es vergessen.

Frühling, Sommer und Herbst sind seitdem gekommen und wieder gegangen, und es ist mir leicht gefallen, mir etwas vorzumachen und daran zu glauben, daß die Vergangenheit endlich dem kalten, nicht greifbaren Gestern angehört. Aus der Jahreszeit, aus dem Sinn. Aber unvollendete Dinge haben die Angewohnheit, dir solange an jeder Ecke deines Lebens aufzulauern, bis du sie nicht mehr ignorieren kannst. Ich glaube, daß das der Grund ist, warum ich den Film entwickeln lassen mußte. Ich glaube, daß ich deshalb nicht überrascht bin von der Fotografie, von der ich immer wußte, daß es sie gab.

Das Gestern läßt deine Gedanken nie wirklich los. Es tut nur so, als sei es nicht mehr da, bis zu dem Moment, an dem es sich erhebt und nach dir greift . . .

Eagle Peak im Sommer ist eine weiche weiße Wolke, die irgendwo zwischen Himmel und Erde mitten im Universum schwebt. Trinke die Luft in dich ein, und ein kühler Hauch streicht über deine Seele. Forme deine Hände zu einem Gefäß und trinke das Wasser seines Sees, und dir wird wieder bewußt, wie lebendig du doch bist. Jeder Atemzug ist erfüllt von dem Duft frischgeschlagenen Kiefernholzes, jeder Blick schweift über einen strahlenden und grenzenlosen Regenbogen von Gebirgsblumen.

Es ist diese Lebendigkeit des Sommers, an die ich mich zu erinnern versuche, wenn ich an Eagle Peak denke. Aber es ist der Winter, den ich einfach nicht vergessen kann.

Winter. Welch eine kalte, seltsame Jahreszeit. Die Zeit der dunklen Träume und des Winterschlafs. Die Zeit, in der der

Schnee sanft vom Himmel auf die Erde schwebt wie weiße milchige Schmetterlinge, und die doch die Knochen zu Eis gefrieren und den Sommer zu einer vagen Erinnerung verblassen läßt. Eine faszinierende Zeit. Laß dich nur einmal von ihr in den Schlaf wiegen, und sie bringt dir den Tod. Berühre ihre spitzen Eiszapfen, die wie Stalaktiten an Bäumen und Felsen hängen, manchmal tropfend, manchmal fest – und ehe du es merkst, färbt sich das klare, durchsichtige Eis rot mit deinem Blut.

Winter, das ist Mutter Natur in all ihrer Grausamkeit.

Mutter Natur in all ihrer Grausamkeit.

Als wir unser Camp am Eagle Peak aufschlugen, war es Spätsommer des Jahres 1980, ein Jahr, das keinen Herbst hatte. Ein Septembertag war strahlend blauer Himmel und T-Shirt, der nächste war graue Düsternis und Parka. Im gleichen Jahr, nur wenige Monate zuvor, hatte ein explosiver Ausbruch des Mount St. Helens stattgefunden, bei dem eine Wolke aus Asche ungeheure fünfzehn Meilen hoch in die Atmosphäre geschleudert worden war. Die Meteorologen hatten davor gewarnt, daß diese Asche möglicherweise einen bedeutenden Einfluß auf das Wetter haben könne. Für einige Teile des Landes sagten sie so etwas wie einen kleinen nuklearen Winter voraus.

Aber wer hört schon auf das, was Meteorologen sagen?

»Himmelsleiter«, so hatten wir unsere kleine Gemeinschaft am Eagle Peak genannt. Zugegeben, ein bißchen esoterisch und selbstbeweihräuchernd, aber so ist das nun mal mit Künstlern. Ein von der Regierung finanziertes Kulturprogramm hatte uns zusammengebracht. »Interpretation der vier Jahreszeiten anhand verschiedener künstlerischer Medien«, oder so was. (Unglücklicherweise handelte es sich dabei nicht um Frankie Valli und die »Four Seasons«. Zu der Zeit hatte ich eine sehr viel fundiertere Vorstellung von Musik als von fallenden Blättern oder kalten Frühlingsschauern.) Im günstigsten Falle war es ein nebulöses Unterfangen, aber solange die Regierung bereit war, die Zeche zu bezahlen, waren wir bereit zu tun, was man von uns erwartete.

Wir errichteten unser Camp Himmelsleiter in einem kleinen Tal – im Norden wurde es von einer Felswand begrenzt, die uns vor den Nordstaatlern schützen sollte, die manchmal den Park überschwemmten, im Süden befand sich ein Gebirgseinschnitt, durch den, so hofften wir, uns an kalten Januartagen mit wolkenlosem Himmel die südliche Sonne wärmen würde.

Wir waren zwölf, alles Fremde zu Beginn und alle auf unterschiedlichen künstlerischen Gebieten tätig – Holzschnitzerei, Arbeiten aus Leder, Malerei in Öl, Bildhauerei, Skulpturen, Schachspiel, Fotografie, und so weiter. Ich war der Hemingway der Gruppe. Von jedem einzelnen von uns wurde erwartet, daß er die natürlichen Materialien so weit wie möglich in seine Arbeit integrierte. Farben wurden aus Beeren, Baumsäften und kreideartigern Gestein hergestellt, Leder aus Tierhäuten, Schnitzholz wurde von frisch gestürzten Bäumen genommen, und so weiter.

Kreativität in Potenz, könnte man sagen.

Ich war der einzige Schriftsteller, und ich hatte den Verdacht, daß meine Präsenz im Camp in erster Linie dazu dienen sollte, die Geschehnisse schriftlich festzuhalten. In dem Programm wurden nur sehr dürftige Aussagen über die erwarteten Ergebnisse dieses Unternehmens gemacht. Aber was meine eigenen, verschwommenen Vorstellungen betraf (die sich seitdem schon längst in Nichts aufgelöst haben), so hoffte ich mit großer Zuversicht, ein Buch über die folkloristischen und mystischen Elemente schreiben zu können, die meiner Meinung nach letztendlich eine Rolle in unserem »Zurück-zur-Natur«-Experiment spielen konnten.

Ich glaube, daß ich diese Pläne aufgab, als es mir nicht mehr möglich war zu begreifen, was genau in Camp Himmelsleiter vor sich ging.

Gleich vom ersten Tag an gab es in der Gruppe zwei Leute, die sich als Außenseiter zusammentaten. Margo McKennen war Fotografin aus Leidenschaft, angefüllt mit Brennweiten und Belichtungszeiten, Weitwinkeln und Zooms. Auf eine Art waren wir beide mehr Beobachter als Teilnehmer, und manchmal denke ich, daß es dieser feine Unterschied war, der uns auf subtile Weise von den anderen trennte. Auf der künstlerischen Gesellschaftsleiter hatten Margo und ich je einen Fuß auf der untersten Sprosse und den anderen Fuß frei in der Luft baumeln. Ich vermute, es muß da ein ungeschriebenes Gesetz gegeben haben (daß es ungeschrieben gewesen sein muß, versteht sich von selbst), welches besagte, je schmutziger man sich die Hände bei der Ausübung seiner Kunst machte, desto höher stand man auf der Leiter. Margo und ich taten unser Bestes, nur um nicht ganz runterzufallen.

Als ich Margo kennenlernte, *surr-klickte* sie ständig mit ihrer Kamera umher, mit einer nervösen Energie, die sie scheinbar nie erschöpfend ausleben konnte. In gewisser Hinsicht verstand ich ihre Kamera als eine Erweiterung ihrer selbst. Sie sah die Welt in all ihrer Häßlichkeit und all ihrem Glanz durch eine offene Linse, fast so, als habe sie Angst, die Kamera aus der Hand zu legen, aus Furcht, sie könne etwas verpassen, was nicht verpaßt werden durfte. »Schließ einmal die Augen, und ein Stück von der Welt huscht unbemerkt vorbei«, pflegte sie zu sagen. »Schließ die Augen zweimal … und es gibt nichts mehr zu sehen.«

Als sie diesen Satz zum erstenmal zu mir sagte, dachte ich, sie meine damit Menschen, die wie blind durchs Leben gehen und ihre Umwelt nicht wahrnehmen. Aber jetzt, da ich an die Traurigkeit zurückdenke, die ihre Augen in diesen Momenten verdunkelte, frage ich mich, ob es vielleicht die Blindheit des Todes war, vor der sie mich warnen wollte.

Schließ die Augen zweimal … und es gibt nichts mehr zu sehen.

Es war der 16. September, als die erste Schneeflocke vom Himmel herabflatterte und auf der Erde des Eagle Peak schmolz. Dann rieselte noch eine Schneeflocke leise aus dem Himmel, und noch eine, und es dauerte gar nicht lange, bis sie nicht mehr schmolzen, wenn sie die Erde küßten.

Zwei Tage später bahnte sich ein Aufseher mit seinem Schneemobil den Weg zu uns hinauf. Er trug die übliche knallgelbe Jacke und stieß dampfend heiße Atemwolken aus. Sie waren dabei, den Park zu schließen (was normalerweise erst nach dem Thanksgiving-Wochenende geschah), und er wollte wissen, ob es noch irgendwelche … »letzten Wünsche« gab, wie er es ausdrückte. Ich sehe noch vor mir, wie er sein Möglichstes tat, um sich warm zu halten, indem er seine Hände zusammenschlug und mit den Füßen im Schnee herumstampfte wie ein großer Elch, der versucht, das Skelett eines unter dem Schnee begrabenen Busches freizulegen. Und in seinen Worten schwang ein nur schlecht verhohlener Unterton mit. *Ihr verdammten Idioten!* hörte man ihn sagen. *An diesem Ort kann man doch nicht bleiben. Nicht in diesem Winter. Nicht hier.*

Der Park wurde am 20. September 1980 offiziell geschlossen.

Und dann begann der längste Winter, den ich jemals erlebt habe.

Während dieser ersten Wintertage waren Margo und ich unbeteiligte Beobachter, die ein mehr oder weniger wachsames Auge auf ihre Mit-Künstler hatten und ein neugieriges auf das seltsame Wetter. Sie war fasziniert von der bitteren Kälte eines frühen Schneesturms, und ich glaube, daß es das war, was sie so anziehend für mich machte, ihre wundervolle, kindhafte Neugier, ihr ständiger Drang, etwas mit dem Finger anzustupsen und abzuwarten, was geschah.

Gemeinsam – denn nach einer Weile waren wir fast unzertrennlich – beobachteten wir, wie unsere Künstlerkohorte langsam ihre Gesichtslosigkeit verlor und die wirklichen Menschen sich abzuzeichnen begannen, ganz und gar und exzentrisch, jeder auf seine persönliche Art ein Dr.-Jekyll-und-Mr.-Hyde. Diese frühen Wintertage waren es, in denen Margo und ich uns selbst überlassen am Rande des Erlebnisses Himmelsleiter standen und uns unsere kleinen Notizen machten, visuell und auch schriftlich, die ich am meisten genoß.

Der seltsamste in unserer Gemeinschaft war Billy Dayton, der Bildhauer der Gruppe. Er war ein Mann, der nicht in die

Gegenwart paßte, ein verlorenes Kind der Sechziger. Er trug sein Haar lang, im Nacken mit einem Streifen Kaninchenfell zu einem Pferdeschwanz zusammengebunden. Sein Gesicht war hinter einem Vollbart versteckt, der von grauen Strähnen durchzogen war und der ihn älter erscheinen ließ als er war. Seine Augen waren dunkel wie eine mondlose Nacht.

An einem Spätsommertag fand ich ihn ungefähr eine Meile vom Camp entfernt. Er kniete vor einer Platte aus monolithischem, vulkanischem Gestein, in die er mit einem Granitkeil etwas einmeißelte.

»Was ist das?« fragte ich, nicht ahnend, was er mir antworten würde.

»Die Revolution der Natur«, antwortete er mit einer sanften, zarten Stimme, der Art von Stimme, die dich jede gemurmelte Silbe glauben läßt, obwohl du weißt, daß es Unsinn ist. Genau das war auch Billy Daytons Art, er redete ständig unsinniges Zeug, das sich richtig anhörte. Zumindest sah ich es damals so. jetzt ... nun, jetzt bin ich mir nicht mehr so sicher. Vielleicht war es gar kein Unsinn.

»Hört sich gut an«, sagte ich.

Dann gesellte sich Margo zu uns, die wie immer alles *surrklickte*, was ihr vor die Kameralinse kam. Als sie Billys Monolith sah, machte sie schnell vier oder fünf Aufnahmen hintereinander und hielt dann inne, die Hände um ihre Kamera gekrampft.

»Was ist das?« fragte sie.

»Die Revolution der Natur«, antwortete ich ihr.

Sie kicherte nicht, zumindest nicht laut heraus.

Aber irgendwie fühlte Dayton, daß etwas nicht stimmte, denn er wandte sich auf den Knien liegend zu ihr um und fing ihren Blick ein, als wolle er ihre Gedanken lesen. Ich weiß noch, daß ich für einen kurzen Augenblick dachte, daß seine Augen loderten wie flüssiges Quecksilber. Dann schauderte Margo, und ich konnte sehen, wie die Fröhlichkeit in ihr welkte, so, wie manchmal die Fröhlichkeit eines Kindes welkt, wenn ein Erwachsener das Zimmer betritt. »Laß uns gehen«, sagte sie und zupfte an meinem Ärmel. Ihre Hand war eiskalt, so, als sei ihrem Körper das ganze Blut entzogen worden.

Ich ging mit ihr, während Billy sich wieder seiner Revolution zuwandte. Als wir außer Hörweite waren, fragte ich Margo nach dem Grund für diese plötzliche Flucht.

»Es war nur so ein Gefühl«, sagte sie. Dann war die Kamera wieder vor ihrem Gesicht, und sie *surr-klickte* zuerst den einen Baum und dann den nächsten. Und da wurde mir zum erstenmal bewußt, daß Margos Kamera nicht nur ihr Fenster zur Welt war, sondern auch ihre Art, die Dinge aus ihrer Welt zu verbannen, die sie nicht sehen wollte.

Aus dem Sucher, aus dem Sinn.

Die Winternächte wurden zunehmend kälter, und das Camp teilte sich langsam in immer kleinere Gruppen auf, von denen jede ihre eigenen Interessen hatte. In dem einen Zelt wurden große Debatten über die Kunstfertigkeit im Gegensatz zur Kunst geführt und über die Frage, wie der Geist der Kreativität beschaffen sei; in einem anderen Zelt wurden Rezepte zur Herstellung von Beerenfarben und Tips zum Thema »Die zehn wichtigsten Verwendungsmöglichkeiten von Vulkangestein« ausgetauscht. In der Sicherheit unseres Zeltes ließen Margo und ich – einst Fremde, jetzt Freunde – einander an unseren wohlbehütetsten Gedanken teilhaben.

»Perspektive ist das größte Geschenk, das wir der Welt machen können«, sagte sie in einer dieser kalten Nächte. Sie war bis zur Nasenspitze in einen warmen Schlafsack gekuschelt, das flackernde Feuer reflektierte helle Lichter in ihren Augen. »Du siehst draußen die trostlose Kälte des harten Winters, ich sehe Schlösser aus Eis und Schnee. Wir sehen das gleiche, und doch sehen wir es anders. Diese Perspektive – deine einzigartig für dich, meine einzigartig für mich – ist unser größtes Geschenk an die Welt.«

Diesen Gedanken konnte ich verstehen. »Das gleiche kann man auch über die Idee für eine Geschichte sagen«, sagte ich. »Gib sie fünfzig verschiedenen Schriftstellern, und du wirst fünfzig verschiedene Geschichten bekommen. Jede mit einer eigenen persönlichen Note. Jede so individuell wie ihr Verfasser.«

»Ja!« rief sie aufgeregt, ganz Lehrer, der seinem Schüler etwas beibringt. »Und woraus schöpfen wir unsere einzigartigen Perspektiven, du deine, ich meine?«

»Aus Vergangenem und Gegenwärtigem! Aus Kindheitsfreuden und jugendlichen Alpträumen! Daraus, wie ein Schimpanse mein Bild im Spiegel anzustarren! Daraus, daß wir so schnell erwachsen werden, daß wir nie das Gefühl verlieren, noch Kinder zu sein!«

»Und aus den Gerüchen, die wir riechen!« sagte sie, während sie sich auf einen Ellenbogen stützte und die Worte so schnell heraussprudelte, wie sie ihr in den Sinn kamen. »Und den Geräuschen, die wir hören, und all dem Rauhen und Weichen, und Eckigen und Runden, das wir berühren!

Aus allem, was uns traurig macht, und aus allem, was uns glücklich macht! Aus unseren Vorstellungen von der Welt und dem Universum, von Geburt und Tod, von Versprechen und Lügen! Aus all dem!«

Und sie holte tief Luft, hielt den Atem an, lächelte währenddessen und ließ dann die ganze Luft in einer einzigen weißen Wolke entweichen, die das Zelt füllte. Sie hatte so viel mehr gesagt, als ihr in diesem Moment bewußt gewesen war. Denn ich denke, daß es das war, was mit Dayton geschah. Er hatte seine ureigene Perspektive, und irgendwie hatte sie begonnen, eine Form anzunehmen.

An einem Tag gegen Ende Januar sagte sie zu mir: »Ich möchte, daß du dir etwas anschaust.« Der Eagle Peak war in helles Sonnenlicht getaucht, und der weiße Schnee war fast blendend in seiner Helligkeit. Sie zupfte an meinem Ärmel. »Es ist Schönheit in ihrer häßlichsten Form.«

»Das ist ein Widerspruch in sich. Es muß etwas mit Dayton zu tun haben«, sagte ich.

»Mit wem sonst?«

»Noch eine Revolution?«

»Jede Menge, nehme ich an.« Sie blieb stehen, um ein paar schnelle Schnappschüsse von Damwildfährten im Schnee zu machen. »Rate mal, was der Kerl diesmal gemacht hat. Nimm die wildeste, bizarrste Vorstellung, die dir in den Kopf kommt.«

»Er hat seine eigene Leiter zum Himmel gebaut.«

Margo ließ die Kamera sinken und teilte ein amüsiertes Lächeln mit mir, so, als erwäge sie diese Möglichkeit tatsächlich. »Wer weiß«, sagte sie sanft. Dann schnellte die Kamera wieder nach oben, und sie sagte: »Versuch's noch mal.«

»Ich geb's auf. Der Mann ist zu unberechenbar für die Vorstellungskraft eines Schriftstellers.«

»Er haut Skulpturen in Eis.«

»Welches Motiv?«

»Ein Selbstportrait.«

Er hatte drei Skulpturen aus dem Eis gehauen, die sich auf nicht besonders subtile Weise voneinander unterschieden; trotzdem fällt es mir auch heute immer noch schwer, diese Unterschiede zu beschreiben. Es war eine Art Steigerung – jung, älter, alt, das war das erste, was mir in den Sinn kam. Die erste Skulptur war Dayton wie aus dem Gesicht geschnitten. Die zweite wies etwas verschwommenere Züge auf, und die dritte war Picasso-ähnlich, nur weicher, die Linien waren weniger scharf und ausgeprägt. Vielleicht ist *Abschwächung* das treffendere Wort, denn jede Skulptur erschien weniger ausgeprägt, noch verschwommener, als die Skulptur zu ihrer Linken.

»Das soll ein Selbstportrait sein?« fragte ich. Das Werk machte auf mich einen seltsamen Eindruck von *Unbalanciertheit*, da war etwas, das zu sagen schien: *je klüger der Mensch, desto selbstzerstörerischer.* Und so war auch Dayton selbst, klug und selbstzerstörerisch.

»Was sonst könnte es sein?« antwortete Margo.

In diesem Winter verdammte Dayton uns alle zwölf. Jeder von uns wurde zu einer seiner aus dem Eis geschlagenen Abbilder in drei Variationen – neugeboren, lebend, tot –, als habe der Atem des Todes das Eis langsam verschrumpeln lassen. Er schlug und formte und hämmerte uns alle zwölf in Eis. Sally in einer Höhe von 7000 Fuß, in der Nähe des Eagle Lake, Hampton bei 7500 Fuß, in der Nähe des Goat-Head-Passes. Die anderen an versteckten Stellen, die es uns nie gelang, ausfindig zu machen.

Als er das letzte seiner in Eis gehauenen Kunstwerke beendet hatte, irgendwann Mitte April, als der Schnee in den unteren Regionen schon langsam zu Wasser schmolz, verschwand Dayton in seinem Zelt und kam nicht wieder hervor.

Zu dem Zeitpunkt wußten wir es noch nicht, aber die »Revolution« hatte begonnen.

Sie erreichte uns gegen Ende April. Die Sonne schien fast sommerlich heiß vom südlichen Himmel, und dem großen Frühlingstauen entsprang nach und nach eine Vielzahl von Rinnsalen und kleinen Bächen und Fontänen, die das vulkanische Gestein mit Furchen durchzogen und der topographischen Anatomie hier und da ein neues Gesicht gaben.

Nach seinem langen Winterschlaf erwachte der Eagle Peak langsam zu neuem Leben. Ich selbst konnte den Tag kaum erwarten, an dem ich einen warmen Seufzer ausstoßen konnte, ohne meinen Atem als gehallte Wolke in der kalten Luft vor mir zu sehen.

So wie ich mich als ein Opfer der Natur fühlte, fühlte sich Dayton, so glaube ich, als ihr Messias. Und vielleicht war er das auch wirklich – der Botschafter von Mutter Natur. Seit jemand das letzte Mal gesehen hatte, daß er seine Nase aus dem Zelt streckte, waren zwei Wochen vergangen, und Margo, deren wunderbare Neugier angestachelt war, überzeugte mich davon, daß wir wenigstens einen Blick in das Innere seines Zeltes werfen sollten.

»Das ist jetzt nicht der richtige Moment, um Bilder zu machen«, flüsterte ich ihr zu. Wir standen draußen vor Daytons Zelt, Margo mit ihrer Kamera in beiden Händen, während meine nach dem Segeltuch des Zelteingangs griffen.

»Nur eins«, sagte sie mit einem Glitzern in ihren Augen. »Mach schon.«

Ich schlug das Segeltuch zurück.

Margo machte schnell hintereinander zwei oder drei Aufnahmen.

Und dann blieben wir beide einen unendlichen Atemzug lang wie erstarrt stehen, Margos Kamera entglitt ihren gefühllosen Händen und fiel an ihre Seite zurück (ein Anblick, den ich nie vergessen werde, denn es war das erste Mal, daß ich sie mit etwas Schrecklichem konfrontiert sah und sie nicht versuchte, sich hinter der Linse einer Kamera zu verstecken).

Was von Dayton übrig war, lag auf dem Boden, teilweise von einem Kleidungsstück und dem Streifen Kaninchenfell verdeckt, mit dem er sich immer das Haar zurückgebunden hatte. Ich stupste das Häufchen mit dem Fuß an, hörte das ekelerregende Geräusch von aneinanderstoßenden Knochen, sah, wie noch ein wenig mehr von der geleeartigen Masse heraussickerte, und versuchte, meinen revoltierenden Magen unter Kontrolle zu bekommen.

Dayton, der Messias, hatte seine Botschaft verkündet.

Irgend etwas in Mutter Natur war aus dem Gleichgewicht geraten.

Am nächsten Tag begann Camp Himmelsleiter sich aufzulösen, zum Teil wegen dem, was mit Dayton geschehen war, zum Teil, weil die langen Wintermonate das ganze Lager schließlich in eine kollektive Depression hatten versinken lassen. Sogar jetzt, kurz vor Ausbruch des Frühlings, war es ungeheuer schwierig, sich aus dem Sumpf von Kälte, Starre und Hoffnungslosigkeit zu befreien.

Sally und Hampton brachen am nächsten Morgen in aller Frühe zum Mount St. Helens auf. Einige der anderen kehrten nach Hause zurück, einige zogen Richtung Süden, wo es wärmer war, und ein paar verließen das Camp von einem Tag auf den anderen, ohne etwas zu sagen. Margo und ich blieben.

Ich denke, daß wir einfach neugierig waren. Und vielleicht war es das, was uns gleich von Anfang an von den anderen getrennt hatte. Ich glaube, Margo fühlte sich irgendwie verantwortlich für das, was mit Dayton geschehen war, obwohl wir beide versuchten, es für einen Ausrutscher von Mutter Natur zu halten, so etwas wie spontane Verbrennung, etwas, das man besser nicht weiter erforschte. Trotzdem wollte sie immer weiter Fotos machen, bis die Dinge, durch das Auge ihrer Kamera gesehen, irgendwie einen Sinn ergaben. Was mich betraf, ich wollte mehr über Dayton schreiben und darüber, wie anders als die anderen er gewesen zu sein schien, und darüber, daß die Dinge in Camp Himmelsleiter sich vielleicht anders entwickelt hätten, wenn wir versucht hätten, ihn ein wenig besser zu verstehen.

Wir fühlten uns beide gezwungen, noch ein wenig länger am Eagle Peak zu bleiben.

Der 21. Tag im Mai war mein letzter Tag am Eagle Peak.

Ich saß an einen Fels gelehnt auf dem Boden und sog die wärmenden Sonnenstrahlen in mich auf, während ich einige meiner Gedanken in mein Notizbuch kritzelte. Ich kam einfach von der Vorstellung nicht los, daß Dayton, Mount St. Helens und die Eisskulpturen irgendwie auf eine seltsame, unheilvolle Weise miteinander verbunden waren, die zu Daytons Tod geführt hatte.

Dann tauchte Margo plötzlich am Eingang eines kleinen Tales auf, aus dem ein schmaler Pfad herausging, der hinauf zum Gipfel des 12 000 Fuß hohen Eagle Peak führte. Die Kamera ruhte an ihrer Seite. Ihr Gang war fast taumelnd, und ich erinnere mich, mein erster Gedanke war, daß sie versucht haben mußte, den Berggipfel zu erklimmen. Sie glänzte in der Mittagssonne, ihr Haar klebte feucht an ihrer Stirn. Gesicht, Arme und Beine reflektierten lebendiges Sonnenlicht. Ihre Augen waren gläsern und wie aus Eis, so klar und rein wie die kristallenen Agate, mit denen ich als Kind Murmeln gespielt hatte.

»Margo?« Ich lehnte sie gegen den Felsen, kniete mich neben sie, und bemerkte zum ersten Mal die Blutspur an ihrem Kopf. »Mein Gott, was ist passiert?«

Sie gab mir eine Filmrolle – die Berührung ihrer Hand war kalt, wie ein Gebirgsbach im Frühling –, dann noch eine und noch eine. Sie versuchte zu lächeln, aber es war ein trauriges Lächeln, das sie nicht aufrechterhalten konnte. »Du bist noch immer da oben«, flüsterte sie. »Ich konnte nicht zu dir gelangen, aber du bist noch da.«

Ich strich das Haar von ihrer linken Schläfe zurück. An der Stelle, wo ihr linkes Ohr hätte sein sollen, befand sich ein dunkelrotes Loch. »O Margo ...«

»Ich habe meine Eisskulptur gefunden«, sagte sie zwischen mehreren kleinen keuchenden Atemzügen. »Dachte, vielleicht, wenn ich sie zerschmettere ...«

»Daytons Abbild von dir?«

Sie nickte. »Deins auch. Tausend Fuß weiter oben. In der Nähe des Gipfels.«

Eine lange, atemlose Stille trat ein. Dann setzte ich mich zu ihr, und sie kuschelte sich in meine Arme. »Ich sterbe«, sagte sie, und diese Feststellung war genauso unschuldig und ehrlich wie eine ihrer Fotografien. »Und ich kann nichts dagegen tun.«

Sie lehnte sich dicht an mich. Ich flüsterte: »Ich liebe dich«, und zog sie noch näher zu mir heran. Sie fühlte sich weich an, zu weich, wie ein abgenutztes Kissen oder ein Ballon, aus dem die Luft entweicht. Ihre Haut war feucht und kalt und glitschig, an einigen Stellen wie Wachs, an anderen wie Eis. Und ich wußte, daß ich sie verlieren würde.

Ich hielt sie so, bis die Sonne unterging, bis ich in der zunehmenden Dunkelheit nichts mehr erkennen konnte, weil ich mich daran erinnern wollte, wie sie aussah, bevor das Fleisch begann, von ihren Armen und Beinen und von ihrem Gesicht abzugleiten, bevor das Gewebe und die Muskeln und die Knorpel zu einer geleeartigen Masse wurden, die sich in einer Pfütze unter ihr sammelte. Und als der Mond über mir nur noch ein entferntes, nebeliges Licht ausstrahlte, hörte ich das letzte Klicken ihrer Knochen aufeinander und fühlte, wie der letzte Rest ihrer Konturen aus meiner Umarmung schmolz, genauso wie das letzte Stück ihrer Eisskulptur am Berg zweitausend Fuß über uns unter dem Maihimmel dahinschmolz ...

Es regnet.

Ich habe die Fenster aufgelassen und die Heizung abgestellt, und trotzdem ist mir immer noch zu warm an diesem Wintertag. Ich weiß, was mit mir geschieht, aber das macht es nicht weniger schmerzhaft, weniger grauenhaft.

Auf dem Foto, das aus einiger Entfernung aufgenommen wurde, kann ich sehen, wie mein in Eis gehauenes Abbild stolz nur ein paar hundert Fuß unter dem Gipfel des Eagle Peak thront, niedrig genug, um von den Sonnenstrahlen dreier Jahreszeiten erwärmt zu werden, und doch hoch genug, um ihnen irgendwie zu widerstehen.

Und ich fühle mich wie ein Eiszapfen am späten Nachmittag eines bewölkten Tages, feucht, und hier und da ein bißchen tropfend, aber so ungeheuer dankbar für die erste Kühle der kommenden kalten Nacht.

G. WAYNE MILLER

Ausgelöscht

Wayne Miller, Reporter beim PROVIDENCE JOURNAL, *am 12. Juni 1954 geboren, schreibt Features und betreut publizistisch das Staatsgefängnis und Nervenheilanstalten. Er hat lokale und internationale Preise errungen, darunter auch Auszeichnungen der AP und der UPI.*

Er ist eine Entdeckung.

***Ausgelöscht** ist nicht Millers erste Geschichte, lediglich die erste in Buchform. Er hat seine Stücke in* ALFRED HITCHCOCKS MYSTERY MAGAZINE, MIKE SHAYNE'S *und in* THE HORROR SHOW *untergebracht.*

Die Millers wohnen in einem 300 Jahre alten Haus, das in der Zeit vor der Revolution ein Gasthaus war, ›und in einem Zimmer spukt es‹. Daher überrascht es nicht, daß sein Beitrag eine romantische Gespenstergeschichte ist, und zwar eine der schönsten und originellsten, die ich seit Jahren gelesen habe. Sie werden mir recht geben, sie ist absolut und schonungslos … gespenstisch.

Das warst du doch, nicht wahr, an dem Abend vor zwei Wochen?

Du, hinter dem Lenkrad deines unglaublichen roten 64er Mustang Convertible, während deine schokoladenbraunen Haare in deinem Nacken flatterten wie die Schwanzfedern eines exotischen Vogels. Und ich, nun, ich kam von der Arbeit, war ziemlich spät dran, die Schnellstraße, die aus Boston herausführt, war noch immer verstopft, und mein Toyota keuchte und ächzte über den Asphalt wie jemand mit einem tödlichen Emphysem. Für einen kurzen Moment warst du mit mir auf gleicher Höhe, gerade lange genug, um die Verblüffung in meinem Gesicht zu erkennen, und für mich lange genug, um dein Lächeln zu sehen, dann bist du davongeschossen und im Verkehr untergetaucht.

Und später am Abend warst du es doch am Telefon, nicht wahr, obgleich du kein Wort gesagt hast? Du warst es, die diesen verrückten anonymen Liebesbrief geschickt hat, die die Nachricht im Büro hinterließ, du, die gestern abend vor meinem Fenster geflüstert hat, oder etwa nicht?

Fünf Jahre warst du weg – so lange wie nie zuvor –, und jetzt bist du wieder da und bereitest dich vor, das zu tun, was du tun mußt.

Ich hatte es fast vergessen.

Kannst du das begreifen, Katrina? Es stimmt. Die Jahreszeiten hatten sich abgewechselt, der Lebenskreislauf hatte sich geschlossen, und wieder hatte ich überlebt ... hatte sogar Erfolg gehabt. Ich hatte die Vergangenheit begraben, hatte mir eine neue Gegenwart geschaffen, hatte geheiratet und einem wunderbaren Kind auf die Welt geholfen. Cheryl und Angie, meine Frau und meine Tochter. Ich liebe sie so sehr, Katrina, mehr, als ich mit Worten ausdrücken kann. Sie lieben mich. Ich erkenne es in ihrem Lächeln, höre es in ihren Stimmen. Jeder Mann sollte mit so etwas gesegnet sein.

Wie naiv von mir zu hoffen, daß es dieses Mal anders sein würde, daß du mich im Laufe der Zeit und bei deinen anderweitigen Geschäften irgendwie übersehen, vergessen würdest. Ich hätte begreifen sollen, daß du zurückkehren mußt. Daß du dorthin gehen würdest, wo du immer hingehst, und daß du zurückkehren würdest, wie du immer zurückkehrst. Und daß du zurückkehren würdest, um mir dieses neue Leben wegzunehmen, das ich mir aufgebaut habe, daß du es für einen Moment in der Hand festhältst und es dann verwehen läßt wie Spinnweben im Herbstwind.

Und mit ihm Cheryl und Angie.

Dafür hasse ich dich.

Endlich, nach so langer Zeit, spüre ich, wie der Zauber sich langsam löst, wie er bricht.

Der Wagen. Es fing mit diesem unglaublichen Wagen an.

Ich erinnere mich noch, wie ich ihn zum erstenmal sah, glänzend und rot, und wie er in die Straße einbog, wo ich mit einem Rucksack stand und mit einem Schild in der Hand, auf das ich die Botschaft aufgemalt hatte. S. F. ODER ICH STERBE. Ich erinnere mich an dich, daran, wie die Junisonne dein elfenbeinfarbenes Gesicht streichelte, an deinen Körper, der kaum von dem T-Shirt und der Levi's verhüllt wurde, an deine Augen, die sich hinter violetten Brillengläsern versteckten. Es war der Sommer 1970, und ich hatte das College hinter mir gelassen, um mir die Welt anzuschauen.

An dem Nachmittag, an dem du mich aufgegriffen hast, war ich von Boston nach Albany getrampt. Ich konnte mein Glück kaum fassen. Du warst wunderschön, du warst intelligent, du verfügtest über diese sinnliche Ausstrahlung, die mich schon in dem Augenblick, als ich in deinen Wagen stieg, schier um den Verstand brachte. Ehe ich mich dir vorstellen konnte, nanntest du mich bereits Geliebter und strichst mir mit der Hand über die Wange. Ich errötete. Du sagtest, du seist auch nach San Francisco unterwegs, und daß wir Komplizen bei einem Überlandverbrechen sein könnten. Über diese Bemerkung lachte ich wie ein aus der Anstalt entflohener Irrer. Wir rauchten einen Joint und fuhren auf der Interstate 90 nach Westen, die Tachonadel bei 80 mph pendelnd, und dein Mustang schnurrte wie eine Katze am warmen Ofen.

Als wir Ohio erreichten, hing ich bei dir an der Angel.

In dieser Nacht lagen wir im Zelt, das wir an einem Bach am Ende einer Landstraße aufgeschlagen hatten, und liebten uns stundenlang. Wenn es so etwas wie den Himmel auf Erden gibt, dann war es diese Nacht. Ich kann nicht beschreiben, welche primitiven Gefühle in mir geweckt wurden, wie roh sie waren, wie mein ganzer Körper vibrierte, bis ich glaubte, ich würde jeden Moment explodieren, wie meine Gedanken und meine Seele an einen Ort vollkommener Seligkeit versetzt wurden. Am nächsten Morgen unterhielten wir uns darüber, daß wir Teil eines mystischen Plans waren. Nach unserem Gespräch liebten wir uns wieder und wieder und wieder.

Ich weiß es nicht mehr genau, aber damals schon versank ich.

Als wir nach Tahoe gelangten, war ich bereit, dich zu heiraten. Das war 1970 gar nicht so verrückt, sich zu entscheiden und vorzuschlagen, sein Leben mit einem Fremden von der Straße zu teilen. Wir waren die Woodstock-Generation, und unser Lebensinhalt war die Liebe. Es war mein völliger Ernst, dieser Wunsch, für immer und ewig mit dir zusammen zu sein. Ich sagte dir, es hätte schon in den Sternen gestanden. Du hast bei diesem Hinweis auf die Astrologie herzhaft gelacht, und noch lauter wurde dein Lachen, als ich die Ewigkeit erwähnte. Ich durfte dich nicht mehr weglassen. Das war es, was ich mir selbst eingehämmert hatte: *Lasse einen wilden Vogel fliegen, und du siehst ihn nie wieder.*

Deshalb fragte ich dich, ob du mich heiraten würdest.

Natürlich sagtest du ja. Wir fuhren am Seeufer entlang, vorbei an den Kasinos und Hütten und den Motels und Andenkenläden und den Hippieläden und den Hochzeitskapellen. Ich hatte noch nie zuvor eine Hochzeitskapelle gesehen. Du auch nicht. Wir beide meinten, sie wären ganz furchtbar spießig. Wir entschieden uns für die Amor du Chalet, weil auf ihrem Rasen im Vorgarten Plastikflamingos aufgestellt waren. In der Kapelle lachten wir uns fast scheckig über die Plastikblumen und die Klappstühle und die Musik vom Band und über den Rev. Berto Andreozzi, nicht konfessionsgebundener Geistlicher, und als wir genug gelacht hatten, legte ich ihm $ 35 hin und bat ihn, dich zu meiner gesetzlich angetrauten Frau zu machen. Und so wurden wir, du in abgeschnittenen Jeans und ich mit einem Stirnband um den Kopf, getraut.

Ich versank, ging unter.

Die Flitterwochen verbrachten wir in den Wäldern auf der in Kalifornien gelegenen Seeseite. Drei Tage lang tranken wir Wein, aßen Käse und Brot und unterhielten ein Lagerfeuer und liebten uns so lange und so leidenschaftlich, das ich glaubte, ich würde mich davon nie mehr erholen. Drei Tage lang schrieben wir Gedichte und Songs. Drei Nächte lang schliefen wir unter einem Vollmond, beschützt von silberschwarzen Bergen, die, wie du meinst, aus dem Traum eines Astronauten gestohlen sein könnten. Wir teilten die Geheimnisse unserer Seelen, wie es in dem Lied so schön heißt, und wir beschworen, daß kein sterblicher Mann oder Frau jemals das erlebt hatte, was wir erlebten.

Am vierten Morgen warst du verschwunden.

Ich erwachte kalt, alleine, unter der aufgehenden Sonne. Dein Zelt, dein Schlafsack, dein Auto – alles war verschwunden. Den ganzen Tag suchte ich nach dir. Ich streifte durch die Wälder, am Seeufer entlang, dann durch die Einkaufszone. Es gab keine Spur von dir oder deinem Wagen. Die Polizei konnte mir nicht helfen. Solche Dinge passieren jeden Tag, meinte ein übergewichtiger Sergeant im Bereitschaftsdienst mit einem mittelalten Kichern.

Verzweifelt kehrte ich zu Rev. Andreozzi zurück. Er erinnere sich nicht mehr an sie, sagte er. Er erinnere sich auch nicht an mich. »Ich nehme so viele Trauungen vor«, entschuldigte er sich.

Eine Woche lang blieb ich in Tahoe. Ich war völlig außer mir, wie paralysiert. Als ich schließlich nach San Francisco kam, ließ ich mich von Park zu Park treiben, von Bude zu Bude, weinte mich auf Bänken und unter Bäumen und in Betten von Leuten in den Schlaf, die ich noch nie zuvor gesehen hatte und die ich nie wieder sehen würde. Ich rauchte gratis Gras und erzählte meine Geschichte jedem, der sie hören wollte. Ich suchte Zeitungen auf, ließ in einem Druckereiladen ein Poster drucken, das ich in

Waschsalons, in Raststätten und Bushaltestellen an die Wände klebte.

Und nichts.

In dieser Woche gesellte sich ein neues Gefühl zu meiner Trauer, ein Gefühl, düsterer und unheimlicher, als ich es je zuvor erlebt hatte. Ich fing an zu denken, daß ich dich mir vielleicht nur eingebildet, daß ich die Überlandfahrt, die Trauungszeremonie, jene phantastischen Kurven und Linien deines Körpers und deines Gesichtes nur geträumt hätte. Ich fing an, mich zu fragen, ob ich unter Drogen gestanden hatte; oder ob ich das Opfer irgendeines Experiments zur Gehirnkontrolle durch die Regierung geworden war, und ob ich mich in irgendeinem kosmischen Durcheinander des Karmas gefangen hatte.

Ich fing an zu glauben, daß ich an einem rapiden Abstieg in den Wahnsinn begriffen war.

Ich ertrank.

Als der Juni in den Juli überging und der Juli in den August und das Geld allmählich knapp wurde, hatte ich keine andere Wahl, als in den Osten zurückzukehren. Widerstrebend brach ich auf. Auf dem Heimweg machte ich in Salem, Ohio, Halt, in der Stadt in der du, wie du erzähltest, geboren und aufgezogen wurdest und wo du die High-School besucht hast. Ich ging zur Polizei, zum Stadtarchiv, in die Läden entlang der Hauptstraße. Ich blätterte in Ausgaben des *Salem Song* und das High-School-Jahrbuch durch.

Niemand hatte von dir gehört. Niemand hat irgendwelche Angaben über dich machen können. Niemand hatte auch nur eine vage Vorstellung, wovon ich überhaupt redete.

Ich reimte mir zusammen, daß ich mich geirrt hatte, daß

es sich um ein anderes Salem handelte, einen anderen Staat ...

Ich ertrinke, ich bin naiv und ertrinke.

Aber hinsichtlich meiner Heimatstadt, Hyannis, Mass., die mitten auf dem sandigen Cape Cod liegt, irrte ich mich nicht. Bis auf die Zeit im College hatte ich mein Leben hier verbracht. Ich kam früh am Sonntag in der Fahrerkabine eines Trucks an, den ich in Buffalo bestiegen hatte. Von der Hauptstraße wanderte ich nach Süden zum Strand, wo meine Eltern ein prächtiges viktorianisches Haus mit sorgfältig gepflegtem Rasen und einer makellos gestutzten Hecke besaßen.

Das Haus stand da, großartig. Der gepflegte Rasen. Die Hecke. Der spektakuläre Blick auf die Lewis-Bucht und Yarmouth.

Als ich an die Tür klopfte, machte mir ein völlig Fremder auf.

Ich weiß nicht, wie lange ich ihn angestarrt habe, der Ausdruck meines Gesichtes wandelte sich von Erwartung zu Überraschung, weiter zu totalem Schock und dann zu namenloser Angst. Nein, sagte er, hier hatte niemand sonst je gelebt – nicht in den 35 Jahren, die ihm das Haus gehörte. »Sind Sie ganz sicher?« fragte ich ungläubig. »Das ist doch kein Scherz.« »Natürlich nicht«, schnappte er und schlug mir die Tür ins Gesicht.

Ich war benommen. In diesem Zustand wanderte ich stundenlang durch Hyannis – benommen und verwirrt. Es wäre schon schlimm genug gewesen, wenn du mich gewarnt hättest, Katrina. Wenn du einen Hinweis gegeben hättest. jede noch so winzige Kleinigkeit hätte schon gereicht. Aber das ist nicht dein Stil, was? Launenhaftigkeit, spontane Einfälle, Autokratie – das sind die Elemente deines Stils.

Du weißt was als nächstes geschah.

Du weißt, daß ich bis zum Winter in Cape Cod blieb, vergebens nach Leuten suchte, die ich kannte, nach Archivmaterial, das ich in den Schularchiven hätte finden müssen, nach Zeitungsausschnitten, in denen meine jugendliche Karriere als Baseballspieler dargestellt wurde. Wenn du eines bist, Katrina, dann gründlich – alles war vollkommen ausgelöscht, die Tafel war gründlich gesäubert worden. Mit Einzug des kalten Wetters wanderte ich nach Boston, fand einen Teilzeitjob in einer Bäckerei, trieb mich in Jugendherbergen und Stundenhotels herum, während ich mich bemühte, wieder auf die Beine zu kommen. Du weißt, wie dicht davor ich war, alles zu beenden, als ich damals auf dem Dach des Custom House herumlief, 19 Stockwerke über dem Straßenpflaster. Wie am Ende der Schmerz zu einem tauben Gefühl abflachte, die Taubheit zu Inkonsequenz, die Inkonsequenz zu dem Entschluß, daß ich überleben wolle.

Habe ich es zu Anfang verstanden? Hast du jemals darüber nachgedacht, Katrina?

Die Antwort lautet nein. Das erste Jahr verbrachte ich in der Überzeugung, daß ich verrückt wäre – und den Verstand noch mehr verwirrend war die Tatsache, daß ich in den meisten anderen Bereichen völlig normal war. Schließlich war es das beste für mich zu glauben, daß ich unter Amnesie litt, höchstwahrscheinlich durch einen Unfall, an den ich mich durch meinen derzeitigen Zustand nicht erinnern konnte. Und das hätte ich sicherlich auch weiterhin glauben können, wäre da nicht so viel bei mir gewesen, an das ich mich erinnern konnte, wie zum Beispiel an dich, an meine Familie, an meine Herkunft. Ironischerweise ging es aufwärts, als ich begriff, daß ich vergessen mußte, vergessen, wer ich war, was ich in einem späteren Leben einmal hatte werden wollen. Es war mein eigener Prozeß, die Spuren auszulöschen, es war ein Prozeß der Verleugnung.

1973, als die Erinnerung verblaßte, kamst du zurück.

An einem Samstagmorgen tauchtest du vor meinem Apartment auf, nonchalant, als wäre in Tahoe und in den drei Jahren dazwischen nichts geschehen. Es war Mai, ein warmer, sonniger Tag. Ich hörte die Hupe und schaute aus dem Fenster und sah dich in diesem unglaublichen Wagen. Du hast gelacht und hast mich Geliebter genannt und hast die Haare zurückgestrichen und fragtest mich dann, wie es mir ergangen sei. Mit all dieser Sorge in deiner Stimme hätte man meinen können, wir hätten uns erst gestern gesehen.

Zuerst, sprachlos durch das offene Fenster starrend, war ich einfach überrumpelt.

Dann, in einem Augenblick kristallener Klarheit, verstand ich. Ich wußte nicht wie, kannte die Vorgänge nicht, aber ich verstand.

Und da war nichts, was ich tun konnte. Nichts, was ich tun wollte. Das war das Seltsame, Katrina, nämlich wie sehr du mich noch in deinem Griff hattest.

Zwei Wochen waren wir zusammen. Du bist in einem weißen Seidenkleid in meinem Apartment umherspaziert und sangst die Lieder, die wir unter dem Sternenhimmel am Ufer des Lake Tahoe geschrieben hatten. In der ersten Woche blieb ich standhaft. Ich war wütend. Ich wollte Erklärungen. Ich wollte meine Vergangenheit. Ich dachte daran, dich zu töten. Die Vergangenheit sei vorbei, sagtest du, und es hätte keinen Sinn, darüber zu diskutieren. Und das tatest du auch nicht, ganz gleich, wie sehr ich dich bestürmte. Eine Woche lang widerstand ich, und dann gab ich dir nach, Katrina. Du hast deinen Zauber wirken lassen und wolltest daß ich wieder hilflos bin, und so wurde ich es.

Am achten Abend, einem Sonntag, liebten wir uns. Es war besser als je zuvor.

Ich bin in dir ertrunken.

Am fünfzehnten Tag warst du verschwunden. Ich war diesmal nicht so überrascht, wie ich es in Kalifornien gewesen war. Mit dir ging mein Job zum Teufel, meine neuen Freunde, mein Apartment. Das Gebäude war noch da, sogar die Suite befand sich da, wo ich gelebt habe. Aber als ich zurückkam, es mit dem Schlüssel versuchte, wurde ich von einem Mann erwartet, von dem ich ganz sicher war, ihn nie gesehen zu haben, und ich protestierte nicht.

Während der nächsten zehn Jahre wiederholte dieser Vorgang sich viermal. Jedesmal schwor ich, daß ich dich nicht zurücknehmen würde. Jedesmal drohte ich dir, diskutierte mit dir, ging fast soweit, dich zu hassen.

Jedesmal hast du gewonnen.

Und jedesmal, wenn du gingst, nahmst du alles mit, was ich wieder aufgebaut hatte. Die Arbeitsstellen, die Jobs, die Apartments. Einmal sogar eine neue Freundin. Alles, bis auf die Kleider an meinem Leib.

Nun bist du also wieder da.

Du und dein phantastischer Wagen.

Ich weiß, was du während der vergangenen zwei Wochen getan hast. Du hast die Situation eingeschätzt. Du hast deine

Strategie entwickelt. Vielleicht hast du deine Erinnerung über mich aufgefrischt und erfahren, was du mit den neuen Elementen in meinem neuen Leben anfangen kannst und dich so auf deinen nächsten Schritt vorbereitet.

Ich denke, dein Schachzug wird heute nacht erfolgen. Mehr noch, ich bin ganz sicher, daß es dazu kommen wird.

Ich weiß es, weil du vor zwei Tagen im Büro angerufen hast. Ich war nicht überrascht. Das ist das Muster. Flüchtiges Erscheinen, Neckereien, dann ein Anruf, schließlich die Wiedervereinigung. Als du anriefst, habe ich gelogen. Ich sagte dir, daß Cheryl und Angie das Wochenende über außer Haus sein würden. Ich sagte, sie besuchten meine Schwiegereltern, und das Haus wäre unser, wenn es so sehr gewünscht würde.

Und du hast mir geglaubt.

Und du hast es dir so sehr gewünscht.

Nur haben sie die Stadt nicht verlassen, Katrina. Sie liegen unten im Keller in zwei separaten Särgen, eiskalt, und das Blut der Schußwunden, die ich ihnen zufügte, als ich nach Hause kam, begann bereits zu trocknen.

Ehe du dich an sie heranmachen konntest, Katrina, war ich schon bei ihnen. Wie du siehst, ich hätte sie nicht so einfach verlassen dürfen. Diese früheren Jobs, die Apartments, sogar die Freundin – das war die eine Sache. Cheryl und Angie waren die andere. Ich konnte nicht zulassen, daß du es tust, Katrina. Ich liebte sie beide, mit meinem Herzen und meiner Seele. Ich habe sie mehr als alles andere geliebt – mehr als dich.

Schließlich, zwei Wesen mehr als du.

Also warte ich hier. Es geht auf 9 Uhr zu, und der Tisch ist mit Gläsern und Porzellan gedeckt, und wir werden ein exquisites Dinner einnehmen. Wir werden über die alten Zeiten reden und werden kalifornischen Rotwein trinken, genau wie damals in Tahoe, und wenn das Dinner beendet ist und die Kerzen heruntergebrannt sind und die Begierde zunimmt, dann gehen wir nach oben und lieben uns.

Ein letztes Mal möchte ich noch ertrinken.

Und dann werde ich alles auslöschen. Und zwar tue ich es diesmal, Katrina, ich werde alles wegwischen.

Nichts wird zurückbleiben.

Sobald du eingeschlafen bist, gehe ich in die Garage und hole den Fünf-Gallonen-Kanister Treibstoff, den ich dort für den Rasenmäher aufbewahre. Ich werde durch das Haus spazieren und ihn dabei ausleeren. Wenn ich das getan habe, werde ich ein Streichholz hineinwerfen. Und wenn die Flammen höher und höher schlagen, werde ich den Lauf der Pistole in den Mund nehmen und den Abzug betätigen.

Diesmal werde ich derjenige sein, der weggeht.

Dorthin, wo Cheryl und Angie bereits sind.

Denn dort wirst du uns nicht erreichen können. Ich glaube, ich kann deinen Wagen schon hören. Ja, du bist es. Du hinter dem Lenkrad dieses phantastischen 64er Mustang Convertible, der vor meinem Haus ausrollt und stehenbleibt.

Ich, denke ich, ich mixe uns beiden einen Drink, Liebes.

Geliebte.

James Kisner

Der Wurf

Bei seiner ersten World Fantasy Convention in Tucson fährt er, der SLICE OF LIFE, NERO'S VICE *und* STRANDS *geschrieben hat, mit den Maclays über einen Berg. Meine Frau und Sohn John saßen hinten, Bill Nolan und ich vorne. Unter ausgelassenem Gekicher erfinden Bill und ich eine kleine Geschichte. Aus der Gegenrichtung nähert sich ein Verkehrsrowdy, bremst, bleibt stehen. »Warum fahrt ihr nicht drüben weiter?« brüllt er. Kisner schenkt dem Rowdy, Nolan, mir und dem Knilch, der nach »drüben« sollte, den schwärzesten Blick, den ich je gesehen habe. Er sprach Bände.*

Meinen Kassettenrecorder vergessend, fahre ich los, um die Mathesons, père *und* fils, *für ein Feature im* WRITER'S DIGEST *zu interviewen. Jim, der* père *verehrt und nicht stenografieren kann, bietet sich zum Mitschreiben an. Die Mathesons antworten lebhaft und aus ausführlich. In Indianapolis arbeitete JK seine Notizen zu einem im großen und ganzen vollständigen und richtigen Text um. »Wenn du, Nolan und dieser Verrückte mich da oben umgebracht hätten«, meint er scherzhaft, »hätte ich nie die Gelegenheit erhalten, Stenograf zu werden.«*

Einer der besten Schock-Strategen seit Jahren hat eine neue und erschreckende Geschichte auf Lager.

Harriet benahm sich bereits den ganzen Nachmittag so seltsam. Schon bei der geringsten Störung rannte sie mit aufgestelltem Buckel seitwärts und tauchte und spuckte jeden an, der ihr zu nahe kam.

Ich weiß, daß Katzen sehr gegensätzliche Kreaturen mit schnell wechselnden Launen sind, aber Harriet war gewöhnlich sehr zutraulich und verspielt. Sie ließ sogar zu, daß unsere beiden Kinder, eines sechs Jahre alt, das andere drei, sie am Schwanz zogen und sich mit ihr stundenlang herumbalgten, ohne auch nur den geringsten Hinweis darauf zu geben, daß sie mit dieser rauhen Behandlung nicht einverstanden war.

In diesem Altweibersommer Anfang Oktober jedoch schien Harriet den Teufel im Leibe zu haben. Ich war schon im Begriff, sie zum Tierarzt zu bringen, als der kleine Ted mich auf etwas aufmerksam machte, das eigentlich offensichtlich gewesen sein mußte, wenn ich die Augen besser aufgemacht hätte.

»Harriet ist richtig fett«, sagte Ted und zeigte auf die Flanken der Katze.

Sie war trächtig. Zum erstenmal dazu, was wahrscheinlich der Grund dafür war, daß ich dies nicht als mögliche Erklärung für ihr seltsames Verhalten in Betracht gezogen hatte.

»Harriet wird kleine Kätzchen bekommen«, erklärte ich meinem Sohn. »Darum läßt sie sich von uns nicht mehr anfassen. Verstehst du das?«

Ted bohrte sich mit dem Finger in der Nase und schüttelte den Kopf. Seine große Schwester, Pam, nickte weise. »Harriet wird Mutter«, verkündete sie ernst. »Was für eine Verantwortung!«

Ich lachte und ging ins Haus, um meiner Frau die Neuigkeit zu überbringen.

»Ich wußte, daß wir zu lange gewartet haben, um Harriet sterilisieren zu lassen«, sagte Jean, während sie den Geschirrspüler vollpackte. »Nun müssen wir für ein Rudel Katzen ein Zuhause finden.«

»Das ist nicht so schlimm«, sagte ich und bewunderte den Anblick, den ich von Jean hatte, als sie sich bückte. Mit fünfunddreißig hatte Jean noch immer ihre gute Figur und machte mich zum Neidobjekt einer Menge Männer in der Nachbarschaft, deren Frauen allmählich aus dem Leim gingen. Ihre braunen Haare und die grünen Augen verstärkten nur die allgemeine Erscheinung einer Frau, die mit dem Alter auch an Schönheit zulegte.

Sie richtete sich auf und wandte sich zu mir um. Ich saß am Küchentisch und trank ein lauwarmes Diätbier. »Weißt du, ich kann mich noch nicht einmal entsinnen, daß sie heiß war«, sagte sie. »Ich möchte bloß wissen, wer der Vater ist.«

»In dieser Gegend streunen massenhaft Katzen herum«, sagte ich. »Und Harriet sieht gut aus. Es wird ihr nicht schwergefallen sein, sich einen Kater zu angeln.«

»Ach, sei doch nicht so albern«, sagte Jean und hauchte mir einen Kuß auf die Wange. »Ich glaube, du denkst immer nur an Sex.«

»Soll das eine Beschwerde sein?«

Jean lächelte nur. »Wie wäre es mit gegrillten Käsesandwiches zum Abendbrot? Ich hab wenig Lust, eine richtige Mahlzeit zu kochen.«

»In Ordnung. Aber nun zu Harriet – meinst du nicht, daß es für die Kinder von erzieherischem Wert wäre, wenn sie beim Wunder der Geburt zusehen könnten?«

Sie verzog das Gesicht. »Ich glaube nicht, daß sie schon alt genug sind, vor allem Teddy nicht. Vielleicht sollten wir mit der Katze lieber zum Tierarzt gehen.«

»Das ist lächerlich. Als ich aufwuchs, sah ich dauernd, wie alle möglichen Tiere zur Welt kamen. Es ist überhaupt nicht notwendig, die Kinder so sehr abzuschirmen.«

»Aber du bist auf einer Farm großgeworden, Ted.«

»Pam weiß bereits, woher die Babys kommen. Ich denke mir, sie wäre enttäuscht, wenn sie das große Ereignis nicht miterleben kann.«

»Ich will es ja nicht einmal selbst mit ansehen.«

Ich wollte gerade ein besonders überzeugendes Argument vorbringen, als Pam in die Küche gelaufen kam. Sie war aufgeregt und außer Atem.

»Daddy! Harriet macht eine Schweinerei im Keller! Beeil dich, sonst siehst du es nicht.«

»Zu spät«, sagte ich. »Okay, Pam, dann zeig mir mal, wo Harriet ist.«

Die Katze hatte aus ein paar schmutzigen Wäschestücken in einer Kellerecke, wenige Schritte hinter der Heizung, ein Nest gebaut. Es gab mir einen Stich, denn ein Teil des Nestes war eines meiner Lieblingsfreizeithemden. Der kleine Ted stand dicht bei dem Nest und riß die Augen auf.

»Ted, geh mal nach oben, Mami suchen.«

»Hat Harriet Babys?«

»Ja, Ted, aber du sollst nicht hinschauen. Mami sagt, du bist zu jung.« Ich sah zu Pam, in deren Gesicht ein Ausdruck heftiger Entschlossenheit lag; es gab keine Möglichkeit, sie dazu zu bringen, den Ort des Geschehens zu verlassen, aber ich meinte bei mir, ich sollte es wenigstens versuchen, um mir eine spätere Diskussion zu ersparen. »Pam, bring Ted hinauf in die Küche.«

»Ich will zusehen.«

»Okay«, gab ich mich geschlagen, »aber bring ihn erst nach oben. Dann kannst du wieder herkommen – wenn Mami dich läßt.«

Sie nahm ihren kleinen Bruder bei der Hand und ging mit ihm wortlos zur Treppe. Ich erwartete, daß Ted protestierte, aber er schien über das, was geschah, verwirrt zu sein und war überhaupt nicht so neugierig.

Ich näherte mich behutsam der Katze und bückte mich, um nachzusehen, ob schon Kätzchen geboren waren. Das Licht war in diesem Teil des Kellers sehr schlecht, aber ich konnte zwei sich bewegende Gestalten ausmachen, die darum kämpften, zu Harriets Zitzen zu gelangen. Harriet war eine gelbe Katze mit einem kleinen weißen Punkt am Unterbauch, doch die beiden Kätzchen sahen eher grau aus. Ich verfolgte, wie drei weitere schnell herausrutschten, dann floß die Nachgeburt aus. Harriet blickte zur mir auf und schien mich anzuflehen.

»Guck mich nicht so an«, sagte ich. »Ich hab dich nicht in diese Lage gebracht.«

Pam kam zurück.

»Oh, jetzt habe ich es nicht gesehen!« klagte sie. »Na ja, es ist vorbei. Du solltest lieber ...«

»Was ist das?« Sie zeigte auf die Nachgeburt. »Das ist ja furchtbar!«

Mir fiel keine griffige Erklärung ein. Ich wandte mich zu Pam um, beugte mich vor, damit unsere Augen sich auf gleicher Höhe befanden, und legte ihr meine Hände auf die Schultern. »Wenn Tiere Babys bekommen«, fing ich an und wußte gar nicht, wo ich eigentlich hinwollte, »dann ...«

»Oh, und wie furchtbar!« sagte sie und fügte dem Wort furchtbar noch ein paar gedehnte Silben hinzu. Seit neuestem war es für sie der liebste Ausdruck ihres Vokabulars.

Ich schaute in die Ecke in der Erwartung, Harriet bei dem zu sehen, was viele Tiere ganz natürlich tun müssen; stattdessen erblickte ich etwas, worauf ich in keinster Weise vorbereitet war.

Die Kätzchen fraßen die Nachgeburt.

»Das ist furchtbar«, gab ich ihr recht.

Nachdem ich Pam der Obhut ihrer Mutter anvertraut hatte, kehrte ich in den Keller zurück, um noch einmal nachzuschauen. Diesmal stöpselte ich meine Notlampe ein und hielt sie über das Nest. Die Pupillen der Katze verkleinerten sich fast augenblicklich zu kleinen schwarzen Punkten. Ich gewahrte auch einen seltsamen Geruch, der sich am besten als eine Mischung aus Urin, Blut und Fäulnis beschreiben läßt. Ich bemühte mich, nur noch durch den Mund zu atmen, und hockte mich nieder, um so nahe wie möglich an das Nest heranzukommen.

Die Nachgeburt war verschwunden. Fünf Tiere gehörten zu dem Wurf, aber ich wollte sie nicht als »Kätzchen«

bezeichnen. Die graue Farbe, die ich vorher gesehen hatte, erwies sich als die Farbe ihrer Haut, denn nicht eines der Wesen hatte so etwas wie ein Fell. Die Augen, welche eigentlich hätten geschlossen sein müssen, waren weit geöffnet und von rosiger Farbe. Sie hatten keine Schwänze, dafür aber winzige Klauen. Herrgott, sie sahen überhaupt nicht wie Katzen aus – eher wie häßliche haarlose Maulwürfe. Harriet hatte sich auch gar nicht damit aufgehalten, sie sauber zu lecken, und so waren sie mit getrocknetem Blut beschmiert. *Mutationen*, dachte ich; *schleimige kleine Bastarde*. Deshalb hatte Harriet sie nicht gesäubert; wahrscheinlich würde sie sie töten, wenn sie begriff, was sie da geboren hatte.

Eines der Tiere lag auf dem Rücken, starrte zur Decke und strampelte heftig mit den Beinchen, als könnte es sich nicht aus eigener Kraft umdrehen. Sein Maul war weit geöffnet, und ich sah, daß das Wesen große Zähne besaß, eher wie die von einem erwachsenen Tier als von einem Katzenjungen, und sie waren scharf. Mein Magen protestierte. Ich glaubte, ich würde jeden Augenblick mein Mittagessen von mir geben müssen.

»Ted, komm mal rauf«, rief Jean die Treppe hinunter. »George will dich sprechen.«

»Kann das nicht warten? Wir haben hier unten eine Riesensauerei.«

»Er sagt, es sei wichtig. Er scheint ziemlich durcheinander zu sein.«

»Verdammt! Okay, ich komme.« Ich rannte die Treppe immer zwei Stufen auf einmal nehmend hinauf und traf Jean am oberen Absatz. »Was immer du auch tun magst, laß auf keinen Fall die Kinder nach unten. Ich will jetzt nicht ins

Detail gehen, aber Harriet hat uns ein Geschenk gemacht, das wir uns nicht wünschen. Und es handelt sich nicht um eine tote Maus.«

»Was denn?«

Ich nahm Rücksicht auf ihre Stimmung und fügte hinzu: »Auch du solltest lieber nicht runtergehen. Es würde dir überhaupt nicht gefallen.«

George war unser nächster Nachbar. Wir wohnten in einer Parzelle, wo alle Häuser Seitenwände aus Aluminium haben und zwei Autogaragen. Es gab dort keine Zäune, und die Häuser standen ziemlich dicht beieinander, so daß man automatisch lernte, mit seinen Nachbarn auszukommen.

George war wenigstens ein netter Kerl. Er arbeitete als Ingenieur in einer der örtlichen Elektrizitätsgesellschaften. Ich bin Buchhalter und helfe George jedes Jahr bei seiner Steuererklärung, so daß es zwischen uns kaum Geheimnisse gibt.

Er wartete auf mich vor seinen Garagen, von denen eine offen stand. Der Kombiwagen war rückwärts in die Auffahrt gefahren worden. George wirkte unbehaglich; er schwitzte, obwohl es ziemlich kühl war. Er war etwa in meinem Alter – fast vierzig, und seine Haare fingen bereits an, grau zu werden. Er war in hervorragender körperlicher Verfassung und joggte jeden Morgen, um sein Gewicht zu halten und um fit zu bleiben. Ich hänselte ihn oft wegen seiner Rennerei, denn ich blieb gesund, ohne mich quälen zu müssen.

»Was ist los, George?« fragte ich.

»Jesus, Ted, du wirst es nicht glauben. Komm mal rein und sag mir, was du davon hältst.«

Er ging mit mir in die Garage und dirigierte mich zu einer Ecke, in der seine Dalmatinerhündin lag. Sie streckte sich auf einem schmuddeligen alten Schlafsack aus und winselte leise. Ich konnte auch das hohe Wimmern von etwas hören, das bei ihr war – ein Wurf von – nein, nicht von Welpen.

»Sieh dir mal diese gottverdammten Dinger an«, sagte George. »Hast du in deinem ganzen Leben so etwas schon mal gesehen?«

Ich hatte. Die Tiere, die der Dalmatiner geworfen hatte, sahen genauso aus wie die, die Harriet zur Welt gebracht hatte. Sie waren etwas größer, aber ansonsten die genauen Ebenbilder.

Acht Stück lagen da.

Ich habe zwar wenig Ahnung von Biologie, aber ich weiß, daß einige Dinge ganz einfach unmöglich sind. Katzen haben Katzenjunge; Hunde haben Welpen. Verdammt noch mal, das ist die Ordnung, nach der alles geschehen muß.

Alle möglichen Ideen gingen mir durch den Kopf, keine lieferte eine halbwegs akzeptable Antwort auf das, was ich vor mir sah. Lag es an der Luft oder an der Wasserverschmutzung? An Strahlung? An irgend etwas Übernatürlichem? An etwas, das aus dem Weltraum gekommen war?

Ich schüttelte den Kopf. Ich glaube nicht an all diesen Unsinn. Ich glaube an Zahlen und an Naturwissenschaft, jedenfalls an soviel davon, wie ich verstehen kann. Wenn es nicht berechenbar ist, dann kann es auch nicht geschehen, hieß mein Leitsatz.

»George«, sagte ich, »möglich, daß ich den Verstand verliere, aber ich glaube, daß dieser Wurf genauso aussieht wie der, den Harriet soeben zur Welt gebracht hat.«

»Deine Katze?«

»Ja. Meinst du, das ist möglich?«

»Willst du dich über mich lustig machen? Wenn ja, dann bin ich nicht in der Stimmung dazu.«

»Na schön, ich zeige es dir. Hast du hier draußen ein paar feste Handschuhe?«

»Für was?«

»Ich werde einen dieser kleinen Bastarde aufnehmen, und dann werden wir ihn mit meinen ›Kätzchen‹ vergleichen. Wenigstens als eine Art ersten Schritt zur Klärung.«

Er reichte mir ein Paar schwerer Arbeitshandschuhe. Es gelang mir, eines der Tiere derart vorsichtig hochzuheben, ohne die anderen Tiere und die Hündin zu stören, der es auch ziemlich gleichgültig zu sein schien.

Ich kann es ihr nicht verübeln. Indem ich mir die Kreatur jetzt etwas näher ansah, konnte ich erst erkennen, wie häßlich sie wirklich war. Die Haut war nicht nur haarlos; sie bestand aus Schuppen. Das seltsamste, das mir auffiel, war, daß das Tier keinen Nabel hatte. Indem ich überlegte, fiel mir ein, daß die Katzenjungen ebenfalls nirgendwo einen Hinweis auf eine Nabelschnur an sich trugen. Nirgendwo hatte ich so etwas wie eine Schnur gesehen.

»Laß uns gehen«, sagte ich und hielt das schleimige Ding von mir, um dem Geruch so gut wie möglich auszuweichen. »Vielleicht können wir diesem Rätsel gemeinsam auf die Spur kommen.«

»Ich komme, aber ich tue es nicht gern«, sagte George. »Und eine Sache ist besonders schlimm.«

»Was denn?«

»Wir haben die Hündin im vergangenen Winter sterilisieren lassen.«

Jean hielt sich von uns fern, als wir die Küche betraten, um in den Keller zu gelangen. Ihr Gesicht wurde blaß, als sie sah, was ich mit meinen von Handschuhen geschützten Händen festhielt, doch sie sagte nichts. Es war offensichtlich, daß sie sich den Wurf trotz meiner Warnung, es nicht zu tun, angeschaut hatte. Ich weiß nicht, warum sie mir zu dem Ding in meinen Händen keine Fragen stellte; vielleicht war sie zu geschockt.

»Ich weiß nicht, was wir machen werden, aber warum schnappst du dir nicht die Kinder und besuchst jemanden?«

Sie nickte und sagte kein Wort. Ich glaube, sie war dankbar für diese Gelegenheit, aus dem Haus zu verschwinden.

»Laß mir etwa zwei Stunden Zeit«, sagte ich. »Noch besser wäre es, wenn du anriefest, ehe du zurückkommst; nur für den Fall.«

»Aber was willst du ...?«

»Ich sagte doch schon, ich weiß es nicht.« Ich versuchte, meiner Stimme einen festen Klang zu geben, als hätte ich die Situation im Griff, aber es gelang mir nicht, Jean oder mich selbst damit zu überzeugen. Irgend etwas brodelte in mir, vielleicht eine Art instinktive Erkenntnis, daß wichtige Dinge falsch abgelaufen waren, daß die Natur einen Purzelbaum geschlagen hatte, daß sich ihr Innerstes nach außen gekehrt hatte. Ich spürte so etwas wie einen unterschwelligen Drang, der uns antrieb herauszufinden, was genau hier eigentlich vorging.

Ich ging vor George in den Keller hinunter und näherte mich sofort dem Nest. Harriet hatte ihre Nachkommen verlassen, das konnte ich ihr nicht übelnehmen.

Ich legte den »Welpen« zu den fünf »Kätzchen«.

»Was habe ich dir gesagt, George? Nicht der geringste Unterschied.«

»Nur daß deine etwas größer sind«, sagte George. Er machte ein unglückliches Gesicht; er hatte Angst. »Das ergibt keinen Sinn.«

»Ich weiß. Es ist unheimlich. Du hast gesagt, meine seien größer, und das sind sie. Aber sie waren *kleiner*, als ich sie hier zurückließ.«

»Ich bitte dich, Ted! Die wachsen doch nicht in zehn Minuten um soviel!«

»Ich bilde mir das nicht ein. Ich sage dir, sie sind größer.«

Ich schaute hinab auf die sich windende, zappelnde Masse häßlicher, schuppiger Wesen, die mir nun noch schleimiger und verschmierter erschienen als vorher. Ich bückte mich und erkannte, daß eins der Ungeheuer an etwas nagte – es war ein Stück Fleisch mit Fell daran. Ich streckte die Hand aus und schob eines der Wesen beiseite und sah weitere Fleischstücke, auf die sich die anderen sofort stürzten. Ich zerrte einige der Lumpen und Wäschestücke auseinander, aus denen das Nest bestand, und fand etwas, von dem ich gehofft hatte, es nicht zu finden – jedenfalls nicht dort.

Es war der Rest von Harriet, ihr Schädel, der bis auf den Knochen vom Fleisch befreit war, ihr Schwanz und eine Pfote. Ihre Augen waren aus irgendeinem Grund verschont geblieben und starrten mir anklagend entgegen. *Warum hast du mich im Stich gelassen?* fragten sie.

Das war zuviel. Ich fuhr herum und übergab mich, würgte alles heraus, erbrach mich auf den Fußboden und bespritzte Georges Schuhe und Hosenbeine.

George brachte sich durch einen Sprung vor mir in Sicherheit, verlor dabei das Gleichgewicht und fiel in das Nest. Eines der Tiere drängte sich sofort an seinen nackten Arm und biß fast bis auf den Knochen.

»Gottverdammt!« heulte George auf. »Nimm das verdammte Ding weg!«

Ich erholte mich schnell und riß mich soweit zusammen, um mitzuhelfen, das Ding von Georges Haut zu lösen, während er sich aus dem Nest hochkämpfte. Ich drückte das Tier mit meiner rechten Hand so fest ich konnte; es versuchte, sich umzudrehen und mich zu beißen. Glücklicherweise trug ich noch immer die schweren Handschuhe, die George mir gegeben hatte, sonst hätte das Ding ein Stück aus mir herausgerissen. Für etwas, das nicht größer war als eine kleine Ratte, war die Kreatur erstaunlich stark. Ich konnte sie nicht länger halten und warf sie auf den Fußboden. Ohne auch nur nachzudenken und aus einem Instinkt heraus handelnd, von dessen Existenz ich nie etwas geahnt hatte, zerquetschte ich sie unter meinen Füßen und zermalmte sie mit meinem ganzen Gewicht auf dem Zement.

Sie gab einen leisen Knall von sich wie eine Art obszöner Luftballon.

Nun war es an George, sich zu übergeben.

Ich hob meinen Fuß und starrte auf den Fleck auf dem Fußboden, eine schillernde grün-graue Pfütze aus Schleimmasse mit einem Kopf, der noch immer schnappte und sich bewegte. Nach und nach formte die amorphe Masse sich neu und nahm ihre frühere Gestalt an – zumindest annähernd.

George hörte auf zu würgen. »Herr Jesus, Ted, was sollen wir tun?«

»Du hast gesehen, was passiert ist, nicht wahr? Mit meinem ganzen Gewicht bin ich draufgesprungen ... o Gott! Sie haben Harriet gefressen ... Jesus ... sie haben die Katze verzehrt. Von wegen, sie können nicht töten!« Ich stand kurz vor einem hysterischen Anfall.

»Los, Ted, hör auf, komm wieder auf den Teppich.« Auch George zitterte.

»Sie haben die Katze gefressen, George! Begreifst du nicht? Was meinst du, was deine Jungen gerade in deiner Garage tun?«

»Gütiger Himmel! Hoffentlich komme ich nicht zu spät.« Er rannte die Kellertreppe hinauf, wobei er drei- oder viermal über seine eigenen Füße stolperte.

Nachdem er gegangen war, erschrak ich bei dem Geräusch von brechendem Glas hinter mir fast zu Tode. Als ich mich umwandte, um nachzuschauen, entdeckte ich zwei der Kreaturen oben auf den Regalbrettern, wo wir immer das Obst und das Gemüse aufbewahrten, das wir jedes Jahr einweckten. Es war ihnen gelungen, ein Glas mit Tomaten herunterzustoßen und aufzubrechen. Das Glas lag auf der Seite, und sein Inhalt lief aus, und während die eine Bestie versuchte, ein weiteres Glas umzukippen, labte das andere Ungeheuer sich an den Tomaten. Aufgrund der vorhergegangenen Ereignisse sah es für mich so aus, als fräße es sich durch geronnenes Blut; und während es sich durch seine matschige Mahlzeit wühlte, spritzte es mir mit den Hinterbeinen Tomatenfleisch ins Gesicht. Übelkeit ließ mich wieder würgen, doch irgendwie bekam ich mich wieder unter Kontrolle.

Wie zum Teufel waren sie dort hinaufgelangt? Es sei denn, sie konnten fliegen. Dieser Gedanke elektrisierte mich. Jeden Moment konnten ihnen Flügel wachsen.

»Jetzt reicht es«, sagte ich zu den Tieren. Ich mußte endlich etwas tun. Ich hatte eine kleine Mülltonne neben meiner Werkbank stehen, die groß genug war, um sie alle aufzunehmen. Ich kippte die Hobelspäne und das Sägemehl aus und kehrte schnell zu dem Nest zurück.

Wellen der Übelkeit pulsierten durch meine Eingeweide, und das Blut pochte in meinen Schläfen, als ich die beiden Bestien vom Regal holte und die anderen aus dem Nest hob und sie nacheinander in die Tonne fallen ließ. Es war fast so, als hantierte ich mit verfaultem Fleisch – sie stanken entsetzlich – und ihr Geruch schien mit ihrer Größe zuzunehmen – und mit ihrem wachsenden Hunger.

Ja; sie waren innerhalb von Minuten größer geworden. Sie waren noch immer kleiner, als normale Kätzchen es gewesen wären, aber die Zunahme war zu bemerken. Das war nichts, was ich mir einbildete. Oder etwa doch?

Ich mußte auch die Überreste Harriets entfernen, und plötzlich erschien mir der Verlust der Katze als das schlimmste, was mir in meinem ganzen Leben passiert war. Tränen traten mir in die Augen, und ich begriff, daß ich nicht mehr vernunftmäßig handelte – wieder war es so, als würde ich von Instinkten und Gefühlen gesteuert, von denen ich nicht gewußt hatte, daß sie überhaupt in mir existierten …

Was zur Hölle sollte ich den Kindern erzählen? Was würde ich Jean sagen?

Plötzlich ertappte ich mich dabei, daß ich nur noch an Zählen dachte. Ich beschloß, daß ich die Wesen mehrmals zählen müßte, um sicher gehen zu können, daß ich sie alle erwischt hatte. Da waren fünf aus meinem eigenen Wurf, plus einer, den ich aus Georges Garage mit herübergebracht hatte. Das wären sechs. Sechs. Ja, sagte ich mir, in dieser Tonne stecken sechs Stück. Eins-zwei-drei-vier-fünf-sechs. Sechs, verdammt! Zähl sie langsam. Achte darauf, daß du sie alle zusammen hast. Eins-zwei-drei. Vier-fünf. Sechs. Habe ich dieses Biest nicht doppelt gezählt?

Sechs Wesen. Ein Hund. Keine Katze. Sechs Dinger. Zwei Kinder. Eine Frau. Sechs …

George wird sie für mich noch einmal zählen. Es wird ihm ein Vergnügen sein.

Meine Gedanken verschwammen, und meine Augen tränten, und ich wußte nicht mehr, was ich tat. Ich mußte schnellstens aus dem Keller raus, oder, so dachte ich, diese Dinge würden mich überwältigen. Ich spürte, wie mein Wille nach und geschwächt wurde, als ich in die Tonne mit den zappelnden Dingern starrte – und ich lernte in diesem Moment ein ganz anderes Gefühl kennen: den Wunsch zu töten.

Ich knallte den Deckel auf die Tonne und klebte ein paar Streifen Lassoband über den Deckel, um die Dinger drin zu halten, bis ich zu Georges Garage gelangt war.

George stand draußen und wartete auf mich. Ohne ihn zu fragen, wußte ich, daß es ihm nicht gelungen war, seinen Hund zu retten. Er machte ein hilfloses Gesicht.

»Was hast du da?« fragte er mit leiser Stimme.

»Was zum Teufel glaubst du denn, was ich dort habe? Ich habe *sie*!«

»Was wirst du mit ihnen tun?«

»Wir müssen etwas tun, und zwar schnell, George. Wir müssen sie vernichten, ehe sie zu groß werden. Begreifst du das nicht? Wir haben keine andere Wahl.«

Er starrte auf die Stelle an seinem Arm, wo er gebissen worden war. Sie war bereits angeschwollen, und eine grünliche, eiterähnliche Substanz tropfte heraus, die faulig roch.

»Es tut weh«, sagte George.

»Ich weiß, daß es weh tut. Wir bringen dich zum Arzt – sobald wir uns um diese Dinger gekümmert haben. Okay? Hörst du mir überhaupt zu?«

Er schenkte mir einen leeren Blick, als verstünde er nicht. Ich stellte die Tonne ab, packte seine Schultern und schüttelte ihn. »Komm zur Vernunft, George! Du mußt mir helfen!«

»Hey! Laß mich in Ruhe.«

Er riß sich aus meinem Griff los und setzte sich neben der Garage auf die Erde, schlug die Hände vor das Gesicht, als hätte er einen Nervenzusammenbruch. »Was hat es für einen Sinn?«

»Ich wußte gar nicht, daß du so ein gottverdammter Jammerlappen bist«, sagte ich. Unter anderen Umständen hätte ich mich sofort dafür geschämt, einen guten Freund so rüde zu behandeln, aber meine Reaktionen erfolgten nicht ganz unter meiner Kontrolle. Ich hatte Angst und war wütend. Aber meine Wut richtete sich nicht nur gegen die Kreaturen und die Hölle die sie hervorgebracht hatte. Sie war speziell auf George gezielt, als wäre er persönlich für das verantwortlich zu machen, was jetzt geschah. Vielleicht hatte die Verletzung seine Vernunft in Mitleidenschaft gezogen – oder der Schock, seinen geliebten Dalmatiner zu verlieren. Es war im Grund egal, denn zur Zeit war er für mich kaum von Nutzen.

»Ich kann dort nicht hineingehen«, jammerte er.

Ich ließ ihn draußen zusammengesunken sitzen und ging mit der Benzinkanne in die Garage, wo ich mich einem weiteren Wurf Ungeheuer gegenübersah.

Und einem halben Hund.

Ich verbrannte sie. Ich badete die kleinen Bastarde in Benzin und zündete sie an, und dabei entdeckte ich ihren einzigen Vorzug: Sie waren überaus leicht entflammbar.

Ich stapelte sie hinter Georges Garage auf einen Haufen und steckte sie an. Natürlich zählte ich sie. Dreizehn kleine Feuerkugeln, die keinen Laut von sich gaben, als sie verbrannten. Herrgott, ich hoffe, daß ich so etwas nie wieder tun muß.

Einer unserer Nachbarn rief bei uns an und beschwerte sich, weil ich die örtlichen Vorschriften gegen offene Feuer verletzt hatte. Als der Feuerwehrhauptmann endlich erschien, war auf dem Boden nichts übrig als ein verkohlter Fleck; noch nicht einmal Knochen waren da.

Nach ein paar Minuten hatte sich auch der Geruch von brennendem Schwefel aufgelöst.

Es ist jetzt einige Wochen her, und die Dinge laufen wieder in einem normalen Rahmen ab. George spricht nicht oft mit mir, aber ich weiß, daß er darüber hinwegkommen wird. Ihm geht es jeden Tag besser und besser, und ich kann sehen, wie die Bewegungsfähigkeit wieder in seinen Arm zurückkehrt.

Ich weiß nicht, was er mit dem Kadaver des Dalmatiners getan hat. Noch bin ich nicht soweit, ihn fragen zu können.

Jean erzählte unseren Kindern, daß die Katze im Kindbett gestorben sei und daß die Jungen schlafen gelegt worden wären. Sie scheinen diese Erklärung zu akzeptieren, obgleich ich nicht sicher bin, ob Pam sie wirklich glaubt. Ich weigerte mich, ins Detail zu gehen, und gab ihnen das Versprechen, ihnen bald wieder ein Tier zu schenken – eine andere Katze, wenn es das ist, was sie wollen.

Natürlich, nicht einmal Jean kennt die ganze Geschichte. Ihre Augen scheinen mich ständig zu fragen. Schon möglich, daß ich ihr eines Tages alles erzähle, wenn alles für mich eine sichere Distanz zur Realität gewonnen hat und ich darüber reden kann, ohne dem Zusammenbruch nahe zu sein.

Rückblickend begreife ich, daß ich eine der Kreaturen hätte aufbewahren sollen, um sie jemandem zu zeigen. Wäre ich vernünftig gewesen, hätte ich ein Tier behalten und hätte die Zeitungs- oder die Fernsehleute herbeigerufen. Statt dessen vernichtete ich sie sinnlos, und die Erinnerung an die schrecklichen Gefühle, die ich an diesem Tag hatte, war am schwierigsten auszulöschen. Für einige Zeit machte ich mir wegen möglicherweise anderer Würfe große Sorgen. Ich hörte sogar, daß eine Familie zwei Blocks entfernt einen deutschen Schäferhund besaß, der einen Wurf von deformierten

Welpen geboren habe. Ich rief die Leute an, doch sie weigerten sich, irgend etwas zu sagen. Ich kann nicht behaupten, daß ich ihnen deshalb große Vorwürfe mache.

Ich erwartete auch, etwas in den Zeitungen oder im Fernsehen zu finden. Es war eine Angelegenheit, wie man sie normalerweise in den Schlagzeilen der in den Supermärkten erhältlichen Revolverblätter breitgetreten findet, aber bisher warte ich noch auf einen Bericht in irgendeiner dieser Zeitungen über seltsame Tiergeburten. Bisher war da nichts als das übliche Sammelsurium von UFO-Babys und Rindern mit zwei Köpfen. Ich denke, daß das, was bei uns passiert ist, ein einmaliger und begrenzter Vorfall war.

Natürlich denke ich auch an die Tiere im Wald, nördlich von unserer Parzelle. Da oben gibt es eine Menge Waschbären – und Kaninchen und Opossums. Falls eines der Weibchen solche unheimlichen Bestien gebar, würde es eine ganze Weile dauern, bis jemand davon Kenntnis bekäme.

Ich versuche, diese Gedanken aus meinem Bewußtsein zu verbannen, und das gelingt mir meistens. Ich habe wichtigere Dinge, mit denen ich mich beschäftigen muß. Jean ist hochschwanger. Jeden Tag kann es soweit sein.

Der Arzt meinte, es könnten Zwillinge werden.

Douglas E. Winter

Blutdurst
Eine warnende Erzählung

Liebenswürdig und höflich, äußerst anspruchsvoll, Douglas E. Winter aus Washington (D. C.) ist ein Mann für alle Jahreszeiten und hat sich eigenständig zu einem reifen Erzähler entwickelt. Zwei bedeutende Sachbücher, einschließlich Stephen Kings, THE ART OF DARKNESS, *zusammen mit einer Flut bemerkenswerter Kurzgeschichten neueren Datums lassen das Talent des Anwalts/Autors deutlich werden.*

Hier, in einer weiteren seiner ›legalen Schreckensgeschichten‹, beginnt Douglas E. Winter jeden Abschnitt mit dem Titel eines ›blutdürstigen‹ Films – und ruft damit andere Erinnerungen an diese Filme wach, an denen Fans von Horror-Movies ihre wahre Freude haben werden.

Apocalypse Domani. In der Stunde vor der Dämmerung, als die Nacht ihren Rückzug in den Schatten begann, jagte der Traum Rehnquist aus dem Schlaf. Die Pforten der Hölle hatten sich geöffnet, die Kannibalen irrten draußen umher, und Rehnquist wartete allein, vom Licht des kommenden Tages verraten. Bald, so wußte er, würden die Zombies ihn finden, die Fenster würden zersplittern, die Türen bersten, und die

Hände, befleckt mit den Spuren ihres endlosen Festmahles, würden sich nach ihm recken. Sie würden von seinem Fleisch essen und von seinem Blut trinken, doch seine unsterbliche Seele verschonen; und in der Dämmerung würde er sich wieder erheben, von ihrem Hunger besessen, ihrem unstillbaren Durst, um eine unschöne neue Welt durch die leeren Augen des Toten nebenan zu betrachten.

The Beyond. »Und du wirst schauen in den See der Dunkelheit, und auf alles, was es darin zu erkunden gibt.« Tallis erhob sein Glas mit einem hohlen Trinkspruch. »So viel für den Dichter.« Er warf einen flüchtigen Blick zurück in den Ostflügel der Corcoran Gallery, wo die Chronologie Schweizer Impressionisten von Zweigs »L'Aldila« beherrscht wurde, eine riesige Fläche verbrannten Sandes bedeckt mit mumifizierten Leichen. Sein Anwalt, Gavin Widmark, lotste ihn von der Bar und lächelte gezwungen: »Vielleicht etwas mehr Zurückhaltung.« Tallis verschaffte sich ein neues Glas Chardonnay vom Tablett eines vorbeigehenden Kellners. »Kunst«, sagte er mit überlauter, lallender Stimme, »ist nichts anderes als die Abwesenheit von Zurückhaltung.« Quer durch den Raum sah eine blonde Frau stirnrunzelnd zu den beiden. »Ah, Thom«, bemerkte Widmark und gestikulierte in ihre Richtung. »Kennst du Cameron Blake?«

Cannibal Ferox. Erinnerung: Der grimmige Regen spülte über den Times Square, zerstreute die Beteiligten von »FRAUEN GEGEN PORNOGRAFIE« in die spöttische Umarmung schlecht beleuchteter Theatereingänge. Sie stand neben einem grellen Filmposter: »LASS SIE LANGSAM STERBEN!« schrie es und fügte als Nachsatz hinzu: »Der gewalttätigste Film aller Zeiten!« Und wie sie so wartete, in den plötzlichen Schatten, ein Plakat an sich gepreßt, dessen rote Tinte sich zur Wunde verschmiert hatte, betrachtete sie die Gesichter, wie sie aus dem Theater mit den Nonstop-Vorstellungen herauskamen: Die flachsenden schwarzen Jugendlichen, sie lärmten und bahnten sich ihren Weg zurück zu den Straßen; das Paar mittleren Alters, es schritt behutsam durch die unerwartete Phalanx finster blickender Frauen; und schließlich der junge Mann, allein, er umklammerte die gebundene Ausgabe eines Romans von Thomas Tallis. Seine Augen mit dem flüchtigen Blick, gefangen hinter einer dicken Nickelbrille, schienen Cameron Blake zur Vorsicht zu gemahnen, wie sie da stand bei ihren Schwestern, in der Hoffnung, die Nacht zurückzuerobern.

Dawn of the Dead. Auf der Geschäftspromenade verhöhnten Rehnquists Filmplakate mit dem Traum vom zwanglosen Sex unter kalifornischer Sonne: Für einen weiteren Sommer herrschte Langeweile bei den Jugendlichen in dem Gebäudeviertel. Er besuchte ersatzweise die Videothek, wo er die Regale mit den ständig ausgeliehenen Horrorfilmen entlangschlich – jede abgenutzte Kassettenhülle ein weiterer Baustein in seinem Schutzwall – und er fragte sich, was er wohl täte, wenn es sie nicht mehr gäbe. An der Kasse hatte er die vervielfältigte Petition gelesen: »SCHÜTZEN SIE IHRE RECHTE! ALLES WAS SIE ÜBER H. R. 1762 (EINGABE

ZWECKS GESETZESERLASS ZUR ABSCHAFFUNG VON HORRORBÜCHERN UND -FILMEN) WISSEN MÜSSEN!« Doch er brauchte nicht zu wissen, was er gerade jetzt sehen konnte, wenn er die Einkaufenden da draußen betrachtete, wie sie gefangen waren im Stundenschritt ihres schlafwandlerischen Vorstadtlebens. »Dies war ein wichtiger Platz in ihrem Leben«, sagte er, obgleich er wußte, daß ihm keiner zuhörte.

Eaten Alive. »Schließlich«, sagte Cameron Blake, als ein neues Dia auf die Leinwand schoß, eine bleiche Gefangene, die sich auf einem schäbigen Motelbett in ihren Fesseln wand, »ist das, was wichtig ist bei einer Frau in solchen Filmen, nicht, wie sie sich fühlt, noch womit sie ihr Geld verdient, noch was sie über die Welt um sie herum denkt ... sondern schlicht und einfach, wie sie blutet.« Der Dia-Projektor klickte, und die Zuhörerschaft fiel in Schweigen. Das nächste Opfer wölbte sich über einem provisorischen Arbeitstisch, aufgehängt an einem Fleischerhaken. Aus dem Hintergrund des Hörsaales drang, als das geschockte Raunen zum Protest schwoll, der unmißverständliche Laut eines Lachenden.

Friday the 13th. Er hatte sich einen der ständigen Urlaubsfavoriten ausgeliehen, und nun stakste auf seinem Bildschirm die wasserstoffblonde Koryphäe auf dem Gebiet der seichten Unterhaltung über den mondbeschienenen Strand. Mit ihren bemalten Lippen, die zu einem wissenden Lächeln verzogen waren, formte sie die Worte »Töte sie, Mami, töte sie«, ein monotones Selbstgespräch, in das er bald mit einfiel. Die obligatorische Jungfrau kam vor ihr zu Fall, die Beine zu einem einladenden Dreieck gespreizt, und die Axt schwebte in der Luft, ihre blanke Schneide schimmerte erwartungsvoll blutfeucht. Rehnquist schloß seine Augen; allzubald, so wußte er, würde man sich in dem Krankenzimmer befinden, wo die Jungfrau sicher im Bett lag, und man würde sich wundern, was in Camp Crystal Lake noch drohte. Er allerdings träumte von einem anderen Ende, einem ohne Fortsetzung, einem ohne Blut, und er wußte, er würde es nicht so lassen können.

The Gates of Hell. Am ersten Morgen der Anhörungen zu H. R. 1762 erklomm Tallis die Stufen des Rayburn-Gebäudes, um die leidenschaftliche Parade zu beobachten: der Kriegsfilm-Darsteller, den Finger selbstgerecht zur Anklage erhoben; die bärtigen Psychiater, mit sanften Stimmen von Aggressionsmustern und Gewaltstudien orakelnd; die Schullehrer und Geistlichen, jeder mit einer Story über gesprengte Moral; und dann die Mütter, die Väter, die geschlagenen Frauen, die Vergewaltigungsopfer, die mißhandelten Kinder, verloren in ihren Tränen und auf der Suche nach einem Grund, sie alle zur Fürsprache vor den Politikern, die feierlich über sie zu Gericht saßen. Ohne daß es ihn überraschte, sah er, daß Cameron Blake bei ihnen im Anhörungssaal stand, als Wortführer für die Stummen, die Vergessenen, die Geschlagenen, die Mißhandelten, die plötzlich Toten.

Halloween. Rehnquist, alleine in seinem Apartment, wühlte sich an diesem Abend durch seine Videobänder und dachte an die Minuten, die für die Einblendungen des Zensors draufgingen. Manchmal, wenn er die Augen schloß, stellte er sich Stories vor, die es nie gegeben hatte und die es jetzt vielleicht nie geben würde. Als sein Fernseher vom allerletzten Urlaubshorror aufflackerte, beobachtete er die Tochter des Starlets, die sich gegen eine Wand preßte, eine weitere jungfräuliche Beute für einen unwillkommenen Gast; doch als ihr Mund sich zu einem lautlosen Schrei öffnete, hielt er seine Augen geschlossen, und er sah sie an ihrer Mutter Stelle, Erbin jenes verhängnisvollen Zimmers in Bates Motel, eine Nackte in Pal-Color, gefangen hinter einem Duschvorhang, und der Arm, der das lange Messer schwang, erstarrte und stieß zu, erstarrte und stieß wieder zu. Und als ihr makelloser Körper entseelt auf die blutbesprenkelten Kacheln rutschte, öffnete er seine Augen und grinste: »Es *war* der Schwarze Mann, nicht wahr?«

Inferno. »Nein, meine Freunde«, betonte Reverend Wilson Macomber und blickte drehend zu den Kameras der Nachrichtenanstalten, als er die Stufen der Liberty Gospel Church in Clinton, Maryland, hinabstieg. »Ich spreche für unsere Kinder. Es ist *ihre* Zukunft, um die es geht. Ich halte in meinen Händen eine Liste ...« Ein Blitzlichtgewitter erhob sich, und die Kleinkameras machten ihre Runde über die unruhige Menge, konzentrierten sich dann auf den mit Benzin übergossenen Haufen wartender Holzklötze. Plötzlich lächelte Macomber, und seine Herde, die Arme beladen mit

Büchern und Magazinen, Videobändern und Schallplattenalben, lächelte mit ihm. Er warf ein Taschenbuch ins Auge der nächsten Kamera. »Dies hier«, lachte er, »soll in der Tat ein Blitzstarter werden.« Er fegte das Buch auf den wartenden Scheiterhaufen und verkündete mit der Klarheit ungebeugter Überzeugung: »Es möge Licht werden.« Und die Flammen brannten lang in die Nacht hinein.

Just Before Dawn. Als sie sich ihre Augen rieb, schien der Kopfschmerz aufzuflammen, dann abzuklingen; sie wandte sich zu der Studentin, die an der Tür wartete. Cameron Blake sah sich selbst vor fünfzehn Jahren, im bequemen T-Shirt und Jeans, mit wildflatterndem Haar, selbstbewußt und in Kenntnis des Neuen, das an der nächsten Ecke wartete. Sie sah sich selbst, und sie wußte, warum sie sowohl einen Ehemann als auch eine Anwaltspraxis auf der Wall Street verlassen hatte, für die Chance, die Lektionen jener fünfzehn Jahre zu lehren. Das Neue lag nicht in Wartestellung. Das Neue war vorgeformt, oft schmerzhaft und nie ohne Kampf. Die Studentin hielt die zerknitterten Blätter einer schwierigen Polemik in den Händen: »Nur Frauen bluten: DePalma und die Politik des Voyeurismus«. In ihren Augen standen die feuchten Spuren des Selbstzweifels, aber keine Tränen; nein, nie Tränen. Cameron Blake glättete die Seiten und zuckte ihren Rotstift. »Warum beginnen wir nicht mit *Body Double*?«

The Keep. Tallis stellte die Stereoanlage leiser und starrte auf den leeren Bildschirm seines Computers. Seit Stunden hatte er zu schreiben versucht, doch sein Gerippe endete nur in nicht zu entziffernden Kodes: Wörter, Sätze, Abschnitte ohne Leben oder Sinn. In seinem Innern spürte er nur eine anwachsende Stille. Wieder schaute er zu den Zeitungsausschnitten, die sich ordentlich auf seinem Schreibtisch türmten, ein blutiges Zeugnis der Macht der Worte und Bilder: Charles Mansons Antwort auf den Ruf der Beatles »Helter Skelter«; die fixe Idee mit *Taxi Driver*, die fast einen Präsidenten getötet hatte; die Eltern, die unzählige Kinder bei ihren Schlafzimmer-Exorzismen ermordet hatten. Er nahm seinen neuesten Roman, *Jeremiad*, aus dem Regal und er fragte sich, welche Toten in seinen Seiten Generalprobe hielten.

The Last House on the Left. Der Kongreßabgeordnete James Stodder drehte die Kartonschachtel um und leerte deren Inhalt vor dem jungen Anwalt der amerikanischen Bürgerrechtsvereinigung. Sorgfältig katalogisierte er jedes Stück für den Unterausschuß: Schwarzmarkt-Fotografien der nackten Leiche des Fernsehstars Lauren Hayes, die Bilder, von ihren Entführern kurz nach ihrer Tat aufgenommen, nachdem sie ihr mit einer Gartenschaufel den Unterleib aufgeschlitzt hatten; ein Videoband von Lucio Fulcis zweimal verbannten *Apoteosi del Mistero*; ein 8-mm-Streifen betitelt mit *Little Boy Snuffed* »Der kleine Junge ist abgekratzt« – vom FBI im Hinterzimmer eines Buchladens für Erwachsene in Pensacola, Florida – konfisziert; und eine Kopie von Clive Barkers Roman *Requiem*, die Seiten mit den infamsten Szenen mit Büroklammern zusammengeheftet. »Nun sagen Sie mir«, sagte Stodder mit bebender Stimme, die laut anschwoll, »was ist real und was ist erfunden?«

Maniac. Rehnquist drehte am Lautstärkeregler. Er betrachtete gespannt die Montage von Ausschnitten aus gewalttätigen Filmen, die den Vorspann bildeten zu den Schlaglichtern der Woche und dem Auftreten von Stodders Unterausschuß. Ein Filmkritiker schwenkte ein zerrissenes Poster, genußvoll seinen Moment vor den Kameras auskostend: »Dies ist«, rief er aus, »der einzige verwerfliche Film, der je gedreht wurde. Die Frage, die sich daraus ergibt, lautet: Sind die Leute so aufgebracht, weil der Mörder so abscheulich ist oder weil der Mörder in solch positivem und bestätigendem Licht dargestellt wurde?« Rehnquist drückte den Umschaltknopf erst auf die Polizeishow mit den Rekordeinschaltquoten, wo modische Bullen von der Sitte endlose Schrotladungen in einen Drogendealer pumpten; dann auf die Nachrichten, wo sich auf einer militärischen Kopfstation in El Salvador die Leichen wie Holzklafter stapelten, und endlich zum Trost der Videoclips auf MTV, wo Mick Jagger in den Straßen einer Trümmerstadt umherstreifte und von zuviel Blut sang.

Night of the Living Dead. Im Anfang, so erinnerte er sich, gab es keine Videobänder. Es gab keine Unterteilungen in Züchtiges oder Unzüchtiges, keine Aufschriften, die vor Sex oder Gewalt warnten, keine Beschlagnahme auf den Buchregalen, keine Ausschüsse oder Untersuchungen. Im Anfang gab es farblose Träume. Damals herrschte Frieden, wurde gesagt, und Wohlstand; und in diesem unschuldigen Glauben schlief er bis zu dem Abend, an dem er auf dem Rücksitz seines Wagens erwachte, wie versteinert von dem schwarzweißen Alptraum der zum Leben erwachten Apocalypse auf der Leinwand des Drive-in-Kinos: »Sie kommen, um dich zu holen, Barbara«, hatte der Schauspieler gewarnt. Doch Rehnquist wußte, daß die Zombies für ihn gekommen waren, mit splitternden Fenstern, berstenden Türen. Er hatte gelernt, daß die Toten lebendig waren und hungrig; hungrig nach ihm; und alle Träume, die nachfolgten, hatten immer die Farbe Rot.

Orgy of the Blood Parasites. Der Hammer forderte wieder zur Ruhe auf, und als die Rufe verhallten, kehrte Tallis zu seinem vorbereiteten Bericht zurück. »Unter der beantragten Gesetzgebung«, las er, ohne auf Ruhe zu warten, »hängt es an der Perspektive des Schriftstellers oder Filmdirektors, ob die Darstellung von Gewalt als Pornografie zu bezeichnen ist oder nicht. Eine Story, in der Gewalt vorkommt und in der Frauen einfach dargestellt werden« – er zuckte zusammen bei dem erneuten Ausbruch von Entrüstung – »in der Frauen einfach dargestellt werden in unterwürfigen Positionen, selbst Zurschaustellungen, ist verboten, ohne Rücksicht auf den literarischen oder politischen Wert des Werkes als Ganzes. Andererseits ist eine Story, die Frauen in gleichberechtigten Haltungen darstellt, gesetzesmäßig, ohne Rücksicht darauf, wie drastisch darin Gewalt dargestellt wird. Dies ...« Er unterbrach, sah zuerst zu James Stodder, dann zu jedem einzelnen Mitglied des Unterausschusses. »Dies ist Gedankenkontrolle.«

Profondo Rosso. Widmark führte ihn durch den Schwarm neugieriger Reporter vor dem Rayburn-Gebäude. Tallis sah nach Westen, erblickte aber nur Reihe um Reihe weißer Marmorfassaden. »Das ist Selbstmord«, meinte Widmark. »Sie sehen das ein, nicht wahr? Sehen Sie sich das an.« Er schwenkte einen Umschlag, der mit Fotokopien der neuesten Ausschnitte und Buchkritiken vollgestopft war, dann überreichte er Tallis einen Brief mit Einzelheiten über die beträchtlichen Kürzungen, die Berkley für den neuen Roman forderte. Tallis riß den Brief entzwei, ungelesen. »Ich brauche einen Drink«, sagte er und winkte der blonden Frau, die am Ende der Treppe auf ihn wartete. Keiner bemerkte den jungen Mann mit der Nickelbrille, der auf der anderen Seite der Straße stand, vom Licht der untergehenden Sonne in tiefes Rot getaucht.

Quella Villa Accanto il Cimitero. Rehnquist hatte die Antwort auf der Titelseite der *Washington Post* gefunden, als er die Berichte über die jüngsten Aussagen vor Stodders wütendem Unterausschuß las. Da, zwischen den kühnen Zitaten eines Polizeichefs aus dem mittleren Westen und einem Psychoanalytiker mit dem unmöglichen Namen Freudstein, befand sich ein unscharfes Zeitungsbild mit der Unterschrift »GEORGETOWN PROFESSOR CAMERON BLAKE«; die Bildunterschrift lautete, »Gewalt in Literatur und Film kann ebensogut real sein«. Seine Finger folgten den Umrissen ihres Gesichtes mit nervöser Vertrautheit – das blonde Haar, die schmalen Lippen zur besorgten Warnung verzogen, die großen dunklen Augen einer Barbara Steele. Als er seine Hand hob, sah er nur die dunkle Spur der Druckerschwärze auf seinen Fingerspitzen. Er wußte dann, was er zu tun hatte.

Reanimator. Sie saßen in einer Nische der Kaffeestube im Capitol Hilton vor Bloody Marys und suchten nach Gemeinsamkeiten. Der Bogen der Unterhaltung spannte sich vom neuesten Seafood-Restaurant in Old Town Alexandria bis hin zu Lovekraft, dem Science-ficton-Schriftsteller; dann erzählte Tallis, beschäftigt mit seinem dritten Cocktail, von seinem Jahr in Italien mit Dario Argento, und erzielte aufrichtiges Lachen mit einer Anekdote über das falsch übersetzte Script für *Lachrymae*. Sie konterte mit der Story über die Studentin, die ihn als den gefährlichsten Schriftsteller seit Norman Mailer bezeichnete. »Ich denke, das war ein Kompliment«, sagte er. »Doch was meinen Sie?«

Cameron Blake schüttelte den Kopf: »Ich sagte ihr, sie solle versuchen, Sie zuerst zu lesen.«

Als sie das Hotel verließen, hielt er bei einem Zeitungsstand, um eine Taschenbuchausgabe von *Jeremiad* zu kaufen. »Ein Geschenk für Ihre Studentin«, lachte er, doch als er ihre Hand in die seine nehmen wollte, zögerte sie. Im nächsten Augenblick war er allein.

Suspiria. »Hallo.« Es war seine Stimme, kaum mehr als ein Seufzen, die Cameron Blake überraschte. Die Tür schlug hinter ihr zu, und er kam aus den Schatten ins Licht, versperrte ihren Weg. Sie trat zurück, maß den farblosen jungen Mann, der in ihre Wohnung eingedrungen war; einen Augenblick glaubte sie, sie hätten sich schon einmal getroffen, Fremde in einem plötzlichen Regen. »Ich möchte Ihnen etwas zeigen«, sagte Rehnquist; doch als sie an ihm vorbeirannte, im Versuch, das Telefon zu erreichen, rutschte ihm die Videokassette, die er ihr anbot, aus den Händen und zersprang auf dem Hartholz-Fußboden. Im gleichen Augenblick, als das Band sich leblos zu Boden spulte, waren ihrer beider Schicksale besiegelt.

The Texas Chainsaw Massacre. Tallis hob beim ersten Läuten ab. Er hatte auf ihren Anruf gewartet, doch die Stimme am anderen Ende, die als zischendes Ferngespräch an sein Ohr drang, war die von Gavin Widmark; es war seine Geschäftsstimme, freundlich, aber gemessen. Und das konnte nur schlechte Nachrichten bedeuten. Berkley hatte, trotz drei Millionen *Jeremiads* im Druck, es abgelehnt, den neuen Roman zu verlegen. Wenn er doch die vorgeschlagenen Kürzungen berücksichtigen würde ... Wenn er doch den Grad der Gewalt mäßigen würde ... Wenn er doch ... Ohne ein Wort legte Tallis den Hörer zurück auf die Gabel. Er schenkte sich erneut ein fingerbreites Glas Gin ein und starrte auf die breiten Tiefen des leeren Computerschirms.

The Undertaker and His Pals. Sie wußte, als Rehnquist das Rasiermesser auspackte, daß es kein Entrinnen gab. Die dunkle Gewißheit stand in seinen Augen, als er näher kam, das Licht schimmerte auf der Klinge, und sie preßte sich gegen die Wand, beobachtete, wartete. »Für dich, Cameron«, sagte er. Das Rasiermesser blitzte auf, streifte sein linkes Handgelenk, bevor es gleichmäßig die Vene entlangzüngelte. Sie kniff ihre Augen zu, doch er rief ihr zu – »Für dich, Cameron« – und sie sah wieder hin, als die Finger seiner linken Hand in einem Regen von Blut auf den Teppich hinunterfielen. »Für dich, Cameron.« Das Rasiermesser schwebte an seine Kehle, schlitzte ein plötzliches Grinsen, das Karminrot über seine Brust erbrach, und als er hinaus auf die Straße stolperte, gefolgt von einer Blutspur, stellte sie fest, daß sie nicht aufhören konnte, hinzusehen.

Videodrome. Jedes Bild erzählt eine Geschichte, dachte Detective Sergeant Richard Howe und schritt zur Seite, um den Polizeifotografen nicht die Sicht zu nehmen. Er wußte, daß die Abdrücke, die sich morgen auf seinem Schreibtisch befinden würden, ein Abbild der Realität sein würden, ihre flache Gestalt würde deutlich aussagen, was er von dem Augenblick seines Eintreffens an gespürt hatte: Die Blutflecke, die den Fußboden der Capitol-Hill-Stadtwohnung bedeckten, waren intensiver und dunkler als alle, die er je gesehen hatte. Er würde nicht so leicht den Ausdruck im Gesicht der Frau vergessen, als er ihr sagte, daß die abgetrennten Fingerspitzen Latex-Gebilde waren, das Blut nur ein Gebräu aus Sirup und Lebensmittelfarben. Er schaute wieder zu der zerbrochenen

Videokassette, die versiegelt in der Beweistüte aus Plastik lag, »UNTER DER REGIE VON DAVID CRONENBERG« stand auf dem Etikett. Er konnte nicht auf die Ausstellung des Durchsuchungsbefehls warten; das Apartment dieses Burschen zu durchforsten würde zum Schreien sein.

The Wizard of Gore. Als das erste Klopfen an seiner Tür erklang, legte Rehnquist seine abgenutzte Ausgabe von *Jeremiad* zur Seite. Ihre furchterregendsten Passagen waren markiert: »Und in der Dämmerung würde er sich wieder erheben, von ihrem Hunger besessen, ihrem unstillbaren Durst, um eine unschöne neue Welt durch die leeren Augen des Toten nebenan zu betrachten.« Zu seinen Füßen ringelten sich die dünnen Plastikröhrchen, aus seinen Achseln entfernt und vom Bühnenblut entleert. »Es ist nicht wirklich«, sagte er und das Klopfen hörte auf. »Es war *nie* wirklich.« Das Fenster zu seiner Linken zersplitterte, Glas sprang in alle Richtungen. Und die Tür, nur noch von einem Scharnier gehalten, barst, und die Hände, die reckenden Hände, streckten sich nach ihm aus. Die lange Nacht war zu Ende. Die Zombies waren endlich gekommen.

Xtro. Reverend Wilson Macomber erhob sich und stellte sich vor Stodders Unterausschuß. Seine tiefe Stimme drang bis in jede Ecke des Verhandlungsraums. »Ich weiß nicht, ob irgendwer sonst dies für Sie alle getan hat, aber ich möchte jetzt für Sie beten und ich möchte alle in diesem Zimmer, die Gott fürchten, bitten, sich zu verneigen.« Er drückte eine winzige Ausgabe des Neuen Testaments an sein Herz. »Guter Vater ... ich bete, daß Du die Sittenlosigkeit in dieser Stadt und in jeder sittenlosen Stadt verdammst. Ich bete, daß Du ein Zeichen setzt, so wie es hier geschrieben ist, und jene, die rechtschaffen sind, laß sie rechtschaffen bleiben, und jene, die Unrat sind, laß sie Unrat bleiben.« Tallis, dessen Gesicht von den Schatten scharf umrissen wurde, trat unbehaglich auf seinem Platz im hinteren Teil des Verhandlungssaales von einem Fuß auf den anderen. In Macombers starrem Blick spiegelte sich das steinerne Lächeln James Stodders, die erschütterten Augen von Cameron Blake, und er wußte, daß es vorbei war. Als die Abstimmung über H. R. 1762 begann, wandte er sich um und ging hinaus in das plötzliche Licht eines ruhigen Tages.

Les Yeux Sans Visage. Monate später wurden grün gekleidete Medizinstudenten in einer anderen Art Theater Zeugen des Dramas stereotaktischer Verfahren, widerfahrene Gerechtigkeit auf der letzten Filmrolle. »Das Ziel«, kündigte der weiß maskierte Vortragende an und fuchtelte mit seinem Skalpell, »ist das Gyrus Cinguli.« Hier unterbrach er, um dies auf seine Umgebung einwirken zu lassen. Er schaute nach oben, wo auf dem Videoschirm die geöffnete Großhirnrinde des Patienten vergrößert dargestellt war. »Obwohl einige es vorziehen, die Nervenfasern zum Stirnlappen zu durchtrennen.« Die Schnelligkeit, mit der die Klinge arbeitete, war täuschend, sowohl in Nahaufnahme als auch in Zeitlupe; doch das Blut, das für einen Augenblick über die ruhige, rechte Hand des Neurochirurgen spritzte, war zweifellos echt.

Zombie. In einer Stunde wie viele andere Stunden, lächelte Rehnquist, als der Wärter seinen Rollstuhl über die endlos weißen Korridore des St. Elizabeth-Hospitals rollte. Er lächelte seinen neu gefundenen Freunden zu, mit ihren ulkigen Zahlen-Namen; er lächelte zu den verdunkelten Fenstern, die kreuz und quer mit Drahtgittern versehen waren, um ihn zu sichern; er lächelte zu der Lache warmen Urins, die sich langsam neben ihm bildete. Und als der Rollstuhl das Ende eines anderen Ganges erreichte, lächelte er wieder und berührte die frische Narbe an seiner Stirn. Er fragte den Wärter, er glaubte, sein Name war Romero, ob es Zeit sei, wieder zu schlafen. Er schlief gerne. Eigentlich konnte er sich überhaupt nicht vorstellen, was er lieber tat als schlafen. Doch manchmal, wenn er erwachte und in die Morgensonne lächelte, wunderte er sich, warum er nie mehr träumte.

RICHARD CHRISTIAN MATHESON

Auf dem Totenbett

Die Tatsache, daß sein Konterfei auf dem Titelblatt der Juniausgabe 1986 von TWILIGHT ZONE *erschien, hat ihm nicht den Kopf verdreht … wohl aber einer Anzahl von Leserinnen, wie man so hört. Doch der hochgewachsene, sportliche Richard Christian Matheson kann mit ganz anderen Dingen auftrumpfen als seinem beneidenswerten Aussehen. Er ist als Redakteur, Berater oder Drehbuch-Autor für die Fernsehsendungen* QUINCY, THE INCREDIBLE HULK, SIMON & SIMON, THREE'S COMPANY, AMAZING *und* A-TEAM *tätig, ferner als Autor einer brandneuen Sammlung mit dem Titel* SCARS AND OTHER DISTINGUISHING MARKS.

Richards ansprechendes Äußere habe ich nur deshalb erwähnt, weil ich mir kaum jemanden vorstellen kann, der besser geeignet wäre, um eine Sammlung eigenwilliger und mysteriöser Geschichten zu schreiben, in Szene zu setzen und vor der Kamera zu präsentieren. Nach seiner Auffassung haben sämtliche Schreckvisionen ihren Ursprung im menschlichen Geist, doch mit seiner neuen Geschichte schlägt der Meister auf einer ganz anderen Ebene sanftere Horrortöne an, denen wir uns nur schwer entziehen können.

Manchmal, wenn es sehr finster ist und still, und wenn das Licht des Mondes und der Sterne in dieses Tal fällt, dann ist mir nach Weinen zumute. Der Frieden ist zu vollkommen. Und doch habe ich hier auch tiefe Traurigkeit erlebt.

Das Blut, das hier geflossen ist, und der Verrat haben mich stets betroffen gemacht. Angst hatte ich nie, aber es hat mich beschäftigt. Ich kann nur wünschen, daß so etwas nie wieder geschieht – weder an diesem Ort noch anderswo.

Zuweilen besuchen mich auch Leute, die mir helfen wollen.

Sie zeigen mir ihre Anteilnahme, bringen mir Medizin. Aber ich weiß, es ist alles vergeblich. Einmal kommt für jeden die Zeit, und meine war reichlich bemessen.

Die Schmerzen kommen und gehen – ich bin immer darauf gefaßt. Welche Hilflosigkeit, wenn man allmählich verfällt, Stunde um Stunde mehr. Es stimmt mich manchmal melancholisch.

Die Schmerzen in den Beinen machen mir am meisten zu schaffen. Wenn sie *die* wenigstens lindern könnten!

Aber das ist unmöglich, ich weiß. Ich habe mich damit abgefunden. Ich bin sehr, sehr müde, denn ich finde fast keinen Schlaf.

Seltsam.

Du bist so alt und spürst die Nähe des Todes, und trotzdem merkst du, daß du von Diebesgesindel und Opportunisten umgeben bist. Das werde ich wohl nie verstehen.

Jeder will etwas von mir. Jeder sieht nur, was er sehen will. Und alles vergeht wie im Flug.

Ich habe keine Erklärung für diese Dinge – nur Fragen. Wahrscheinlich ist das mein Problem.

Sie werden bald hier sein.

Wären meine Augen so gut wie einst, dann hätte ich schon Gewißheit.

Andererseits macht es wenig aus, wenn die Sinne schwinden; die Dinge haben sich in all den Jahren kaum verändert.

Hand in Hand kommen die Liebenden zu mir. Ich höre ihre geflüsterten Schwüre, lausche ihren Plänen und segne sie und ihre Liebe.

Wie könnte es auch anders sein?

Am meisten betrüben mich die Alten, die alleine kommen, weil es für sie keine Liebe mehr gibt. Oft haben sie ihre Gefährten verloren, und wenn sie sich nähern, kann ich ihren Verlust erkennen. In der Nähe spüre ich auch ihren Schmerz.

Ich selbst hatte nie einen Gefährten, doch ihre Wunden, ihre Leere sind mir vertraut. Ich bemühe mich, ihnen Kraft zu geben. Vielleicht hilft es.

Die Stimmen sind schon ganz nahe. Hoffentlich sind Kinder dabei; die sind mir die liebsten.

Sie stellen so viele eifrige Fragen. Dabei geht's immer um die Zeit. Sie können nur schwer verstehen, wie etwas den Lauf der Dinge ändern kann, was nicht sichtbar oder greifbar ist. Ich spüre den Wandel.

Es macht mich besonders froh zu sehen, wie die Kinder mit großen Augen vor mir stehen. Dann kommt die Erinnerung zurück.

Und manchmal, wenn sie zwischen meinen Pfoten stehen und aufblicken in mein langsam abbröckelndes Gesicht, dann erweckt ihr verklärtes Lächeln in mir den Wunsch, ich könnte das Rad der Zeit um Jahrtausende zurückdrehen und noch einmal jung sein in meinem geliebten Land Ägypten.

Ray Russell

Eine amerikanische Schauergeschichte

Es ist wirklich nicht verwunderlich, daß Ray Russell oft der ›Große Meister in der Kunst des Gruselns‹ genannt wird. Sein 1962 erschienener Roman THE CASE AGAINST SATAN *beschäftigte sich neun Jahre früher mit dem Thema als* DER EXORZIST (*Zitat Marvin Kaye: ›Russell war schneller und viel besser‹*). *Sein 1976 erschienener Roman* **Incubus** *erreichte eine Millionenauflage und wurde als Film ein Kassenschlager. Seine Horror-Geschichten sind anerkannte Klassiker des Genres, usw.*

Was einige von Ihnen vielleicht noch nicht wissen, Russell hat auch Humoristisches für PLAYBOY, THE PARIS REVIEW *und andere Magazine geschrieben; und seine ironisch-schauerlichen Geschichten* PRINCESS PAMELA, THE BISHOP'S DAUGHTER *und* THE COLONY – COMÉDIES NOIRES, *wie Ray sie nennt, eine Mischung aus Humor, Spannung, Horror und anderen Elementen – sollten Sie sich auf keinen Fall entgehen lassen.*

Wenn Sie diese Geschichte lesen, so geschieht das auf eigene Gefahr – Ray Russells schwarzer Humor, süß-sauer, ist mit Vorsicht zu genießen!

1

Soll ich Ihnen mal die Geschichte von diesem Zauberweib und dem Mord erzählen, den wir hier bei uns in der Gegend hatten? Also, die verstand wirklich 'ne Menge von Zauberei, soviel ist mal sicher, kannte 'n Haufen komischer Wörter und so, aber das Ganze ist schon vor ziemlich langer Zeit passiert. Na ja, ich hab' die Geschichte schon so oft zum besten gegeben, da macht's den Braten auch nicht fett, wenn ich sie noch mal erzähle.

Am besten fang' ich wohl mit dieser kleinen Göre an, die wir in dem Sommer bei uns draußen auf der Farm hatten. Sie war 'ne Ausländerin, aus Ungarn oder Polen oder Pennsylvania oder irgend etwas. Ungefähr fünfzehn, und dumm wie Bohnenstroh. Aber irgendwie ganz niedlich mit gelben Pferdeschwänzen und Kornblumen-Augen und 'nem Paar wirklich gut entwickelter Möpse. Außerdem hatte sie den hübschesten kleinen Hintern, den ich jemals gesehen habe. Jedenfalls, eines Tages bekam mein Sohn Jug Stielaugen, als er sie so in der Hocke sitzen sah, wie sie gerade die Hühner fütterte, ich glaub', es war so am ersten oder zweiten Tag, als sie bei uns arbeitete, und das war der Tag, an dem Jug zum Mann wurde, könnte man sagen.

Bloß, er wußte nicht, was er davon halten sollte. Herrgott, er war erst vierzehn. Alles, was er wußte, war, daß er so ein komisches Gefühl in seiner Jeans kriegte, wie durch Zauberei, wenn sie sich so niederhockte und ihre Hinterbacken vorstreckte, und ihr Hintern so stramm in ihrem mehlsackartigen Kleid saß. Warum, wußte er nicht. So war es eben. Was macht er also, er lümmelt sich zu ihr rüber, guckt ihr stramm in die Augen und knöpft sich die Hose auf. »Guck mal«, sagt er, »hast du so was Tolles schon mal gesehen?«

Dem Mädchen blieb natürlich die Spucke weg. Der Mund blieb ihr einfach offenstehen wie 'ne Kohlenschütte. Sie konnte sowieso kaum ein Wort englisch. Sie *rannte*, als wär' der Teufel hinter ihr her.

Aber sie rannte in die falsche Richtung, sie rannte auf die Scheune zu. Das war ihr großer Fehler. Ich war die ganze Zeit im Haus und trank meinen Kaffee in der Küche, und sogar da hab' ich sie gehört. Sie quiekte wie ein abgestochenes Schwein.

Aber danach waren die beiden so dicke miteinander, wie man sich's nur denken kann.

Jugs Ma ist bei seiner Geburt gestorben, arme Frau. Hab' das alte Mädchen echt gern gehabt, ehrlich. Sie liegt draußen in der hinteren Weide begraben, unter der großen schlüpfrigen Ulme. Ich hab' Jug selbst großgezogen. Vielleicht ist er deswegen so wild geworden, weil keine sanfte Ma da war, die ihm ein bißchen Benehmen hätte beibringen können.

Eines Tages kommt das Mädchen zu mir und sagt mir in ihrem englischen Kauderwelsch, daß sie kaum zum Arbeiten käme, weil Jug ständig hinter ihr her wär. Ich nehm' mir den Jungen vor, aber er sagt zu mir: »Pa, ich brauch' das Mädchen bloß an mir vorbeigehen seh'n, in dem dünnen Kleid und mit ihren nackten Beinen, und das verdammichte Ding steht stramm wie der Schwanz eines Stinktiers, und ich kann nichts dagegen tun, außer mir das Mädchen zu schnappen, und es ihr zu geben.«

Gerade da lief sie mit einem Eimer in der Hand unter dem Fenster vorbei, und wie ich sehe, wie sich ihr Hintern unter dem Kleid bewegt, da wußte ich, was er meinte. Es war ein kühler Morgen, und ihre Nippel stachen in den Stoff wie ein paar Patronenhülsen.

»Geh du und füttere die Schweine«, sagte ich zu dem Jungen, »und ich sprech' mit dem Mädchen.«

Also lief er los, und dann lief ich los. Dem Mädchen hinterher. Draußen bei der Pumpe kriegte ich sie zu fassen und sagte zu ihr, daß sie mal eine Pause machen soll, und wie wär's mit 'ner Tasse Kaffee im Haus.

Während sie da so in der Küche saß und ihren Kaffee trank, dachte ich über mein Leben nach und darüber, wie einsam es doch war. Sah mir immer wieder die geraden, runden fünfzehn Jahre alten Beine an und die Möpse. Die großen, dummen blauen Augen.

»Kind«, sagte ich, »ich glaube, du könntest ein Bad vertragen.« Und das konnte sie wirklich. Also machte ich Wasser auf dem Ofen heiß, stellte den großen Badetrog mitten in die Küche und füllte ihn auf. Dann sagte ich ihr, sie soll das Kleid ausziehen. Zuerst wollte sie nicht, aber ich glaub', sie dachte, sie könnte mir vertrauen, weil ich so was wie ein Vater für sie war, hielt mich wohl für einen alten Mann. Also zog sie es aus, und, heiliges Kanonenrohr, was hatte das Mädchen für einen Körper. Ich konnte es kaum glauben. Ich sagte ihr, sie soll sich in die Wanne setzen; dann nahm ich mir ein großes Stück brauner Seife, kniete mich neben den Trog und begann, sie so richtig einzuseifen. Ich wusch sie von hinten. Ich wusch sie von vorn. Als ich bei ihren Beinen angelangt war, war ich kurz vorm Durchdrehen.

Als sie aus dem Trog stieg, ganz glänzend und naß, und mit dem Geruch nach Seife, konnte ich mich nicht mehr zurückhalten. Gleich auf dem Küchenboden, auf einem großen Handtuch, nahm ich sie mir vor, und ich sage dir, sie war wie eine weiche, reife Pflaume, ganz warm von der Sonne, und so voll mit süßem Saft, daß sie sich in der Mitte gespalten hatte. Es war lange her, daß ich eine Frau gehabt hatte, und es war alles vorbei, bevor du »Entedankfest« sagen konntest.

Danach wickelte ich sie in das große Handtuch, nahm sie mit nach oben ins Schlafzimmer und machte es nochmals, langsam und genüßlich.

Natürlich war das Problem damit nicht erledigt. Es wurde noch vertrackter. Statt einem Kerl hatte sie jetzt zwei hinter sich her, die ständig drauf aus waren. Wenn Jug sie nicht bearbeitete, tat ich es. Sie beschwerte sich zwar nicht, aber sie kriegte auch die Hausarbeit nicht getan. Die Farm ging dabei zum Teufel. Nicht, daß es eine große Farm gewesen wäre. Nur ein paar Morgen. Eigentlich hatte sie meiner Frau gehört. Sie hatte sie von ihrem Vater geerbt, und als sie starb, ging sie natürlich auf mich über. Aber wie ich schon sagte, die Farm ging dabei drauf. Die Felder blieben ungepflügt, weil wir das Mädchen pflügten. Die Schweine wurden so mager, daß wir dachten, es wäre besser, sie zu schlachten und zu Schinken zu verarbeiten, bevor sie noch dünner wurden. Es schien nie genug Zeit da zu sein, um sie zu füttern. Jug und ich waren immer viel zu geschafft. Aber mit dem Jungen mußte ich strenger sein.

»Jug«, sagte ich eines Tages, »du gehst jetzt und melkst die Kuh. Dann spannst du das Pferd vor den Pflug, und dann sind da noch 'ne Menge Heuballen, die gestapelt werden müssen. Und ...«

»Pa«, sagte er, »das kannst du den Hühnern im Stall erzählen. Wenn's auf dieser Farm irgendeine Arbeit zu tun gibt, dann werden wir sie unter uns aufteilen. Ich hab' nicht vor, meinen Hintern hier den ganzen Tag durch die Gegend zu schieben, während du es drinnen dem Mädchen besorgst.«

»Sohn, so spricht man nicht mit seinem Vater.«

»Ach, Pa, vergiß es, verschone mich mit dem Quatsch.«

Wir haben dann die Arbeit unter uns aufgeteilt, wie er es gesagt hat. Die Arbeit des Mädchens haben wir auch gemacht. Wir fanden es nicht richtig, sie arbeiten zu lassen, wo sie doch auf eine andere Art so gut für uns sorgte. Natürlich haben wir sie dann auch nicht mehr bezahlt. Aber das machte ihr nichts. Sie hatte ein Dach über dem Kopf und was zu essen. Aber gekocht hat sie trotzdem für uns. Sie kochte zwar noch schlechter als Jug, und das will schon was heißen. Aber wir wußten, wann wir es gut getroffen hatten, und aßen, was sie uns vorsetzte.

Eines Tages bekamen wir Besuch von unserem Pfarrer, Reverend Simms. Ein großer, hagerer Kerl mit einem Silberblick, immer ganz in Schwarz. Ungefähr in meinem Alter. Hatte 'ne Frau mit 'nem Gesicht genau wie George Washington auf den Ein-Dollar-Scheinen. Aber an dem Tag hatte er sie zu Hause gelassen, dem Herrgott sei's gedankt. Kam mit seiner rumpelnden alten Kiste zur Farm rausgetuckert, an einem Abend, als ich gerade auf der Verandatreppe mein Pfeifchen schmauchte und zusah, wie die Sonne sich rot färbte.

»Bruder Taggott«, sagte er.

»'n Abend, Reverend«, sagte ich.

»Es gehen da ein paar Gerüchte um«, sagte er. »Sieht ganz so aus, als hättest du ein kleines ausländisches Mädchen hier draußen auf der Farm.«

»Stimmt. Aus Pennsylvania oder so.«

»Nun, Bruder, ich möchte dich nicht beleidigen, denn ich weiß, daß du ein gottesfürchtiger Mann bist, aber irgendwie scheint mir das nicht richtig zu sein. Ich meine, du hast keine anderen Frauensleute hier, die sich um das Mädchen kümmern könnten. Hier gibt's nur dich und deinen Sohn. Und dein Sohn, nun, er kommt jetzt langsam in das Alter, in dem er sich für Mädchen interessiert. Und dann dieses Mädchen hier, ganz allein mit nur euch Männern auf der Farm, mit niemandem, der sie beschützt oder ihr sagt, was richtig und was falsch ist.«

»Was sollen wir denn tun, Reverend?«

»Das Mädchen ist minderjährig. Sie gehört in ein staatliches Waisenhaus. Dort wird man ihr Arbeit geben und ihr moralische Grundsätze beibringen.«

»Wie werden sie das tun? Sie spricht kaum ein Wort englisch.«

»Auch das wird man ihr dort beibringen. Bruder Taggott, es ist die einzige anständige Lösung. Meine Frau hat mich auf den Gedanken gebracht, und ich habe noch nie erlebt, daß sie sich in Dingen der Moral und des Anstandes geirrt hätte.«

»Nun, Reverend«, sagte ich, »dann werden Sie und Ihre Frau wohl recht haben.«

»Ich bin froh, das du es so siehst.«

»Kann bloß sein, daß das Mädchen nicht gerade wild drauf ist, in ein Waisenhaus zu kommen. Es gefällt ihr hier.«

»Das ist egal. Es geschieht zu ihrem besten.«

»Das weiß ich. Aber wie soll ich ihr das erklären? Sie spricht kaum englisch, und außerdem ist sie so dumm wie eine Gans.«

»Glaube kann Berge versetzen, Bruder.«

»Amen. Ich glaube, Sie sprechen besser selbst mit ihr.«

»Eine gute Idee.«

»Ich mein', wo Sie doch ein Mann des Glaubens sind, und alles.«

»Richtig, Bruder. Ich stimme dir zu. Wenn du also so freundlich sein willst, mich zu ihr zu bringen, werde ich ihr alles erklären.«

»Kommen Sie nur herein, Reverend.« Ich nahm ihn mit in die Küche und goß ihm eine Tasse Kaffee ein. »Wenn Sie sich einen Augenblick setzen wollen, Reverend, dann gehe ich derweil nach oben und sage dem Mädchen, daß Sie hier sind.«

Sie war gerade oben im Schlafzimmer und ruhte sich aus. Ich erzählte ihr so gut ich konnte vom Reverend und warum er gekommen war. Wissen Sie, eigentlich stimmte das gar nicht mehr so richtig, daß sie kein englisch konnte; als Jug und ich sie besser kennenlernten, verstanden wir uns nach und nach auch besser, weil sie doch ein bißchen englisch lernte, und wir lernten ein oder zwei von ihren ausländischen Wörtern, und dann noch Zeichensprache, und so, also, mittlerweile konnten wir uns jedenfalls ganz gut miteinander unterhalten. Also brachte ich ihr bei, was der Pfarrer von ihr wollte, und dann ging ich wieder hinunter in die Küche.

»Sie ist oben und wartet auf Sie, Reverend. Sie gehört ganz Ihnen.«

»Ich danke dir, Bruder Taggott. Du benimmst dich sehr anständig in dieser Angelegenheit.«

»Ich versuche nur zu tun, was richtig ist.«

Und dann ging er nach oben.

Er blieb ungefähr eine halbe Stunde weg. Als er wieder herunterkam, war das Mädchen nicht bei ihm.

»Geht sie nicht mit Ihnen?« wollte ich wissen.

»Bruder Taggott«, sagte er, »die Wege des Herrn sind unergründlich.«

»Amen.«

»Von einem kleinen Kind sollt Ihr geführt werden.«

»So steht es geschrieben.«

»Dieses einfache, unverdorbene Kind dort oben hat mich auf ihre natürliche Art gelehrt, daß es ein Gesetz gibt, das über dem Gesetz der Menschen steht. Es ist das Gesetz Gottes, und es ist das Gesetz der Liebe.«

»Hallelujah.«

»Nun sagt das Gesetz der Menschen, daß dieses Kind in ein Waisenhaus gehört. Aber kann eine kalte staatliche Einrichtung wie diese ihr Liebe geben? Kann sie ihr die einfache menschliche Wärme vermitteln, die sie hier in diesem Heim bekommt?«

»Sicher nicht«, sagte ich.

»Wie wahr, Bruder. Das kann sie nicht. Und darum soll meine Entscheidung sein, daß dieses Kind weiter hier leben soll, unter deiner Obhut.«

»Wenn Sie es wünschen, Reverend.«

»Aber ich muß eine Bedingung stellen.«

»Und die wäre?«

»Es ist wahr, daß du diesem Mädchen alles Lebensnotwendige geben kannst. Ein Heim. Schutz vor dem Unwetter. Nahrung für ihren Körper, und die allumschließende Liebe, von der ich gerade zu dir gesprochen habe. Aber eines gibt es, das du ihr nicht geben kannst Bruder Taggott, und das ist geistlicher Beistand. Darum sage ich, daß das Mädchen hier bei dir bleiben darf, *vorausgesetzt*, daß ich sie besuchen darf, privat, um ihr diesen geistlichen Beistand zu geben. Sagen wir, einmal pro Woche?«

»Wie wäre es mit Freitag abends, gleich nach dem Essen?«

»Ja, das paßt mir gut. Das paßt mir sehr gut.«

Aber als er zur Tür hinausging, fiel mir etwas ein, und ich sagte: »Reverend? Was ist mit Mrs. Simms?«

»Darum kümmere ich mich schon«, sagte er und ging.

Danach lief alles für eine ganze Weile ziemlich reibungslos. Jug und ich waren zufrieden, das Mädchen beklagte sich nicht. Jeden Freitag, pünktlich nach dem Abendessen, erschien der Reverend, verschwand mit dem Mädchen irgendwohin, so für zwanzig Minuten, und leistete ihr geistlichen Beistand. Das Leben schien so lustig dahinzufließen wie Wasser in einem kleinen Bach.

Dann kam eines Tages Mrs. Simms in der alten Kiste zur Farm hinausgefahren. Hielt direkt vor meiner Nase und sah mir streng ins Gesicht. Ich will nicht sagen, daß sie häßlich war. Bei einem Mann hätte ihr Gesicht sicher gut ausgesehen. Aber zu einer Frau paßte es einfach nicht.

»Mr. Taggott«, sagte sie. Sie hatte eine Stimme wie Dewey Elgin, der Baß im Kirchenchor.

»Ma'am«, sagte ich.

»Dieses kleine Weibsbild, dem mein Mann geistlichen Beistand leistet.«

»Ja, Ma'am.«

»Ich will sie sehen.«

»Ja, natürlich. Ich werde Sie sofort zu ihr bringen.«

Sie kletterte aus dem alten Klapperkasten und folgte mir auf den Fersen, während ich auf das Haus zuging. Ich war ein wenig besorgt über das, was sie dort sehen könnte. Wenn das Mädchen gerade mit Jug im Schlafzimmer war, war es nicht schlimm, denn dann würde ich genug Zeit haben, um Jug zur Seitentür hinauszuschleusen und das Mädchen ordentlich und sauber herzurichten, bevor sie der Frau des Reverends unter die Augen kam. Aber wenn sie in der Küche gerade das Geschirr spülte oder den Herd sauber machte, war es möglich, daß sie splitternackt war, verstehen Sie. Sie hatte es sich zur Gewohnheit gemacht, die Hälfte der Zeit ohne Kleider im Haus herumzulaufen. Und ich kann's ihr noch nicht mal übelnehmen. So wie die Dinge zwischen ihr und Jug und mir standen, war es für sie kaum noch der Mühe wert, sich ein Kleid anzuziehen.

Also nahm ich die Beine unter die Arme, und ab in die Küche, vor Mrs. Simms. Aber es war alles in Ordnung. Das Mädchen hatte ein Kleid an. Sogar Schuhe. Ich fragte mich, woher sie sie hatte, bis mir einfiel, daß sie einmal Jugs Ma gehört hatten. Es waren ein Paar Pumps, die sie einmal gekauft hatte, glänzend rot, mit zentimeterhohen Absätzen und vorne offen, für die Zehen. Die nackten Beine des Mädchens sahen in ihnen womöglich noch besser aus als sonst, und ich wollte ihr gerade sagen, daß sie sie schleunigst ausziehen und unter die Spüle schmeißen soll, als ich hörte, wie hinter mir die Verandatür mit einem Knall zugeschlagen wurde, und ich diese kalten Augen auf meinem Nacken fühlte.

»Ja, also, das ist Mrs. Simms, die dich besuchen möchte, Mädchen«, sagte ich. »Das ist doch riesig nett von ihr, findest du nicht?«

Mrs. Simms musterte sie vom Kopf bis zu den Füßen. Ich sage dir, es war wie eine Schlange, die ein Kaninchen hypnotisiert. »Sag mir mal, wie du heißt, Kleine«, sagte sie. Das Mädchen sagte es ihr. »Gefällt's dir hier auf der Taggott-Farm?«

Das Mädchen nickte nur. Mrs. Simms bohrte mit ihren Augen richtige Löcher in sie. Dann griff sie nach ihrem Arm. »Du scheinst ja ganz gut im Futter zu sein«, sagte sie. »Sieht nicht so aus, als ob sie dich hier verhungern lassen. Aber Sie sehen mächtig schwindsüchtig aus, Mr. Taggott ... «

Tja, da hatte sie wohl recht. Schwindsüchtig und klapperdürr, so sahen wir beide aus, Jug und ich, genau wie die Schweine, die so erbärmlich mager geworden waren, weil wir beide immer viel zu geschafft waren, um sie zu füttern.

Und dann sagte Mrs. Simms was wirklich Komisches. Irgendsowas Gemischtes, mit ausländischen Wörtern, aber nich' so wie das ausländische Mädchen, sondern eher so ähnlich wie dieses französische Gequatsche, so die Art, die mein alter Onkel Maynard aus dem Weltkrieg mit nach Hause gebracht hat, Mademosell von Armentier parlee-vuu, und so. Was Mrs. Simms sagte, hörte sich an wie »La Bell Damm Song Märssi«. Und dann hat sie es noch mal gesagt, »›La Bell Damm Song Märssi‹ hat euch in ihren Fängen. Möge Gott euch helfen.«

»Amen«, sagte ich, denn das sage ich immer, wenn vom lieben Gott die Rede ist, besonders bei Pfarrern oder bei Pfarrersfrauen. Nicht, daß ich gewußt hätte, was sie meinte, 's wird wohl irgendwas aus der Heiligen Schrift gewesen sein. Sie war nämlich eine wirklich gebildete Frau.

»Guten Tag, Mr. Taggott«, sagte sie zu mir, drehte sich um, ging hinaus und schlug die Verandatür hinter sich zu.

Als ich hörte, wie sie ihre alte Kiste startete und damit die Straße hinunterrumpelte, war ich ziemlich erleichtert.

Bald danach wurde es schwierig.

2

Ein paar Tage später sagte mir das Mädchen nach dem Abendessen, daß bei ihr was Kleines unterwegs war.

»Was?« sagte ich.

Sie nickte.

»Bist du sicher?« fragte ich.

Sie antwortete mir in Zeichensprache.

»Himmelherrgott noch mal«, sagte ich. Dann sagte ich: »Von wem ist es?«

Sie verstand nicht, was ich meinte.

»Vater. Papi. Daddy. Papa. Pa. Ich? Jug? *Wer?*«

Sie zuckte nur mit den Schultern. Ich war fuchsig.

Ich fand Jug draußen in der Scheune. Er lag im Heu und schlief wie ein Baby. Ich gab ihm einen Tritt in sein Sitzfleisch, und – schwupp! – saß er auch schon. »Hey, Pa, was zum Teufel soll das?« brüllte er los.

»Das Mädchen hat'n Braten in der Röhre«, erzählte ich ihm.

»Das is' gut – ich hab' so einen Hunger, ich könnte einen ganzen Bären essen, mitsamt Pfoten und allem.«

»Du verdammter Idiot, sie ist schwanger!«

»Himmelherrgott noch mal«, sagte er.

»Und was machen wir jetzt?«

»Das fragst du *mich*? Ich bin doch bloß ein Junge!«

»Du bist alt genug, um es mit dem Mädchen zu treiben!«

»Und du bist alt genug, um es besser zu wissen!«

»Da hilft ja nu nichts, Junge. Einer von uns beiden muß sie heiraten.«

»Vergiß es, Pa. *Ich* heirate sie auf keinen Fall!«

»Glaubst du, ich habe Lust dazu? Schlimm genug, daß ich deine Ma heiraten mußte, als sie mit dir schwanger war. Ein zweites Mal laß ich mich nicht einfangen.«

»Das ist es ja, Pa – dich haben sie schon mal am Schlafittchen gehabt! Dir macht es nichts aus!«

»Dir würde es auch nichts ausmachen. Ein Mann sollte wenigstens einmal im Leben verheiratet gewesen sein. Aber zweimal ist einmal zuviel. Ich hab's schon hinter mich gebracht. Jetzt bist du dran.«

»Verdammt, Pa, das Kleine könnte von dir sein! Dann wäre er ja mein eigener Halbbruder.«

»Und wenn ich sie heirate, und das Kleine wäre von dir, dann wäre es mein eigener Enkel! Egal wie, wir stecken ganz schön in der Scheiße.«

In dem Moment hörte ich den Wagen des Reverends. »Was für ein Tag ist heute?« fragte ich.

»Freitag«, sagte Jug.

»Laß uns zurück zum Haus gehen. Wir sollten uns mal mit dem Pfarrer darüber unterhalten.«

Reverend Simms war nicht besonders wild darauf, sich mit uns zu unterhalten – wollte sich wohl so schnell wie möglich mit dem Mädchen verdrücken und ihr geistlichen Beistand leisten –, bis wir ihm sagten, was los war. Er nahm seine Hand von der Schulter des Mädchens, als sei sie ein heißer Ofen.

»Ich verstehe«, sagte er. »Nun, was beabsichtigst du zu tun?«

»Reverend«, sagte ich, »da gibt's kein Vertun. Sie werden sich der Sache annehmen müssen.«

»Ich???«

»Ich meine, Sie müssen sie mit einem von uns verheiraten, ganz legal in der Kirche, mit allem Drum und Dran.«

»Ja«, sagte er schwach, und sah dabei aus, als wäre er kurz vorm Umfallen. Aber so sah er schon seit Wochen aus.

»Aber mit welchem von uns beiden?« fragte ich.

»Mit welchem? Na, mit demjenigen, der … der …« Dann brach er ab und kratzte sich am Kopf. »Ich verstehe das Problem«, sagte er.

Wir standen alle ein bißchen dumm in der Küche rum. Dann stellte ich einen Krug mit selbstgebranntem Schnaps auf den Küchentisch. Das Zeug war so klar wie Wasser, und ich goß dem Reverend ein Glas voll ein, und noch eins für mich selbst.

»Kann ich nich' auch was ha'm, Pa?« fragte Jug.

»Dazu bist du noch zu jung«, sagte ich. Der Pfarrer und ich hoben unser Glas, schütteten uns das Zeug in den Hals, schüttelten uns und warteten auf die Wirkung. Nach ungefähr fünf Sekunden kam sie. Als würden uns ein paar Hufeisen auf den Kopf fallen. »Teufel auch«, sagte ich. »Gott im Himmel«, sagte der Reverend.

Nachdem er wieder einigermaßen beisammen war, sagte er: »Das Mädchen wird es entscheiden müssen.«

Also fragten wir sie. Aber sie zuckte bloß mit den Schultern und sah uns mit ihren stumpfen Augen an.

»In diesem Falle«, sagte der Pfarrer, »warum werft ihr keine Münze?«

»Das ist nicht fair«, sagte ich. »Dann ist es reine Glückssache. Müßte mehr so was wie ein Spiel sein, etwas, wo man zeigen muß, was man kann.«

Der Pfarrer sagte: »Hast du ein Kartenspiel im Haus?«

»Nein.«

»Würfel?«

»Nein.«

»Es freut mich sehr zu hören, daß du keines dieser Werkzeuge des Teufels in deinem Hause hast, Bruder Taggott, aber wie um Himmels willen willst du zu einer Entscheidung kommen?«

Jug machte den Mund auf. »Es gibt da diese Spiele, die sie auf dem Viehmarkt immer spielen. Sackhüpfen. Eingefettete Schweine fangen.«

»Zum Sackhüpfen bin ich zu alt«, sagte ich. »Du würdest mich schlagen.«

»Aber du bist nicht zu alt, um ein eingefettetes Schwein zu fangen, Pa. Ich hab's gesehen, wie du's letztes Jahr gemacht hast.«

Ich sagte: »Der Junge hat recht. Im Schweineeinfangen sind wir beide ganz groß.«

»Dann wäre es ein fairer Wettkampf«, sagte Reverend Simms.

»Ich glaub' schon.«

»Es is' bloß«, sagte Jug, »daß wir keine Schweine mehr haben.«

»Keine *Schweine* mehr?« sagte der Pfarrer.

»Das letzte haben wir vor einer Woche geschlachtet«, sagte ich und schnippte mit den Fingern. Das hatte ich total vergessen.

»Ich stelle fest«, sagte der Pfarrer, »die Probleme mehren und erschweren sich. Könnten wir noch ein Schlückchen von diesem erfrischenden Getränk haben, Bruder? Es könnte unseren Gedanken auf die Sprünge helfen.«

Ich goß noch zwei Gläser Schnaps ein, und wir tranken sie in einem Schluck. »Gott im Himmel«, sagte ich. »Teufel auch«, sagte der Reverend.

Der Schnaps half *uns* zwar nicht auf die Sprünge, aber es schien, daß schon allein der Geruch Jug die Erleuchtung brachte. Denn er sagte: »Reverend? Warum schmieren wir nicht das Mädchen mit Fett ein?«

Also, eins muß ich dazu sagen, wenn der Pfarrer und ich stocknüchtern gewesen wären, wäre aus Jugs Vorschlag nie was geworden. Aber zu dem Zeitpunkt hatten wir beide ungefähr einen halben Liter hochprozentigen Mondschein in unseren Eingeweiden, und der Vorschlag hörte sich gar nicht mal schlecht an. Nachdem wir uns noch ein paar Schnäpse zu Gemüte geführt hatten, hörte er sich sogar noch besser an. Es war irgendwie passend, wie der Reverend sagte. Schließlich war ja das Mädchen selbst der Preis, sozusagen, warum sollte sie also nicht eingefettet werden?

Also gingen wir alle nach draußen hinter die Scheune. Die Sonne war inzwischen untergegangen, aber es war Vollmond, und wir konnten ziemlich gut sehen. Wenn wir etwas im

Überfluß hatten, dann war es Schweinefett, und Jug ging und holte ein Faß davon. Wir versuchten dem Mädchen zu erklären, was wir vorhatten, aber ich glaube nicht, daß sie es richtig erstanden hat. Aber sie war ein gutes Mädchen, und darum blieb sie einfach stehen und rührte sich nicht, während Jug und ich sie auszogen und sie vom Kinn bis runter zu ihren Fußsohlen mit Schweinefett einschmierten. Wenn du noch nie ein splitternacktes, strammes Weibsbild mit deinen bloßen Händen mit Fett eingeschmiert hast, dann laß dir von mir sagen, du hast was verpaßt. Schon bald war das Mädchen so schlüpfrig wie ein frischgefangener Karpfen.

»Meinen Sie, das reicht, Reverend?« sagte ich.

»Ich denke schon.«

Auf einmal hatte ich so ein seltsames, schauderndes Gefühl, einfach so. Vielleicht war es, weil im Mondlicht alles so kalt und blau aussah, um diese Zeit des Monats war er schon fast ganz voll. Sogar das Mädchen, ganz nackt und glänzend wie ein Fisch, sah kalt aus.

Aber vielleicht war es auch etwas anderes. Denn ich weiß noch, daß ich dachte, als ich mir Jug und den Reverend ansah, wie sie da so schwindsüchtig und leergesaugt im Mondlicht standen (und ich wußte, daß ich nicht viel besser aussah), da dachte ich an das Fett an meinen Händen, das Fett, mit dem ich das Mädchen ganz und gar eingeschmiert hatte, und daß es das Fett der Schweine war, die wir geschlachtet hatten, weil sie so dünn geworden waren, weil Jug und ich nie dazu gekommen waren, sie zu füttern, denn, weil wir es ständig mit dem Mädchen trieben, waren wir immer viel zu geschafft ...

Und irgendwie, ich weiß nicht, war es so, als hätte diese

kleine Göre uns *allen* auf die eine oder andere Weise das Leben ausgesaugt, als hätte sie mich und Jug und den Reverend zu einem Schatten unserer selbst gemacht, und sogar die Schweine, könnte man sagen, bis sie geschlachtet und zu Fett verarbeitet werden mußten, dem Fett, mit dem sie jetzt eingerieben war. Sie war die einzige auf der Farm, die noch gesund und munter war und Fleisch auf den Rippen hatte …

Aber diese dummen Gedanken verschwanden blitzschnell, als der Reverend sagte: »Ja, Bruder Taggott, ich denke, das Mädchen hat jetzt soviel Schweinefett in sich aufgesogen, wie ihr niedlicher kleiner Körper aufnehmen kann.«

»Dann laß uns anfangen, Pa«, sagte Jug. »Ich kann's gar nicht erwarten, mir das Mädchen zu schnappen und sie aufs Kreuz zu legen! Ich bin so fit, daß ich gleich platze!«

»Aber zuerst«, sagte der Pfarrer, »müssen wir die Regeln festlegen. Normalerweise hat derjenige gewonnen, der das Schwein fängt. Aber da ich weiß, daß keiner von euch beiden besonders wild darauf ist, dieses Mädchen zu heiraten, könnte es sein, daß ihr euch nicht besonders anstrengt um sie zu fangen. Also müssen wir die Regeln umkehren. Derjenige, der sie fängt, *verliert* sie. Derjenige, der sie *nicht* fängt, *gewinnt* sie. Und muß sie heiraten.«

Damit machte er mir einen Strich durch die Rechnung, denn genau das hatte ich vorgehabt – sie absichtlich entkommen zu lassen. Aber der Pfarrer war mir einen Schritt vorausgewesen.

»Reverend?« sagte Jug. »Meinen Sie nicht, Pa und ich, wir müßten uns auch ausziehen, um das Ganze fairer zu machen?«

»Jug, zum Teufel«, sagte ich. »Für solche Fisimatenten bin ich zu alt. Außerdem weht heut' ein kühles Lüftchen.«

»Der Junge hat gar nicht so unrecht, Bruder«, sagte der Pfarrer. »Wenn ihr beide nackt seid wie Gott euch schuf, dann kann niemand sagen, daß die Kleider des Gewinners rauher waren als die des Verlierers. Es wäre wirklich fairer.«

Also zogen Jug und ich uns aus, bis wir splitternackt waren, und standen da im Mondlicht wie ein paar verdammte Idioten.

Der Pfarrer sagte: »Bruder Taggott, dein Alter gibt dir den Vorrang. Du darfst es zuerst versuchen.«

»In Ordnung«, sagte ich. »Aber nur, wenn wir sie danach noch mal mit Fett einschmieren. Ich bin nicht so blöd und rubbele ihr das ganze Fett ab, damit Jug es nachher leichter hat.«

Der Pfarrer nickte. »Ich werde sogar dabei helfen«, sagte er.

»Das hab' ich mir gedacht.«

Er zog eine große Taschenuhr hervor. »Diese Uhr«, sagte er, »hat einem Spieler gehört. Er benutzte sie, um bei Pferderennen die Zeit zu stoppen. Als er seinen falschen Lebenswandel erkannte und seine Seele errettet wurde, hat er sie mir aus Dankbarkeit geschenkt. Jeder von euch hat genau sechzig Sekunden Zeit, um das Mädchen zu fangen. Bevor wir beginnen, Bruder, schlage ich vor, daß wir aus gegebenem Anlaß noch einen Schluck aus dem Krug nehmen, den du, wie ich sehe, mit nach draußen gebracht hast.«

Ich gab ihm den Krug, er stemmte ihn hoch, setzte ihn sich an den Mund und kippte sich ungefähr einen Viertelliter Schnaps die Kehle hinunter. Als er ihn mir zurückgab, tat ich das gleiche. Jug fragte wieder, ob er sich die Kehle anfeuchten dürfte, und ich sagte nein.

»Fertig, Bruder Taggott?« fragte der Pfarrer.

»Ich bin fertig.«

Er sah auf seine Uhr. »Und – *los geht's!*«

Das Mädchen rannte weg, und ich direkt hinter ihr her. Als wir beim Schweinetrog um die Ecke bogen, bekam ich ihre Schulter zu fassen, aber sie entglitt mir sofort wieder. Beim nächsten Mal, als wir am Holzstapel vorbeikamen, griff ich sie um die Taille und warf sie zu Boden. Sie hüpfte aus meinen Armen wie ein Frosch. Ich grabschte nach ihren Möpsen, aber sie flutschten mir aus den Händen wie zwei gehäutete Pfirsiche. Ich grub meine Finger in ihren Hintern, aber er rutschte mir weg, beide Backen. Ich versuchte, ihre Schenkel zu greifen, aber meine Hände glitten einfach ab, ihre Beine hinunter bis zu den Knien, und dann zu ihren Knöcheln, und weg war sie.

»Zeit ist um«, schrie Reverend Simms.

Ich war von Kopf bis Fuß mit Schweinefett beschmiert. Ich hatte mehr davon auf mir als das Mädchen.

»Du hast gewonnen, Pa«, sagte Jug.

»Noch nicht«, sagte ich. »Es könnte ein Unentschieden werden. Laß uns das Mädchen wieder einfetten.«

Der Pfarrer packte mit an und half uns, und dieses Mal sah das Mädchen die komische Seite des Ganzen, und während wir sie einfetteten, quietschte und kicherte sie die ganze Zeit.

»Fertig, Jug?« sagte der Reverend.

»O ja, *Sir*, Reverend, das bin ich!« Und das war er auch. Du hättest blind sein müssen, um das nicht zu sehen.

Der Reverend schaute auf seine Uhr. *»Los, Junge!«* schrie er.

Er rannte hinter ihr her wie ein Bluthund hinter einem Kaninchen. Sie bot ihm wirklich was für sein Geld, sozusagen, ließ ihn ganz um das Seitengebäude und wieder zurück zur hinteren Weide rennen. Dann stolperte sie über eine Wurzel und fiel aufs Gesicht und Jug setzte sich mitten auf sie drauf, hielt sie fest, als hinge sein Leben davon ab. Das Mädchen drehte und wand sich wie ein Wurm, das kann ich Ihnen sagen. Einmal schaffte sie es fast zu entkommen – aber als wir sie wie ein abgestochenes Schwein quieken hörten, dachte ich mir schon, das Jug sie *wirklich* aufs Kreuz gelegt hatte, wie er es gesagt hatte.

Und an allem war bloß dieser verdammte selbstgebrannte Schnaps schuld, wissen Sie. Das Zeug hatte mich so benommen gemacht daß ich es nicht geschafft hatte, sie festzuhalten. Aber Jug hatte nicht einen Tropfen von dem weißen Blitz getrunken.

»Die Zeit ist um, und sie liegt immer noch auf dem Boden«, sagte der Reverend. »Ich denke, der Junge hat gewonnen. Ich meine, verloren.« Sie quiekte noch immer so laut, daß einem die Ohren weh taten.

»Jug«, rief ich. »Laß das Mädchen jetzt sofort los, verstanden?«

»Einen ... Moment ... noch ... Pa«, sagte er keuchend.

»Jetzt *gleich*!« schrie ich zurück. »Die junge Dame ist meine zukünftige Ehefrau!«

»Ich denke, unter den gegebenen Umständen wird eine kurze Verlobungszeit das beste sein«, sagte der Pfarrer.

»Wie wäre es mit morgen früh?«

»Zehn Uhr? Früher geht es nicht denn um neun Uhr taufe ich das Geer-Baby.«

»Jed Geer? Ich dachte, dem hätten sie im Krieg alles weggeschossen.«

»Ich habe es schon einmal gesagt und ich sage es wieder, Bruder Taggott. Die Wege des Herrn sind unergründlich.«

»Amen. *Jug? Kannst du nicht hören? Du sollst das Mädchen loslassen!*«

»Ja, Pa. Ich ... *komme*!«

So kam es also, daß ich mich mit dem ausländischen Mädchen verlobte. Aber die Hochzeit war dann noch mal eine Sache für sich.

Gut gelaunt standen wir am nächsten Morgen früh auf und schrubbten uns alle so sauber, daß wir ganz rosig und glänzend waren. Jug sollte mein Trauzeuge sein. Er war schon groß genug, um meinen gestreiften blauen Sonntagsanzug zu tragen; ich selbst zog meinen alten schwarzen Anzug an, den mit den Schwalbenschwänzen hinten dran, der einmal dem Vater von Jugs Ma gehört hatte. Ich hatte ihn mit der Farm übernommen. Bisher hatte ich ihn nur zweimal getragen: bei meiner ersten Hochzeit und als ich Jugs Ma beerdigt hatte. Werd' wahrscheinlich selbst mal drin beerdigt werden. Wir quetschten das Mädchen in ein altes weißes Kleid von Jugs Ma. Es war, als stopften wir zwei Pfund Futter in einen Beutel für ein Pfund. Jugs Ma war ein dünnes kleines Ding gewesen, und das war das ausländische Mädchen sicher nicht. Solange sie sich nicht hinsetzte, sich vorbeugte oder tief Luft holte, ging es noch. Die roten

Schuhe hatten wir ihr auch angezogen. Sie sah richtig hübsch aus.

»Na ja, das geht ja einigermaßen«, sagte Mrs. Simms, als sie das Mädchen in ihrem Hochzeitskleid in der Küche stehen sah.

Die Frau des Reverends war zu uns hinausgekommen, um das Mädchen in ihrer alten Kiste zur Kirche zu bringen und sie dort dem wartenden Bräutigam zu übergeben. Jug und ich sollten mit dem Einspänner nachkommen. Sie hatte gesagt, es gehörte sich nicht, daß wir alle gleichzeitig bei der Kirche ankommen, oder irgend so ein hochgestochener Blödsinn. Also spannte ich das Pferd vor die Kutsche, und Jug und ich machten uns auf den Weg zur Kirche.

Als wir ankamen, stand Reverend Simms draußen vor der Tür und wartete auf uns. »Morgen, Bruder Taggott«, sagte er. »Du bist ja herausgeputzt wie ein Weihnachtsbaum.«

»Vielen Dank auch, Reverend.«

»Aber wo ist deine errötende Braut?«

»Ihre Frau kommt mit ihr im Auto rübergerumpelt, Reverend. Jug und ich sind mit der Kutsche gekommen.«

»Komisch, sie hat mir gar nicht gesagt, daß sie das vorhatte«, sagte er. »Aber ich denke, sie werden wohl jeden Moment hier sein.«

Eine halbe Stunde später fuhr die alte Kiste klappernd und rauchend vor der Kirche vor. Heraus kletterte Mrs. Simms – aber kein Mädchen. Durch das lange Warten war ich schon ziemlich wütend geworden, und als ich sah, daß das Mädchen nicht bei ihr war, plusterte ich mich auf und brüllte: »Wo zum Teufel ist das Mädchen?«

»Da, wo der Mond nicht scheint, Mr. Taggott«, sagte sie.

»Und auch die Sonne nicht. Auf ein Wort, mein Lieber.« Sie ging mit dem Reverend in die Kirche und ließ Jug und mich da draußen stehen wie ein paar neugeborene Kälber.

Später erklärte der Reverend mir alles. Ich verstand noch nicht mal die Hälfte, aber vielleicht kapieren Sie's ja. Es scheint daß seine Frau gewußt hat, womit wir's zu tun hatten, gleich vom ersten Moment, als sie das Mädchen sah! Wußte, daß sie anders war als normale Leute. So was wie 'ne ausländische Hexe, wissen Sie. In solchen Sachen kannte Mrs. Simms sich aus, ich hab' Ihnen doch erzählt, daß sie jede Menge von Zauberei verstand, und sie sagte, das Mädchen war ein Vampir oder irgend so was, und das es da unten, von wo das Mädchen herkam, jede Menge von diesen Dingern gab, daß über die schon ganze Bücher geschrieben worden waren, und auch Gedichte, wie das über »La Bell Damm Song Märssi«. Sie hatte Jug und dem Reverend und mir einfach das Leben ausgesaugt. Die einzige Art, wie man diese Dinger los wird, ist, einen Pfahl mitten durch ihr Herz zu treiben, hat sie gesagt. Und das hat sie dann auch gemacht und das Mädchen draußen auf meiner Farm begraben, auf der hinteren Weide, direkt unter der großen schlüpfrigen Ulme. So kam es, daß ich schließlich doch nicht wieder zu heiraten brauchte.

Und Mrs. Simms, hat gesagt, daß sie auch gar nicht aus Pennsylvania kam, wie wir gedacht haben. Es war irgend so ein anderer Ort, Transsylvanien, glaub' ich.

Aber sag ich Ihnen was sagen? Manchmal, in der Nacht, dann vermisse ich das gute alte Mädchen, sogar jetzt noch. Wenn ich mich dann einsam fühle, dann denke ich das wildeste Zeug über sie, und ich erinnere mich daran, wie das

Mondlicht ihren nackten Körper ganz in einem blauen Licht erscheinen ließ, und dann ist es mir vollkommen wurscht, ob sie das war, was Mrs. Simms gesagt hat oder nicht.

Der Sheriff hat natürlich kein Wort von dem Ganzen geglaubt und hat Mrs. Simms wegen Mordes verhaftet. Als Grund hat er den geistlichen Beistand genannt, den der Reverend dem Mädchen einmal pro Woche gegeben hat. »Nicht schuldig wegen Geistesgestörtheit«, haben sie gesagt und sie in eine Anstalt gesteckt. Wenn sie noch nicht verrückt war, als sie dort hinging, dann war sie es sicher, als sie zehn Jahre später starb.

Tja, so war das damals, und ich sag' Ihnen, ich hab' nichts dazugemacht. Es war genauso, wie ich's erzähle.

Stanley Wiater

Feuchte Träume

Stan Wiater arbeitet für Zeitungen. Er ist auch auf Interviews spezialisiert, insbesondere für das informative, mit Akribie gemachte wilde Magazin FANGORIA, *das den Horror in verschiedenster Gestalt präsentiert. Bei seinen Interviews stellt er unauffällig raffinierte Fragen mit Tiefgang, bei denen man ins Schwitzen gerät und sich seine letzten drei Antworten noch mal genau überlegt. Dann taucht lächelnd seine Frau Iris auf und macht ein Foto, auf dem man einfach phantastisch aussieht, und man hat das Gefühl, als habe sich das Leben verändert.*

Stanleys Kurzgeschichten liegen auf der gleichen Wellenlänge wie seine Interviews. Der Horror-Spezialist aus Massachusetts fühlt und denkt gleichzeitig, während er schreibt. Er entführt uns in eine Guckkastenwelt der Klaustrophobie, in der man als Beobachter sogleich zu Eis erstarrt. Man kann nicht einmal mehr schreien.

Jetzt ist es bestimmt zum elftenmal passiert.

Wenn du noch Angst hast, kommst du nicht dahinter, aber jetzt weißt du, daß es nur ein böser Traum ist und nichts weiter. Schon jetzt hast du erkannt, daß es sich um einen Traum handelt, bei dem sich dein Unterbewußtsein im klaren ist, daß du ihn schon mal geträumt hast.

Genau diesen Traum.

Es wird sich verschiedenes darin abspielen, und wenn du schließlich erwachst, kannst du ihn zurückspulen wie ein Videoband. Bis auf geringe, wirklich unbedeutende Abweichungen bleibt er stets gleich – von Anfang bis Ende.

Warum fängst du dann so heftig an zu zittern, wenn er wieder beginnt?

Reg dich nicht auf – es passiert ja nichts! Ruf dir ins Gedächtnis, wo du bist: Du schläfst tief und fest in deinem riesigen Wasserbett, neben der Frau, die du innig liebst. Sie ruht entspannt, wie gewöhnlich, und sie ist nackt bis auf das unglaublich aufregende Höschen, das sie oft zum Schlafen anhat. Wenn sich deine Hände an ihrem sinnlichen Körper hinuntertasten und das Seidenhöschen so herrlich langsam an ihren langen gebräunten Beinen hinabgleitet, dann ist das für euch beide das Signal. Wie ein Streichholz, das das Feuer entfacht. So ist das immer gewesen.

Eigentlich ist eure Harmonie in dieser Beziehung so vollkommen, daß du dich manchmal fragst, ob das nicht der wahre Traum ist. Ein Traum, der für dich Wirklichkeit geworden ist, als diese hinreißende, sinnliche Schönheit dich zu ihrem Partner erkor. Erfahren, wie sie zweifellos ist, wird sie von allen Männern begehrt, wenn sie sich am Strand zeigt oder auch nur die Straße entlangläuft. Dann wippen ihre vollen Brüste unter der weißen Bluse oder unter dem enganliegenden Jerseykleid. Ihre sonst versteckten Brustwarzen fallen immer besonders ins Auge, wenn sie stimuliert werden und sich aufrichten …

Ach ja – da sind wie wieder, die unanständigen aber reizenden Bilder in deinem Kopf, und genau zur rechten Zeit. So richtig angenehm. Du kannst jetzt nicht anders; du mußt spüren, wie steif er schon ist, und du läßt deine Finger an ihrem weichen Körper entlangwandern und pellst das knappe Höschen von ihr ab, pflückst es wie ein Blütenblatt von einer tauschweren Blume.

Das Wasserbett schaukelt sanft im Rhythmus deiner beginnenden Lust. Das Feuer breitet sich aus, die Flammen schlagen höher, leuchten heller.

Und dann passiert's wieder. Wie immer geht etwas schief ... Du kannst dich plötzlich nicht mehr konzentrieren. Ohne plausiblen Grund kommt dir erneut der verdammte Brieföffner in den Sinn, der letzten Monat mit der Post kam. Der reichverzierte, aus Stahl und Messing handgearbeitete Brieföffner – ein eigenartiges anonymes Präsent, das sie bereits irgendwo hier im Hause versteckt hat, obwohl sie vorgibt, den Absender nicht erraten zu können ...

Auch diesmal ist der Traum an dieser Stelle auf irritierende Weise unklar.

Du verstehst nicht, weshalb ihr jemand ein so ungewöhnliches Geschenk machen sollte. Es würde viel besser zu deiner eigenen Tätigkeit passen. Überflüssig zu erwähnen, daß dir schon von jeher die Scharen ihrer Bewunderer im Kopf herumspuken und daß du befürchtest, sie könnte eines Tages für einen anderen fallen, einen, der klüger und schöner ist als du und der beruflich mehr Erfolg hat.

Daher setzt du dich jetzt voll ein, führst jeden Stoß tiefer und härter, damit es diesmal so wunderbar wird wie nie zuvor. So großartig, daß sie sich nicht versucht fühlen wird,

Zärtlichkeit und Zuwendung anderswo zu suchen. Schweiß tropft dir vom Gesicht, während dein Kopf vor- und zurückfällt.

Sie gehört dir.

Sie hat dir immer gehört.

So soll es ewig bleiben.

Sie gehört dir – oder keinem.

Und nun beginnt der häßliche Teil. Du siehst den Brieföffner, den du insgeheim gesucht hast und über den du dir wochenlang den Kopf zerbrochen hast. Er ist hier, unter deinem Bauch, auf widerliche Art verwandelt. Aus dem zärtlichen Instrument der Hingabe ist ein unbarmherziges Instrument der Zerstörung geworden, das sich tiefer und tiefer in sie bohrt, während sich die kühle Flüssigkeit aus dem Wasserbett mit den warmen dunkelroten Kaskaden vermischt, die gegen deinen schwitzenden, zuckenden Körper spritzen.

Ungefähr zum elften Male in ebenso vielen Wochen geht alles drunter und drüber. Du stürzt in einen Abgrund, versinkst in den lautlosen Wellen alles durchdringender Dunkelheit und der unbewußten Furcht vor dem Unbekannten. Du bist gefangen in einem gewaltigen Strudel, der dich nicht mehr losläßt, bis er dich in sich hineingesogen hat.

Du hast natürlich die ganze Zeit gewußt, daß es so kommen würde.

Und obwohl dieses schreckliche Ende unweigerlich zu erwarten war, findest du doch Trost in der Gewißheit, daß dieser Teil bald vorüber sein wird und der gesamte Alptraum irgendwann aus deiner Erinnerung verschwunden.

Eigenartigerweise scheint jedoch der imaginäre Schmerz diesmal greifbarer und auch intensiver zu sein als sonst. Du scheinst tatsächlich Schwierigkeiten beim Atmen zu haben, so, als entwiche die blutschwere Luft nicht nur aus Nase und Mund ... Vergeblich wie immer bemühst du dich, den Mund zu einem Hilfeschrei aufzureißen.

Aber nach wem willst du rufen?

Wie ein Ertrinkender stößt du an die langsam fallenden Grenzen des ewigen, gnadenlosen Schlafs, bis du endlich wach wirst. Hellwach.

Du bist patschnaß.

Erst ist dir nach Weinen zumute, dann möchtest du vor Erleichterung laut auflachen. Doch halt – das warme, klebrige Zeug ist kein Schweiß, und die qualvollen Schreie neben dir kommen nicht aus dem Munde deiner Liebsten, die du vor wenigen Augenblicken in deinem gespenstischen Angsttraum aus Eifersucht abgeschlachtet hast. Nur wenige Sekunden lang zeigt dir der Spiegel der Wirklichkeit deine geheimsten Ängste.

Selbst ohne die Augen zu öffnen, wird dir klar, daß sie den Brieföffner gefunden hat, den du vor ihr verbergen wolltest, eine deiner glühenden Verehrerinnen hat ihn dir geschickt, begleitet von einem vielsagenden Brief. Doch jetzt spielt es keine Rolle mehr, wie krankhaft eifersüchtig sie stets war, wenn dich mal eine Frau bewunderte. Sie war auch nie zu überzeugen, daß du die Frauen nur in deinen Erzählungen und Romanen so abartig und eigentümlich dargestellt hast. Mit deiner wirklichen Meinung hatte das wenig zu tun.

Denn während der rasiermesserscharfe Brieföffner wieder und wieder hinabstößt auf deinen Hals und dein Gesicht, kannst du dich nur damit beruhigen, daß das jetzt das Ende eines Traumes sein muß, der *ihr* in den vergangenen Wochen zu schaffen gemacht hatte.

Komisch, wie nun alles auf dich zustürzt: ein ungemein lebhafter Alptraum, der sich bei jeder Wiederholung verschlimmerte, obwohl sie sonst immer vor dem offenbar gräßlichen aber bisher ungeträumten Höhepunkt daraus verschwand, und der bis auf winzige Details haargenau mit dem anderen bösen Traum übereinstimmt der dich vorher mindestens zehn-, elfmal, oder höchstens zwölfm …

Joe R. Lansdale

Hund, Katze und Baby

Man sagt, ein Schriftsteller wird erst zum Erfolgsautor, wenn er Romane veröffentlicht hat. Joe R. Lansdale hat es auch so geschafft, obwohl er nur einen Roman unter eigenem Namen geschrieben hat: ACT OF LOVE, *ein heißer Krimi, der nach Neuauflage schreit. Bisher hat er eine ansehnliche Reihe neuerer Kurzgeschichten für die breite Palette dieses Genres geschrieben. Einige von Lansdales Geschichten –* DOWN BY THE SEA NEAR THE GREAT BIG ROCK, TIGHT LITTLE STITCHES IN A DEAD MAN'S BACK, THE DUMP *und* THE PIT *– werden vielleicht eines Tages zu Horror-Klassikern. Nicht alle seiner rund hundert Erzählungen sind jedoch schreckerregend; Joe wurde auch im* ESPIONAGE *und im* MIKE SHANE MYSTERY MAGAZINE *abgedruckt; eine Anthologie von Western Stories müßte derzeit im Druck sein – plus zwei neue Romane:* NIGHT OF THE GOBLINS *und* THE MAGIC WAGON. *Nachstehend eine Kurzgeschichte, die Sie sicher laut lesen werden, zum Mit-Erleben.*

Hund mochte Baby nicht. Und Hund mochte Katze nicht. Doch Katze hatte Krallen – scharfe Krallen. Hund hatte immer Aufmerksamkeit erhalten. Klaps auf den Kopf. »Da, Boy, da ein Häppchen. Braver Hund. Guter Hund. Gib Pfötchen. Gib Laut! Platz! Braver Hund.« jetzt war da Baby. Katze war kein Problem gewesen, kein richtiges. Katze wurde gemocht von Familie, nicht geliebt. Manchmal streichelten sie Katze. Fütterten sie. Behandelten sie nicht schlecht. Aber lieben sie nicht. Nicht wie sie Hund liebten – vor Baby. Blödes, kleines rosa Ding, das schrie. Baby erhielt ›Oooohs und Ahhhs‹. Wenn Hund versuchte, nahe bei Herzchen und Frauchen zu sein, sagten sie: »Geh zurück, Boy. Nicht jetzt.« Wann würde Jetzt sein? Hund kriegt kein Jetzt. Immer kriegt Baby Jetzt. Hund kriegt gar nichts. Manchmal beide so beschäftigt mit Baby, dauert ganzen Tag, bis Hund Futter kriegt. Hund kriegt nie mehr Häppchen. Konnte sich nicht erinnern, wann letztes Mal Klaps auf Kopf oder »Guter Hund«. Dumme Sache. Gefiel Hund gar nicht. Hund beschließt, etwas zu unternehmen. Baby töten. Dann wird Hund da sein, Katze wieder. Sie lieben Katze nicht, somit alles in Ordnung. Hund dachte darüber nach. Wäre keine große Sache, kleines Baby zu zerreißen. Baby weich, rosa. Würde sofort bluten. Baby oft in Wippe, die zwischen Türöffnung hängt, wenn Frauchen Wäsche aufhängt. Baby dann leicht zu kriegen. Also wartete Hund. Eines Tages Baby in Wippe, und Frauchen geht nach draußen, Wäsche aufhängen. Hund schaut auf wippendes rosa Ding, denkt daran, in Stücke zu reißen. Denkt lang und fest daran. Gedanke macht ihn so glücklich, Wasser läuft im Mund zusammen. Hund geht auf Baby zu, kostet schönen Augenblick aus. Baby schaut auf, sieht Hund langsam, fast schleichend auf sie zukommen. Baby beginnt zu weinen. Doch bevor Hund Baby erreichen kann, springt Katze. Katze war versteckt hinter Couch. Katze jagt Hund, zerreißt Hunds Gesicht mit Zähnen, mit Krallen. Hund blutet, versucht wegzulaufen. Katze jagt hinter ihm her. Hund dreht sich, will beißen. Katze schlägt Kralle in Auge von Hund. Hund jault auf, läuft davon. Katze springt auf Rücken von Hund, beißt Hund in Genick. Hund versucht Haken zu schlagen, Richtung Schlafzimmer. Katze schlägt ihn mit Krallen, beißt mit Zähnen, läßt Hund Gleichgewicht verlieren. Hund rennt sehr schnell, schnell wie er kann, knallt an Türöffnung, taumelt zurück, fällt um. Katze läßt Hund los, springt herunter. Hund liegt still. Hund atmet nicht. Katze weiß, Hund ist tot. Katze leckt mit rauher Zunge Blut von Krallen, von Zähnen. Katze ist Hund los. Katze wendet Blick Flur entlang, wo Baby schreit. Nun zu dem anderen. Katze beginnt Flur entlangzuschleichen.

KATHERINE RAMSLAND

Von nichts kommt nichts

Man könnte meinen, daß für Katherine Ramsland mit einem Diplom in Experimentalpsychologie, einem Magister in klinischer Psychologie und einem Doktor in Philosophie Horror eine minderwertige Sache sei. ›Es paßt halt nicht in ein logisches Schwarz-Weiß-Schema!‹ Doch sie hat ›Gespenstergeschichten immer geliebt‹ und betrachtet das Übernatürliche als ›aufregenden Schauplatz für neue Entdeckungen. Ich meine, es ist die Pflicht eines jeden Philosophen, ständig Fragen zu stellen …‹

Kathie ist keine Dilettantin, noch ist sie eine Möchte-gern-Schriftstellerin. Sie hat Schauspielerei betrieben, ist (allein) mit einem Motorrad quer durchs Land gefahren und hat Dissertationen über Kierkegaard veröffentlicht. ›Wenn die Begriffe Wahrheit, Realität und Wissen eine philosophische Untersuchung verdienen‹, schreibt Dr. Ramsland, ›dann sollte das Übernatürliche erforscht werden.‹

In ihrer ersten veröffentlichten Erzählung macht sie dieses. Ihre beträchtlichen Fachkenntnisse geben dem Begriff psychologischer *Horror neue Bedeutung.*

Er hatte immer davon geträumt, etwas zu tun, womit er Aufmerksamkeit erregen konnte, nicht für sich, sondern für das, was er tat. Solch eine Gelegenheit schien endlich gekommen. Man hatte ihm an diesem Abend einen sonderbaren Fall vorgelegt, und seine Neugier übertraf seine beruflichen Motivationen, sich diesen näher zu betrachten. Er ging gerade durch die Krankenstation auf die geöffnete Tür der Patientin zu und befestigte an seinem Kittel das Schildchen, das ihn in der Klinik auswies: Dr. Alan Kensey, Krankenhauspsychiater. Mit einem Ausdruck von, wie er glaubte, Autorität trat er ein.

Das Verhalten der Patientin war so rätselhaft wie der Name auf ihrer Karte – *Onya*. Nur dieser einzelne Name. Als er eintrat, bewegte sie sich durch den Raum wie eine Katze, dorthin, wo ihre eigene Dunkelheit sich mit den Schatten verband. Von dem, was er bis jetzt sehen konnte, schien sie ihm außergewöhnlich anziehend.

»Ms. Onya ...«, begann Kensey.

»Onya. Nur Onya.« Obgleich sie nicht geflüstert hatte, hatte ihre rauhe Stimme diesen Effekt auf ihn; er neigte sich vor, um ihr näher zu kommen. Ihr Blick flammte auf, und Dr. Kensey zog sich unwillkürlich zurück.

»In Ordnung, Onya. Ich heiße ...«

»Ich habe auf Sie gewartet, Dr. Kensey.«

Er unterbrach, leicht verblüfft.

Sie hatte ungewöhnlich gute Augen, wenn sie bei diesem schwachen Licht sein Schildchen lesen konnte.

»Würden Sie bitte hier herüber kommen«, bat er. Es war eine klare Aussage. »Wir können uns auf diese Stühle setzen, es uns behaglich machen.«

»Fühlen Sie sich unbehaglich?« Wieder dieser geflüsterte

Effekt, obwohl er sie deutlich hören konnte. Er *fühlte* sich unbehaglich.

Kensey nahm Platz. Als er ihre Karte überflog – hauptsächlich um ihr zu zeigen, daß *er* die Autorität hier war – warf er einen Blick zu ihr.

Sie beobachtete ihn. »Werden Sie mich entlassen?« fragte sie.

»Nicht bevor wir einige Dinge geklärt haben. Wenn Sie jetzt hier herüber kommen würden ...«

»Sie *dürfen* mich nicht aufhalten!« Sie spie ihm den Befehl aus ihrer Ecke ohne Warnung zu. »Ich habe etwas Wichtiges zu tun!«

Kensey wurde klar, daß sie nicht näher kommen würde.

»Was ist es?« fragte er freundlich. »Vielleicht könnte ich es für Sie tun.« Ihre Antwort war ein langes Gelächter, das ihn mit seinem schrillen Klang erschreckte. Dann ... langsam ... stieß sie hervor: *»Ich muß für die Vernichtung der Welt sorgen.«*

Kensey starrte sie einen Augenblick fassungslos an, dann entsann er sich, daß sie Wahnvorstellungen hatte.

»Onya ist mein Name«, erzählte sie ihm. »Er ist meine Substanz. Das Alpha und Omega, rückwärts. Ich lebe vom Ende bis zum Anfang. Ich bringe die Zukunft in die Vergangenheit.«

Irgendwie klang sie fast *rational*.

Kensey bewegte sich unruhig, als Onya fortfuhr: »Ich kenne die Entwicklungen der Zukunft und die Leute aus der Vergangenheit, die für sie verantwortlich sind. Ich sage ihnen, was sie wissen müssen, um sie zu erfinden. Und wenn sie mich nicht bald entlassen, werden einige dieser Werke aufhören zu existieren.«

»Keiner der großen Erfinder hat jemals von Ihnen gesprochen«, forderte Kensey sie heraus.

»Männer lieben es, Anerkennung zu bekommen, finden Sie nicht?« Der Blick, den sie ihm zuwarf, war eine Anklage. »Allerdings wissen sie nicht, wie sie die Informationen bekommen. Ich flüstere sie ihnen zu, wenn ihr Unterbewußtsein sehr empfänglich ist: in den ersten Stadien des Schlafes; während sie tagträumen; in der Agonie der Leidenschaft ...« Sie lächelte, hielt an. Er glaubte, er sah sie sich ihre vollen Lippen lecken.

Er fühlte, daß er die Situation verlor und stand hastig auf. Sein Stuhl krachte hinter ihm auf den Boden. Onya lächelte, und Kensey wurde unsicher gewahr, daß sie sich über ihn amüsierte. Er bemühte sich, sein Gefühl der Verlegenheit zu bekämpfen.

»Und was wäre, wenn *ich* nun der Welt von Ihnen erzählte?« fragte er. Vielleicht würde eine Drohung sie einschüchtern.

»Das würden Sie nicht.« Sie war nicht eingeschüchtert.

Kensey war verwirrt. Beruflich wollte er sie in einen Widerspruch verwickeln, doch er war andererseits von den möglichen indirekten Folgen ihrer Forderungen in Bann gezogen.

»Da ich nun eine Kontrolle über sie habe, bin ich jetzt in einer dieser Leute, die für diese ›Zerstörung der Welt‹, von der sie sprechen, förderlich sind?«

Seine Frage war leichtfertig gestellt, ihr schweigender Blick vergegenwärtigte ihm eisig, daß dem möglicherweise so war.

Bemüht, die Unterhaltung von ihm selbst abzulenken, fragte Kensey: »Was ist mit den Leuten, deren Theorien konkurrieren?« Die Frage war hastig vorgebracht, fast als hoffte er, sie mit seiner Sprache in Schach zu halten.

Onya hob lediglich ihre bleichen Hände, von seiner Ignoranz deutlich angewidert. »Wie dumm Sie sind! Ich sage nicht *jedem*, was er denken soll! Das ist nicht nötig. Ich nehme nur ... Kontakt ... mit denen auf, die für das Ziel förderlich sind.«

»Das *Ziel?*« Kensey schluckte. Die Pause, die sie vor ihren Antworten machte, machte ihn nervös.

»Vernichtung.«

»Nukleare?«

Onyas dunkler ominöser Ausdruck sagte ihm, daß er nicht damit anfangen sollte zu versuchen, die Natur des menschlichen Verderbens zu verstehen. Er nahm einen neuen Kurs: »Sie haben diese Zerstörung gesehen?«

»Ich wurde daraus *geboren*.«

»Wie ist das möglich?«

Sie schnaubte verächtlich. »Sie haben eine Theorie über die gewaltsame Geburt dieser Welt – daß sie aus einer kosmischen Explosion entstand. Wenn Sie dies akzeptieren, können Sie mich akzeptieren. Vernichtung hat mich erschaffen, und sie trieb mich durch die Zeit, um ihre Eventualität zu sichern.«

»Wie können Sie Zeit definieren, aber nicht Raum?« Kensey wies auf das Zimmer, das zwischen ihnen lag, er war sicher, daß er sie nun aus der Fassung gebracht hatte.

»*Sie* bewegen sich durch die Zeit«, antwortete sie und warf ihr dunkles Haar zurück, »aber Sie könnten nicht aus einem

Gefängnis entkommen. Bei mir ist das genauso. Nur, daß ich mich in die entgegengesetzte Richtung bewege.«

Kensey war am Verzweifeln. Er wußte, er mußte klar denken, um die Oberhand zu gewinnen, und genau das war in ihrer Anwesenheit nicht möglich. Sie brachte ihn durcheinander. Er warf einen Blick auf seine Uhr, um den Anschein zu erwecken, daß er in Eile sei, dann sagte er kurz, daß er sich gleich am nächsten Morgen mit ihrem Fall befassen würde. Wäre es ihren Gedanken gestattet Gestalt anzunehmen, sie hätte sich wahrscheinlich jetzt in eine reißende Wölfin verwandelt, die sich an seine Fersen geheftet hätte, als er schnell den Raum verließ.

Am nächsten Morgen sag Kensey allein in seinem Büro und grübelte über seine mysteriöse neue Patientin nach. Seine eigenen grauen Augen blickten ihn aus der Fotografie vor ihm auf dem Eichenholzschreibtisch an. Das Bild zeigte ihn mit seiner Frau zusammen. *Grau.* Die Farbe der Zweideutigkeit. Es schien ihm passend, da er selten in der Lage war, irgendeine Entscheidung, die er traf, als uneingeschränkt richtig zu betrachten. Er hatte immer nach der Unterstützung seiner Kollegen Ausschau gehalten, um sich zu vergewissern; manchmal war es, als brauchte er sie, um sicher zu sein, daß er tatsächlich existierte. Sechsunddreißig Jahre alt, mit einem angesehenen Abschluß von der Columbia-Universität und doch blieb er irritierend unentschlossen, selbst mit sich selbst. Er wollte, daß die Realität *wie* er selbst war: ruhig, gesetzt, nicht bedrohend, mit einem ehrlichen, lesbaren Gesicht. Statt dessen zwangen ihn Onyas dreistes Benehmen und der bizarre, zusammenhängende Bericht, den sie über sich selbst abgab, zuzugeben, daß die Realität viele Gesichter hat; er konnte sich bis jetzt noch zu keiner definitiven Auslegung ihres Falles entschließen.

Kensey kaute abwesend an einem Bleistift, und ihm wurde klar, daß er zu einer Entscheidung über Onya kommen mußte. Wenn sie die Wahrheit sprach, dann sollte er sie gehen lassen, um den Fluß des Fortschritts nicht zu unterbrechen. Andererseits wollte er nicht dafür verantwortlich sein, dem »Bevollmächtigten der Vernichtung« zu erlauben, ungehindert ihren Versuch fortzusetzen, das ... Nichts herbeizuführen. Und dann war da immer noch die vernünftige Möglichkeit, daß sie wahnhaft war. Er mußte daran denken. Kenseys Gedanken wurden durch das Eintreten von Joe Liscoe, einem seiner Kollegen, unterbrochen.

»Gut, daß du hier bist«, begrüßte Kensey ihn. »Ich möchte einen Fall mit dir besprechen. Die Patientin in 108, die vergangene Nacht eingeliefert wurde.«

Liscoe dachte einen Moment nach, dann nickte er. »Ja, ja. Ein klassischer Fall von Größenwahn. Wo ist das Problem?«

Joe war immer so überzeugt von seinen Diagnosen. Kensey war neidisch. »Ich ... nun, nichts Richtiges.« Kensey wollte seine Unsicherheit nicht seinem Kollegen offenbar werden lassen. »Ich hatte mich nur gefragt, ob du sie gesehen hast.«

»Nur als man sie hereinbrachte. Sie schien aufgebracht.« Liscoe unterbrach sich. »Doch, hör. Ich glaube, ich habe meinen Videorecorder verliehen. Kann ich deinen ausborgen?«

Erleichtert durch den Themenwechsel sah Kensey sich nach dem seinen um. Er befand sich nicht an dem üblichen

Platz. Er suchte um seinen Schreibtisch herum, versuchte, die aufkommende Panik, die ihn überfiel, zu verbergen. Sie hatte etwas Derartiges vorhergesagt – hatte gewarnt, sie nicht zu lange festzuhalten. Gab es da eine Verbindung?

»Da war anscheinend letzte Nacht ein Einbruch«, sagte Liscoe. »Fred konnte seinen auch nicht finden.«

Kensey fröstelte. »Warum sollten sie gerade so etwas mitnehmen?« Seine Stimme zitterte. Er hoffte, daß Liscoe es nicht bemerkte.

»Wer weiß? Dies ist eine psychiatrische Institution. *Nichts* hier ergibt einen Sinn.« Liscoe zuckte mit den Schultern, wendete sich, um zu gehen, und sagte, daß er einen Bericht schreiben würde.

Kensey nickte abwesend, er war mit seiner wachsenden Furcht allein. Er beschloß, daß er schnell seine Patientin sehen mußte.

Onya saß ruhig auf ihrem Bett, als Kensey in ihr Zimmer trat. Ihr Gesicht war entspannt, und wieder brachte es ihn aufgrund seiner eigenwilligen Gesichtszüge aus der Fassung. Sie begrüßte ihn bereitwillig. Kensey fragte sie nach ihrem Befinden.

»Ich fühle mich viel besser, Doktor«, lächelte sie. »Vergangene Nacht habe ich halluziniert. Einige meiner Freunde gaben mir eine Droge. Es ist jetzt vorbei.«

Kensey war verblüfft. »Einige Ihrer Freunde …?«

»Ja, ich war auf einer Party. Ich nehme an, sie dachten, es sei lustig.« Ihr Verhalten war so ruhig, daß Kensey begann, ihr zu glauben.

»Keiner hat dies der Aufnahme gemeldet«, protestierte er, weil er die Glaubwürdigkeit ihrer neuen Story testen wollte.

Onya hob nur die Achseln, um auszudrücken, daß dies nicht in ihrer Verantwortung läge. Also, sie war schließlich doch wahnhaft. Sie wußte, daß es durchaus möglich war, daß man bei der Aufnahme schluderte oder falsche oder unzureichende Informationen handhabte, so daß ihre fehlende Antwort nichts bewies.

»Glauben Sie, daß ich heute entlassen werde?« fragte sie.

Sein Herzschlag beschleunigte sich. »Wir werden Sie untersuchen müssen«, meinte er, »doch es scheint möglich, daß Sie bald entlassen werden können – falls das, was Sie über ihr Halluzinationen sagten, korrekt ist.«

»Danke, Doktor. Ich fühle mich viel besser.«

»Gut, gut. Sie sehen besser aus.« Sie *sah* besser aus. Er fühlte sich bestätigt. »Ich gehe jetzt und sehe, ob ich die Dinge in Gang bringen kann.«

Ihr Lächeln war dankbar. Eine übliche Antwort. Kensey fiel ein Stein vom Herzen. Als er in sein Büro zurückschlenderte, fühlte er sich beschwingt, seine früheren Ängste erschienen ihm jetzt sogar töricht. Zum Glück war *das* erledigt! Er atmete tief durch und genoß das Gefühl, daß das Leben wieder normal war.

Plötzlich hielt er an.

Hielt sie ihn für so *dumm*? Sie mußte durchschaut haben, wie sehr er seine Diagnose bekräftigt haben wollte, und sie praktizierte Umkehrpsychologie an ihm! Sie hatte wahrscheinlich herausgefunden, daß, wenn sie ihm entgegenarbeitete – sein Selbstvertrauen aufpolierte und ihm keine Schwierigkeiten machte –, er für ihre Bitte nach Entlassung empfänglicher sein würde. Sie war so geschmeidig, so überzeugend. Fast wäre er darauf hereingefallen!

Doch nun sah er, auf was sie hinauswollte, und sie würde es *nicht* so schnell durchsetzen. Kensey ließ sich auf die Couch fallen, die er normalerweise für Patienten reserviert hatte, und fragte sich, was er jetzt tun sollte.

Trotz eines dringenden Bedarfs nach Konzentration ließ er seinen Gedanken freien Lauf, als er sich auf dem Sofa ausstreckte. Ein Gedanke hatte den Weg zur Oberfläche seines Bewußtseins gefunden, wie ein Fisch, der durch trübes Wasser schwamm, und er nahm ihn erst wahr, als er eine Weile geistige Innenschau gehalten hatte. Während Kenseys gesamter Nervenprobe mit seiner neuen Patientin hatte etwas an der ganzen Sache ihn angenehm berührt. Erst jetzt erkannte er, was es war. Seine eigenen Jugendphantasien waren in die Situation eingeflossen, forderten ihn auf, ihnen Leben zu geben. Als Junge hatte er sich oft als Held gesehen, manchmal für kleine Mädchen, manchmal für die ganze Welt. Er hatte sich vorgestellt, eine bedeutende Tat zu vollbringen, durch die andere gezwungen waren, seinen bedeutenden Wert für die Menschheit zu verkünden. Er würde jemanden aus den Flammen retten oder sein Geld verschenken oder einen narrensicheren Plan für den Weltfrieden entwerfen. Seine Träume waren großartig, doch immer wurde er schmerzlich daran erinnert, daß er, Alan Kensey, niemals wirklich irgend jemandes Held sein würde.

Bis jetzt.

Nun mußte er sich selbst fragen, ob er versuchte, Onya als etwas zu sehen, was sie nicht war – etwas, das selbst sie leugnete. Versuchte er, sie als Sprungbrett für die verzögerte Realisierung seiner Jugendträume einzusetzen? War er nicht bereit, ihr neues Verhalten der Kapitulation zu akzeptieren, einfach weil er wollte, daß sie das war, was sie zuerst vorgab zu sein? Kensey mußte zugeben, daß, falls Onya ein Bevollmächtigter der Weltvernichtung *war* und falls *er* der Bevollmächtigte *ihrer* Vernichtung war, er – sollte er wagen, es überhaupt zu denken? – ein *Retter* sein würde! Der Gedanke erschütterte ihn, doch er konnte sich nicht entscheiden, ob er so getroffen war von der Möglichkeit seiner eigenen Größe oder von der Art, mit der sein Verstand ihn manipulieren konnte, einen Patienten derart falsch zu behandeln.

Kensey setzte sich schnell auf. Er war verwirrter denn je. Er *mußte* sie noch mal sehen!

Onya schaute auf, als Kensey ihr Zimmer betrat. Ihre dunklen Augen hießen ihn willkommen, doch er konnte sich nicht entscheiden, ob sie es ernst meinten; es mochte ein Trick sein, ihn *glauben* zu machen, daß sie ehrlich war. Ihr Ausdruck erinnerte ihn an eine Wahrnehmungsillusion. Nicht die Art zweideutiger Optiken, die er mit seinen Patienten benutzte – jetzt eine Ente, jetzt ein Hase – sondern etwas in der Art eines Gemäldes, das er einst als Kind gesehen hatte. Seine Faszination bei »Drei Damen beim Tee« hatte sich in Entsetzen gewandelt, als er bemerkte, wie die Falten ihrer langen Gewänder eine trügerische Verkleidung für die hohlen Augen und Wangen eines grinsenden Totenkopfes bildeten, der auf ihn zurücksah. Das Gesicht des Todes schien noch einmal auf ihn zu starren durch den Schleier der Täuschung, und das gleiche Entsetzen lähmte seine Glieder.

»Ich …«, begann Kensey zögernd. »Ich dachte, ich vergewissere mich noch einmal, daß Sie es bequem haben.« Es war ein schlechter Anfang.

»Ich fühle mich gut«, versicherte Onya ihm. »Warte nur auf die Entlassung.«

Ihr normales Verhalten brachte ihn auf die Erde zurück. Kensey fühlte sich töricht und wandte sich um, um hinauszugehen; aber Onya rief ihm etwas zu.

»Ich habe gerade über dieses Stück nachgedacht... König Ödipus«, sagte sie. »Es ist so interessant, meinen Sie nicht, wie Menschen so fest versuchen, das Schicksal zu umgehen und gerade durch dieses Verhalten es erst in Gang setzen?«

Sie lächelte, als habe sie eine beiläufige Bemerkung gemacht. Doch die kalte Angst dieses Morgens kehrte mit voller Wucht in Kenseys Körper zurück und trübte erneut seinen Blick für die Dinge. Er drehte sich einfach um und ging hinaus.

Die Ruhe in seinem Büro war drückend an diesem Abend. Kensey hatte den Eindruck, daß er wußte, wie es einer Ratte zumute war, wenn sie von einer Schlange verschluckt wurde. Er lockerte seine Krawatte und holte Atem, doch die abgestandene Luft verursachte ihm Übelkeit. Es war, als ob die ihn umgebende Dunkelheit annahm, daß er versuchte, seine Furcht noch tiefer in sich selbst zu vergraben und solch eine Atempause nicht erlauben würde.

Zur Hölle mit diesen überhitzten Gebäuden! dachte er im Versuch, seinen Sinn für seine Umgebung zurückzuerlangen, aber als er sich in Richtung auf seinen Schreibtisch zubewegte, verweigerte dieser das familiäre Band, das er suchte. Die Sicherheit seiner Welt floß dahin wie Wasser durch Sand.

Onya hatte ihn derer beraubt, Oder sie war es, die es auslöste, daß er sich ihrer selbst beraubte.

Kensey sah hinüber zur Tür, doch da er sie nur als den offenen Schlund eines fremdartigen Bauches wahrnahm, ließ er den Gedanken fallen, den Raum zu verlassen, trotz des drohenden Selbstverlustes, der von dem hartnäckig unempfänglichen Möbel ausging. Er zog sich in eine dunkle Ecke zurück, wo er sich anlehnte und den feuchten, unangenehmen Schweiß auf seinem Nacken und seiner Stirn fühlte. Er bekam kaum noch Luft; sein Magen fühlte sich an wie ein Ballon, den man zu einer Wurstkette gedreht hatte.

Warum war er zurückgegangen, um sie zu sehen? Wenn er niemals ihren letzten Ausspruch gehört hätte, wäre er in der Lage gewesen, sich selbst glauben zu machen, daß sie das Opfer eines Freundesstreiches geworden war. Nun konnte er sich davon nicht mehr so leicht selbst überzeugen.

Nicht in der Lage, irgend etwas sonst zu tun, glitt Kensey wie ein klebriges Gel, das man aus einem Glas kippte, langsam zu Boden. Sich dessen halb bewußt, was er sagen würde, wenn er einen seiner Patienten in einer solch gekrümmten, autistischen Position entdecken würde, verbarg Kensey sein Gesicht auf seinen Knien und machte eine tiefe, trockene Schluckbewegung. Es war ihm egal, was er sagen würde. Es war ihm egal, was *irgendeiner* sagen würde.

Er wollte klein sein, unbedeutend. Und er *war* klein, doch es war die Kleinheit der Machtlosigkeit angesichts einer unerbittlichen Herausforderung, welche ihn ausersehen hatte. Er *mußte etwas* tun, wußte er. Andererseits, jemand anderes – der nicht wußte, was er wußte – würde Onya entlassen, und dann …

Aber was konnte er tun? Der Prüfungsausschuß würde niemals einem Haftbefehl zustimmen. Da fiel ihm ein, sie könnte entkommen! Er hatte keine Wahl. Er mußte ... sie töten! Aber wie? Eine Injektion würde höchst glaubhaft erscheinen. Eine Luftblase in einer Vene. Keiner würde davon wissen. Er *mußte* es tun! Wenn er *nichts* tat, dann wäre er verantwortlich für die Vernichtung der Menschheit. Er konnte *diese* Bürde nicht tragen! Wichtig war, daß er schnell handelte, selbst wenn dies mit dem Verlust einiger Dinge der Bequemlichkeit oder des Fortschritts einherging, die ihre andauernde Existenz möglicherweise hervorgebracht hätten. Er würde damit zu leben haben, ebenso wie er jetzt mit der Möglichkeit zu leben haben würde, daß er einen Patienten getötet hatte, der einfach nur wahnhaft war.

Kensey spähte den Gang hinunter. Er war leer. Er fühlte in seine Tasche. Die Spritze war da. Er ging schnell, leise. Die Gänge waren ruhig. Niemand war am Schreibtisch.

Am Ende der Station fand sein Schlüssel leicht das Schloß.

Plötzlich fielen Kensey ihre letzten Worte ein. *Ödipus*. Was hatte sie gemeint? Versuchte sie, ihn zu verwirren? Um abzulenken von seinem Erfolg, ihrem Versagen? Er schüttelte den Kopf, versuchte den Gedanken zu kontrollieren. Er mußte *handeln! Jetzt!* Bevor er den Mut verlor. Bevor er tat, was sie erwartet hatte. Er konnte sich nicht helfen, aber er dachte, daß, wenn er überhaupt nichts tat, dies bedeutete, daß er niemals wirklich ein bedeutender Teil in Onyas Mission gewesen war. Falls natürlich er nicht durch sein Nichtstun ihr half, ihr Ziel zu erreichen. Kensey begann sich zu fühlen, als versuche er, Wasserstoff von Sauerstoffmolekülen im Wasser zu sortieren. Es gelang ihm nicht, seine eigene Wahrnehmung der Situation in den Griff zu bekommen. Wischiwaschi, wie gewöhnlich; wie ständig, wie immer.

Tief luftholend öffnete Kensey langsam die Tür – doch sein heroisches Vorhaben löste sich auf im langgezogenen Echo von Onyas höhnischem Gelächter. Sie war da, hier drinnen.

»Ich habe auf Sie gewartet, Doktor Kensey.«

Er blieb, wo er war. Er war unfähig, sich zu bewegen. Onya hielt seinen Blick für einen Augenblick mit dem ihren. Aus ihren Augen sprachen sowohl Verachtung als auch Anerkennung. Dann ging sie gemessenen Schrittes hinter ihn, wie eine Braut, die durch den Mittelgang schreitet. Ihre Spinnenaugen waren die ganze Zeit auf ihn gerichtet, hielten ihn gelähmt und zogen ihn in ihr Netz. Er unterwarf sich geschwächt, als sie ihre langen Finger neckend über sein Gesicht fahren ließ und ihm zuflüsterte: »Sie können nur tun, was Sie tun *können*.«

Sie ging davon, und Kensey tat das einzige, was er tun konnte. Nichts.

MORT CASTLE

Nimm meine Hand, mein Sohn

Der Ruhm ist nicht nur eine schwer faßbare Sache, sondern auch gar nicht so lebenswichtig, wenn man mit einer Frau wie Mort Castles Jane verheiratet ist, einer begnadeten Dichterin. Das erklärt vielleicht, warum der sympathische Castle nicht so scharf auf Anerkennung ist wie manch anderer.

Doch einem Freund und Verleger dieses Dozenten der WRITER'S DIGEST SCHOOL *erscheint es absurd, wenn er wieder und wieder betonen muß, da Mort Castle einer der besten Autoren unverfälschter Horrorstories ist, den wir haben. Man lese seine Novellen* DIAKKA *und* THE STRANGERS, *oder sein bemerkenswertes* AND OF GIDEON *in der Anthologie* MANDATORY NUKES. *Kann irgend jemand besser Charaktere darstellen?* Wer?

Ich hatte Gelegenheit, ihn zu beobachten, wie er junge Nachwuchsautoren unterrichtete, von denen man in einigen Jahren hören wird. Nie zuvor habe ich Teenager so gebannt einem Mann lauschen sehen, der einen Kopf kleiner und eindeutig weniger androgyn war als ihre üblichen Idole. Ein wirklicher Lehrer, dieser Castle. Doch wir sollten darauf achten, daß er nie vergißt, daß er außerdem auch Schriftsteller *ist. Beweis Nummer eins folgt.*

– ... Johnny ...

Er hörte (glaubte zu hören?) die Stimme, vermeinte sie zu erkennen (Sein Alter Herr ...? Nein, unmöglich ...) und ergab sich wieder der Dunkelheit und dem Gefühl zu schweben (obwohl er in einem Bett auf der Intensivstation lag). Er sah (mit geschlossenen Augen und jenseits der Grenze bewußter Wahrnehmung) einen düsteren Ring farblosen Lichts, der ihn in seinen Bannkreis zu ziehen versuchte.

Er wußte, das war der Tod –

Und er hatte Angst

Gläubig oder nicht oder nur so halbherzig, man wächst auf mit all den Geschichten von dem, was nachher kommt: eine Art ewige Kaffeepause unter dem gütigen Lächeln des Großen Chefs da oben; oder aber deine Seele wird in der Hölle bei einer Million Grad Celsius zu einer Portion Schischkebab verbraten ... ; oder vielleicht gar nichts, absolut nichts, nicht einmal Dunkelheit, Staub zu Staub ...

Er fürchtete den Tod.

Also lautete seine (stumme) Erklärung: *Ich lebe!*

Die gezackte grüne Linie des EKGs bewies, daß er lebte. Er konnte sie beobachten (sah auf eine Art, die man nicht eigentlich als Sehen bezeichnen konnte, doch war sie nicht weniger wahrhaftig). Die Ärzte (er hatte sie *gehört*) sagten, er hätte eine Chance, sein Zustand sei kritisch – aber stabil.

Er glitt zurück ins Leben –

In den Schmerz. Den Schmerz eines geschundenen Körpers, dem Plastikschläuche Flüssigkeiten einträufelten und Flüssigkeiten absaugten; in den – *Jesus Christus, sind das meine Schreie?* – Schmerz, der ihm unzweideutig versicherte, daß er lebte – Schmerz, dessen qualvoller Ballast ihn aufblähte, ein Schmerzanker, der ihn ans Leben band.

Kein so besonderes Leben, genau betrachtet.

Ein Reinfall nach dem anderen.

Dann ist das hier wohl der Haupttreffer, der Super-Reinfall, in etwa vergleichbar mit meiner Geburt.

Ein bißchen Selbstmitleid, Johnny? Klar. Aber wenn man sich nicht mal selbst bemitleiden darf, dann ...

Nun, wir wollen nicht vergessen, was passiert ist, *war* komisch. Die drei Stooges. Jerry Lewis. Pee Wee Herman.

Ich muß ausgesehen haben wie das größte Arschloch aller Zeiten. Da stand ich nun ...

... und erzählte dem Typ, der wie ein Pakistani aussah – hinter dem Tresen des Ladens –, er hätte eine Pistole in der Tasche ...

... alles, was ich hatte, war mein Finger, um Himmels willen. Ich meine, wer hat schon Geld für eine Pistole?

... also wäre es besser für ihn, wenn er den Inhalt seiner Kasse rausrückte ...

... und der Kerl fängt an zu brüllen: »Ich bin ein anständiger Bürger! Du *nicht* bestehlen einen Bürger! Du *Arbeit* suchen, nichtsnutziger Scheißer!«

Auftritt zweier Bullen, die gerade Dienstschluß haben – und man stelle sich *das* vor: Der eine sieht aus wie Andy Griffith und der andere wie Don Knotts ... Vielleicht wollen sie einen Kaffee, vielleicht einen Schmalzkringel, vielleicht ein Päckchen Zigaretten ...

... natürlich legt der Paki sofort los: »Hier ist Polizei, um anständigen Bürger zu schützen!«

... vielleicht hat ›Dons‹ Frau ihn gebeten, ein Exemplar der *Abendnachrichten* mitzubringen ...

... und der Paki tönt: »Er hier machen einen Überfall!«

... aber was immer sie ursprünglich in dem Laden gewollt hatten ...

... *was sie kriegten war ich, Johnny Forrester, Meister Reinfall persönlich ... Und sie sagen zu mir genau wie im Fernsehen: »Hände hoch« – und dann passiert es, daß ich nämlich die Hand nicht aus der Tasche kriege; ich meine, ich kann die eine Hand nicht hochheben, weil mein Finger im Jackenfutter festhängt, und die beiden haben Pistolen, und sie schießen ...*

... und er schrie – ein echt guter Witz – »Ah!« – als eine Kugel seinen Oberschenkel durchschlug – »Ah!« – ein Schuß in den Bauch – »Ah!« – viermal trafen sie ihn. Und er sagte tatsächlich, zumindest glaubte er, es gesagt zu haben (oder erinnerte sich, wie er es zu sagen versuchte): »Wollt ihr nicht endlich *aufhören*?«

He, das sind doch Erinnerungen. Irgendwie bin ich in die Vergangenheit – wie lange ist das her? – zurückgerutscht, und das darf ich nicht. Muß hier bleiben, hier und jetzt, wo ich weiß, daß ich am Leben bin

... Zurück zum *Hier und Jetzt* und dem Schmerz!

Nicht mehr tot als lebendig, sondern im gleichen Maße lebendig wie tot.

Er stöhnte.

»Johnny ...«

Diesmal war es eine Stimme, nicht so wie eben, anders ... Ihre Stimme ...

»Johnny ... Du darfst nicht sterben.« Ein Flüstern. »O

nein, Johnny, wenn du stirbst, ist alles vorbei, dann gibt es kein *wir* mehr.« Ein Hauch. »Ich brauche dich.«

Er öffnete die Augen.

Nancy, mit dem in der Mitte so straff gescheitelten dunklen Haar, daß die rosige Kopfhaut hervorschimmerte, mit den großen, grünen Augen (so groß wie auf diesen etwas kitschigen Kinderbildern, die man gelegentlich auf dem Flohmarkt sieht) und dem weichen Mund (der Mund eines kleinen Mädchens), das Gesicht tränenüberströmt die so jung aussah (sie gingen in ein Lokal, auf ein Bier, und wahrhaftig verlangten sie ihren Ausweis, prüften ungläubig ihren Führerschein, aus dem hervorging, daß sie 23 war); Nancy, nicht so besonders hübsch, weshalb sie gerne hörte, wenn er ihr *sagte*, sie sei hübsch, und er sagte es gerne, weil sie dann auf eine Art lächelte, daß sie *beinahe* wirklich hübsch aussah, oder aussehen würde, wenn sie endlich das Geld zusammen hatten, um diesen einen Zahn überkronen zu lassen; Nancy (er hatte Bleistiftskizzen von ihr angefertigt und ihr eine davon zum Valentinstag geschenkt); Nancy, die neben seinem Bett stand, in einem Disneyworld-T-Shirt (einer ihrer Träume, ein Besuch in Disneyworld) und diesen alten Bluejeans …

»Johnny … Werde gesund. Du wirst sehen …«

Er wollte ihr sagen, daß er sie liebte (das einzig Gute und Freundliche und Saubere in einem verpfuschten Leben), und seine Lippen versuchten die Worte zu formen, doch es wurde nur ein Stöhnen daraus. »Es tut *weh* …«

»Ich weiß, Liebling, ich weiß.« Ihre Hand schwebte über ihm, als hätte sie Angst, ihn zu berühren. »Johnny, ich weiß nicht, was ich *tun* soll. Ich kann dir nicht helfen …«

Das *Licht*. So grell jetzt, daß er blinzeln mußte.

Dort, in der Ecke zwischen Zimmerdecke und Wand –

Das Licht war der Tod

Und in der Mitte

Augen –

Konnten nicht die Augen Seines Alten Herrn sein, weil die Augen Seines Alten Herrn so kalt und hart waren wie das Glas einer Bierflasche

... er *sah* die Augen Seines Alten Herrn, so sanft

... er *sah* das Gesicht Seines Alten Herrn, ein längliches Pferdegesicht, nicht unattraktiv auf eine hagere Texas-Cowboy-Art –

Er sah seinen Vater,

der *tot* war

in dem Licht.

Und sein Vater sagte – *Alles wird gut, Johnny. Ich bin jetzt bei dir.*

Johnny sagte: »Du verdammter alter Hurensohn, wann bist du *jemals* für mich dagewesen?«

Er entfernte sich von dem Schmerz und seinem Vater und überließ sich den Gedanken an früher.

Eine Erinnerung:

Seine Mutter saß Nacht für Nacht weinend da, und sein Vater war Nacht für Nacht nicht daheim, und jetzt trank auch seine Mutter Whiskey, wie sein Vater Whiskey trank. Er fragte wieder und wieder (ja, schon als kleine Kinder stellen wir die Fragen, worauf wir die Antworten bereits kennen; etwas

Abartiges in uns läßt uns den Finger in die Wunde legen, wie man mit der Zunge an einen kranken Zahn stößt, um den Schmerz aus seiner Höhle zu locken): »Wo ist Paps? Wann kommt er nach Hause?« Und nach den Antworten, die seine Mutter glaubte, ihm geben zu müssen – »Er muß noch eine Zeitlang wegbleiben; er muß sich um dies und jenes kümmern; er hat geschäftlich zu tun« –, kam die richtige Antwort: »Er ist unterwegs und säuft sich durch alle Kneipen, Bars und Bumslokale von Süd-Illinois, und er treibt es mit jeder Nutte, die für ihn die Beine breitmacht und ihm als Zugabe ein paar Krankheiten anhängt.«

Sein Vater kam heim. Blaß, zitternd und beschämt. »Es tut mir leid. Ich weiß nicht, was das ist als wäre etwas Böses in mir, ein Dämon, der losziehen muß und sich im Dreck wälzen. Aber diesmal war das letzte Mal. Du wirst sehen. Ich werde mich ändern. Diesmal habe ich alles ausgetobt ...«

Sie glaubten ihm. Dieses Mal. Und viele Jahre lang auch all die anderen Male, immer etwas weniger.

Erinnerung:

Es war eine von seines Vaters guten Zeiten. Der Alte Herr arbeitete regelmäßig (als Fahrer für schwere Baumaschinen verdiente er gutes Geld – aber dazu mußte man nüchtern sein – ich wollte immer, daß Mein Alter Herr mich neben sich auf die große Raupe setzte); und an den Abenden – klar, nichts Besonderes – aber sie saßen herum und schauten Fernsehen, mit Popcorn und Cola, und es sah so aus, als hätten sie eine Chance, in den anheimelnden Lebensrhythmus zu verfallen, in dem alles gut und richtig abläuft.

Deshalb, als Sein Alter Herr sagte: »Natürlich komme ich«,

zu der Pfadfinder-Zeremonie, große Sache, der Sprung von den Welpen (die Gruppe der Kleinsten) zu der wichtigen Stufe gleich unter den Boy Scouts, der Zeitpunkt in deinem Leben, wo du glaubst, du hast wirklich eine Chance, *jemand* zu sein, deshalb also war er sicher, (*dies*mal) auf Seinen Alten Herrn zählen zu können.

Doch Überraschung, Überraschung! (Alles kommt überraschend – wenn du ein verdammter Idiot bist.) Charley Hawsers Vater war da, und Mike Pettyfields Vater, und Clint Hayworths Vater – Hayworths Vater, der in einem gottverdammten *Rollstuhl* saß, um Himmels willen, und vom Hals abwärts gelähmt war!

Und Johnny Forresters Vater? *Der* saß in der Double-Eagle-Bar, beobachtete die Budweiser-Uhr und lauschte Patsy Clines Stimme aus der Music-Box, während er sich bis zur Halskrause vollaufen ließ.

Also schlich der frischgebackene Pfadfinder Zweiten Grades nach Hause und heulte und ging nicht ins Bett, sondern wartete und wartete. Schließlich kam Sein Alter Herr, ein schlaffes Säuferlächeln im Gesicht, eingehüllt in Zigarettenrauch und seine Fahne.

»Du hast mich angelogen! Du hast gesagt, du würdest *kommen*. Du hast gelogen!«

Sein Alter Herr lachte, ein blasiges Tabakschleim-Lachen. »Wahrscheinlich bin ich nun mal ein gottverdammter Lügner, nichts zu machen.« *Dann zauste er mir das Haar! Das hat er getan, mein* Haar *gezaust. Wie konnte ich ihm das jemals verzeihen?*

Erinnerung:

Vielleicht war Sein Alter Herr tatsächlich von einem Dämon besessen, einem Dämon, der vom Alkohol größer und stärker wurde; denn im Lauf der Jahre verwandelte etwas Den Alten Herrn von einem Trinker zu einem bösartigen Trinker. Sein Alter Herr fing an zu schlagen. *(– Na, gefällt dir das? Hast du darauf gewartet? Ich hab' jede Menge davon, und ich werde dir soviel geben, wie du brauchst.)*

Wie nach diesem Anruf (ich war dreizehn) aus dem Kramladen (sie hatten mich erwischt, als ich ein paar Comic-Hefte klaute). Er legte so richtig los, Der Alte Herr *(– Ein Dieb? Ich werd's dir zeigen und zwar so, daß du es dein Lebtag nicht vergißt!)*, und Mutter hatte die Hände vors Gesicht geschlagen (Hör auf, du wirst ihn *umbringen*, hör auf), konnte aber nichts tun, und Sein Alter Herr trommelte rhythmisch drauflos, ein Schlag, ein Atemzug, ein Schlag –

»Komm schon, du alter Bastard, komm schon. Schlag noch mal zu!«

– Du willst noch mehr. Hier hast du noch ein paar, du kleiner Scheißer! Ich hab' jede Menge auf Lager!

»Komm schon! Es macht dir doch Spaß, oder? Ein gutes Gefühl, ja?«

– Mir macht es einen Riesenspaß. Warte ab, ob es dir *auch Spaß macht!*

Erinnerungen:

(Meine) Verfehlungen und Niederlagen. In der fünften Klasse sitzengeblieben. »Johnny Forrester, der hat mir mein Pausengeld weggenommen.« Fragte Darlene Woodman, ob sie mit mir zur Abschlußfeier der achten Klasse gehen wollte. Sie sagte nein. Ging rüber zu ihrem Haus und warf mit Eiern, bis Mike und Dallas, ihre beiden älteren Brüder, mich zu fassen kriegten und mir die Seele aus dem Leib prügelten. Nächste Woche zerschnitt ich die Reifen an Dallas' Ford. Wechselte zur High-School, und von Anfang an hagelte es schlechte Noten. Wie in Biologie. Seziert einen Frosch und schaut euch die Eingeweide an. Na, ich habe ihn so seziert, daß ein Klumpen Hackfleisch draus wurde. Wie in Englisch, wo ich von den meisten Wörtern in den Büchern, die wir lesen sollten, nicht einmal weiß, was sie bedeuten. Wie in der Autowerkstatt, und ich meine, selbst die größten Hohlköpfe kommen da klar, aber *ich*, ich kann einen Luftfilter nur deshalb von meinem Hintern unterscheiden, weil mein Hintern aus zwei Hälften besteht. Vielleicht kommt das, weil nie einer da ist, um mich zu loben, wenn ich etwas richtig gemacht habe, oder vielleicht wurde ich geboren, um Mist zu bauen und weiter nichts.

Außer einmal, wo ich dachte, *vielleicht*, nur *vielleicht* ...

Ich war sechzehn, und ich bestellte mir diesen Fernkurs für Malerei (schleppte Tüten im Supermarkt, um mir das Geld dafür zu verdienen). Hatte immer Freude am Zeichnen, in der Schule konnte ich an den Kursen nicht teilnehmen: nicht für ›Schüler des unteren, berufsorientierten Bildungswegs‹. Doch hier bin ich, sitze am Küchentisch und arbeite an Lektion Eins, Horizont und Perspektive, und plötzlich steht Mein Alter Herr hinter mir.

– *Was ist das für ein Schwachsinn?*

Du stellst dich taub.

– *Ich habe gefragt: Was ist das für ein Schwachsinn?*

Du kannst Den Alten Herrn nicht länger ignorieren, also erklärst du es ihm. Und er lacht sich den Arsch ab

– Du wirst ebensowenig ein Künstler, wie ich jemals der Kaiser von dem verdammten Äthiopien.

Und das ist der Moment, wo du ihm sagst, daß du ihn haßt. HASST. Und er grinst und hält die Fäuste geballt.

– Auch nicht mehr, als ich dich hasse.

Also verpaßt du ihm eine.

Aber Der Alte Herr ist immer noch zäh, oder vielleicht hat der Schnaps ihn für Schmerzen unempfindlich gemacht, egal; aber er hat dich am Hals, drückt dich rücklings auf den Tisch und stößt seine Faust in dein Gesicht, wieder und wieder, und dann bist du auf dem Boden, auf den Knien, und Dein Alter Herr zerreißt deine Zeichnung und dein Lehrbuch für Malerei und lacht wie bescheuert

– Kaiser von Äthiopien ...

Eine Erinnerung:

Mutter starb. Irgend etwas in ihrem Gehirn machte *Peng!*, und das war's. Übrig blieben er und Der Alte Herr.

Eine Erinnerung:

Bis er alt genug war, um in die Armee einzutreten. Sein Alter Herr sagte –

– Ja, der tapfere Streiter, der über die Sicherheit des Vaterlandes wacht. Von jetzt an werden wir alle nachts ruhig schlafen können ...

Natürlich baute er wieder Mist, Dope und dann die Schlägerei mit dem Schwarzen, der behauptete, er würde reden wie ein analphabetischer Sozialhilfeempfänger aus den Südstaaten. Er setzte dem Schwarzen die Faust aufs Maul, und der Schwarze brach ihm den Unterkiefer. Der Bruch mußte verdrahtet werden, und er war zu zehn Wochen Schweigen verurteilt.

Er bekam eine formlose Entlassung, was bedeutete, daß er der Armee gegenüber keine Ansprüche mehr geltend zu machen hatte, und seine Papiere verkündeten der Welt: »Seht her, vor euch steht ein Arschloch mit Gütesiegel, geeignet für jeden Beruf, in dem es auf zuverlässiges Versagen ankommt.« Er zog um nach Chicago. Er nahm Scheißjobs an, wenn er Scheißjobs kriegen konnte, bezog zwischendurch Sozialhilfe und Lebensmittelkarten und war immer beinahe pleite oder auch völlig.

Eine Erinnerung:

Sein Alter Herr starb. Myokardinfarkt. Sein Herz machte dicht. Und natürlich kamen die Fragen, die ›wenn nur‹ und ›ich wünschte‹ und ›hätte ich doch‹ und ›wie konnte es soweit kommen‹, Fragen – die alle in eine Frage mündeten: *Warum?*

Eine Erinnerung:

Er traf Nancy. Sie arbeitete in einer Fabrik für Sturmtüren. Er war gerade arbeitslos und pflegte donnerstags ins Kunstmuseum zu gehen, wenn es keinen Eintritt kostete, und Nancy besuchte einmal die Woche während der Mittagspause das Kunstmuseum, weil – wie sie ihm später erklärte (als sie wußte, er würde nicht lachen) – sie gerne in einem Gebäude sein wollte, das schöne Dinge beherbergte.

Eine Gute Erinnerung:

Ich liebe Nancy.

»Johnny, du darfst nicht sterben ... Oh, bitte, Liebling. Mein Liebling ... «

Er dachte, wenn sie nur eine Ahnung hätte, wie furchtbar die Schmerzen waren, würde sie ihn nicht bitten weiterzuleben. Es wäre so einfach, ein Ende aller Schmerzen, zu sterben, jetzt zu sterben –

Aber er hatte Angst.

– *Nein, Sohn.* Die Stimme Seines Alten Herrn sprach zu ihm aus dem Licht.

– Hab keine Angst.

Alter Bastard, alter Hurensohn, du bist tot.

– Ja.

Tot und in der Hölle, wo du hingehörst.

– Nein.

In der Hölle.

– Nein, Sohn, es ist nicht die Hölle und nicht der Himmel. Ich weiß nicht, wie du es nennen würdest. Jenseits oder Ewigkeit oder vielleicht irgendein anderer Ort. Es ist besser hier, Johnny. Es gibt hier keine Zeit, also gibt es alle Zeit der Welt. Zeit, um über alles nachzudenken: was man falsch gemacht hat, und wie man es wiedergutmachen könnte. Hör mich an, Johnny. Ich möchte dir helfen.

Helfen? Deine Vorstellung von Hilfe bestand darin, mich durch einen Haufen Scheiße zu ziehen!

– Johnny, ich gebe zu, daß ich vieles falsch gemacht habe. Ich weiß das jetzt. Ich war kein guter Vater ...

Du warst kein guter Vater? Jesus! Du warst ein versoffener, dreckiger, verhurter Hundesohn –

– Ja, Johnny, laß es alles raus, all das Gift, damit du der Bürde ledig wirst.

Ich habe dich gehaßt. Ich *hasse* dich.

– Ich weiß, Johnny, ich weiß. Aber so wolltest du es nicht, oder, Johnny?

...

– Johnny?

Nein.

– Sag es, Johnny.

Ich wollte dich *lieben*.

– Ich weiß.

Ich brauchte deine Liebe.

– Johnny, in der Welt der Lebenden hat es mit uns nicht geklappt. Aber es kann noch gut werden. Jetzt. *Du bist mein Sohn. Es gibt etwas, das ich dir sagen kann, Johnny, etwas, das ich aussprechen kann und das ich auch wirklich meine – jetzt.*

...

– Johnny, es tut mir leid. Es tut mir leid.

Er schwebte empor, entfernte sich von dem Schmerz, von seinem Körper, näherte sich dem Licht und dem Versprechen zeitloser Zeit und des Friedens und der Versöhnung.

»Johnny«, schrie Nancys Stimme.

– Ich liebe dich, Johnny.

Sein Alter Herr streckte die Arme aus:

– Nimm meine Hand, mein Sohn

Er hatte keine Angst mehr.

Jetzt nicht mehr.

Er nahm die Hand Seines Alten Herrn.

Er starb
und brüllte vor Qual, als das Mark in seinen Knochen (obwohl da keine Knochen mehr waren, kein Körper) zu brodeln begann und tausend Peitschen auf seinen Rücken niedersausten und Rasierklingen seine Augäpfel aufschlitzten (keine Augen, kein Körper) und Korkenzieher sich in seinen Schädel und sein Hirn drehten

und von allen Seiten ertönte der gellende, kreischende Chor

verdammte Seelen in der *Hölle*

und schwärzliche Flammen züngelten

wir sind verdammte Seelen in der Hölle

und es stank nach eiternden Wunden und Scheiße –

Und Sein Alter Herr lachte wie bescheuert

– Das schlägt aufs Gemüt, na, Johnny?

Lachte sich den Arsch ab.

»Du hast mich *belogen!*«

Lachte …

– Wahrscheinlich bin ich nun mal ein gottverdammter Lügner, nichts zu machen.

JAMES HERBERT

Maurice und Mog

Seit Jahren schon gehört der Mann, der THE DARK, SHRINE, FLUKE, THE RATS *und* DOMAIN *geschrieben hat (um nur ein paar zu nennen) in England und Amerika zu den Bestseller-Autoren. Anfangs hat Jim Herbert, am 8. April 1943 in London geboren, darunter gelitten, als ›produktiver Schreiber‹ bezeichnet zu werden; und als ›Autor, der ungeschminkten Horror schreibt‹. Hartgesottene Kritiker haben ihn bedenkenlos in die gleiche Schublade gepackt wie beispielsweise Dean Koontz und einen Burschen namens Williamson.*

Trotzdem gibt der produktive *Stephen King zu, daß er jedes James-Herbert-Buch genießt; und der Horror-Spezialist Douglas Winter hält Herbert für einen brillanten Erzähler – und für einen originellen außerdem.*

Ich auch. Und deshalb gönnen wir uns im Anschluß an das hier Geschriebene das, was unbestreitbar Herberts erste Kurzgeschichte ist. Ursprünglich in den britischen DOMAIN-*Ausgaben abgedruckt, wird er hier nachgeholt, der ›postatomare Triumph‹ von mindestens zwei Nationen ... Dennoch: Genaugenommen ist* MAURICE UND MOG *wahrhaftig eine eigenständige kleine Geschichte, die es verdient, für sich allein bewundert zu werden. – Mögen noch zahlreiche folgen!*

Sie hatten ihn ausgelacht, aber wer lachte jetzt zuletzt? Wer hatte überlebt, wer hatte ein bequemes Leben gelebt, ganz gleich, wie eingeengt auch immer, während andere qualvoll gestorben waren? Wer hatte den Weltenbrand vorhergesehen, Jahre, bevor die Lage im Nahen Osten übergekocht und eskaliert war? Maurice Joseph Kelp, und kein anderer, *na bitte*.

Maurice J. Kelp, der Versicherungsagent (wer wußte schon besser Bescheid über Zukunftsrisiken?).

Maurice Kelp, der Geschiedene (niemand da, um den er sich zu kümmern hatte).

Maurice, der Einzelgänger (keine Gesellschaft war erfreulicher als die eigene).

Vor fünf Jahren hatte er im Garten hinter seinem Haus in Peckham das Loch gegraben – zur großen Belustigung seiner Nachbarn (aber wer lachte jetzt, he? He?). Er hatte das Loch gegraben und den Bunker gebaut (groß genug übrigens für vier Leute, aber wer wollte sich schon von anderen Bastarden die Luft verpesten lassen, no Sir, vielen Dank), 3000 Pfund hatte der Bausatz gekostet; immerhin. Und im Laufe dieser fünf Jahre hatte er sich eine Menge Feinheiten zusammengespart und zusätzlich eingebaut. Zubehörteile wie die hand- und batteriebetriebene Filtereinheit (350 Pfund, gebraucht) und das personenbezogene Strahlenmeßgerät (145 Pfund plus 21,45 Pfund MWSt) hatten die Kosten ganz schön hochgetrieben, und Ausstattungs-Extras wie das einklappbare Waschbecken und die selbstspülende Toilette waren auch nicht gerade billig gewesen. Aber ihren Preis wert, jeden Penny.

Kein Problem, die vorgefertigten Stahlteile zusammenzubauen, und auch das Betonieren stellte sich als recht einfach heraus. Jedenfalls, nachdem er das Handbuch sorgfältig genug gelesen hatte. Er hatte den Filter installiert und die Absaug-Einheit, kein Problem, überhaupt nicht, nachdem er begriffen hatte, was zu tun war. Und dasselbe galt auch für das Verlegen der Leitungen im Bunker. Er hatte auch eine preiswerte Lenzpumpe erworben – Gott sei Dank hatte es nie einen Grund gegeben, sie zu benutzen. Er hatte sich ein Kojenbett eingebaut, mit Schaumstoffmatratze, und einen Tisch (das Bett fungierte sozusagen auch als Sessel), und des weiteren einen Heizkörper und einen Campinggas-Kocher, Butangas- und Batterie-Lampen, und Vorratsregale, natürlich, die mit Lebensmitteln in Dosen und Einmachgläsern, Dörrfleisch, Trockenfrüchten, Milchpulver, Zucker, Salz gefüllt waren – insgesamt genug, um zwei Monate lang über die Runden zu kommen. Er hatte ein Radio mit Zusatzbatterien (obwohl ... als er dann unten gewesen war, hatte er nur vielsagendes Rauschen gehört), eine Hausapotheke, Reinigungsgeräte, einen umfangreichen Vorrat an Büchern und Zeitschriften (keine Männermagazine – so etwas billigte er nicht!), Bleistifte und Papier (einschließlich eines guten Vorrats an Toilettenpapier), starke Desinfektionsmittel, Eßbesteck, Steingut-Geschirr, Dosenöffner, Flaschenöffner, Kochtöpfe, Kerzen, Kleider, Bettzeug, zwei Uhren (das Ticken hatte ihn in den ersten paar Tagen fast wahnsinnig gemacht – jetzt bemerkte er es nicht einmal mehr), einen Kalender, ein Zwölf-Gallonen-Faß Wasser (und dieses Wasser verwendete er zum Spülen von Geschirr, er säuberte sein Besteck damit, und natürlich trank er auch davon – jedoch niemals, ohne zuvor Milton Maw's-Simpla-Sterilisierungstabletten verwendet zu haben).

Ach ja, und da war noch eine Neuerwerbung: eine tote Katze.

Wie das scheußliche Tier nun genau in seinen hermetisch abgeschlossenen Bunker gekommen war, würde er wohl nie erfahren (die Katze redete nicht mit ihm), aber er nahm an, daß sie sich ein paar Tage, bevor die Bomben gefallen waren, hereingeschlichen hatte. Zunehmende Spannungen in der Weltpolitik hatten genügt, um Maurice die Phase LETZTE VORBEREITUNGEN in Angriff nehmen zu lassen (nicht zum ersten Mal, übrigens; seit er den Bunker hatte, war ihm das bei vier oder fünf anderen Krisen ähnlich ergangen). Wie auch immer – das neugierige Vieh mußte hier unten herumgeschnüffelt haben, während er, Maurice, zwischen Haus und Bunker hin- und hergeeilt war. Natürlich war in dieser Zeit die Kommandoturm-Luke offengeblieben (der Bunker hatte übrigens die Form eines U-Bootes; der Kommandoturm-Einstieg saß jedoch nicht exakt in der Mitte, sondern war eher zur Stirnseite hin verlagert). Er hatte die Katze erst am Morgen nach dem Massensterben entdeckt.

Maurice erinnerte sich lebhaft an den Tag des Weltuntergangs: Dieser Alptraum hatte sich seinem Unterbewußtsein eingeprägt wie ein reich detailliertes Wandgemälde. Gott, was für eine Scheiß-Angst er gehabt hatte! Und dann, hinterher, diese Selbstgefälligkeit.

Die Monate des Grabens, des Zusammenbauens, des Einrichtens – und wie er das Gespött seiner Nachbarn ertragen hatte! – alles hatte sich bezahlt gemacht. »Die Arche Maurice«, hatten sie sein Refugium genannt und gelacht; aber hier und heute wußte er, wie passend dieser Begriff war. Nur, daß sie natürlich nicht für verdammte Tiere gebaut worden war.

Er saß kerzengerade auf seiner Koje, und der üble Geruch ekelte ihn an; trotzdem saugte er die dünner werdende Luft verzweifelt in sich hinein. Im Schein der Gaslampe war sein Gesicht wachsbleich.

Wie viele mochten da draußen noch am Leben sein? Wie viele seiner Nachbarn mochten gestorben sein – ganz ohne ihr spöttisches Grinsen. War er, stets der Einzelgänger, jetzt wirklich ganz allein? Überraschenderweise hoffte er das nicht.

Maurice hätte ein paar von ihnen hereinlassen, hätte ein paar von ihnen erlauben können, seine Zuflucht mit ihm zu teilen, ein oder zwei Leute, aber er hatte dem Vergnügen nicht widerstehen können, ihnen die Luke vor den panikerfüllten Gesichtern zuzuschlagen. Mit dem Schnappen des Drehverschlusses – die Luke war nun zum äußeren Radkranz des Kommandoturmes hin hermetisch versiegelt – war das Jaulen der Sirenen auf ein kaum hörbares Wimmern reduziert, und das Toben seiner Nachbarn, die auf der Einstiegsluke herumhämmerten, war nur mehr wie das gedämpfte Pochen von Insekten. Das Dröhnen und Toben der Erde hatte dem bald ein Ende gesetzt.

Maurice war zu Boden gefallen; er umklammerte die mitgebrachten Decken, davon überzeugt, daß der gewaltige Druck die Metallhülle weit aufspalten werde. Er konnte nicht mehr zählen, wie oft die Erde gegrollt hatte, und obgleich er sich nicht richtig daran erinnern konnte, hatte er doch das Gefühl, daß er möglicherweise ohnmächtig geworden war. Die Stunden schienen irgendwo verlorengegangen zu sein; er wußte nur noch, daß er schließlich auf dem Kojenbett aufwachte, und zwar mit einem gewaltigen Schrecken – weil da dieses schwere Gewicht auf seiner Brust und der warme, stinkende Atem in seinem Gesicht gewesen war.

Er hatte geschrien, und das Gewicht war urplötzlich weg, zurück blieb nur ein durchdringender Schmerz an seiner Schulter. Es dauerte lange, orientierungslose Minuten, bis er die Taschenlampe ertastet hatte; Minuten, in denen sich die absolute Finsternis wie ein schwerer Vorhang nach dem anderen auf ihn herabsenkte, Minuten, in denen nur seine Einbildungskraft das Innere des Bunkers erhellte … und mit krallenbewehrten Dämonen belebte. Der kreisende Lichtstrahl entdeckte nichts. Augenblicke später flackerte die Deckenbeleuchtung an und zeigte ihm den einzig anwesenden Dämon. Die ingwerfarbene Katze hatte ihn mit argwöhnischen gelben Augen unter dem Bett hervor angestarrt.

Katzen hatte Maurice noch nie ausstehen können; nicht einmal in seinen besten Zeiten, und sie hatten sich ihrerseits wahrhaftig auch nie viel aus ihm gemacht. Möglich, daß er jetzt, in der allerschlimmsten Zeit (jedenfalls für die da oben!), lernen sollte, mit ihnen auszukommen.

»Hierher, Moggy«, hatte er halbherzig gelockt. »Hast nichts zu fürchten, alter Junge … oder bist du ein Mädchen?« Es dauerte einige Tage, bis er feststellte, daß es ein »altes Mädchen« war.

Die Katze dachte nicht daran, sich vom Fleck zu rühren. Das Donnern und Beben dieses Raumes hatte ihr absolut nicht gefallen, und der Geruch des Mannes gefiel ihr genauso wenig. Sie fauchte ihm eine Warnung entgegen, und das war mehr als deutlich. Erst der Essensgeruch ein paar Stunden später lockte das Tier aus seiner Deckung.

»Oh, ja, das ist typisch«, brummte Maurice strafend. »Wenn ihr Futter wittert, dann seid ihr zur Stelle ... Katzen und Hunde, gar kein Unterschied.«

Die Katze, die bereits seit drei Tagen ohne Futter oder Wasser oder auch nur eine Maus zum Knabbern in dieser unterirdischen Kammer gefangen war, sah sich gezwungen, dem beizupflichten. Nichtsdestoweniger blieb sie in sicherer Entfernung.

Maurice, der mehr mit dieser Situation befaßt war, als mit derjenigen auf der Erdoberfläche, warf der Katze einen Brocken Dosenfleisch zu; die Katze fuhr zurück, kurz erschreckt, und dann stürzte sie los und schlang das Ganze hinunter.

»Ja, dein Bauch hat deine Furcht überwältigt, hab' ich recht?«

Maurice lächelte höhnisch und schüttelte den Kopf. »Phyllis war genauso, aber bei ihr war es Bargeld«, erzählte er der fressenden, desinteressierten Katze, womit er sich auf seine Exfrau bezog, die ihn vor fünfzehn Jahren nach nur achtzehn Monaten Ehe verlassen hatte. »Die konnte Pfundnoten meilenweit gegen den Wind riechen, und dann war sie da und summte herum wie eine Fliege über einem Haufen Scheiße. Aber sobald das Geld weg war, war auch die gute Phyllis weg, kann ich dir sagen. Hat den letzten Penny aus mir herausgepreßt, dieses elende Miststück. Und jetzt hat sie bekommen, was sie verdient hat, genau wie alle anderen.« Sein Lachen war gezwungen, denn er wußte noch immer nicht, wie sicher er hier unten war.

Maurice schüttete die Hälfte des Büchsenfleisches in einen Topf auf dem Gasbrenner. »Den Rest gibt's heute abend«, kündigte er an; und fragte sich insgeheim, ob er mit der Katze oder mit sich selbst sprach. Als nächstes öffnete er eine kleine Dose Bohnen und mischte den Inhalt mit dem gekochten Fleisch. »Schon seltsam, wie hungrig einen so ein Massensterben macht.« Sein Lachen war noch immer nervös, und die Katze beäugte ihn mißtrauisch. »Schon gut, ich nehme an, du willst gefüttert werden. Und ich kann dich nicht rausschmeißen, das steht mal fest.«

Er hatte seinen Humor nicht verloren, und darüber lächelte er. Bisher kam er mit der Auslöschung der menschlichen Rasse ziemlich gut klar.

»Mal sehn … Wir werden einen eigenen Freßnapf für dich finden müssen. Und natürlich etwas, worin du dein Geschäft verrichten kannst wenn du verstehst, was ich meine. Kein Problem, das Ganze loszuwerden, solange du es an derselben Stelle läßt. Habe ich dich nicht schon mal irgendwo gesehen? Ich glaube, du hast der schwarzen Lady gehört, zwei Häuser weiter. Na ja, die wird wohl nicht mehr nach dir suchen. Recht gemütlich hier unten, was meinst du? Ich kann dich genausogut Mog nennen, eh? Sieht so aus, als müßten wir eine Weile miteinander auskommen …«

Und so hatten sich Maurice J. Kelp und Mog zusammengetan, um das Ende des Holocausts abzuwarten.

Gegen Ende der zweiten Woche hatte Maurice sie ziemlich ins Herz geschlossen.

Und gegen Ende der dritten Woche hatte der Streß begonnen. Ähnlich wie Phyllis fand es Mog recht hart, mit Maurice zusammenzuleben. Möglich, daß es seine dämlichen, dafür aber üblen Witze waren. Vielleicht auch sein ständiges Nörgeln. Es konnte auch sein schlechter Atem gewesen sein. Was auch immer – die Katze verbrachte eine Menge Zeit damit, Maurice anzustarren, und noch mehr Zeit damit, seinen erdrückenden Umarmungen zu entgehen.

Was ihr Maurice bald übelzunehmen begann, denn es war ihm unmöglich zu verstehen, weshalb die Katze so undankbar war. Er hatte sie gefüttert, ihr ein Zuhause gegeben! Ihr Leben gerettet! Und trotzdem durchstreifte sie die gemeinsame Zuflucht wie eine gefangene Kreatur, trotzdem sank sie unter dem Kojenbett zusammen und starrte zu ihm heraus, mit bösen, mißtrauischen Augen, als ob ... Ja, als ob er verrückt wäre.

Dieser Blick war ihm irgendwie vertraut, er erinnerte ihn auf seltsame Art und Weise daran, wie ... wie ihn Phyllis immer angestarrt hatte. Und nicht nur das – die Katze wurde allmählich auch noch heimtückisch. Mehr als einmal war Maurice mitten in der Nacht an den Geräuschen aufgewacht, die die Katze verursachte, als sie um die Lebensmittelvorräte herumstrolchte, sich in Trockennahrungspäckchen hineinfraß oder die mit Frischhaltefolie nur unzureichend gesicherten Lebensmitteldosen aufkrallte.

Das letzte Mal war es dann mit Maurices Beherrschung aus und vorbei gewesen. Er hatte die Katze getreten und sich damit einen vierspurigen Kratzer am Schienbein eingehandelt. Bei anderer Gelegenheit und in anderer Stimmung hätte Maurice die Gewandtheit zweifellos bewundert, mit der sich die gute Mog vor den auf sie zupfeifenden Geschossen (ein Kochtopf, Dosenobst – die tragbare selbstspülende Toilette) in Sicherheit gebracht hatte.

Danach war die Katze nie wieder dieselbe gewesen. Sie kauerte in Ecken, sie fauchte und zischte ihn an, während sie um die spärliche Möblierung herumstrich; sie schmollte unter dem Kojenbett, und natürlich dachte sie nicht mehr daran, das so aufmerksam zur Verfügung gestellte Plastik-Abfalltablett als Not-Katzenklo zu verwenden. Es war, als sei sie davon überzeugt, in dieser speziellen Ecke gefangen und zu Tode geprügelt zu werden. Oder Schlimmeres.

Bald darauf war Mog dann in die Offensive gegangen. Während Maurice schlief.

Anders als damals, bei seinem Erwachen mit der Katze auf seiner Brust, wurde Maurice dieses Mal von scharfen Krallen buchstäblich aus dem Schlaf gerissen; die Krallen harkten durch sein Gesicht, und Mog fauchte, und dieses Fauchen ließ einen feinen Sprühnebel winzigster Speicheltropfen auf ihn niedergehen. Mit einem kreischenden Aufschrei hatte Maurice die Furie von sich geschleudert, doch Mog war augenblicklich zurückgekehrt und hatte ihrerseits angegriffen, den Körper verkrümmt, das Nackenfell gesträubt.

Eine Kralle war gefährlich nahe daran gewesen, eines von Maurices Augen auszuhöhlen, und ein Ohrläppchen hatte immerhin einen schmerzhaften Biß abbekommen, bevor es ihm gelungen war, das Tier wieder auf Distanz zu bringen.

Die Katze an einem Ende des Bettes, Maurice am anderen, hatten sie sich angestarrt: Maurice auf dem Boden gekrümmt die Finger gegen eine nunmehr wortwörtlich tief gefurchte Stirn und Wange gepreßt (daß ein Teil seines Ohrs fehlte, hatte er zu der Zeit noch nicht gemerkt); die Katze auf den Bettbezügen zusammengekauert, den Rücken gekrümmt und fauchend, die Augen in einem gefährlichen Gelb flackernd.

Sie ging wieder auf Maurice los, ein huschender, ingwerfarbener Schatten, eine Furie aus Pelz, ganz Reißzähne und Krallen mit scharfen Spitzen. Gerade noch rechtzeitig genug riß er die Decke hoch, um die Katze abwehren zu können, und kreischte, als der Stoff riß. Aussichtslos, die Bettbezüge zu seinem Vorteil zu nutzen – er trat den Rückzug an. Leider war der diesbezüglich zur Verfügung stehende Raum begrenzt. Er kletterte die kleine Leiter in den Kommandoturm hoch und blieb ganz oben hocken (die Höhe vom Boden bis zur Luke betrug nicht mehr als acht Fuß), die Beine angezogen und den Kopf gegen den Stahldeckel gedrückt.

Mog gab nicht auf; und so war es nur eine Frage der Zeit, bis sich ihre Krallen in Maurices ungeschützte Gesäßbacken gruben. Er heulte auf.

Und fiel. Nicht des Schmerzes wegen, sondern weil über ihnen etwas auf die Erde herunterkrachte, etwas, das erdbebenähnliche Auswirkungen hatte und die Stahlplatten des Bunkers durchschüttelte. Er fiel, und die Katze, die sich immer noch an seinem Hintern festkrallte, fiel mit ihm. Sie quietschte nur kurz, als ihr Rückgrat brach.

Maurice, der nach wie vor der Meinung war, das sich aufbäumende Tier sei mitten im Angriff, taumelte hastig hoch und wankte zum anderen Ende des Bunkers; bei jedem Schritt saugte er zischend Luft in seine Lungen. Er nahm den Kochtopf vom Gaskocher und bewaffnete sich damit – und spähte mit vor lauter Überraschung offenem Mund zu der sich windenden Katze hinüber. Mit einem Freudenschrei raffte Maurice die Bettdecken hoch und rannte zu der hilflosen Kreatur zurück. Er erstickte das wilde Fauchen, und er schlug mit dem Suppentopf auf den Körper ein, bis er sich nicht mehr rührte, bis das leise Wimmern unter den Decken erstarb. Dann nahm er (mit beiden Händen) eine Zylinderflasche Butangas auf und ließ sie auf den Höcker vor sich hinunterfahren, auf diesen Höcker, von dem er glaubte, er sei Mogs Kopf.

Und schließlich ließ er sich schwer atmend auf das Bett fallen, und das Blut quoll aus seinen Wunden, und ein Triumphkichern quoll aus seinem Mund.

Und dann mußte er eine weitere Woche mit dem verwesenden Körper leben.

Nicht einmal eine dreifache Schicht festverschlossener Plastikbeutel, deren Inneres großzügig mit Desinfektionsmittel versehen war, konnte den Geruch aufhalten, und nicht einmal die Chemikalien in der Porta-potti-Toilette konnten den Kadaver wegfressen. Nach drei Tagen war der Gestank unerträglich. Mog hatte ihre ureigene Rache gefunden.

Und noch etwas geschah mit der Luft im Bunker. Sie wurde deutlich schwerer zu atmen, und das war nicht allein dem schweren Katzengeruch zu verdanken. Tag für Tag, und in letzter Zeit Stunde für Stunde, wurde die Luft ... ungenießbarer.

Maurice hatte beabsichtigt, mindestens sechs Wochen hier drinnen zu bleiben, eher acht, vorausgesetzt, er konnte dies aushalten, und ganz gleich, ob draußen Sirenen Entwarnung jaulten oder nicht. Jetzt, nach kaum mehr als vier Wochen, wußte er, daß er den Kontakt mit der Außenwelt würde riskieren müssen. Irgend etwas hatte das Lüftungssystem verstopft. Ganz gleich, wie lange er den Griff der Mikroströmungs-Überlebenseinrichtung auch drehte oder den

Motor mit der Zwölf-Volt-Autobatterie in Gang hielt – die Luft wurde nicht mehr erneuert. Bei jedem Atemzug ließ seine Kehle ein dünnes, pfeifendes Geräusch hören, und der Gestank kitzelte seine Nasenschleimhäute, als wäre er in die tiefste, übelste Kloake eingetaucht. Er mußte gute, reine Luft haben, strahlenverseucht oder nicht, sonst würde er hier eine andere Art von langsamem Tod sterben. Ersticken nämlich, und das Ganze garniert mit dem höhnenden Geruch der toten Katze ... Das war kein gangbarer Weg. Außerdem gab es Theorien in der Fachliteratur, die davon ausgingen, daß vierzehn Tage reichten, um den radioaktiven Niederschlag zu zerstreuen.

Maurice erhob sich von seinem Bett; die Benommenheit kam augenblicklich. Er hielt sich an dem kleinen Tisch fest. Der grelle weiße Schein der Butangaslampe stach in seine rotgeränderten Augen. Er hatte Angst zu atmen, und noch mehr Angst, das nicht zu tun, und so wankte er dem Kommandoturm zu. Er mußte all seine Kraft zusammenreißen, um die wenigen Sprossen der Leiter emporklettern zu können, und dann legte er direkt unter der Luke eine Pause ein, und Schwindelgefühle zitterten in seinem Schädel, und seine kaum gefüllten Lungen protestierten. Mehrere Minuten verstrichen, bis er einen Arm heben und den Schließmechanismus öffnen konnte.

Gott sei Dank, dachte er. Gott sei Dank komme ich hier raus, weg von dieser elenden, aufgedunsenen, ingwerroten Katze. Ganz egal, wie es da draußen war, ganz gleich, wer oder was außer ihm überlebt hatte – es mußte eine gesegnete Erlösung sein nach diesem üblen, stinkenden Scheißhaus.

Er ließ die Luke in ihren Scharnieren nach unten schwenken. Pulverisierter Staub bedeckte sein Gesicht, seinen ganzen Kopf, seine Schultern, und als er die winzigen Krumen aus den Augen weggeblinzelt hatte, stieß er einen schwachen Schrei der Bestürzung aus. Jetzt kannte er die Ursache des fürchterlichen Krachens vor genau einer Woche: Die Überreste eines nahen Gebäudes, zweifellos seines eigenen Hauses, waren schließlich doch noch in sich zusammengestürzt. Die Trümmer und der Schutt hatten den Boden über ihm bedeckt; blockierten seine Luftversorgung ... und verstopften seinen Fluchtausgang.

Er versuchte, seine Finger in die Betonplatte zu graben – und markierte kaum deren Oberfläche. Er stieß, schob, drängte, aber nichts bewegte sich. Maurice stürzte fast die Leiter herunter, da er kaum mehr in der Lage war, die Füße unter sich zu halten. Er stolperte in seinem Bunker herum und jammerte und suchte nach Gerätschaften, mit deren Hilfe er sich durch die feste Mauer über sich graben konnte. Seine Stimme kam krächzend und schwach. Er benutzte Messer, Gabeln, alles, was eine scharfe Spitze hatte; er hämmerte gegen den Beton. Alles vergeblich, denn der Beton war zu stark, und seine Anstrengungen zu schwach.

Irgendwann schlug Maurice benommen mit der blutigen Faust auf die Blockade ein.

Und fiel schließlich zurück in das, was jetzt ein Grab war; und heulte seine Verzweiflung hinaus. Nur war das Heulen einem Pfeifen viel ähnlicher – die Art, wie es eine Katze wohl ausstößt, wenn sie erstickt wird.

Das plastiküberzogene Bündel am anderen Ende des Bunkers bewegte sich nicht, aber Maurice, über dessen staubüberzogenes Gesicht die Tränenrinnsale ihren Weg erzwangen, war ganz sicher, daß er ein schwaches, spöttisches Miau hörte.

»Hab' Katzen noch nie leiden können!« keuchte er. »Nie!«

Maurice saugte an seinen Fingerknöcheln, schmeckte sein eigenes Blut und wartete in seinem ganz privaten, selbstgebauten Grab. Es dauerte nicht lange, dann kamen die Schatten, sie huschten in seine Augen und versammelten sich auf seiner Brust und ließen seine Lungen erstarren. Es dauerte nicht lange, wirklich nicht, doch Maurice kam es wie eine Ewigkeit vor. Eine einsame Ewigkeit, obgleich Mog da war und ihm Gesellschaft leistete.

Dennis Hamilton

Anglerlatein

Hamilton, ein Familienmensch (Ehefrau Jan, Sohn David, Tochter Whitney), ist einer von jenen schüchternen, bescheidenen Typen, die ich überhaupt nicht begreife. Wie kommt es, daß ausgerechnet die Guten häufig so sind?

Warnung: Dieses sorgfältig gesponnene Garn ist nichts für Zartbesaitete. Dennoch liefern seine schlauen Einfälle Elemente der Irreführung, wie sie des Escapologisten Bill Shirk oder des verstorbenen Milbourne Christopher würdig gewesen wären.

Hookes erster Gedanke war: *Arties verfaulter Körper liegt da unten*. Irgendwo in dem schwarzen Wasser. Und die Kreaturen von Fowler's Crescent sind bei ihm und spielen zwischen seinen Knochen. Ein passendes Ende, dachte Hooke, für einen Wasserfreund.

Er parkte seinen Pickup auf dem Hügelkamm, von wo aus man auf die isolierte Wassersichel unten im Tal hinabblicken konnte. Als er durch die Windschutzscheibe blickte, unter dem Adlerschnabel-Bug des Kanus hinweg, das auf dem Wagendach festgeschnallt war, nahm die fremdartige Üppigkeit der Umgebung ihn gefangen. Es war so grün wie in einem Regenwald. Überhaupt nicht so, wie er es erwartet hatte. Er hatte gehört, daß Fowler's Crescent nach einem Chemieunfall vor zwanzig Jahren flußaufwärts gestorben war. Hooke hatte einen völlig verwüsteten und leblosen Ort erwartet. Als Artie Guillam vor einem Jahr den gleichen Ausflug gemacht hatte, waren seine Erwartungen dieselben gewesen. Aber Artie war nie zurückgekehrt, um zu berichten, wie es wirklich dort aussah.

Auf der anderen Straßenseite stand eine schiefe, verwitterte Holztafel. Darauf stand zu lesen:

Willkommen in Fowler's Crescent, Gegr. 1809
Einwohner 1087
›Beste Fischgründe in Süd-Indiana‹

Hooke dachte: Dieses Schild ist seit siebzig Jahren nicht mehr von Menschenhand berührt worden. Er schaute hinab zum Fuß des Berges, wo die Überreste der Stadt begannen. Die wenigen Gebäude, die noch standen, waren so alt wie die Tafel. Doch vom Hügelkamm aus betrachtet, hätte Fowler's Crescent ein verstecktes Paradies sein können. Bis auf einen kahlen Hügel mit einem Haus darauf am Scheitelpunkt der Sichel. Die Art und Weise, wie er sich aus den grünen Wäldern ringsum emporwölbte, war irgendwie feindselig. Unnahbar.

Statt dessen war es einer jener Seen, von denen die Veteranen des Angelsports nur mit Ehrfurcht sprachen. Aber wenige von denen, die von Fowler's Crescent sprachen, taten nichts anderes, als über seine unheimlichen Gefahren zu reden und seine Legenden weiterzugeben. In ihrem Flüstern lag eine ängstliche Anspannung. Was letztendlich die Ursache dafür war, daß der draufgängerische Artie Guillam im vergangenen Jahr seinen Ausflug dorthin machte. Und daß Mo Hooke jetzt hier auftauchte.

Hooke parkte den Wagen vor einem Gebäude, bei dem es sich um das Warenhaus der Gegend handeln mußte. Über dem windschiefen hölzernen Säulengang hing ein Schild mit der Aufschrift: »Feers Angeln und Köder«. Er stieg ein paar ausgetretene Stufen hoch, öffnete eine knarrende, verzogene Tür und trat ein.

Im Laden hielten sich vier alte Männer auf. Zwei spielten träge Dame. Ein anderer stand hinter der Theke. Der vierte saß an einem kleinen Holztisch und wickelte Köderfliegen. Hooke ließ seine Blicke durch den Raum wandern. An den Wänden, so schätzte er schnell, mußten an die zweihundert präparierte Fischkieferpaare hängen. Selbst in der Troller's Union, seinem Angelclub zu Hause, gab es kein Trophäenzimmer wie dieses. Oder sonstwo.

»Entschuldigen Sie«, sagte Hooke, »ich suche einen guten Angelplatz.«

Fast gleichzeitig drehten die Männer die Köpfe, um ihn anzusehen. Keiner lächelte. Hooke sah, wie zerfurcht ihre Gesichter waren, wie bei den Alten in seinem Club, die schon viele Jahre unter vielen Sonnen an vielen Seen hinter sich hatten. Es war kein Geheimnis, wie diese Männer hier ihr Leben verbracht hatten. Oder daß die Trophäen ihnen gehörten.

Der stämmige Mann hinter der Theke ergriff schließlich

das Wort: »Die besten Angelplätze liegen flußabwärts, Jungchen, bei Bloomfield und Worthington.«

Hooke lächelte. »Ja? Ich hörte, die gäbe es hier. Draußen bei Ihrem See.«

Der Mann hinter der Theke studierte ihn einen Moment lang. »Wer hat Ihnen das gesagt?«

»Das Schild vor der Stadt«, erwiderte Hooke. »Und dann ein paar Leute aus meinem Angelclub daheim.«

»Angelclub, häh?« Der Anflug eines geringschätzigen Lächelns.

»Ja. Troller's Union. Schon mal davon gehört?«

Der alte Mann blinzelte, und ein Dutzend gekräuselter Fältchen entstanden in den Winkeln seiner kleinen grauen Augen. »Troller's Union. Klar. In der Provinz, richtig? Einer von euch Typen war im vergangenen Jahr hier. Soweit ich mich erinnern kann, hatte er draußen auf dem See einen Unfall.«

»Nicht eindeutig festzustellen«, meinte Hooke. »Die Leiche wurde nie gefunden.«

»Ist auch 'n tiefer See«, sagte der alte Mann. »An einigen Stellen zweihundert Fuß. Deshalb sieht das Wasser auch so schwarz aus. Schwierig, dort nach Leichen zu fischen. Wenn Sie im Crescent absaufen, dann ist es so gut wie aus mit Ihnen.«

»Deshalb möchte ich dort angeln«, verriet Hooke. »Niemand sonst würde es wagen.«

Der alte Mann nickte. »Ja. Wieder einer, der heiß ist auf die Trophäe von Fowler's Crescent. Leute wie Sie haben wir pro Jahr rund ein dutzendmal oder so hier. Die meisten fahren mit leeren Händen wieder ab.«

Hooke betrachtete erneut die Reihen von Fischgebissen, die an den Wänden hingen. Dann holte er einen Hundert-Dollar-Schein aus der Tasche und legte ihn auf die Theke. »Ich nehme an, das reicht. Aber Sie – Sie wissen, was in diesem See ist. Und Sie wissen auch, wie man es herausholt.« Er sah jeden der alten Männer eindringlich an. »Und ich bin bereit, für Ihr Wissen zu bezahlen.«

Der Mann hinter der Theke beugte sich vor und legte seine fleischigen Hände gefaltet auf den Tresen. »Okay, Freund, mit was arbeiten Sie?«

»Ich habe Sechs-Pfund- und Zwanzig-Pfund-Schnüre.«

»Sie brauchen stärkere.«

Hooke lächelte. »Ich hab schon Fünfzig-Pfund-Barsche mit Sechs-Pfund-Schnüren gefangen.«

»Sie brauchen stärkere«, wiederholte der alte Mann.

»Okay«, meinte Hooke ruhig. »Was empfehlen Sie, Mister …?«

»Feer. Max Feer. Mir gehört der Laden. Das dort drüben, die beiden, die Dame spielen, sind Boyd und J.C. Der alte Geier dort drüben, der die hübschen Fliegen wickelt, ist Darnell. Und was ich empfehle, das ist eine Hunderter-Schnur. Mister …?«

»Hooke«, stellte er sich vor. »Morris Hooke. Freunde nennen mich Mo.« Seine Worte waren kaum zu verstehen. »Was gibt es dort draußen, daß man ein solches Tau braucht?«

»Den Crescentwels, Mr. Hooke. Nur den Crescentwels.«

»Und wie groß werden die?«

»Genau weiß man das nicht. Die ganz großen hauen immer ab.« Wieder entstanden die Falten in den Augenwinkeln. »Natürlich, wenn Sie was Kleineres wollen …«

»Nein«, reagierte Hooke sofort. »Ich will den größten Fisch, den es da draußen gibt.«

Feer lächelte. »Was für'n Köder?«

»Auf Welse gehe ich immer mit Shrimps.«

»Können Sie nehmen, wenn Sie wollen. Aber besser kommen Sie mit Würmern zurecht.«

»Würmer? Für Welse?«

»Sie kommen nur in dieser Gegend vor. Alles schon ausprobiert. Kapitale Burschen. Die scheinen so einen Geruch an sich zu haben, auf den die Welse scharf sind.«

Boyd meldete sich zu Wort. »Von den Crescentwürmern sind fast keine mehr da, Max. Hast du nicht was anderes, was er nehmen könnte?«

Das reichte Hooke. »Ich nehme die Würmer«, sagte er. »Wann beißen sie?«

»Nachts«, antwortete Feer. »Dann haben sie den größten Hunger.«

»Dann also nachts«, meinte Hooke mehr zu sich selbst.

Feer verschwand in einem Hinterzimmer und kehrte kurz darauf mit einem Weidenkorb zurück, der mit einer Holzklappe verschlossen war. »Gehen Sie vorsichtig damit um. Wir haben lange keine mehr ausgegraben, daher ist das alles, was Sie bekommen können.«

»Irgendeine besondere Stelle, wo ich am besten die Angel auswerfe?« erkundigte Hooke sich.

Der Mann, der am Tisch saß und Fliegen wickelte – Darnell – meldete sich zu Wort. »Ich kann Sie hinbringen. Es liegt auf meinem Heimweg.« Behutsam legte er die winzige Fliege beiseite, die er gerade gewickelt hatte, dann erhob er sich. Er war hager, und seine Schultern fielen nach vorne.

Hooke konnte ihn vor seinem geistigen Auge sehen, ein Mann, der von seiner Freizeitbeschäftigung gezeichnet war, ewig in einem Boot hockend, sich zu der magischen Stelle hinunterbeugend, wo die Angelschnur im Wasser verschwand, und Ausschau hielt und wartete ...

»Danke«, sagte Hooke zu ihm.

»Wir sehen uns später, Jungs«, sagte Darnell über die Schulter, ohne sie anzusehen. Er und Hooke waren schon fast draußen, als Feers Stimme von hinten erklang.

»Bis morgen früh, Mr. Hooke.«

Darnell blieb für etwa eine Meile außerhalb des Ortes auf der Straße, dann schwenkte sein Pickup in die Büsche. Er fuhr unter dichtem Astwerk hindurch, das beinahe das Kanu herunterriß, als Hooke ihm zu folgen versuchte. Dies, dachte Hooke, ist sicher der geheimste aller geheimen Angelseen. Als er schließlich anhielt, hatte er eine kleine, von Grün überwucherte Bucht erreicht. Und gleich dahinter erhob sich der kahle braune Hügel, den er von der Höhe aus entdeckt hatte, als er in die Ortschaft eingefahren war. Aus der Nähe gesehen war der Hügel gar nicht so leer und öde, wie es ihm erschienen war. Plötzlich wußte er, wo die meisten der 1087 Einwohner von Fowler's Crescent abgeblieben waren.

Es war der Friedhof.

Darnell sagte: »Der beste Angelplatz ist hier, genau in der Bucht. Hier ist es tief und kalt, und die Welse lieben die Stelle.«

»Sie haben hier sicherlich schon oft geangelt, nehme ich an«, sagte Hooke, während er die Haltegurte des Kanus löste.

Darnell sah hinaus auf die Bucht. Irgendwie erschien sie wie ein schwarzer Spiegel. Das Wasser erzeugte Reflexe, aber es gab keinen Hinweis darauf, was sich unter der Oberfläche befand. »Hab mein ganzes Leben lang im Crescent geangelt. Ist für mich jetzt zu schwer geworden, die Würmer auszugraben. Nun sitze ich die ganze Zeit mit den Jungs herum und unterhalte mich über die Burschen, die vom Haken gingen.« Er blickte zu dem kahlen Berg hinauf. »Und breite mich wohl darauf vor, irgendwann ebenfalls da oben zu landen.«

Hooke folgte den Blicken des alten Mannes. »Wer wohnt eigentlich in dem alten Haus auf der Kuppe?«

»Niemand mehr. Steht schon seit Jahren leer. Da wohnte mal der Totengräber, aber der ist '74 gestorben, und wir haben ihn genau oben auf dem Hügel begraben.«

Dann fragte Hooke: »Wie kommt es, daß auf dem Hügel nichts wächst? Kein Gras. Keine Bäume. Er sieht so aus, als gehörte er gar nicht zu Fowler's Crescent.«

Darnell zupfte sich an einem Ohr und kniff die Augen zusammen. »Kann ich nicht genau sagen, Mr. Hooke. So sieht es schon aus, seit die Century-Fabrik damals die Chemikalien oben in den Fluß laufen ließ. Das Zeug kam hierher und verteilte sich im Crescent. Hat alles verändert. Die Büsche wurden grün. Die Fische wuchsen. Aber alles auf dem Friedhof ging ein. Verdammte Sache.« Er hielt inne. »Wär auch nicht so schlimm, aber die ganze Erde wird vom Regen weggeschwemmt. Sehen Sie die Grabsteine, die umgekippt sind? Es gibt Särge dort, die liegen nur fünf Zentimeter unter der Oberfläche. Und bei jedem Regen wird die Decke etwas dünner.«

Hooke schaute den Berg hoch. »Was Sie nicht sagen.« Allmählich hatte es ihm zu dämmern begonnen, warum sogar die abenteuerlustigen Mitglieder des Union Clubs Fowler's Crescent mieden. »Dann verraten Sie mir doch mal Ihre Geheimnisse, Darnell. Wie hole ich mir einen ganz Dicken an Land?«

Der alte Mann lachte wie ein zu Streichen aufgelegtes Kind. »Nun, wir haben im Crescent alle möglichen Fische, Mr. Hooke. Aber einer ist darunter, den wir Bub rufen. Das ist die Abkürzung für Beelzebub, denn genau das ist er wohl, wie einige Leute glauben. Er hing schon oft am Haken, wurde aber nie gefangen. Aber ich glaube, ich hab einen Weg gefunden, wie er zu schaffen ist.«

»Ich höre«, sagte Hooke.

Darnell schlurfte zu seinem Wagen zurück und kam mit einem großen Vierfachhaken und einer Flasche mit einer braunen Flüssigkeit zurück. »Das Zeug habe ich aus Klapperschlangengift hergestellt. Das lähmt den Fisch. Sie schmieren das Gift auf die Hakenspitzen, und wenn er zubeißt, dann brechen zwei der vier Haken ab, und das Gift breitet sich im Fisch aus. Die beiden anderen Haken halten ihn fest, und Sie müssen ihn nur noch an Land ziehen.«

»Genial«, lobte Hooke ihn. »Aber warum versuchen Sie nicht selbst Ihr Glück mit Bub?«

»Fast mein ganzes Leben lang habe ich diesen Bastard gejagt. Immer konnte er entwischen. Jetzt bin ich zu alt, Mr. Hooke. Sie, Sie sind jung. Stark. Aber seien Sie vorsichtig. Er ist groß und bösartig und schlau. Er wartet ab, bis Sie müde werden, vielleicht sogar bis Sie einschlafen – dann rammt er Ihr Kanu, und Sie saufen ab wie Ihr Freund.«

»Wie bitte?« Er starrte den alten Mann ungläubig an. »Wollen Sie damit behaupten, irgendein gottverdammter Wels hätte Artie umgebracht? Also, alter Mann, ich glaube, Sie erzählen schon zu lange Ihr Anglerlatein!«

Der hagere alte Mann drehte sich langsam um und ging zu seinem Wagen zurück. »Schlafen Sie auf keinen Fall ein, Mr. Hooke.«

»Hören Sie doch«, sagte Hooke schnell. »Es tut mir leid. Es ist nur ... schwer zu glauben.«

»Ich weiß.«

Hooke seufzte, lenkte ein. »Sehen Sie, ich habe Bier mitgenommen, aber das Zeug macht mich immer schläfrig. Vielleicht sollte ich bis zum Morgen warten und mir etwas Kleineres aussuchen. Soll jemand anderer sich mit Bub herumschlagen.«

Der alte Mann starrte zu Boden. Dann nickte er, als wollte er sagen, ja, genau das ist es, was Sie tun sollten, aber ich könnte schon morgen tot sein, und dann würde Bub mich dieses eine letzte Mal besiegt haben. »Ich verstehe«, sagte er leise.

Hooke blieb für ein paar Sekunden stehen. Dann lächelte er. »Zum Teufel noch mal«, meinte er. »Hören Sie, haben Sie Cola oder Kaffee bei sich, irgendwas, damit ich wach bleibe?«

Die Augen des alten Mannes begannen zu leuchten. »Ich hab immer eine Thermosflasche bei mir, Mr. Hooke. Man weiß ja nie, wann es einen überkommt.«

Hooke reichte ihm die Hand. »Danke, Darnell. Wir sehen uns morgen früh.«

»Bis morgen, Mr. Hooke.«

Es war fast Mittemacht, ehe er sich entschloß, aufzubrechen.

Er hatte am Lagerfeuer gesessen, Darnells Kaffee getrunken und über diese alten Männer und ihr Anglerlatein nachgedacht, wobei er abwechselnd über die Lächerlichkeit der ganzen Situation lachte und dann wieder trocken schluckte, wenn er sich eine Kreatur namens Beelzebub vorstellte, die im tiefen, schwarzen Wasser zu seinen Füßen lautlos ihre Kreise zog. Es hätte wahrscheinlich ausgereicht, mit einem Crescentwels in den Club zurückzukehren mit irgendeiner chemisch hervorgerufenen Mutation als Beweis für den Fangplatz. Aber ausgerechnet Bub herauszufordern! Das verheißt Unsterblichkeit, dachte Hooke. Wie groß würde er wohl sein? Fünfzig Pfund? Sechzig? Er hatte mal von einem siebzig Pfund schweren Wels im Mississippi gelesen. Und im Amazonas gab es gigantische Welse von dreihundertfünfzig Pfund Gewicht, aber die Leute hatten mit denen nichts im Sinn, denn sie waren giftig. Die alten Männer in Feers Laden taten so, als wäre der Crescent ein heiliges Reservat für Dinge, die man am besten nicht an die Oberfläche holte. *Und was ich empfehle, ist eine Hunderter-Schnur.* Zur Hölle, dachte Hooke, ich könnte mit einer Hunderter einen tausend Pfund schweren Marling fangen! Eine Zeitlang spielte er mit der Idee, mit einer leichten Rute und der Sechs-Pfund-Schnur hinauszurudern. Dann griff er nach Darnells schwerem Vierfachhaken und nach der Giftflasche. Er fragte sich, was ein Mann denn wirklich wissen könnte, um sich eine solche Falle auszudenken. Als er die Frage nicht beantworten konnte, präparierte er den Haken, wie der alte Mann es ihm erklärt hatte, und knotete ihn an die Hunderter-Schnur, die sich an der schweren Angelrute befand. Dann füllte er die Thermosflasche mit frisch zubereitetem Kaffee, griff nach dem Weidenkorb mit den Crescentwürmern und drang in die Finsternis vor.

Etwa fünfzig Fuß vom Ufer entfernt warf er in der Bucht den Anker. Das Wasser war so glatt wie Glas. Und die Bucht lag vollkommen still da. Keine Nachtgeräusche waren zu hören. Nichts. Selbst wenn die Geschichten reine Mythen waren, dachte Hooke, war der Crescent der unangenehmste Ort, an dem er sich je aufgehalten hatte.

Hooke öffnete den Weidenkorb und griff hinein, um einen Wurm herauszuholen. Bei seiner Berührung erwachte das Innere des Korbes zu kraftvollem schleimigen Gewinde. Er zog geschockt die Hand heraus. Er leuchtete mit einer Taschenlampe in den Korb und bekam einen ersten Eindruck von den Crescentwürmern.

Sie waren riesig, wie glänzende, gerippte Schlangen. Er schätzte, daß einige zehn Inches lang waren und einen Durchmesser von einem Inch hatten. Herr Jesus, dachte er, diese Chemikalien haben hier aber alles mutieren lassen. Er blickte hinaus aufs Wasser. Eine neue, nur zu reale Furcht stieg in Hooke auf.

Er schaute zum Ufer und erwog für einen Moment, dorthin zurückzukehren. Aber er hatte sich für sein Unternehmen zu lautstark eingesetzt und alle Warnungen in den Wind geschlagen. Er hatte im Club verkündet, er sei Angler, und ein Angler würde keine Mühen scheuen, seine Angel auszuwerfen, wo immer es sich anbot. Und dazu gehörte auch der Crescent.

Hooke schluckte, dann griff er erneut in den Korb, um einen der Würmer herauszuholen. Seine Hand fühlte sich an, als bekäme sie einen Krampf. Er schüttelte sie. Reiß dich zusammen. Er berührte einen der Würmer, und der rollte sich reflexartig zusammen – dann sprang er in seine Hand hinein und schlang sich ihm um das Handgelenk! Es reichte aus, um ihm die Blutzufuhr abzuschnüren.

Er nahm Darnells Haken und begann, den Wurm auf einen der Arme aufzuspießen. Er zog sich noch enger um sein Handgelenk zusammen. Hooke atmete jetzt heftig. Er wollte nur noch das widerwärtige Ding loswerden. Schließlich hatte er den Wurm am Haken und warf diesen ins Wasser. Sein keuchender Atem war das einzige Geräusch. Als er die schwere Angelrute anhob, konnte er am Ende der Schnur eine Bewegung spüren. Er wußte, daß es kein Fisch war. Es war der Todeskampf des Wurms.

Hooke verspürte eine betäubende Übelkeit. Seine Brust schien immer stärker zusammengepreßt zu werden. Ist es möglich, daß ich solche Angst habe? fragte er sich. Er verfluchte sein Geltungsbedürfnis.

Plötzlich spürte er etwas – etwas Kaltes an seinem Bein. Es hatte sich um sein Fußgelenk gelegt und schnürte sich nun wie eine Schlinge zusammen.

Dann biß es ihn.

Hooke rammte die Angelrute in die Haltevorrichtung und griff nach seinem Fußgelenk. Er wußte sofort, daß einer der Würmer sich befreit hatte. Er hatte den Korbdeckel offen gelassen. Er brauchte beide Hände, um den Wurm von seinem Fuß zu lösen. Mit einem Schrei schleuderte er ihn in die Finsternis. Dann packte er den Korb und warf ihn weit hinaus auf den See. Sein Geist raste. Er hat mich gebissen!

Unvermittelt begann die Rolle zu kreischen. Etwas hatte

den Köder geschnappt! Hooke versuchte, nach der Angelrute zu greifen, aber sein ganzer Körper verkrampfte sich. *Was soll das? Was passiert hier?* Er dachte an das Gift. Der Kampf, um dieses grauenhafte Ding von Wurm an den Haken zu bekommen. Er mußte sich irgendwo die Haut aufgeritzt haben. Das Gift begann, ihn zu lähmen.

Er schaute auf die Rute. Sie war mit einer Hundert-Fuß-Schnur versehen. Sobald der Fisch genügend weit geschwommen war, würde die Rolle blockieren und den Haken tief in das Fischmaul hineinjagen. Dann sah er, daß die Rute senkrecht nach unten gebogen war, als verbeuge sie sich für einen Dämon. Das Ding am anderen Ende raste nicht wie ein normaler Fisch auf den Crescent hinaus – es sah eher nach einem Wal aus, der auch immer senkrecht nach unten floh. Zu jedem anderen Zeitpunkt hatte Hooke an diesem Anblick seine Freude gehabt. Komm schon, Baby, hätte er dann gedacht, nimm mich mit auf die Reise. Aber nun war er entsetzt, während die Schnur ausrief.

Sie werden absaufen wie Ihr Freund ...

Ein paar Fuß Schnur, und die Rolle würde blockieren, der Tanz würde anfangen. In diesem Moment wußte Hooke, daß er keine Lust hatte, das Ding am anderen Ende kennenzulernen. Er hatte von Fowler's Crescent genug.

Er riß die Rute aus der Halterung und warf sie ins Wasser. Aber diese Aktion brachte ihn aus dem Gleichgewicht, und seine verkrampften Muskeln konnten nicht reagieren. Er kippte nach vorne und stürzte in die dunklen Fluten.

Hooke kam wieder hoch, spuckte aus, dann begann er, zum Ufer zu paddeln. Das Wasser kam ihm vor wie Honig, als sein Körper immer starrer und steifer wurde. Er stellte sich vor, wie die Bestien des Crescent seine Beine umkreisten und auf den richtigen Zeitpunkt zum Angriff warteten.

Zieh, dachte er ... zieh ... zieh ... zieh ...

Er spürte etwas hinter sich. Etwas Großes, etwas, das er überhaupt nicht sehen wollte, weshalb er sich auch nicht umdrehte. Er spürte, wie seine Arme erschlafften.

Nur noch fünfzehn Fuß ...

Er zwang seine Beine dazu zu treten, vertrieb die Krämpfe mit einem Adrenalinstoß, dann gelangte er keuchend ans Ufer. Er hievte sich aus dem Wasser, dann rollte er sich von der Wasserlinie weg. Einen Moment lang lag er da, starrte hinauf in den bewölkten, mondlosen Himmel. Gott, ich hab's geschafft, sang es in ihm. Ich hab's geschafft.

Dann fing es an zu regnen.

Er brauchte Hilfe. Dieses Gift verwandelte ihn in eine starre Puppe. Er kämpfte sich auf die Füße und schaffte es bis zu seinem Pickup. Doch als er versuchte, den Motor zu starten, knirschte die Maschine kurz, dann erstarb sie. »Verdammt!« murmelte er. »Gottverdammt!«

Hooke stieg schwankend aus dem Wagen aus. Er wußte, daß er ernstlich angeschlagen war. Er schaute sich in dem finsteren Wald um, an Darnells geheimem Angelplatz, während der Regen immer heftiger auf ihn niederrauschte. Dann wanderten seine Blicke zu dem kahlen Friedhofshügel.

Im Haus des Totengräbers brannte Licht. Steht seit Jahren leer, erinnerte er sich an Darnells Bemerkung.

Wer ist da oben?

Er starb '74, und wir haben ihn direkt oben auf dem Hügel begraben.

Hooke hatte keine Zeit, lange darüber nachzudenken. Er

mußte sich auf den Weg machen. Mit einem Grunzen stieß er sich von seinem Wagen ab und begann zwischen umgekippten Grabsteinen seinen mühsamen Aufstieg.

Seine Gelenke waren wie eingefroren. Er ging steifbeinig, unbeholfen, wie ein lebender Toter. Er durfte nicht riskieren, jetzt zu stürzen. Er würde nie mehr hochkommen. Es wurde schwieriger, genug Luft in die Lungen zu bekommen. Tiefe Atemzüge waren unmöglich. Nur ein Keuchen brachte er zustande, ein Hecheln. Das Haus und das Licht schienen unendlich weit entfernt zu sein.

Schlamm floß ihm über die Füße. Hooke begann zu beten. Dann stolperte er über einen halb im Erdreich vergrabenen Gedenkstein. Für einige Sekunden lag er da mit dem Gesicht im Schlamm. Er bemühte sich aufzustehen, hatte den Geschmack knirschender nasser Erde im Mund. Er spuckte schwach aus. *Gott, verleih mir Kraft.* Er schaute zum Fenster, hundert Fuß den Berg hinauf.

Eine Gestalt stand darin.

Er schaute weg. *Denk nicht daran. Nicht denken!* Dann ging er im Schlammstrom auf alle viere und kroch mühsam vorwärts, wobei jeder Atemzug kürzer war als der vorhergehende. Endlich, nach Minuten, versuchte er zu rufen, aber kein Laut drang aus seiner Kehle. Die grauenvolle Stille raubte ihm die letzte Kraft.

Hooke ließ den Kopf auf die nasse Erde sinken, das Gesicht zum Haus gewandt. Die Gestalt im Fenster war verschwunden. Er schloß die Augen. Dann, von irgendwoher – nicht weit entfernt – hörte er ein Geräusch.

Chunk ... Chunk ... Chunk ... Chunk ...

Anfangs, im Lärm des Unwetters, konnte er das Geräusch

nicht identifizieren. Dann wußte er es plötzlich zweifelsfrei. Es war eine Schaufel, die sich in die Erde wühlte.

Irgend jemand grub.

Er bemühte sich erneut, sich zu bewegen, aber als er die Hand aufstützte, berührte sie keine Erde. Es war etwas Hartes. Etwas Rauhes und mit Splittern Übersätes.

Es gibt da Särge, die sind keine zwei Inch unter der Oberfläche und können jeden Augenblick auftauchen ...

Er strengte sich an, um von dem sich hebenden Sarg wegzukommen, von seinem Inhalt wie immer der aussehen mochte, und von dem schrecklichen Geräusch der Schaufel. Aber seine Hand brach durch den von der Feuchtigkeit verrotteten Deckel und tauchte in ein Gewirr von Knochen. Er versuchte, sie herauszuziehen, aber sie hielten ihn fest. Er gab ein winziges, klägliches Gurgelgeräusch von sich, das an jedem anderen Tag ein ohrenbetäubender Schrei nackten Grauens gewesen wäre. Dann traten ihm Tränen in die Augen. Sein einziger Trost war, daß der Tod, der willkommene Tod, nur Sekunden auf sich warten lassen würde.

Dann hörte er eine Stimme.

»'n Abend, Mr. Hooke.«

Hooke konnte kaum seine Augen bewegen. Er sah zwei schlammbespritzte Stiefel und das Blatt eines Spatens. Aber er kannte die Stimme. Sie gehörte Max Feer.

Feer legte den Spaten beiseite und kniete sich in den Schlamm. Er begann seinen Gürtel zu lösen. »Sieht so aus, als hätten Sie keine besonders angenehme Nacht auf dem Crescent verbracht«, meinte er launig. Er schlang den Gürtel um Hookes Fußknöchel und zog ihn stramm. »Wie ich schon sagte, Sie hätten nach Bloomfield fahren sollen.« Dann zog er Hookes steifen Arm aus dem Sarg und richtete sich auf. Danach packte der kräftige Feer das Ende des Gürtels und begann Hooke durch den Schlamm zu zerren.

»All das Zeug, das Darnell Ihnen erzählt hat, von Bub, meine ich – das war nur Anglerlatein. Ein Köder sozusagen. Um Sie hierher zu locken. Im ganzen Crescent gibt es keinen solchen Fisch. Diese Chemikalien haben hier eine Menge verändert. Wie die Würmer zum Beispiel. Das einzige, was sie bei den Welsen verursacht haben, war, daß Sie ausschließlich diese Würmer fressen.«

Feer hielt nach etwa fünfzig Fuß inne. Dann rollte er Hooke auf die Seite, so daß er sehen konnte, daß er am Rande eines leeren Grabes lag.

»Die Würmer haben auch einen besonderen Appetit«, erklärte Feer ihm. »Seit Jahren haben wir sie regelmäßig gefüttert, aber jetzt gibt es kaum noch Leute am Crescent. So bekommen sie eben ab und zu mal etwas zu fressen. Etwas, damit sie mal wieder richtig fett werden und wir angeln können.« Mit einem halblauten Grunzen stieß er Hooke in das Grab.

Hooke lag dort stumm, die Augen weit aufgerissen und voller Schlamm. Er spürte, wie die Würmer sich unter ihm wanden.

»Regen Sie sich nicht auf, Mr. Hooke. So lange dauert es gar nicht.« Seine Stimme klang sanft, tröstend. Kein Unterton von Bedauern oder gar Schuldbewußtsein schwang darin mit. »Diese Dinger können schon von weitem hören, wenn ich hier grabe. Und sie riechen den Menschen.«

Hooke konnte spüren, wie sie an seinem Rücken entlangkrochen und ihre feuchten Spuren auf seinen Beinen hinterließen. Sie ließen sich einfach auf ihn fallen, kamen aus den Seitenwänden des schmalen Grabes, herbeigerufen von der Essensgongschaufel.

»Übrigens«, fügte Feer hinzu, als wäre ihm noch etwas letztes eingefallen, »das Gift war im Kaffee. Schätze, es kommt Ihnen ziemlich hart vor, sich vom Angler in einen Köder zu verwandeln, aber so enden wir doch alle mal, oder? Sobald die Leute aufhören, nach Bub zu suchen, wird Darnell wohl mir etwas von seinem Kaffee anbieten, um wieder mal für einen Angeltag ein paar Würmer zu haben.« Er lachte. Es war unbeschwert und mitleidlos. »Angler«, sagte er. »Wir tun wirklich alles, um unsere Angeln auswerfen zu können.«

Und Hooke spürte, wie einer der Würmer an seinem Kiefer entlangglitt und vorsichtig seinen eiskalten Kopf prüfend in seinen Mund schob. Dann traf ihn die erste Schaufelladung Erde im Rücken, und die letzten Worte, die er in seinem Leben hören sollte, drangen hinunter in sein Grab.

»Bis morgen früh, Mr. Hooke.«

Charles R. Saunders

Fetchits Meister

Der Hüne mit über zwei Metern Körpergröße, einem Gewicht von hundertachtzig Kilo und einer Lache, mit der er auftreten könnte, schreibt überwiegend Fantasy. Besonders bekannt sind seine oft recht informativen Geschichten über IMARO, DEN ›SCHWARZEN TARZAN‹.

Aber Imaro ist viel mehr als ein farbiger Dschungelheld, und auch der aus Kanada stammende Charles R. Saunders kann für sich in Anspruch nehmen, weit mehr zu sein als nur hünenhaft oder farbig; er ist ein vielseitiger Autor und Philosoph und zudem ein begeisterter Basketballfan.

In letzter Zeit war er auch als Drehbuchautor für Roger Cormans AMAZON *und ein weiteres Stück mit dem Arbeitstitel* ERZULIE *sehr erfolgreich. Das Buch zum Film stammt ebenfalls von ihm.*

Krankenhaus und Pflegeheim für Filmschaffende – 1987

Der Körper des alten Mannes war so dünn und ausgemergelt, daß er sich kaum in die Matratze des Krankenhausbettes eindrückte. Trotzdem konnte ihn der Krankenpfleger nur mit Mühe niederhalten.

»Nein!« schrie der Alte, während er sich aufbäumte und gegen die Arme zur Wehr setzte, die seine Schultern auf die Matratze drückten. »Nein!«

»Verflucht noch mal, halt doch den Arsch still!« Der Pfleger spürte, wie sich die hervorstehenden Schlüsselbeinknochen in seine Handflächen gruben, als er den Druck verstärkte. Er vermied es, dem Patienten in die Augen zu sehen; denn diese Augen starrten ihn aus tiefen Runzeln heraus an, als sei er ein leibhaftiges Mitglied des Ku-Klux-Klan. Dabei hatte er nichts Weißes an sich – außer seiner Dienstkleidung.

Plötzlich stieß eine Pranke, die zum Arm eines Schwergewichtlers zu gehören schien, den Pfleger so heftig zur Seite, daß er hastig beide Hände vorstreckte, um den Aufprall gegen die Wand abzufangen. Er sah Schwester Henrietta am Bett stehen und den alten Mann in ihren Armen wiegen.

»Was zum Kuckuck soll das heißen, Schwester?« rief der Pfleger.

»Geh ins Schwesternzimmer«, befahl Henrietta, ohne ihn anzusehen. »Warte dort auf mich.«

Der Pfleger verließ das Zimmer. Er hatte den Job hier erst seit einer Woche, aber er war nicht mehr so dumm, sich mit Henrietta anzulegen, die von der Statur her durchaus für eine Verteidigerposition bei den Los Angeles Rams geeignet gewesen wäre. Als er die Tür hinter sich zuzog, hörte er Henriettas beruhigenden Singsang: »Ist ja schon gut, Peanut. Niemand tut dir was zuleide. Ist ja schon gut ...«

Der Pfleger saß unbeweglich an dem zerkratzten Tisch. Vor ihm stand ein Styroporbecher mit dampfendem Kaffee aus dem Automaten. Der Kaffee war ihm egal. Er wartete auf Henrietta und fragte sich, ob sie ihn wohl feuern würde. Es war verdammt schwer gewesen, die Stelle zu kriegen.

Henrietta rauschte herein wie eine Königin und nahm auf dem Stuhl gegenüber Platz. Trotz ihrer Fülle erhob der Stuhl keinen Protest.

Anscheinend hat sie's schon vor einer ganze Weile aufgegeben, dachte der Pfleger mißmutig. Dann begann er mit seiner Verteidigungsrede, die ihm den Kopf retten sollte.

»Ich wollte ihm nicht weh tun, Ma'am. Ich wollte nur nachsehen, ob alles in Ordnung ist. Der alte Mann sah mich und versuchte gleich, aus dem Bett zu klettern. Ich wollte ihn nur davon abhalten, damit er nicht rausfällt und sich verletzt.«

Henrietta sah ihn an.

»Spar dir den Quatsch«, sagte sie. »Du weißt ja nicht, was mit ihm los ist. Aber *ich*. Ich werd's dir erzählen.«

Der Pfleger blieb stumm.

»Hast du schon mal einen Film von Peanut gesehen?«

»Nee. Peanut Posey – das war vor meiner Zeit.«

»Nicht vor meiner«, gab sie zurück. »Damals zählte er zu den ulkigsten Typen, die das Kino zu bieten hatte. Er übertraf sogar den alten Meister Fetchit. Hat ihm glatt bei einem Film die Schau gestohlen. Er war so klein und niedlich, daß er sich fast alles leisten konnte. Damals ging das Wort um, Fetchit habe seinen ›Meister‹ gefunden. Hat ihm 'ne Menge Geld eingebracht, so klein und niedlich zu sein.«

»Sie meinen, ein niedlicher kleiner Schmierenkomödiant.«

Henrietta maß ihn mit einem vernichtendem Blick. »Was glaubst du wohl, wer für euch junges Volk die Steine aus dem Weg geräumt hat?« sagte sie.

»Sie schweifen vom Thema ab.«

Henrietta schnaubte verächtlich, um ihm zu zeigen, daß sie ihn für einen Ignoranten hielt. Aber sie erzählte weiter.

»Peanut hatte unheimlichen Erfolg bei den Frauen. Ich habe mal ein Bild von ihm gesehen, da saß er auf Lena Horns Schoß. Er brauchte mehr Frauen als Geld, und ein paar der Frauen bekamen natürlich Kinder von ihm. Dieser eine Sohn zum Beispiel ...«

New-Jersey-Schnellstraße – 1969

Flame drückte das Gaspedal seines T-Bird durch. Er zischte an den langsameren Fahrzeugen vorbei und zeigte einem Fahrer den Vogel, an dessen Auto der Aufkleber AMERIKA ÜBER ALLES prangte. Draußen rauschte vermischt eine Landschaft aus Öl-Raffinerien, Schnellrestaurants, Tankstellen und Alkoholmärkten vorüber. Flame strich sich über die Augen.

Er befand sich auf seiner Routinefahrt von New York nach Philadelphia, nahe der Grenze nach Maryland. Normalerweise wäre er jetzt auf dem Weg zu einer seiner üblichen militanten Reden, die ihm seinen feurigen Spitznamen eingetragen hatten. Aber jetzt ...

Es war nach einer Versammlung der Gruppe Freiheit und Gerechtigkeit beim YMCA in Harlem. Der Revolution wurde in den Arsch getreten, und Handeln war das Gebot der

Stunde. Bei diesem Treffen wurden so große Worte gemacht wie immer, nur zu konkreten Aktionen konnte man sich nicht entschließen.

Am Schluß der Veranstaltung, nach den aufmunternd gerufenen Durchhalteparolen und dem Soul-Händedruck der Teilnehmer untereinander, hörte Flame hinter sich eine bekannte Stimme.

»Warte mal, Bruder.« Widerwillig blieb Flame stehen. Ihm gefielen weder die Stimme noch der Mann, dem sie gehörte: Bruder Do-Nasty.

Als er sich umdrehte, trafen sich ihre Blicke. Do-Nasty bugsierte Flame zu einem Gespräch unter vier Augen unter den Treppenaufgang.

»Was willst du von mir, Mann?« fragte Flame. »Ich muß zurück zur Uni.«

»Ich weiß, wer dein Vater ist, Bruder.«

Flame schloß die Augen. Sein Magen revoltierte, als habe er einen Kater.

»Was soll das heißen, du Blödmann? Ich habe dir doch gesagt, daß ich das selbst nicht weiß.«

»Klar, aber du hast auch gesagt, wer lügt, der fliegt. Wenn du noch weiter solchen Scheiß redest, dann schwirrst du bald als fliegendes Arschloch da oben rum.«

Flame schüttelte den Kopf, aber er konnte die Worte nicht daraus verdrängen. Do-Nasty hatte ihn nie gemocht. Flame hatte viel Erfolg bei den Mädels, und was er auch tat, Do-Nasty nörgelte immer an ihm herum. Jetzt hatte er wieder erfolgreich im Dreck gewühlt. Flame juckte es in den Fingern. Am liebsten hätte er Do-Nasty die Kehle zugedrückt. Doch er wußte, daß ihn Do-Nasty nicht angesprochen hätte, wenn er nicht schon ein anderes offenes Ohr gefunden hätte.

»Was willst du eigentlich, Mann?« fragte er matt.

»Du bist schwer in Ordnung, Flame. Aber für die Revolution wär's überhaupt nicht gut, wenn die Leute hörten, daß du Peanut Poseys Sohn bist. Diesen Scheiß kann man unter den Tisch kehren. Aber du mußt trotzdem deinen Hut nehmen. Laß die Finger von der Revolution. Warum nimmst du nicht Schauspielunterricht?«

Er lachte häßlich. Flame hätte ihm gern eine verpaßt. Ändern konnte er nichts.

Er hatte das YMCA-Haus verlassen und sich in seinen T-Bird gesetzt, und dann war er durch Tunnel und Zahlschranken auf die Schnellstraße geprescht. Sein Auto war vollgeladen mit Revolutionsschriften; viele davon hatte er selbst verfaßt. Und unter dem Vordersitz war auch ein halbautomatisches Gewehr versteckt.

Plötzlich stimmte etwas nicht mit Flames Windschutzscheibe. Die Landschaft von New Jersey huschte ihm vor die Augen und verschwand, wieder und wieder, wie ein schlecht zusammengesetzter Filmstreifen. Andere Bilder überlagerten die verwischten Umrisse von Ginos Hamburgers und dem A & P-Markt. Es waren Bilder, die er niemals ganz losgeworden war ...

Seine Mutter zeigte ihm manchmal alte Peanut-Posey-Filme mit einem Projektor aus zweiter Hand. Als Kind hatte Flame die Vorstellungskünste des Spaßvogels grobkörnig und flackernd auf der Leinwand beobachtet und war dabei vor Lachen vom Stuhl gefallen.

»Das ist dein Vater«, sagte die Mutter dann. »Er schickt uns jeden Monat Geld, damit wir vernünftig leben können.«

»Warum wohnt er nicht bei uns?« Aber diese Frage beantwortete die Mutter nie.

Flame hatte Peanut nur fünfmal in seinem Leben gesehen, zum letztenmal im Alter von vierzehn, als er seinen Vater bereits um fünf Zentimeter überragte. Damals hatte er ihn gar nicht begrüßen wollen. Er war beim Lesen, machte Hausaufgaben. Er wollte nichts von Peanut wissen.

»Mir ist klar, was du bist«, hatte er damals zu ihm gesagt, bevor er aus dem Haus gelaufen war, ohne auf die Proteste seiner Mutter zu achten. Peanut hatte geschwiegen.

Vier Jahre später hatte er sich auf nicht ganz astreine Art Geld von dem Treuhandkonto verschafft, über das er erst mit einundzwanzig hätte verfügen sollen. Er wechselte den Namen und gab vor, Waise zu sein. Er fraß die Lehren von Malcolm und Stokely und Rap in sich hinein, und er entzündete für sie neue Feuer in Watts und Detroit. Dabei wurde er selbst zur lodernden Flamme, die seine eigene Vergangenheit verzehren und zu Asche verwandeln sollte.

Bis sein Widersacher Do-Nasty in der Asche etwas fand – etwas, das nicht mit verbrannt war …

Ja, und nun machte plötzlich Peanut seine Kapriolen auf der gebogenen Windschutzscheibe, Peanut mit seinem breiten Grinsen im Gesicht. In der einen Hand ein Huhn, in der anderen eine Wassermelone, so tänzelte er neckisch vor Will Rogers und Shirley Temple her. Fetchits Meister, wie er leibte und lebte. Die Landschaft von Jersey war verschwunden, und es gab nur einen Weg, sie zurückzuholen.

Bei hundertfünfzig Stundenkilometern langte Flame unter

den Sitz und zog die halbautomatische Waffe hervor. Er drückte den Abzug, wie es ihm die Brüder Nam gezeigt hatten. Kugeln krachten in die Windschutzscheibe, Glassplitter flogen ihm um die Ohren.

Peanut stand immer noch dort und grinste ihm ins Gesicht. Er warf seinem Sohn die Wassermelone zu. Flame schoß darauf. Peanut lachte, als sie explodierte und ihre schwarzen Samen und roten Fleischbrocken ausspuckte.

»Was heißt das schon, ein Sohn zu sein?« sang er mit seiner rauhen Fistelstimme. »Du bist mein Sohn – denn du bist mein!«

Wieder drückte Flame auf den Abzug. Peanut tanzte auf den Zehenspitzen. Nichts konnte ihn verletzen.

Der Verkehr auf Flames Seite der Schnellstraße kam zum Stillstand. Die Fahrer flüchteten aus ihren Wagen. Berittene Polizisten galoppierten schreiend über den Asphalt. Sie schlossen ein Megaphon an und gaben ihm zehn Sekunden, sich zu stellen.

Acht Sekunden später pusteten sie ihn weg.

Krankenhaus und Pflegeheim für Filmschaffende – 1987

Als Henrietta mit ihrer Geschichte fertig war, starrte der Pfleger in seine unberührte Kaffeetasse.

»Du verstehst jetzt, daß Peanut bei einem Fremden manchmal glaubt, sein Sohn sei gekommen, um ihn umzubringen. Und das, obwohl Flame jetzt schon achtzehn Jahre tot ist.«

»Ver-dammt«, sagte der Pfleger, wobei er die Silben dehnte.

»Wenn sich Peanut wieder so aufführt, dann rufst du mich oder eine andere Schwester.« Sie lächelte nachsichtig. »Der Mann hat immer noch was für Frauen übrig. Er wird sich bald an dich gewöhnen. Kapiert?«

»Ja, Ma'am.«

»Du hast Manieren, das muß ich dir lassen. So, jetzt aber an die Arbeit.«

Henrietta hievte sich hoch und ging lautlos auf ihren Kreppsohlen davon. Der Mann erhob sich erst, als sie außer Sichtweite war.

Der Pfleger stand in Peanut Poseys verdunkeltem Krankenzimmer. Seine Schicht war schon längst beendet, doch er war nicht nach Hause gegangen – im Gegensatz zu Henrietta.

Man hatte Peanut mit starken Beruhigungsmitteln in Schlaf versetzt. Der alte Mann rührte sich nicht, als der Pfleger das Kissen unter seinem runzligen Kopf vorzog. Mit dem Kissen in den Händen starrte der Pfleger auf den Tänzer hinab, dessen Zeit schon längst vorüber war.

Peanut Posey war in vielen Frauenbetten zu Hause gewesen – und er hatte nicht nur *einen* Sohn gezeugt.

ARDATH MAYHAR

In Gewahrsam

Es freut uns besonders, daß Ardath Mayhar unter den Bewerbern für den nationalen Literaturpreis, für den Balrogs Awards, den Titel ›Best Poet‹ verliehen bekam. Mit der Ehrung dieser zierlichen begabten Frau haben sich die Stimmberechtigten selbst das größte Lob ausgesprochen.

Darüber hinaus ist Ardath Mayhar, die an der WRITER'S DIGEST SCHOOL *doziert, eine talentierte Autorin von Unterhaltungsliteratur. Jedem, der glaubt, es sei ausschließlich männlichen Autoren vorbehalten, den Leser in die Welt des Schreckens zu entführen, möchten wir die folgende Kurzgeschichte ans Herz legen. Ardath Mayhar hat sie für diese Anthologie geschrieben – und für Sie.*

Shag stolperte über eine Weinflasche und fluchte. Fast wäre ihm seine eigene Flasche aus der Hand gefallen, und die war immerhin noch zu gut einem Viertel voll. Er lehnte sich an die Fassade des Drugstores und atmete ein paarmal tief durch. Jahre steten Trinkens hatten ein erbärmliches Wrack aus ihm gemacht.

Schritte auf dem Gehsteig ließen ihn hochfahren. Nüchtern mußte er aussehen und respektabel, denn er hatte nicht die geringste Lust, die Nacht, so kalt sie auch war, in der Ausnüchterungszelle des Halesburger Gefängnisses zu verbringen. Er kannte sie zur Genüge, und er erinnerte sich, daß dort nicht alles war, wie es sein sollte, nein, ganz und gar nicht. Der Dreck und die Gesellschaft heruntergekommener Trinker machten ihm nichts aus – seit Jahren schon hatte er sich daran gewöhnt –, aber auf Prügel konnte er verzichten, nein, das war nichts für ihn.

Steif setzte er einen Fuß vor den anderen. Nur weg von den näher kommenden Schritten! Und er schaffte es. Ohne aufzufallen, hielt er sich so lange gerade auf den Beinen, bis der Polizist an ihm vorübergegangen und um die nächste Ecke gebogen war. Sein Mantel, den er drei Städte vorher von der Heilsarmee bekommen hatte, war wohl seine Rettung gewesen. Er war auch wirklich ein gutes Stück und paßte ihm wie angegossen, und im Dunkeln sah man nicht, wie abgetragen er schon war.

Zu seiner Rechten ragten jetzt hohe Pfeiler aus rotem Backstein empor. Sie hielten ein schmiedeeisernes Tor, auf dem ›Halesburg Memorial Park‹ geschrieben stand. Shag liebte Parkanlagen. Dort bot sich Unterschlupf, meistens. Es gab Toiletten, Springbrunnen – ja, eigentlich waren Parks Hotels unter freiem Himmel.

Er wartete, bis die Schritte in der Ferne ganz verhallten. Er spähte die Straße hinauf und hinab. Ein eisiger Wind fegte ihm entgegen. Er schob die Hand durch die schmiedeeisernen Verzierungen und stellte seine Flasche vorsichtig auf der anderen Seite ab. Ungelenk kletterte er über das Gitter. Bis auf einen schwachen Lichtstrahl, der durch das Tor fiel, umgab ihn rabenschwarze Finsternis.

Ein gewaltiger Baum neben dem anderen zierte den Park. Shag angelte nach seiner Flasche und schwankte weiter. Mit der rechten Hand tastete er sich an einer mit Efeu überwucherten Mauer entlang. Der Pfad beschrieb einen Bogen, und so verlor sich auch der schwache Lichtschein, der ihm notdürftig den Weg geleuchtet hatte.

Es war stockdunkel, und Shag konnte nicht die Hand vor Augen sehen. Wenn hier nachts dichtgemacht wurde, tat man das wirklich gründlich und gewissenhaft! schoß es ihm durch den Kopf. Aber das sollte ihn nicht daran hindern, ein windgeschütztes Plätzchen zum Schlafen zu finden! Shag hatte so etwas wie einen sechsten Sinn dafür, selbst an den unzugänglichsten Plätzen noch Unterschlupf zu finden.

Er gelangte an eine Abzweigung und folgte vorsichtig dem Seitenweg. Behutsam erkundete er jeden Schritt mit den Füßen und streckte die Hände vor, um nicht unversehens vor etwas zu laufen. Nach gut einem Dutzend Schritte stieß er unsanft gegen eine feste Mauer. *Na also!* Wahrscheinlich waren hier die Toiletten und die Gartengeräte untergebracht.

Er tastete sich die Wand entlang, in der Hoffnung, eine Tür oder ein Fenster zu finden. Endlich hatte er Erfolg. Doch das Fenster, vor dem er stand, war mit einem verschnörkelten Gitter gesichert, und auch die aufwendigen Verzierungen konnten nicht über den praktischen Sinn hinwegtäuschen. Shag machte zwei Türen aus, aber beide waren fest verschlossen. Und Türen einfach einzutreten, das war vorbei. Das lag Jahre zurück. Mit dem Ablegen der Uniform hatte, er diesen Zeiten ein Ende gesetzt.

»Verflucht!«

Der Wind wurde mit jeder Minute eisiger, und er trieb Shag Schnee und Hagel ins Gesicht. Alles deutete darauf hin, daß eine bitterkalte Nacht bevorstand. Er mußte eine Bleibe finden.

Er fand einen Weg, der wieder von dem Häuschen wegführte, und Shag folgte ihm. Er fand sich plötzlich inmitten von Spielplatzeinrichtungen wieder. Mit dem Schienbein stieß er schmerzhaft gegen irgendeinen Betonklotz, und eine Art Trapez schlug vor sein Kinn. Er fluchte wild und hitzig, als könnte er damit die Kälte der Nacht vertreiben. Dann, auf einmal, zeichnete sich gegen den Himmel, der nicht mehr von gewaltigen Baumwipfeln verdunkelt wurde, schwach ein massiger Schatten ab. Die Silhouette kam ihm bekannt vor. Zum Teufel, das war ja ein Sherman-Panzer!

Aber natürlich! Der Panzer sollte wohl eine Art Kriegsmahnmal hier im Park sein. Er war diesen Babies durch halb Frankreich gefolgt und hatte in ihrem kugelsicheren Bauch Schutz gefunden, wenn seine Kompanie von Heckenschützen überrascht worden war.

Shag kicherte vor sich hin. Niemandem würde es einfallen, einen alten Panzer zuzuschließen!

Er stopfte die Flasche in eine der tiefen Taschen seines Mantels und tastete mit dem Fuß nach einer Stelle, an der er Halt finden würde. Ja, so ging es! Seinerzeit war er in genau solch einem Panzer gewesen, um ihn sich von innen anzusehen. Ja, genauso mußte er es machen! So schaffte er es, in dieses Ding zu gelangen. Ein Unteroffizier hatte es ihm damals gezeigt.

Die Oberfläche wurde langsam schlüpfrig, eine Eisschicht

legte sich auf das Metall, doch Shag gelang es, den Panzer zu erklimmen. Er hatte einen triumphalen Sieg errungen und fühlte sich so jung wie schon lange nicht mehr.

Der Lukendeckel war geschlossen, aber er war nicht gesichert. Er hatte Rost angesetzt und klemmte. Shag machte sich daran zu schaffen und versuchte, sich an alles zu erinnern was er damals gelernt hatte. Schließlich gab der Deckel knarrend nach, und Shag steckte den Kopf in den dunklen Schacht.

Im Inneren des Panzers stank es nicht weniger schlimm als in der Ausnüchterungszelle ... aber anders. Es war der Gestank von Rost, von Moder, von Urin ... irgend jemand mußte hier einmal seine Notdurft verrichtet haben, wenn auch wohl vor ziemlich langer Zeit. Aber, der Panzer war leer! Hier war er ungestört. Es war kalt, zugegeben, aber er konnte ja seinen guten Mantel eng um sich schlingen und sich an dem Rest Wein gütlich tun, bis sich seine eingefrorenen Füße und Beine ein wenig aufgewärmt hatten. Er hatte schon schlechter und an schlimmeren Plätzen geschlafen.

Er zwängte sich durch den Schacht, rutschte auf halber Strecke aus und schlug hart auf. Taub vor Kälte jedoch nahm er den Schmerz nicht wahr. Er hockte sich in eine Ecke und wickelte sich in seinen Mantel. Sitze und Steuerpult waren entfernt worden, und so war der Metallkoloß nicht mehr als eine leere Hülle. Es war kalt hier, ja, aber immerhin hielten die Wände den Wind und das Eis ab, so daß er nicht mehr ganz so schlimm fror.

Umständlich nestelte er die Flasche aus der Tasche und trank vorsichtig von dem Wein. Auch der Alkohol konnte die Kälte nicht vertreiben, und Shag schloß die Augen.

Irgendwie fühlte er sich im Inneren des alten Panzers fast geborgen.

Er erinnerte sich an damals, an Frankreich … war es nicht in einem Wald gewesen? Doch, er glaubte schon … damals flach auf den Boden gedrückt, hatte er im Schutz eines Sherman gelegen, Gewehrkugeln und Schrapnelladungen der Deutschen waren durch die Luft gezischt und von dem harten Metall abgeprallt. Damals hatte ihm ein Sherman das Leben gerettet. Vielleicht würde ihn das alte Mädchen diese Nacht wieder einmal vor dem Tod bewahren! In seinem Alter war man schließlich nicht mehr der Widerstandsfähigste!

Shag seufzte. Es war lange her, daß er zuletzt in einem richtigen Bett geschlafen hatte, auf sauberen Laken, frisch gebadet. Fast glaubte er, seine Mutter hören zu können, wie sie sich in der Küche zu schaffen machte und den Kaffee für den nächsten Morgen aufbrühte. Es hatte eine Zeit gegeben, in der er alles hatte, was er brauchte und was er wollte … nein, nicht, was er wollte. Er hatte zuviel gewollt, und er hatte zuviel bekommen.

Er legte sich auf die Seite und zog die Knie an seinen knurrenden Magen. War es der Krieg gewesen? Gehörte er zu denen, die es im Leben nie zu etwas brachten? Er hatte damals auf eine Ausbildung verzichtet, auf einen erfolgversprechenden Job, auf die Aussicht, eine gute Frau zu bekommen und vielleicht Kinder zu haben. Verzichtet, für nichts. Für eine Flasche Scotch. Dann, als sein Geldbeutel geschrumpft war und Scotch zu teuer wurde, war es nur noch billiger Fusel gewesen, und jetzt eine Flasche irgendeines Weines, der gerade im Supermarkt im Angebot war.

Er nahm noch einen Schluck aus der Flasche. Dann lachte

er leise, und die unebenen Wände des Panzerinneren warfen ein schauriges Echo zurück.

»Schämst du dich für mich, altes Mädchen?« fragte er. »Du hast mir das Leben gerettet ... und dann habe ich dich elendig im Stich gelassen.« Er bekam einen Schluckauf und kicherte. »Tut mir leid, wegen damals, meine ich.«

Ihm wurde wärmer, und allmählich entspannte er sich. Unmerklich übermannte ihn irgendwann der Schlaf.

Der Sherman rasselte und rumpelte vorwärts, er hob und senkte sich wie ein Schiff auf rauher See. Shag hatte Mühe, sich auf den Beinen zu halten und aufmerksam den Wald um sie herum zu beobachten und den richtigen Kurs beizubehalten. Rechts von ihnen waren Schüsse zu hören ... leichte Artillerie. Sie lagen außer Schußweite, da war er sicher.

Der Panzer bahnte sich holpernd einen Weg durch das Gewirr von Bäumen, die am Tag zuvor schon bei einem Feuergefecht der Pioniere zerschossen worden waren. Tinsley, der unter ihm an den Steuerknöpfen lag, trommelte mit den Fingern an seinen Knöchel.

»Siehst du was? Da draußen müssen irgendwo Krauts sein, ich kann sie riechen! Halt die Augen auf, hörst du?«

Statt einer Antwort klopfte Shag gegen das Metall des Panzers. Da unten, wo er war, hätte Tinsley ihn ohnehin kaum verstanden.

Sie schlossen zu einer Einheit von Infanteristen auf. Die Männer sahen auf und grinsten, als der Sherman vorbeiratterte. Vielleicht waren es die Soldaten, die gestern bei der ›Eisernen Glucke‹ Schutz gesucht hatten, nachdem sie von

Heckenschützen angegriffen worden waren. Kinder. Das sind alles noch Kinder. Im Vorbeifahren sah er, daß sogar nach vielen Wochen an der Front den meisten von ihnen noch nicht einmal Bartstoppeln gewachsen waren.

Er winkte ihnen zu, und sie lachten und traten zur Seite, um dem großen Gefährt den Weg freizumachen.

Vor ihnen dröhnte der dumpfe Widerhall schwerer Artillerie. Maschinengewehre … ohne Zweifel. Shag ließ sich in das Innere des Panzers gleiten und sicherte den Lukendeckel. Er überprüfte sein 76-mm-Geschütz, ließ es nach rechts und links schwenken, um zu sehen, ob es voll funktionstüchtig war. Mit einer Hand tastete er nach Tinsleys Schulter und gab ihm das vertraute Zeichen.

»Mach dich fertig. Sie sind nicht mehr weit.«

Der Panzer, der ihre linke Flanke deckte, tauchte weiter vorne in Shags Blickfeld auf. Dann, mit einemmal, übertönte ein ohrenbetäubendes Grollen und Zischen alles andere, und der zweite Panzer ging in Flammen auf.

Kalter Schweiß brach ihm aus. Verzweifelt suchte Shag die Gegend nach dem Feind ab. Aus den Augenwinkeln heraus sah er einen Schatten, der sich bewegte, und feuerte eine Salve aus seinem Maschinengewehr ab. Ein Mann fiel nach vom auf sein Gesicht. Er hatte ihnen in einem Hinterhalt, in einem Gebüsch, aufgelauert. Sie waren jetzt an ihm vorüber, und Shag konnte nicht sehen, ob er sich noch rührte. Sie schwenkten zu dem lodernden Panzer herum. Es roch nach heißem Metall, nach verbranntem Öl … und nach etwas noch viel Schlimmerem. Er versuchte, nicht daran zu denken.

Der Wald wurde dichter, eine Vielzahl von Gräben schnitt

sich in die Erde. Der Panzer quälte sich mühsam über all die Unwegsamkeiten hinweg. Shag fühlte sich entsetzlich ausgeliefert, schutzlos. Er verspürte plötzlich das dringende Bedürfnis, Wasser zu lassen, aber er beherrschte sich. Tinsley hätte ihm diese unfreiwillige Dusche niemals verziehen.

Sie fuhren wieder einen dieser Hügel hinauf, und dann standen plötzlich um sie herum die Bäume in Flammen. Artilleriefeuer hatte alles verwüstet; Äste und Reisig der gewaltigen Bäume ringsum lagen über den Boden verstreut. Rauch drang in das Innere des Panzers. Shag hustete rauh und hörte Tinsley dasselbe tun.

Irgend etwas bewegte sich durch den Rauch, bewegte sich auf sie zu. Shag feuerte verbissen, feuerte noch einmal. Die Angst war gewichen, er war gefaßt und ruhig, und dennoch, seine Hände schienen plötzlich zu leicht zu sein für seine Arme.

Sie tauchten in die nächste Bodenwelle. Als sie dann auf der anderen Seite wieder nach oben holperten, ertönte ein grollender Donnerschlag und ein entsetzliches Getöse. Mit knochenbrecherischer Wucht wurde er gegen die Wand geschleudert.

Nichts war mehr, wie es sein sollte. Die Maschinengewehrläufe waren auf die Baumkronen gerichtet. Tinsley lag auf der Seite, bewußtlos. Anderson, der das zweite Maschinengewehr bedient hatte, war entweder tot oder hatte auch das Bewußtsein verloren. Der Panzer war schwer getroffen ... die Motoren standen still. Der Höllenlärm, der die ganze Szene begleitet hatte, war verstummt.

Shag kroch über Tinsley hinweg und wand sich unter Andersons Körper hindurch. Er schob sich wieder in den

Lukenschacht und stemmte sich gegen den Deckel. Er ließ sich nicht bewegen.

O Gott, war das heiß!

Ganz in der Nähe hörte er Flammen knistern. Entweder brannte der Panzer selbst oder zumindest der Wald um sie herum. Das Metall glühte nahezu, und der Rauch machte es Shag fast unmöglich zu atmen. Er trommelte gegen den Lukendeckel, bis seine Fäuste blutig waren. Immer mehr beißender Qualm schob sich um den Rand des Deckels herum in den Bauch des Panzers.

»Hilfe!« Seine Lunge schien zu brennen, seine Kehle war rauh. »Warum hilft mir denn niemand! Ich bin hier drin!«

Er ließ sich in den Panzer zurückfallen und fühlte Tinsleys Puls. Er war tot. Und Anderson? Er lebte noch, aber er war immer noch ohne Bewußtsein.

Gottverdammter Glückspilz!

Shag kletterte wieder in den Schacht hinauf und schrie erneut um Hilfe. Sein Kopf drohte zu zerspringen, unter seiner Haut begann es zu brodeln und zu sieden.

»Ich werde hier drin bei lebendigem Leibe gebraten!« schrie er, doch sein Rufen war nicht lauter als ein Flüstern. Er warf sich auf Tinsleys Körper, er nahm ihn als Schild, um nicht das glühend heiße Metall berühren zu müssen.

Er fühlte, daß er begann zu schmelzen. Ja, sein Körper schmolz in sich zusammen. Die Haut löste sich, das Fleisch schmorte im eigenen Saft. Das Schlimmste aber waren nicht die Schmerzen, das Schlimmste war die unsagbare Furcht.

Er tastete nach Tinsleys Seitenhalfter.

Ohne auch nur eine Sekunde lang zu zögern, steckte er den Lauf der Pistole in den Mund und betätigte den Abzug.

Shag zog die Knie an. Ein Stöhnen drang aus seiner Kehle, dann röchelte er nur noch. Im Halbdunkel zwischen Schlaf und Tod hatte er wieder den Panzer vor Augen; irgendwo in Frankreich hob sich vor einem brennenden Wald ein klobiger Schatten ab, und darin eingeschlossen war sein junger bebender Körper.

Der alte Mann öffnete die Augen und starrte in die Dunkelheit. Sein Blick war starr und glasig.

Der Harngestank in dem alten Koloß aus verwittertem Metall wurde unerträglich. Unerbittlich versiegelte das Eis den Lukendeckel von neuem, verschloß ihn fest und unnachgiebig.

Wer würde je danach fragen, ob der Deckel eingerostet war ... wen kümmerte es schon?

Steve Rasanic Tem

Das Versteck

In seiner Einleitung zu dem 1984 erschienenen Buch NIGHT VISIONS *stellt der Herausgeber Alan Ryan zutreffend fest, daß ›ein Großteil der hervorragendsten Arbeiten‹, die Autoren von Gruselgeschichten verfaßt haben, Kurzgeschichten sind, und er fügt hinzu, daß Leser, die Kongresse zum Thema ›Fantasy-Literatur‹ besuchen, sich in den kurzen Erzählstücken der Diskussionsteilnehmer häufig ›sehr gut auskennen‹.*

Mag der Grund nun darin liegen, daß Kurzgeschichten mehr noch das Werk des Autors sind als Romane (wie Ryan behauptet) oder daß kurze Horrorgeschichten vorwiegend von begabten Personen geschrieben werden, die sich nicht ganztägig damit beschäftigen und von daher mehr Zeit auf einzelne Erzählungen verwenden – Tatsache ist, daß viele Verzeichnisse der hervorragendsten, noch lebenden Autoren literarischer Kleinformen den bärtigen Dichter aus Colorado, Steve Rasnic Tem, aufführen.

Es hat nicht lange gedauert, bis Tem so berühmt wurde. Mit klaren Vorstellungen fesselt er sofort die Aufmerksamkeit des Lesers; in der ihm eigenen zurückhaltenden Weise arbeitet er mit nachvollziehbaren menschlichen Emotionen, um dann so sacht in eine Phantasiewelt hinüberzugleiten, daß das Erzählte dem Leser wahr erscheint – und in ergreifender Weise grauenvoll. Ein solch launisches kleines Meisterwerk ist auch DAS VERSTECK.

In jedem Haus, in dem Jennifer bisher gewohnt hatte, gab es ein Versteck. Einen geheimen Ort hinten in einem Schrank, hinter einer Tür oder unter der Veranda. Ein Ort, an dem die Gedanken niemandem zugänglich waren und wo man alles sein konnte, was man wollte.

Sie dachte, daß möglicherweise jedes Haus so war. Oder besser noch – vielleicht träumte man sich da in seinem Kopf die Verstecke zusammen, weil man sie ganz einfach brauchte und erst dadurch wurden sie Wirklichkeit. Wie durch Zauberei.

Jennifer war nie in eines ihrer Verstecke hineingekrochen, in keinem der vielen Häuser, in denen sie gewohnt hatte. Sie hatte immer zu große Angst gehabt.

Statt dessen verkroch sie sich in ihre innere Welt und träumte davon, wie es wohl drinnen in diesen Verstecken wäre. Es waren nicht immer schöne Träume.

Diesmal befand sich das Versteck unter der backsteinernen Veranda, neben einem Strauch an der kalten Nordseite, wo nie jemand hinging, nicht einmal ihre Eltern. Ihre Mutti sagte, der Boden wäre dort zu schlecht, um ein Blumenbeet anzulegen. Sechs oder sieben fehlende Backsteine machten das Versteck aus. Es war die einzige Öffnung unter der Veranda – alles andere war fester Backstein. Jennifer konnte die schwarze Erde dort sehen, und wenn sie einige Schritte davor stehenblieb – näher würde sie niemals an das Versteck herangehen –, sah sie etwas weiter drinnen einen alten modrigen Schuh und eine braune Flasche.

Dieses war ihr zwölftes Haus, ihres und das ihrer Mutti – das waren mehr Häuser, als sie an Jahren zählte. Dieses Mal hatte sie einen Vati, nicht nur Muttis Freund, und Mutti versprach ihr, daß er etwas von Dauer wäre. Er war gar nicht so übel, irgendwie mürrisch manchmal, aber er las ihr auch bisweilen Geschichten vor und nahm sie irgendwohin mit und sagte ihr wirklich, daß er sie liebhatte. Keiner von ihnen hatte das je zuvor zu ihr gesagt.

Doch sie war stämmig für ihr Alter. Vielleicht ein bißchen dick, »Babyspeck« nannte das ihr neuer Vati und lachte ein wenig. Und sie war größer als alle anderen in ihrer Klasse. »Grobknochig« nannte es ihre neue Großmutter und gab ihr ein Stück Schokoladenkuchen und ein Glas Milch. Ihr neuer Vati sah es nicht gern, wenn ihre Großmutter das tat. Er sagte, es würde sie nur noch mehr dazu verleiten, zu viel zu essen.

Er sagte, es wäre nicht schlimm, wenn sie dicker wäre als die anderen Kinder, aber dennoch hielt er sie immer an zu laufen. Und er wollte, daß sie Stunden nahm. Und ließ sie Kleider tragen, die sie weniger dick aussehen ließen.

Er sagte, es kümmerte ihn eben, und das war auch ganz in Ordnung so. Aber es gefiel ihm nicht, daß sie dick war. Das merkte sie. Ihre Mutti sagte immer, sie wäre deshalb so dick, weil sie faul wäre und weil sie nicht auf sich achtete. Ihrem neuen Vati mißfiel es, wenn ihre Mutti so etwas zu ihr sagte, aber sie hatte es ihr schon immer vorgehalten, und deshalb glaubte Jennifer auch nicht, daß sie nun damit aufhören würde.

Außerdem dachte Jennifer, daß es sie nicht mehr allzu sehr störte. Nicht allzu sehr. Sie legte sich dann für gewöhnlich auf ihr Bett und tat so, als wäre sie in dem Versteck. Sie malte sich dann immer aus, wie es drinnen in dem Versteck wäre. Sie stellte sich vor, in dem Versteck wäre ein Hündchen, das sie streicheln könnte. Sie stellte sich einen Stapel Comic-Hefte und Limonaden vor, richtig mit Eis, wie im Fernsehen. Sie stellte sich dann eine Tüte Plätzchen vor und Blumen, die dort wuchsen, obwohl es so dunkel war und der Boden so schlecht.

Doch die meisten ihrer Vorstellungen waren scheußlich. Schlangen und Echsen mit langen Zungen, schwarze Käfer und weiße Würmer, die faulende, tote Sachen und alte Unterwäsche fraßen, gräßliche, namenlose Viecher, die sich krümmten und wanden und den Boden des Verstecks aufwühlten.

Sie dachte, es war wahrscheinlich ziemlich böse, sich solche Sachen vorzustellen, aber sie konnte nicht anders. Sie kamen ihr einfach in den Sinn. Und sie fühlte sich etwas besser, wenn sie kamen – sie dachte, daß das ganz schön grausig wäre und auch ganz schön böse. Vielleicht war sie auch durch und durch böse.

Aber sie würde niemals in ein Versteck *hinein*kriechen. Nicht in ein einziges. Sie hatte viel zu große Angst. Irgend etwas könnte ihr ja geschehen, weil sie all diese bösen Dinge tat. Vielleicht – es war nicht so leicht, darüber nachzudenken –, vielleicht würde sie sich ja *selbst* in etwas Böses verwandeln. Deshalb würde sie niemals in eines hineingehen. Statt dessen würde sie es sich in ihrem Kopf ausmalen.

Sie hatte noch ein weiteres Problem – außer, daß sie für

ihr Alter zu dick war. Das war Robert. Robert war fünf Jahre alt. Robert war ihr neuer kleiner Bruder.

Vor langer Zeit hatte Jennifers neuer Vati eine andere Frau gehabt, und Robert war ihr Baby. Dann tat sie etwas wirklich Schlimmes, und deshalb wohnte sie nicht mehr da. Robert war kein Baby mehr. Jennifer mochte Babys; Babys waren süß. Robert war der kleine Sohn ihres neuen Vatis und ihr kleiner Bruder.

Jennifers neuer Vati hatte den kleinen Robert wahnsinnig lieb.

Aber das war in Ordnung. Das sollte er auch. Denn er war ja ein guter Vati.

Das Problem war nur, das Robert einfach zu klein war, als daß man mit ihm hätte Spaß haben können. Und immer wenn ihr neuer Vati mit ihr irgendwo hingehen wollte, dann wollte der kleine Robert mit. Und ihr neuer Vati lies ihn für gewöhnlich mitkommen.

Und ihr neuer Vati hielt sie andauernd davon ab, Robert anzuschreien oder ihn wegzuschubsen, wenn er ihr in die Quere kam. Ihr neuer Vati sagte immer, daß sie häufig vergessen würde, wie groß sie war und daß sie ihm doch weh tun könnte. Er nannte das »Schikane«. Jennifer verstand es nicht. Robert machte sie einfach böse auf ihn, und sie wollte nicht daß er sie böse machte. Sie hatte schreckliche Angst, böse zu sein.

Ihre Mutti sagte immer, sie hätte einen üblen Charakter.

Heute nun wollte Robert wieder mit ihr spielen. Er wollte, daß sie mit ihm nach draußen ging.

»Laß uns Soldaten spielen«, sagte er andauernd, wirklich lästig.

Jennifer sah ihn bloß an. Er *war* ja irgendwie süß, wenn er so ganz aufgeregt über etwas war. Und manchmal spielte sie sogar gern mit ihm. Ihr neuer Vati sagte, Robert »schaue zu ihr auf«. Das war irgendwie schön.

Aber er war zu klein für sie. Und sie hatte keine Lust, draußen zu spielen.

»Laß uns Soldaten spielen!« schrie er.

»Pst! Wir kriegen sonst noch Ärger!«

»Ich sag' Vati, daß ... daß du mich gehauen hast!« Robert freute sich offensichtlich, daß er das sagte.

»Er wird dir nicht glauben.«

»Aber Mutti ja.«

Jennifer dachte, daß er recht hatte. Und gerade in dem Moment kam ihre Mutti herein.

»Was ist hier los?« Ihre Mutti sah aus, als wäre sie gerade erst aufgestanden. Ihre Haare wirkten schmutzig. Jennifer dachte, daß ihre Mutti nicht mehr sehr hübsch war. Deshalb wunderte sie sich, warum sie immer zu Jennifer sagte, daß sie nicht gut aussähe.

Robert machte ein wirklich trauriges Gesicht. Er war wirklich gut im Traurige-Gesichter-Machen.

»Jennifer will nich' mit mir 'pielen.«

»Geh raus und spiel mit ihm, Jennifer.«

»Aber Mutti ...«

»Tu was ich dir sage. Es ist besser, als hier herumzubrüllen und mich aufzuwecken.«

Schon lief Robert nach draußen, Jennifer ging hinter ihm her, wobei sie versuchte, kein Wort zu sagen. Aber dann lief Robert zur Nordseite des Hauses.

Jennifer spürte einen Schmerz in der Brust. »Nein!« Sie

schrie so laut, daß Robert stehenblieb und sich umdrehte. Er schaute überrascht und ein wenig erschrocken. »Laß uns woanders spielen«, sagte sie.

Er schaute sie ein Weilchen an und sagte dann: »Will ich aber nich'!« Er wandte sich wieder um und lief weiter auf jene Seite des Hauses zu.

»Robert!« Plötzlich lief auch Jennifer auf jene Seite des Hauses zu.

Als sie um die Ecke bog, hockte Robert vor dem Versteck.

»*Nein*, Robert!«

Er wandte sich um und starrte sie an. »Is' doch nich' dein Versteck«, sagte er. »Vati und ich hatten das Haus schon, bevor du kamst.«

Jennifers Brust schmerzte wieder. Einen Augenblick lang konnte sie kaum atmen. Mit weit aufgerissenen Augen sah sie zu, wie er sich daranmachte, in das Versteck zu kriechen. »Geh nicht da rein!«

Er hielt inne und schaute sich um. »Is' doch nich' dein Versteck!«

Jennifer wollte ihm sagen, daß es ihr Versteck sei, ihr geheimer, ganz besonderer Ort, den sie sich selbst gemacht hatte, weil sie ihn sich vorgestellt und darüber nachgedacht hatte und das, was da drin sein mochte, kannte. Aber sie würde selbst nie in das Versteck hineinkriechen; sie hatte viel zu große Angst. Wie könnte es also ihres sein?

»Es ist nicht ungefährlich.« Das war alles, was ihr zu sagen einfiel.

Robert schaute ein wenig verängstigt. »Wieso?«

»Da ist was drin, scheußliche Krabbeltiere. Und … so was mit langen, dünnen Beinen, die sich um dich schlingen.« Es schauderte sie bereits, das zu sagen. Bilder kamen ihr in den Sinn, die sie zu verdrängen suchte.

Robert schaute sie an und schob die kleine Lippe etwas vor. Sie hätte ihn vielleicht noch süß gefunden, wenn sie nicht so böse auf ihn gewesen wäre. »Ich glaube dir nicht«, sagte er. »Du lügst.«

»Nein, tu ich nicht.«

»Doch, du lügst, und Gott haßt Lügner. Er verbrennt sie alle!«

Weitere Bilder kämpften darum, in Jennifers Kopf einzudringen. Sie schaute Robert weiterhin ganz fest an, wobei sie an ihn als ihren kleinen Bruder dachte und an die Momente zu denken versuchte, wenn sie ihn gern hatte. Das wurde immer schwerer. »Dann geh doch rein! Ist mir ganz *egal*!«

Sie hatte es hervorgestoßen, noch bevor sie überhaupt gemerkt hatte, daß sie es sagen würde. Erst als Robert schon bis zur Hälfte im Versteck war, dachte sie daran, es zurückzunehmen. »Nein! Robert, komm zurück!«

Und in ihrer panischen Angst ließ sie die Bilder in ihren Kopf eindringen.

Ein dünner Riemen legte sich auf Roberts Rücken, gefolgt von einem zweiten, dann noch einem. Sie konnte sehen, wie sich sein kleines gelbes T-Shirt an den Stellen wölbte, wo die Riemen, die Beine, sich eindrückten.

Er hatte gerade angefangen zu schreien, als sich das letzte lange Bein um sein Hinterteil wickelte und ihn hineinzog. Dann hörte er auf zu schreien.

Jennifer drehte sich um und rannte fort.

Robert wurde nie gefunden. Schließlich entschied die Polizei, daß die alte Frau ihres Vatis gekommen war und ihn mitgenommen hatte, und deshalb müßte man sie finden. Doch niemand wußte, wo sie war. Jennifer erzählte allen, daß sie auf dem Hinterhof war, als Robert zur Vorderseite herumlief. Es war das letzte Mal, daß sie ihn sah.

Ihr neuer Vati war sehr traurig. Manchmal hielt er Jennifer lange auf dem Schoß, fest an sich gedrückt, und sprach kein Wort.

Ihre Mutti schaute sie nur an. Aber zumindest sagte sie nun nichts Schlechtes mehr über sie. Nur einmal, da sagte sie, ganz leise: »Den hier wirst du wohl auch noch vertreiben, was?« Jennifer war nicht sicher, was sie damit meinte.

Jennifer wußte, daß sie im Inneren böse war. Sie sah die Bilder ihrer Schlechtigkeit in ihrem Kopf. Sie war richtig böse und richtig häßlich.

Deshalb ging sie niemals in eines dieser Verstecke hinein. Denn dort hatte sie immer ihre Schlechtigkeit aufbewahrt, damit niemand sie sehen konnte.

Doch sie vermißte Robert. Sie hatte ihren Bruder sehr gern gehabt, mehr als sie es jemals wußte. Immerhin war er ja auch der einzige, den sie jemals gehabt hatte. Vielleicht hatte sie Robert sogar geliebt, aber sie entschied, daß sie eigentlich gar nicht wußte, was das hieß.

Sie würde das Versteck nun ziemlich bald aufsuchen müssen. Genau wie Robert, sie würde hineinkriechen müssen.

Thomas F. Monteleone

Wenn die Nacht erfriert

Monteleone, ehemaliger Sekretär des SFWA, ist ein sehr produktiver, einfallsreicher und vielseitiger Schriftsteller. Mit 40 hat er schon ein Dutzend Romane veröffentlicht, darunter seinen bekannten Roman NIGHT TRAIN *und* LYRICA *neu herausgebracht. Tom hat zwei Anthologien herausgegeben, die fachmännische Inszenierung von zwei seiner Stücke miterlebt, und er hat zwei Kinder.*

Darüber hinaus hat er zwei Drehbücher mit Spielfilmlänge fertiggestellt. Zwei weitere Romane sind demnächst fällig. Beeindruckend?

WENN DIE NACHT ERFRIERT *ist ebenso befremdend wie wirklichkeitsnah, jedoch schauerlicher …*

Es begann mit einem Fluch – wenn auch mit einem gemäßigten.

»Oh, *verdammt*!« rief Grandma aus der Küche. Als der zehnjährige Alan sie fluchen hörte, wußte er, daß sie es im Ernst meinte.

Grandpa ließ die Dubuque-Zeitung vor seinem Gesicht herunterfallen und sprach sie an. »Was is' los?«

»Mir ist das Backfett für diesen Kuchen ausgegangen, und wenn du nach dem Weihnachtsessen einen leckeren Nachtisch haben willst, dann bewegst du dich jetzt in die Stadt und besorgst mir noch was.«

»Aber da draußen wütet ein *Schneesturm*!« wandte Grandpa ein.

Grandma schwieg. Grandpa seufzte nur, als er die Zeitung weglegte und dann quer durchs Zimmer zum Wandschrank in der Diele schlurfte.

Alan beobachtete ihn, wie er die Tür öffnete und Schneestiefel, einen zerbeulten Cordhut und eine dicke rot-schwarz karierte Wolljacke herauszog. Er drehte sich um und sah gedankenvoll zu Alan, der auf dem Boden saß und sich halbherzig ein Fußballspiel anschaute.

»Willst'e mitfahren, Alan?«

»In die Stadt?«

»Tja, leider.«

»In dem Schneesturm?«

Grandpa seufzte und schaute verstohlen zur Küche. »Klar.«

»Au ja, das is' prima«, sagte er.

Alan lief zum Wandschrank und zog seine schweren Gummistiefel, die Strickmütze und den Schal an. Dann schlüpfte er in den Gänsedaunen-Parka, den seine Mutti beim L. L.-Bean-Versandhaus bestellt hatte. Es war ja so *anders* hier draußen in Iowa.

»Zweiundvierzig Jahre mit dieser Frau, und ich weiß nicht, wie sie darauf kommt, sie könnte ...«

Grandpa hatte soeben die Tür zu der unbefestigten Veranda hinter ihnen geschlossen. Er murmelte etwas vor sich hin, als ihm der beißende Dezemberwind ins Gesicht schlug und die Schneeflocken ihn wie Eissplitter in die Wangen zwickten. Alan hörte im Radio, daß es bis zum Morgen haushohe Schneeverwehungen geben würde, wenn der Sturm nicht nachließe.

Grandpa ging hinunter auf den bis zur Garage geschaufelten Weg. Er schneite jedoch langsam wieder zu und würde schon bald erneut freigegraben werden müssen.

Die hypnotisierende Wirkung des Schnees faszinierte Alan. »Habt ihr immer solche Stürme hier, Grandpa?«

»So schlimm – einmal im Monat.« Grandpa kam an das Garagentor und ließ es an den mit Sprungfedern versehenen Schienen hochgleiten. Er schüttelte den Kopf und fröstelte vor eisiger Kälte. »Ich weiß nicht, wie es mit dir steht, aber ich wäre lieber bei deiner Mutti und deinem Vati und würde jetzt gerade die Kreuzfahrt mitmachen.«

»Nie! Das wird das erste *richtige* Weihnachten in meinem Leben!«

»Wieso? Weil es diesmal *weiß* ist?« Grandpa lachte, als er die Tür des Scout mit Allradantrieb öffnete und einstieg.

»Klar«, sagte Alan. »Hast du noch nie das Lied gehört?«

Grandpa lächelte. »Oh, ich glaub', ich hab's schon ein- ... zweimal gehört?«

»Na, das meine ich eben. Es *ist* nie wie Weihnachten in L. A. – auch nicht, wenn schon längst Weihnachten *ist*!« Alan stieg in den Scout und schlug die Tür zu. Der Schneesturm erwartete sie.

Grandpa fuhr den Scout behutsam von der Zufahrtsstraße zur 14A. Alan blickte über das flache Land mit der sich in der Ferne abzeichnenden Silhouette der anderen Farmen und war ein wenig verwirrt. Er hätte nicht sagen können, wo die Schneelandschaft aufhörte und das Weiß des Himmels anfing. Der Scout schlingerte vorwärts zur Hauptstraße, und es sah aus, als würden sie geradewegs in ein weißes Blatt Papier hineinfahren, in ein weißes Nichts.

Es war unheimlich, dachte Alan. Genauso unheimlich, wie in die pechschwarze Nacht hineinzufahren.

»Oh, daß ihr gerade jetzt etwas für diesen verfluchten Kuchen fehlen muß! Sieh dir das an, Alan. Es ist ein regelrechter Schneesturm und nichts weniger.«

Alan nickte. »Woher weißt du, daß du richtig fährst, Grandpa?«

Grandpa räusperte sich. »Bin schon tausendmal die Straße gefahren, Junge. Wohne mein ganzes Leben lang hier! Ich verfahre mich schon nicht. Aber es ist verdammt *kalt* hier draußen! Hoffe, daß die Heizung bald warm wird ...«

Schweigend fuhren sie weiter, und es war nichts zu hören außer dem Knirschen der Reifen auf dem verharschten Schnee und dem dumpfen Schlagen der Scheibenwischer, die versuchten, die neu auf die Scheibe gefallenen Schneeflocken beiseite zu schieben. Die Heizung pumpte noch immer kalte Luft in den Wagen, und Alans Atem gefror beinahe, wenn er ausatmete.

Er stellte sich vor, sie wären Forscher auf einem entlegenen Planeten – einer fremden Welt aus Eis und ewig frostigen Winden. Es war ein unmittelbares, ihn der Wirklichkeit entrückendes Abenteuer, wie es nur phantasievollen Zehnjährigen in den Sinn kommen kann. Da befanden sich Wesen draußen im Schneesturm – große, weiße Ungetüme. Bleiche, reptilartige, böse blickende Viecher. Alan spähte durch die

Windschutzscheibe, kampfbereit In seinem Gefechtsturm, falls eines sie angreifen würde. Er würde es mit seinen Laserkanonen in die Luft jagen.

»Was zum *Teufel*?« murmelte Grandpa.

Plötzlich war Alan nicht mehr in seiner Phantasiewelt, als er an den hin und her schlagenden Scheibenwischern vorbeischaute. Eine dunkle Gestalt stand dort mitten im weißen Nichts. Wie sich der Scout auf der unsichtbaren Straße dem sich abhebenden Objekt näherte, wurde sie deutlicher erkennbar.

Es war ein Mann. Er stand da, wo wohl der Straßenrand sein mußte und winkte mit seiner behandschuhten Hand Grandpa zu.

Sacht bremsend hielt Grandpa den Scout an und griff hinüber, um die Tür zu öffnen. Der Schneesturm eilte dem Fremden voraus und schnitt durch Alans Kleidung wie ein kaltes Messer. »Wo soll's hingehen?!« übertönte Grandpa den Wind. »Ich fahr' bis zur Stadt ...«

»Das reicht«, sagte der Fremde.

Alan konnte einen flüchtigen Blick von ihm erhaschen, als er sich auf den Rücksitz zwängte. Er trug einen dünnen Mantel, der wie die Lumpen einer Vogelscheuche an ihm herunterzuhängen schien. Sein Hals war warm verpackt mit einem schwarzen Schal, und unter einem alten Schlapphut trug er eine dunkelblaue Skibrille, die sein Gesicht verdeckte. Das gefiel Alan nicht – daß er das Gesicht des Fremden nicht sehen konnte.

»Höllisch kalt da draußen!« sagte der Mann und schlug die behandschuhten Hände zusammen. Er lachte leise und sagte dann: »Das ist doch ein komischer Ausdruck, oder?

›Höllisch kalt‹. Ergibt nicht viel Sinn, was? Aber man sagt es doch, oder?«

»Ich glaub' schon«, antwortete Grandpa, legte den ersten Gang ein und fuhr wieder an. Alan betrachtete den alten Mann, der wie eine ältere Ausgabe seines Vaters aussah, und glaubte, einen Ausdruck der Besorgnis, wenn nicht sogar einer dunklen Vorahnung auf seinem faltigen Gesicht zu sehen.

»Es ist aber gar nicht so komisch ...«, sagte der Fremde etwas leiser. »Jeder stellt sich die Hölle als diesen *heißen* Ort vor, aber das muß doch nich' so sein, oder?«

»Hab' eigentlich nie viel drüber nachgedacht«, sagte Grandpa und rüttelte an den Wärmereglern. Es ist so kalt, dachte Alan. Die Heizung wollte einfach nicht kommen.

Alan zitterte; er wußte jedoch nicht, ob es wegen der fehlenden Wärme war oder wegen der Worte, der Stimme des Fremden.

»Eigentlich ist es sinnvoller, sich die Hölle als einen Ort der *unterschiedlichsten* Qualen vorzustellen. Ich meine, Feuer ist so einfallslos, finden Sie nicht auch? *Kälte* hingegen ... etwas so Kaltes wie der Wind da draußen kann doch genauso schlimm sein, oder?« Der Mann auf dem Rücksitz lachte leicht hinter dem Schutz der Skibrille. Alan mochte das Geräusch nicht.

Grandpa räusperte sich und täuschte Husten vor. »Ich glaub', darüber hab' ich auch noch nicht viel nachgedacht«, sagte er, wobei er sich anscheinend auf die vor ihnen liegende schneebedeckte Straße konzentrierte. Alan betrachtete das Gesicht des Großvaters und bemerkte die Unsicherheit in den Augen des alten Mannes. Es war der Ausdruck der langsam heraufziehenden Angst.

»Vielleicht sollten Sie ...«, sagte der Fremde.

»Warum?« unterbrach Alan. »Wie meinen Sie das?«

»Es ist gar keine Frage, daß ein Teufel sich in jedem Element wohl fühlen würde, solange es hart ist, solange es grausam ist.«

Alan versuchte sich zu räuspern, was ihm nicht gelang. Irgend etwas drückte ihm die Kehle zu, auch wenn er schluckte.

Der Fremde lachte wieder. »Aber ich komme ab ... wir sprachen ja eigentlich über Redensarten, nicht wahr?«

»Sie sind es, der die ganze Zeit redet«, sagte Grandpa.

Der Fremde nickte. »Eine treffendere Wendung wäre ja ›eine *Grabes*kälte‹ ...«

»So kalt ist es da unten nicht«, wandte Alan verteidigend ein.

»Woher willst denn du das wissen?« fragte der Fremde langsam. »Du warst doch noch nicht im Grab ... *bis jetzt* zumindest nicht.«

»Nun reicht's aber mit dem dummen Gerede, Mister!« erboste sich Grandpa. Seine Stimme klang schroff, doch Alan konnte die verborgene Angst hinter seinen Worten heraushören.

Alan schaute von seinem Großvater zum Fremden. Als seine Augen auf jene hinter der Skibrille trafen, da fühlte Alan einen Eispickel sich in die Spitze seines Rückgrats bohren. Da war irgend etwas mit den Augen des Fremden, etwas Finsteres, das hinter ihnen heftig zuckte und tanzte.

Vom Rücksitz ertönte ein finsteres Lachen.

»Dummes Gerede? *Dumm*?« fragte der Fremde. »Was ist denn heutzutage schon dumm und was ernst auf dieser

Welt? Wer kann das noch *sagen*? Raketen und Gipfelkonferenzen! Vampire und Knoblauch! Hungersnöte und Epidemien! Vollmonde und Wahnsinnige!«

Die Worte sprudelten nur so aus dem finsteren Mann und ließen Alan mehr erschauern als das kalte Gebläse der Heizung. Er schaute weg und versuchte, den ihn überlaufenden Schauder zu stoppen.

»Wohin, sagten Sie, wollten Sie, Mister?« fragte Grandpa und ging langsam vom Gaspedal.

»Habe ich nicht gesagt.«

»Na, dann sagen Sie es eben – jetzt sofort.«

»Höre ich da etwa Feindseligkeit in Ihrer Stimme, Sir? Oder ist es etwas anderes?« Wieder war das kehlige, raunende Lachen zu hören.

Alan hielt den Blick starr auf das vor ihm liegende weiße Panorama gerichtet. Doch er hörte auf jedes Wort, das zwischen dem finsteren Fremden und seinem Großvater fiel, der auf einmal die Größe eines Champions annahm. Er hörte zu, doch er konnte sich nicht umschauen. Angst packte ihn nun. Eine knorrige, spindeldürre Klaue griff nach ihm – aus dem Dunkel seiner Gedanken – und umfaßte ihn mit unabwendbarer, schrecklicher Sicherheit.

Grandpa trat etwas zu stark in die Bremsen, und nicht einmal der Allradantrieb konnte verhindern, daß der Wagen nach rechts wegschlitterte, um dann sanft einen aufgeworfenen Schneewall zu streifen. Alan beobachtete seinen Großvater, wie dieser sich umdrehte und den Fremden anstarrte.

»Hören Sie, Mister, ich weiß nicht, welches Spielchen Sie hier treiben, aber ich finde es nicht so amüsant wie Sie anscheinend ... Und ich schätze die Art nicht, in der Sie unsere Gastfreundschaft mißbrauchen.«

Grandpa starrte den Mann auf dem Rücksitz zornig an, und Alan konnte den Mut spüren, der hinter den Augen des alten Mannes brannte. Allein dieser Anblick gab Alan die Kraft, sich umzudrehen und dem Fremden ins Gesicht zu sehen.

»Versuche doch nur, Konversation zu machen«, sagte der Mann mit einer samtweichen Stimme. Alan schien es, als könnte sich die Stimme des Fremden ändern, wann und wie immer er es wollte. Der vermummte Mann war wie ein Bauchredner oder ein Zauberer, vielleicht ...

»Um ehrlich zu sein, Mister«, sagte Grandpa, »ich hab' Ihre ›Konversation‹ irgendwie satt, also warum steigen Sie nicht gleich hier aus?«

Die Augen hinter der Schneebrille huschten zwischen dem Großvater und Alan hin und her. »Ach so ...«, sagte die Stimme. »Kein dummes Zeug mehr, hm?«

Der Fremde lehnte sich vor, wobei er eine behandschuhte Hand auf die Rückenlehne von Alans Sitz legte. Die Hand berührte beinahe Alans Parka, woraufhin Alan ein Stück nach vorn rückte. Er wußte, er würde es nicht wollen, daß der Fremde ihn berührte. Sein Magen befand sich in wildem Aufruhr.

»Nun gut«, sagte der finstere Mann. »Dann verlasse ich Sie erst mal ... aber noch ein letzter Gedanke, okay?«

»Lieber nicht«, erwiderte Grandpa, als der Mann sich aus der offenen Wagentür zwängte.

»Doch, doch ...« Wieder ein leichtes Lachen, als der Fremde in dem verwehten Schnee am Straßenrand stand. Die

Augen hinter der Brille schossen von Grandpa zu Alan und zurück. »Wissen Sie, wir machen alle nur eine kurze Fahrt, und schon bald erstarrt die Nacht.«

Grandpas Augen weiteten sich ein wenig, als die Worte langsam in den Wagen hineinwehten und den wirbelnden, peitschend kalten Wind durchschnitten. Dann gab er Gas. »Wiedersehen, Mister ...«

Der Scout machte plötzlich mit ungeheurem Schub einen Satz nach vorn in den Schnee, daß Alan die Tür gar nicht zu schließen brauchte – sie schlug von selbst durch die Kraft der Beschleunigung zu.

Alan schaute sich um und konnte sehen, wie der Fremde schnell zu einem schwarzen Fleck auf der hinter ihnen liegenden weißen Wand zusammenschrumpfte.

»Von allen Menschen, zu denen man hilfsbereit sein kann, mußte ich gerade an so einen verdammten Spinner geraten!« Grandpa zwang sich zu einem Lächeln. Er schaute Alan an und stupste ihn spielerisch am Arm. »Kein Grund mehr, beunruhigt zu sein, Junge. Er ist nun hinter uns und fort.«

»Was meinst du, wer er war?«

»Ach, bloß so'n Spinner, Junge. Ein komischer Kauz. Wenn du älter bist, wirst du feststellen, daß es 'ne Menge ›komischer‹ Leute auf der Welt gibt.«

»Glaubst du, daß er immer noch auf der Straße steht, wenn wir zurückfahren?«

Grandpa schaute Alan an und versuchte zu lächeln. Es war ein Versuch und weit entfernt davon, wie ein echtes Lächeln auszusehen.

»Du hattest Angst vor ihm, stimmt's, Junge?«

Alan nickte. »*Du* nicht?«

Grandpa antwortete nicht sofort. Er sah auf jeden Fall verängstigt aus. Dann: »Nun ja, irgendwie schon, denk' ich. Aber ich kenne solche Typen. Jeder hat früher oder später mal mit ihnen zu tun, schätz' ich.«

»Wirklich?« Alan verstand nicht, was der alte Mann meinte.

Grandpa sah nach vom. »Nun, da ist der Laden ...«

Nachdem Grandpa den Wagen geparkt hatte, lief er in den Lebensmittelladen, um ein Pfund Butter zu kaufen, während Alan im Wagen sitzenblieb, bei laufendem Motor, mit dem Heulen des Heizungsgebläses und verschlossenen Türen. Wenn Alan in den Schneewirbel dort draußen schaute, konnte er kaum noch einzelne Schneeflocken ausmachen. Alles verschmolz zu einem wilden, dicken, weißen Nebel. Die Scheiben des Scout waren wie leere Blätter Papier, er konnte *nichts* mehr durchs Glas erkennen.

Plötzlich stand eine dunkle Gestalt auf der Fahrerseite, und am Türgriff rappelte jemand. Das Schloß sprang auf, und Grandpa erschien mit einer kleinen braunen Papiertüte in der Hand. »Junge, hier draußen wütet's ganz fürchterlich! Was für eine Zeit, um uns loszuschicken!«

»Es sieht noch schlimmer aus«, sagte Alan.

»Na, vielleicht auch nicht«, meinte Grandpa und legte den Gang ein. »Es wird bald Nacht. Wenn es dunkler wird, dann ist das weiße Treiben nicht mehr so schlimm.«

Zurück nach Hause fuhren sie auf der R 28, die eine Kurve machte und schließlich die 14A kreuzte. Alan fummelte an dem Heizungsgebläse herum, bis es schließlich im Wagen etwas wärmer wurde. Er fühlte sich wohler, doch er konnte die Stimme des Fremden nicht vergessen.

»Grandpa, was meinte er mit der ›kurzen Fahrt‹, die wir alle machen? Und der bald erstarrenden Nacht?«

»Ich weiß nicht so recht, was er meinte, Alan. Er war halt ein Spinner, weißt du. Er weiß wahrscheinlich selbst nich', was er damit meinte …«

»Na, aber er hat es auf jeden Fall ziemlich gruselig gesagt oder?«

»Ja, das stimmt«, sagte Grandpa und bog ab. »Jetzt sind wir auf der 14A. Fast zu Hause, Junge! Hoffentlich hat deine Großmutter den Ofen schön geheizt!«

Der Scout zuckelte die verschneite Straße entlang, bis sie zu einem leuchtend orangenen Briefkasten kamen, der den Eingang zu Grandpas Farm markierte. Langsam atmete Alan aus und fühlte die Erleichterung, die sich in ihm breitmachte. Er hatte ja nichts sagen wollen, aber dieses Weiß-in-Weiß des Sturms und die durchdringende Kälte hatten ihn beunruhigt und ihm schreckliche Kopfschmerzen verursacht, wahrscheinlich vom vielen angestrengten Gucken.

»Was zum …?« Grandpa ging vom Gas, als er die große, dünne Gestalt in der zugeschneiten Spur des Zufahrtsweges stehen sah.

»Das ist er wieder …«, flüsterte Alan.

Der finstere Mann trat zur Seite, als der Scout auf ihn zufuhr. Wütend kurbelte Grandpa die Scheibe herunter und ließ den Sturm in den Wagen dringen. Er schrie den Fremden über den Wind an. »Sie haben wirklich Nerven, hier an meinem Haus aufzutauchen!«

Es schien, als ob die Augen hinter der Skibrille noch dunkler würden und starr. »Hatte keine andere Wahl«, sagte die Stimme – wandelbar wie die Farben des Chamäleons.

Grandpa öffnete die Tür, stieg aus und stand dem Mann nun gegenüber. »Was meinen Sie damit?«

Ein leichtes Lachen durchdrang den heulenden Wind. »Kommen Sie! Sie *wissen* doch, wer ich bin ... und *warum* ich hier bin.«

Diese Worte ließen Grandpa anscheinend plötzlich erstarren. Alan konnte beobachten, wie auf einmal die Farbe aus dem Gesicht des alten Mannes wich. Grandpa nickte. »Kann sein«, sagte er, »aber ich habe nicht gewußt, daß es so sein würde ...«

»Es gibt unzählige Möglichkeiten«, sagte der Fremde. »Jetzt entschuldigen Sie mich, und gehen Sie beiseite ...«

»Wie?!« Grandpas Stimme klang entsetzt. Alan war aus dem Scout geklettert und stand nun hinter den beiden Männern. Er konnte das nackte Grauen in Grandpas Kehle hören, das ängstliche Zittern in seiner Stimme. Ohne es zu merken, hatte sich Alan etwas vom Scout entfernt. Sein Schädel dröhnte wie ein Preßlufthammer.

»Ist es die *Frau*?!« fragte Grandpa flüsternd.

Der finstere Mann schüttelte den Kopf.

Grandpa stöhnte laut, und sein Stöhnen verdichtete sich zu Worten. »Nein! Nicht *er*! Nein, das kann doch nicht Ihr Ernst sein!«

»Aneurysma ...«, sagte die furchtbar sanfte Stimme hinter der Brille.

Plötzlich packte Grandpa den Fremden bei den Schultern, wirbelte ihn herum und sah ihm direkt in die Augen. »Nein!« rief er, sein Gesicht verzerrt und häßlich. »Mich! Nehmen Sie mich!«

»Kann ich nicht machen«, sagte der Mann.

»Grandpa, was is' los?!« Alan war auf einmal schwindlig. Das Hämmern in seinem Kopf war nun ein wütendes Feuer. Es schmerzte so sehr, daß er schreien wollte.

»Doch, das können Sie!« schrie Grandpa. »Ich *weiß*, daß Sie es können!«

Alan sah, wie Grandpa ausholte und die Skibrille des großen dünnen Mannes zu packen bekam. Sie schien auseinanderzufallen, als er sie berührte, und fiel vom Gesicht des Mannes herunter. Für einen Augenblick sah Alan – oder zumindest *glaubte* er es – *nichts* hinter der Brille. Es war, als starrte er in den Nachthimmel und erkannte plötzlich die *Endlosigkeit*, die Ewigkeit aller Dinge. Alan schien es nur für den Bruchteil einer Sekunde zu sein, und schon sah er im nächsten Augenblick weiße, kantige Linien, dunkle Vertiefungen leerer Augenhöhlen.

Und der Schnee wirbelte und peitschte, und plötzlich kämpfte Grandpa mit dem Mann, und die Schmerzen in seinem Kopf machten ihn fast blind. Alan schrie, als der Mann mit seinen langen, dünnen Armen seinen Großvater umfaßte und sie für einen kurzen Moment im Schnee zu tanzen schienen.

»Lauf, Junge!« schrie Grandpa.

Alan lief zum Haus, schaute dann zurück und sah Grandpa im Schnee zusammenbrechen. Der große dunkle Mann war verschwunden.

»Grandpa!« Alan lief an die Seite des alten Mannes, der mit dem Gesicht nach oben auf dem Boden lag und mit glasigen Augen in den Sturm starrte.

»Hol deine Großmutter ... schnell«, röchelte der alte Mann. »Mein Herz ...«

»Nicht sterben, Grandpa ... nicht jetzt!« Alan war verzweifelt und wußte nicht, was er tun sollte. Er wollte Hilfe holen, aber er wollte Großvater auch nicht so im Sturm liegen lassen.

»Keine Wahl«, hauchte er. »Abgemacht ist abgemacht.«

Alan sah seinen Großvater an. »Was?«

Grandpa zuckte zusammen, als der Schmerz seine Brust durchbohrte. »Ist jetzt egal ...« Der alte Mann schloß die Augen und keuchte zum letzten Mal.

Schneeflocken tanzten über sein Gesicht, und Alan bemerkte, daß seine Kopfschmerzen ebenso wie der finstere Mann verschwunden waren.

RICHARD MATHESON

Verborgene Kräfte

Ray Bradbury sagt: ›Richard Matheson ist unsere Zeit, Aufmerksamkeit und unser Engagement wert‹, während Robert Bloch erklärt, daß Matheson ›uns alle bereichert hat‹.

Er tut das auch mit der folgenden Geschichte, einer seltsam erschütternden, originellen Arbeit, die Sie nicht so bald vergessen werden. Ihr Held führt das Thema Sport bis an seine teuflische Grenze fort.

Ein Mann in einem zerknitterten schwarzen Anzug betrat den Jahrmarkt. Er war groß und mager, seine Haut hatte die Farbe von getrocknetem Leder. Er trug ein verschossenes Sporthemd unter seiner Anzugjacke, ein weißes mit gelben Streifen. Sein Haar war schwarz und fettig, in der Mitte gescheitelt und auf jeder Seite glatt zurückgekämmt. Seine Augen waren blaßblau. Sein Gesicht ausdruckslos. Es waren fast 40 Grad Celsius in der Sonne, aber er schwitzte nicht.

Er ging zu einer der Buden, stand da und beobachtete Leute, die versuchten, Tischtennisbälle in Dutzende von kleinen Goldfischgläsern auf einem Tisch zu werfen. Ein dicker

Mann, der einen Strohhut trug und mit einem Bambusstock in seiner rechten Hand winkte, erzählte allen, wie einfach es sei. »Versuchen Sie Ihr Glück!« forderte er sie auf. »Gewinnen Sie! Es ist nichts dabei!« Er hatte eine erloschene, halb gerauchte Zigarre zwischen den Lippen, die er von der einen zur anderen Seite schob, während er sprach.

Eine Zeitlang stand der große Mann in dem zerknitterten schwarzen Anzug da und sah zu. Nicht einer schaffte es, einen Tischtennisball in einem Goldfischglas landen zu lassen. Ein paar Leute versuchten, die Bälle direkt hineinzuwerfen. Andere versuchten, sie vom Tisch abprallen zu lassen. Keiner hatte Glück.

Nach sieben Minuten drängte sich der Mann in dem schwarzen Anzug durch die Leute, bis er an der Bude stand. Er nahm einen Vierteldollar aus seiner rechten Hosentasche und legte ihn auf den Ladentisch. »Ja, Sir!« sagte der fette Mann. »Versuchen Sie Ihr Glück.« Er warf den Vierteldollar in eine Blechdose unter dem Ladentisch. Er langte hinunter und nahm drei schmutzige Tischtennisbälle aus einem Korb. Er knallte sie auf den Tisch, und der große Mann nahm sie.

»Werfen Sie einen Ball ins Goldfischglas!« sagte der Fette. »Gewinnen Sie einen Preis! Es ist nichts dabei!« Schweiß rann sein rosiges Gesicht hinunter. Er nahm einen Vierteldollar von einem halbwüchsigen Jungen und legte drei Tischtennisbälle vor ihn.

Der Mann in dem schwarzen Anzug betrachtete die drei Tischtennisbälle in seiner linken Hand. Er wog sie darin, sein Gesicht blieb unbewegt. Der Mann im Strohhut hatte sich abgewandt. Er schlug mit seinem Stock gegen die Goldfischgläser. Er verschob den Zigarrenstummel in seinem Mund.

»Werfen Sie einen Ball ins Goldfischglas!« sagte er. »Einen Preis für jeden! Nichts dabei!«

Hinter ihm klirrte ein Tischtennisball in eins der Gläser. Er drehte sich um und blickte auf das Goldfischglas. Er sah den Mann in dem schwarzen Anzug an. »Da haben Sie's!« sagte er. »Sehen Sie das? Nichts dabei! Leichtestes Spiel auf dem Jahrmarkt!«

Der große Mann warf den nächsten Tischtennisball. Er flog im Bogen durch die Bude und landete im selben Glas. Alle, die es vorher versucht hatten, hatten sie verfehlt.

»Ja, Sir!« sagte der fette Mann. »Ein Preis für jeden! Nichts dabei!« Er nahm zwei Vierteldollars und legte sechs Tischtennisbälle vor ein Ehepaar.

Er drehte sich um und sah, wie der dritte Tischtennisball in das Goldfischglas fiel. Er berührte nicht den Hals des Goldfischglases. Er sprang nicht noch einmal hoch. Er landete auf den zwei anderen Bällen und blieb liegen.

»Sehen Sie?« sagte der Mann im Strohhut, »ein Preis bei seinem ersten Versuch! Das leichteste Spiel auf dem Jahrmarkt.« Er langte zu ein paar hölzernen Regalbrettern hinüber, nahm einen Aschenbecher und stellte ihn auf den Ladentisch. »Ja, Sir! Nichts dabei!« meinte er. Er nahm einen Vierteldollar von einem Mann in einem Overall entgegen und legte drei Tischtennisbälle vor ihn.

Der Mann in dem schwarzen Anzug schob den Aschenbecher zur Seite. Er legte noch einen Vierteldollar auf den Tisch. »Noch drei Tischtennisbälle«, sagte er.

Der Dicke grinste. »Noch drei Tischtennisbälle sollen es sein!« sagte er. Er langte unter den Tresen, holte noch drei Bälle und legte sie auf den Ladentisch vor den Mann. »Treten

Sie näher!« rief er. Er fing einen Tischtennisball auf, der vom Tisch abgeprallt war. Er behielt ein Auge auf dem großen Mann, während er sich bückte, um ein paar Tischtennisbälle auf dem Boden einzusammeln.

Der Mann im schwarzen Anzug hob seine rechte Hand, in der er einen der Tischtennisbälle hielt. Er warf ihn von oben, sein Gesicht war ausdruckslos. Der Ball flog im Bogen durch die Luft und fiel in das Goldfischglas mit den anderen drei Bällen. Der Ball sprang nicht noch einmal hoch.

Der Mann im Strohhut grunzte. Er warf eine Handvoll Tischtennisbälle in den Korb unter dem Ladentisch. »Versuchen Sie Ihr Glück, und gewinnen Sie einen Preis!« sagte er. »Kinderleicht!« Er legte drei Tischtennisbälle vor einen Jungen und nahm seinen Vierteldollar. Seine Augen wurden eng, als er beobachtete, wie der große Mann seine Hand hob, um den zweiten Ball zu werfen. »Nicht hineinlehnen«, erklärte er dem Mann.

Der Mann im schwarzen Anzug warf ihm einen Blick zu. »Das tue ich nicht«, entgegnete er.

Der fette Mann nickte. »Machen Sie weiter«, sagte er.

Der große Mann warf den zweiten Tischtennisball. Er schien durch die Bude zu schweben. Er fiel durch den Hals des Goldfischglases und landete auf den anderen vier Bällen.

»Warten Sie eine Sekunde«, sagte der Dicke und hielt eine Hand hoch.

Die anderen Leute, die warfen, hielten ein. Der fette Mann lehnte sich über den Tisch. Schweiß lief unter dem Kragen seines langärmeligen Hemdes. Er verschob die durchgeweichte Zigarre in seinem Mund, als er die fünf Bälle aus dem Glas fischte. Er richtete sich auf und betrachtete sie. Er klemmte den Bambusstock über dem linken Unterarm ein und rollte die Bälle zwischen seinen Handflächen.

»Okay, Leute!« sagte er. Er räusperte sich. »Werfen Sie weiter! Gewinnen Sie!« Er ließ die Bälle in den Korb unter dem Ladentisch fallen. Von dem Mann im Overall nahm er noch einen Vierteldollar und legte drei Tischtennisbälle vor ihn.

Der Mann im schwarzen Anzug hob seine Hand und warf den sechsten Ball. Der Dicke beobachtete, wie er durch die Luft schnellte. Er fiel in das Goldfischglas, das er ausgeleert hatte. Er rollte darin nicht herum. Er landete auf dem Boden, sprang einmal ganz gerade in die Höhe und lag dann bewegungslos da.

Der Dicke griff hastig nach dem Aschenbecher, setzte ihn in sein Regal und holte ein Goldfischglas wie die auf dem Tisch heraus. Es war mit rosafarbenem Wasser gefüllt, und ein Goldfisch schwamm darin herum. »Da gehst du hin!« sagte er. Er wandte sich ab und schlug mit seinem Stock gegen die leeren Goldfischgläser. »Treten Sie näher!« sagte er. »Werfen Sie einen Ball ins Goldfischglas! Gewinnen Sie einen Preis! Es ist nichts dabei!«

Als er sich wieder umdrehte, sah er, daß der Mann in dem zerknitterten Anzug den Goldfisch im Glas weggeschoben hatte und noch einen Vierteldollar auf den Tresen legte. »Noch drei Tischtennisbälle«, sagte er.

Der fette Mann sah ihn an. Er verschob die feuchte Zigarre in seinem Mund.

»Noch drei Tischtennisbälle«, wiederholte der große Mann.

Der Mann im Strohhut zögerte. Plötzlich bemerkte er, daß

die Leute ihn ansahen, und wortlos nahm er den Vierteldollar und legte drei Tischtennisbälle auf den Ladentisch. Er drehte sich um und schlug mit seinem Stock gegen die Gläser. »Treten Sie näher, und versuchen Sie Ihr Glück!« rief er. »Das einfachste Spiel auf dem Jahrmarkt!« Er nahm seinen Strohhut ab und rieb den linken Ärmel seines Hemdes über seine Stirn. Der Mann war fast kahl. Die wenigen Haare auf seinem Kopf waren bis zur Kopfhaut schweißgetränkt. Er setzte seinen Strohhut wieder auf und legte drei Tischtennisbälle vor einen Jungen. Den Vierteldollar warf er in die Blechdose unter dem Ladentisch.

Eine Anzahl Leute beobachtete den großen Mann jetzt. Als er den ersten der drei Tischtennisbälle in das Goldfischglas warf, applaudierten einige, und ein kleiner Junge jubelte. Der dicke Mann beobachtete es mißtrauisch. Seine kleinen Augen verschoben sich, als der Mann im schwarzen Anzug seinen zweiten Tischtennisball in das Goldfischglas mit den anderen zwei Bällen warf. Er blickte finster drein und schien etwas sagen zu wollen. Das Beifallsklatschen schien ihn zu imitieren.

Der Mann in dem zerknitterten Anzug warf den dritten Tischtennisball. Er landete auf den anderen drei. Einige Leute schrien und alle klatschten.

Die Wangen des Dicken waren jetzt roter. Er stellte das Glas mit dem Goldfisch zurück in sein Regal. Er deutete auf ein höheres Brett. »Was soll es sein?« fragte er.

Der große Mann legte einen Vierteldollar auf den Ladentisch. »Noch drei Bälle«, sagte er. Der Mann im Strohhut starrte ihn an. Er kaute auf seiner Zigarre. Ein Schweißtropfen lief seinen Nasenrücken hinunter.

»He, geben Sie dem Mann seine Tischtennisbälle«, sagte einer der Männer, die zusahen.

Der fette Mann warf einen Blick in die Runde. Er brachte ein Grinsen zustande. »In Ordnung!« sagte er lebhaft. Er nahm noch drei Tischtennisbälle aus dem Korb und rollte sie zwischen seinen Handflächen.

»Gib ihm jetzt nicht die schlechten«, sagte jemand spöttisch.

»Sind keine schlechten!« entgegnete der fette Mann. »Sie sind alle gleich!« Der Mann im schwarzen Anzug hob seine Hand.

»Warten Sie eine Sekunde«, sagte der Dicke. Er drehte sich um und langte über den Tisch. Er griff nach dem Fischglas, kippte es um und schüttete die vier Tischtennisbälle in den Korb. Er schien zu zögern, bevor er das leere Goldfischglas zurück an seinen Platz stellte.

Niemand anders warf jetzt. Sie beobachteten alle neugierig den großen Mann, als er seine Hand hob und den ersten seiner drei Tischtennisbälle warf. Er beschrieb einen Bogen durch die Luft, landete im gelben Fischglas und fiel gerade durch den Hals. Er sprang einmal hoch und war dann ruhig. Die Leute schrien und applaudierten. Der dicke Mann rieb seine linke Hand über seine Augenbrauen und schlug mit einer zornigen Bewegung den Schweiß von seinen Fingerspitzen.

Der Mann im schwarzen Anzug warf seinen zweiten Ball. Er landete im selben Goldfischglas.

»Einhalten«, sagte der Dicke.

Der große Mann sah ihn an.

»Was machen Sie?« fragte der Dicke.

»Tischtennisbälle werfen«, antwortete der große Mann. Die Leute lachten. Das Gesicht des festen Mannes wurde roter. »Das weiß ich!« sagte er.

»Das geht alles mit Spiegeln«, meinte irgend jemand, und die Leute lachten wieder.

»Lustig«, knirschte der Dicke. Er verschob die nasse Zigarre in seinem Mund und machte eine schroffe Geste. »Mach weiter«, sagte er.

Der große Mann im schwarzen Anzug hob seine Hand und warf den dritten Tischtennisball. Er flog durch die Bude, als ob er von einer unsichtbaren Hand getragen würde. Er landete in dem Goldfischglas auf den anderen zwei Bällen. Die Leute jubelten und klatschten.

Der Dicke ergriff hastig einen Schmortopf und knallte ihn auf den Ladentisch. Der Mann in dem schwarzen Anzug sah ihn gar nicht an. Er legte noch einen Vierteldollar auf den Tresen. »Noch drei Bälle«, sagte er.

Der Dicke wandte sich von ihm ab. »Treten Sie näher!« rief er. »Werfen Sie einen Tischtennisball ...!«

Die Mißfallensäußerungen der Leute brachten ihn zum Schweigen. Er wandte sich um und wurde zornig. »Nur vier Runden pro Kunde!« schrie er.

»Wo steht das?« fragte jemand,

»Das ist die Regel!« erklärte der Dicke. Er drehte dem Mann seinen Rücken zu und schlug mit seinem Stock an die Goldfischgläser. »Treten Sie näher, und gewinnen Sie einen Preis!«

»Ich bin gestern hiergewesen und habe fünf Runden gespielt!« sagte ein Mann laut.

»Das war, weil Sie nicht gewonnen haben!« erwiderte ein

Halbwüchsiger. Die meisten Leute lachten und klatschten, aber ein paar buhten. »Lassen Sie ihn spielen!« befahl die Stimme eines Mannes. Die anderen griffen es sofort auf. »Lassen Sie ihn spielen!« verlangten sie.

Der Mann im Strohhut schluckte nervös. Er sah sich mit trotzigem Gesichtsausdruck um. Plötzlich warf er seine Hände in die Höhe. »In Ordnung!« sagte er. »Regt euch nicht so auf!« Er stierte auf den großen Mann, während er den Vierteldollar nahm. Er bückte sich, ergriff drei Tischtennisbälle und knallte sie auf den Ladentisch. Er lehnte sich dicht zu dem Mann hinüber und murrte: »Wenn Sie mich reinlegen, hören Sie besser auf. Dies ist ein ehrliches Spiel.«

Der große Mann starrte ihn an. Sein Gesicht war ausdruckslos. Seine Augen wirkten sehr blaß in dem ledrigen Gelbbraun seines Gesichts. »Was meinen Sie?« fragte er.

»Niemand kann so viele Bälle hintereinander in diese Gläser werfen«, sagte der Dicke.

Der Mann im schwarzen Anzug sah ihn ausdruckslos an. »Ich kann«, entgegnete er.

Der Dicke spürte eine Kälte auf seinem Körper. Beim Zurücktreten beobachtete er, wie der große Mann die Tischtennisbälle warf. Als jeder von ihnen in demselben Goldfischglas landete, jubelten die Leute und applaudierten.

Der Dicke nahm einen Satz Steakmesser aus dem Regal mit den Hauptgewinnen und legte ihn auf den Tresen. Er wandte sich schnell ab. »Treten Sie näher!« sagte er. »Werfen Sie einen Ball ins Goldfischglas! Gewinnen Sie!« Seine Stimme zitterte.

»Er will noch mal spielen«, sagte jemand.

Der Mann im Strohhut hatte sich umgedreht. Er sah den

Vierteldollar auf dem Tresen vor dem großen Mann. »Keine Preise mehr«, behauptete er.

Der Mann im schwarzen Anzug deutete auf die Gegenstände ganz oben auf dem Holzregal – ein elektrischer Toaster für vier Scheiben, ein Kurzwellen-Radio, ein Bohrmaschinenset und eine tragbare Schreibmaschine. »Was ist damit?« fragte er.

Der Dicke räusperte sich. »Das sind nur Ausstellungsstücke«, erklärte er und sah sich nach Hilfe um.

»Wo steht *das*?« verlangte jemand zu wissen.

»Das sind sie, mein Wort drauf!« antwortete der Mann im Strohhut. Sein Gesicht triefte vor Schweiß.

»Ich werde um sie spielen«, sagte der große Mann.

»Jetzt sehen Sie mal!« Das Gesicht des Dicken war sehr rot. »Sie sind nur zum Ausstellen, habe ich gesagt! Jetzt hol die Hölle ...!«

Er brach mit einem asthmatischen Keuchen ab und taumelte gegen den Tisch zurück, sein Stock fiel zu Boden. Die Gesichter der Leute verschwammen vor seinen Augen. Er hörte ihre wütenden Stimmen wie aus weiter Entfernung. Er sah, wie sich die unscharfe Gestalt des Mannes im schwarzen Anzug abwandte und durch die Menge drängte. Er richtete sich auf und zwinkerte mit den Augen. Die Steakmesser waren fort.

Fast alle verließen die Bude. Ein paar von ihnen blieben. Der Dicke versuchte, ihr bedrohliches Murren zu überhören. Er nahm einen Vierteldollar vom Tresen und legte drei Tischtennisbälle vor einen Jungen. »Versuch dein Glück«, sagte er. Seine Stimme war schwach. Er warf den Vierteldollar in die Blechdose unter dem Ladentisch. Er lehnte sich gegen einen Eckpfosten und preßte beide Hände gegen seinen Bauch, Die Zigarre fiel ihm aus dein Mund. »Gott«, stöhnte er.

Es fühlte sich an, als ob er innerlich verblutete.

JOHN ROBERT BENSINK

Hochsommer am George-See

Bensink, ein echter New Yorker, hat Geschichten und Artikel in vielen Zeitschriften veröffentlicht: NEW YORK MAGAZINE, PLAYBOY, MONEY, *den* NEW YORK NEWS, *und er arbeitet an einer Kurzgeschichtensammlung, die er* NEW YORK WEIRD *getauft hat. Er war Mitautor eines Horror-Romans –* PIPER *– der 1986 erschien. Außerdem hat J. R. an der Fernsehserie* ONE LIFE TO LIVE *mitgeschrieben.*

Und wenn das noch nicht ausreicht, um Johns Vielseitigkeit zu beweisen … Er war auch Chef vom Dienst der Zeitschriften TWILIGHT ZONE *und* NIGHT CRY. *Wenn man sich am Telefon mit ihm unterhält, erinnert er einen an Harlan Ellison, der auch ganz fröhlich und offen, fast hemdsärmelig mit einem spricht und einen dazu verführt, die Tiefe seiner Gefühle, seiner Leidenschaften, zu unterschätzen.*

Die entdeckt man aber gewiß in einer so ehrlichen, realen Erzählung, die uns so in ihren Bann ziehen kann und die so clever konzipiert ist wie HOCHSOMMER AM GEORGE-SEE.

Es ist zwar nur eine lausige Woche lang, aber wenigstens kommen sie aus der Stadt heraus. Felder zeigt seiner Frau und seinem Sohn das Haus: Sie sind überwältigt; besser, als er es beschrieben hat. Sechs Frühlinge lang hat Felder gesagt: DIESEN SOMMER KOMMEN WIR AUS DER STADT RAUS. Das heißt: Juni, Juli, August. Die Wirklichkeit in diesem Jahr: Endlich, eine Woche, die sie sich eigentlich nicht leisten können. Aber okay: Also essen sie eben eine Woche lang Makkaroni und Käse und Hot dogs, und Felder bemüht sich, nicht an den Vorschuß auf seiner Kreditkarte zu denken, den er nehmen mußte, um die billige Miete von zwölfhundert Dollar zahlen zu können.

Das Haus wirkt wie eine Blockhütte, gedämpft warm, obwohl es draußen heiß ist, mehr als zweiunddreißig Grad, angefüllt mit rustikalen Möbeln, zu denen er dem Kind erklärt, sie seien von Indianern angefertigt worden. Fast direkt am Wasser.

Was sie sofort wollen: in den See springen, ihre Ankunft taufen, ihre ganze Woche miteinander, ihr Glück, einen solchen tollen Fleck so spät in der Saison noch gefunden zu haben. Ihr Mietwagen ist nicht einmal entladen – das kann warten.

Felders Frau hat ihren Badeanzug in der Handtasche. Sie zieht sich schnell im Bad um. Sein Kind beginnt zu schmollen. Seine Frau, die Zauberfee, läßt das Schmollen verschwinden, als sie aus ihrer Tasche seine kleine, orangefarbene Badehose hervorzieht: VOILÀ Sein Lächeln währt länger als er braucht, um sich auszuziehen und das Ding über seine dünnen Beinchen hochzuziehen. Falsch herum, aber wen kümmert's – mitgeteilt durch einen halben Blickkontakt zwischen Mann und Frau, der auch noch sagt: Der Augenblick ist wichtig, bringen wir ihn nicht durch Spitzfindigkeiten in Gefahr; das Kind platzt beinahe, also runter zum See, hinein – fang endlich den Urlaub an!

Das tun sie auch – aus dem Haus rennen, den Weg hinunter zum Wasser hetzen, das Kind in der Mitte – es weiß nicht, warum seine Badehosen im Schritt so ziehen – es interessiert ihn auch nicht – Felders Frau in Führung; sie zeigt den Weg, barfuß, als ob sie dafür geboren sei; sie versucht gar nicht erst Steinchen zu meiden, sondern trabt elegant darüber, ohne nach unten zu blicken, und sie tritt tatsächlich auf keines.

Felder folgt ihr, wobei er sich ein wenig zurückhält; nicht, weil es ihn nicht genauso gepackt hätte, sondern weil er es genießen will, weil er den Blickwinkel schätzt: Frau und Kind den überwachsenen Pfad entlangrennend, lachend, von Sonnengeschossen getroffen. Er hat während der letzten Jahre so wenig Zeit gehabt, um sich von seinem Glück so überwältigen zu lassen: Diese Frau, die ihn so sehr liebt, daß er tatsächlich die Zeit findet, sich zu fragen, was sie in ihm sieht, dieser Sohn, dessen Bewunderung so umfassend ist, der für Papa das gequälteste Weinen abbrechen kann, nur auf Grund des sanften Kommandos LÄCHLE MAL, und das Lächeln kommt wie ein plötzlicher Sonnenaufgang. Er war so in seinem Beruf aufgegangen, im Überleben in New York, in den Sorgen darüber, wie er – sie – weiterhin überleben könnten und im Versuch, nicht ständig nachzudenken, wie teuer doch alles war … und im dauerndem Sticheln, wie teuer doch alles sei. Er will diesen einen Augenblick. Das ist Glück. Er möchte sie mitten auf dem Pfad erstarren lassen und in einen Rahmen stecken. Wenigstens einen Moment lang. Und er selbst möchte einen beweglichen Blickwechsel haben. So, daß es ihm möglich ist, zu Frau und Sohn hinzugehen und sie ganz innig zu betrachten. Er kann sie berühren …

Sie sagt nicht lebwohl – aber wie hätte sie es auch wissen können?

Felders Frau erreicht den hölzernen Badesteg im Laufschritt. Sie hechtet hinaus – ihr langbeiniger, schlanker Körper ein Bogen über dem Wasser. Ihre stadtweißen Glieder heben sich von dem schwarzen Einteiler ab.

Nicht weit entfernt (aber zu weit, um helfen zu können) befindet sich ein Mann in einem Ruderboot. Angeln, auswerfen, im Boot aufstehen, zu ihrem Ufer herüberblicken. Felders Frau gleitet ins Wasser. Das Kind steht am Ende des Stegs. Felder tritt hinter ihn.

Sie starren auf das Wasser. Nichts geschieht. Beinahe schwarzes Wasser. Der George-See im späten August: Man kann schwimmen, aber es gibt da immer noch Strömungen, die tausend Winter überdauert haben, die eiskalt aus der Mitte heraufwirbeln, vom Grund, die den Schwimmern Krämpfe bringen, sie erstarren lassen.

Das wird jedenfalls der Polizeiarzt sagen …

Und sie schlug mit dem Kopf auf einem Felsen auf, und ein Bein verging sich in alten Bettsprungfedern, die irgend jemand dort hineingeworfen hatte – vielleicht aus dem gleichen Haus, das sie gemietet haben?

Der Polizeiarzt wird zumindest drei der folgenden Sachen aufzählen: Eine hinterhältige Strömung des George-Sees hat sie erfaßt; sie schlug mit dem Kopf auf einem Felsen auf, ihr Bein verfing sich …

Und der Ehemann und der Sohn ertranken *beim Versuch, sie zu retten ...*

Sie kommt nicht hoch, sie wird nicht mehr hochkommen. Felder vergißt nicht, kann nicht vergessen: Er kann nicht schwimmen. Er hatte immer gedacht, in dieser Situation (auch wenn sie nie eintreten würde, könnte), wenn das Leben eines geliebten Menschen im Gleichgewicht zwischen seiner Unfähigkeit und seinem Wunsch hing, würde er sich ausziehen und springen und dieses Leben retten. Alles, was er nie zu lernen vermocht hatte, würde ihm zufliegen. SPÄTER würde er dann erkennen, daß ein Wunder geschehen war – wie diese Mütter, die Autos von ihren eingeklemmten Kindern gehoben hatten, selbst geschockt, daß sie ein paar Augenblicke lang übermenschliche Kräfte entwickelt hatten.

Felder kann nicht schwimmen. Er hatte es nie gekonnt und würde es nie können. Und Felder wird sterben bei dem Versuch, das Leben seiner Frau zu retten. Felder zieht sich schnell bis auf die Unterwäsche aus, läßt seine Kleider ins Wasser fallen. Er springt hinein.

Na ja, für ihn ist es ein gewagter Sprung. Der Mund voll mit Wasser. Ausspucken. Den Kopf runter, die Frau finden, sie ist eine hervorragende Schwimmerin – der Teil gefällt ihm: Warum ertrinken so oft Leute, die wirklich gute Schwimmer sind? – sie wird eben mit ihrem Kopf auf einen Felsen geschlagen sein, oder eine Strömung hat sie gepackt oder ihr Fuß verfing sich in irgend etwas. Und er bringt die einfachste Sache nicht fertig: die Augen unter Wasser zu öffnen. Er konnte das noch nie. Jetzt muß er. Wie sonst kann er sie auf dem Grund finden? Er zwingt sich. Und lacht innerlich. Alles ist schwarz.

Felder taucht auf – nicht, weil er das will oder weil er sich dazu zwingt, er tut's einfach. Er glaubt, daß er Wasser in seiner Lunge spürt. Und da ist das Kind, sechs Meter entfernt auf dem Steg, und es zieht sich aus wie Papi, zieht diese orangefarbene Badehose die knochigen Beine hinunter, wird hineinspringen, und Papi helfen, die Mami zu retten. Sein Fuß verfängt sich in der Badehose, als sie schon fast unten ist, und er taumelt ins Wasser. Er kann ein wenig schwimmen. Aber nicht gut genug. Felder könnte lachen oder weinen: Frau und Sohn im Wasser, er, ein Kerl, der nicht mal in der Badewanne schwimmen kann, versucht, sie zu retten.

Doch das ist besser: Wieder eine schreckliche Sommertragödie. Der Fischer im Boot: Er wird die Leute über den Ablauf des Geschehens informieren. Er wird hinübergerudert sein, versucht haben, zu helfen: vielleicht wird der Zeitungsbericht ihn voller Resignation zitieren: *Ich wußte, daß es zu spät war, schon bevor ich die Stelle erreichte ...*

Das ist besser so. Felder befindet sich auf dem Grund, das Licht in seinem Kopf wird immer kleiner und verschwindet, Nebengedanken verschwinden irgendwohin, bevor sie noch konkret werden.

Das ist besser. Er muß nicht die Eltern und Schwiegereltern anrufen, seine Schwester, ihre Brüder, ihre Freunde, irgendeinen Leiter eines Beerdigungsinstituts. Das ist ergreifend, eine echte Tragödie, eine wertfreie Tragödie, etwas, das in den Leuten, die sie gut kannten, noch jahrelang nachschwingen wird. Sie werden niemals mehr über Sommerurlaube nachdenken, ohne an das Schreckliche zu denken, das den Felders passiert war. Keiner, der sie kennt, wird jemals am George-See Urlaub machen.

Alles, was er gesagt hatte, war: *Nächsten Sommer werden wir verdammt noch mal aus der Stadt rauskommen – die ganzen drei Monate lang. Es ist mir gleich, ob ich deswegen kündigen muß!* Und alle drei hatten gekichert wie ein paar Verrückte, die nach einem Mord entkommen werden, und Felder hatte sich vom Rücksitz und der ungezügelten Freude auf dem Gesicht seines Sohnes weggedreht und gerade noch die Rückseite des Brückenträgers so schnell herankommen sehen, daß es wirkte, als bewege er sich rückwärts.

Das ist besser: Die Mutter – eine erstklassige Schwimmerin, die irgendwie in Schwierigkeiten kam; der Vater, der überhaupt nicht schwimmen konnte, sich aber weigerte, seine Frau ertrinken zu lassen; der Vierjährige, der hineinfiel – er war derjenige, dessen Fuß sich in Sprungfedern verfing, so verlief das – weil er seinen Eltern helfen wollte.

Das ist viel, viel besser als mit den Polizisten auf der I-87 zu stehen, lediglich mit einer Platzwunde auf der Stirn.

Das ist besser: Auf die Art stirbt Felder dann auch. Felder hält sich am Grund fest, schluckt verkrampft. Das kalte, schwarze Wasser fließt schnell.

J. N. Williamson

Wordsong

Mit 19 verlieh man mir den halben Shilling der Baker Street Irregulars, was mich für immer zu einem der ersten 60 Mitglieder machte. Ich habe gesprochen mit oder zumindest getroffen: Ella Fitzgerald, James Garner, Donald Duck (Clarence Nash), Barry Goldwater, David Hartwell, Ella F., Frank Edwards, Lou Holtz, Peter Straub, Ella, Ilona Massey (sie schlug mir Probeaufnahmen vor), Spike Jones, Ray Bradbury, Ella und Walt Disney.

Ich habe gekannt oder korrespondiert mit: J. Edgar Hoover, John A. Keel, Trainer Bobby Knight, Colin Wilson, UFO-Experten Jacques Vallee (der dabei ganz cool ein Erdbeben hinnahm), Andy Rooney, Anthony Boucher, Shelley Berman, Adrian Conan Doyle, James J. Kilpatrick, George Bernard Shaws Privatsekretär, Dean Koontz, Bob Newhart, Winston Churchills Privatsekretär, August Derleth, Christopher Morley, Rex Stout und J. D. Salinger.

Geschlafen habe ich mit Mary Williamson.

Als die echte Magie per Post ankam, war zunächst die Wahrscheinlichkeit groß, daß dieses literarische Kunststück von einem Ray, Richard oder Robert stammte. Gelegentlich tauchte auch bei der Autorenangabe ein Dennis, Jim oder David auf und noch seltener ein Steve. Was für ein okkulter Grund auch dazu führen mochte: Bei den Geschichten, die ich für die von mir herausgegebenen Anthologien auswählte, war nie ein Autor mit einem weniger populären Vornamen wie z. B. Donald oder George, oder sagen wir, Randolph oder Oskar. Unweigerlich: John, Alan, Bill und Tom.

Ich zerbrach mir über diese Absonderlichkeit genauso den Kopf wie über die Namen der Frauen, deren Geschichten ich auswählte, denn was das angeblich schwächere Geschlecht betraf, traf das Gegenteil zu. Die Damen, die sich in mein Schwimmbad fiktiver Möglichkeiten stürzten, hießen immer Ardath, Mona, Bari oder Lisa, Jeanette oder Annette oder Jessica, Tabbie oder Tanith. Keine Mary, Helen, Linda oder Jane in Sicht! Und die einzige Autorin, die ich öfters mal – außerhalb meines Genres – las, hieß auch noch Eudora.

Bevor ich Ihnen diese eigenartige Ereigniskette erkläre, erlauben Sie mir bitte, der mystischen Hoffnung Ausdruck zu verleihen, daß die Gegenwart, das Wesen dieses außerordentlichen Künstlers irgendwie auf die gegenwärtigen, ausgezeichneten literarischen Arbeiten übertragen worden sein könnte, die ich Ihnen hier darbieten darf. Falls etwas von der erzählerischen Magie Wordsongs ein Teil von Ihnen werden sollte, so wie es zu einem faszinierenden Teil meiner Selbst wurde, können Sie sich glücklich preisen.

Zu der Zeit, als ich gerade Material für die erste Anthologie sammelte, die meinen Namen als Herausgeber trug, las ich zum erstenmal diese bezaubernden, unter Pseudonym verfaßten Schriften. Und jedesmal, wenn ich eine andere Anthologie begann, bekam ich eine neue »Wordsong«-Erzählung zugesandt. Jede basierte auf einer neuen oder im Prinzip frischen Idee, und jede Handlung erwuchs aus Charakterbildern, die ganz unglaublich lebensähnlich waren, deren psychologische Einsichten hypnotisch wirkten. Wenn ich behaupte, daß jede Idee neu erschien, dann meine ich es auch so. Diejenigen von Ihnen, die einmal ein altes Buch mit dem Titel PLOTTO gesehen haben – es gab vor, jede Idee zu enthalten, die ein Schriftsteller jemals braucht –, können sich vorstellen, wie überrascht und erfreut ich war. Fast jeder andere Wortschmied in meinem Bekanntenkreis wäre versucht gewesen, nur die Ideen alleine weiterzuentwickeln, sicher, daß ihre erregende Originalität zur Schöpfung einer unvergeßlichen Erzählung führen werde. Doch der geheimnisvolle Autor, der mir die vier Geschichten geschickt hatte, besaß die Selbstkontrolle und die Voraussicht, jede Geschichte zu etwas Ausgereiftem zu entwickeln – ohne eine Spur des Vignettenhaften – mit dem Ergebnis, daß alle vier absolut vollendet waren. Einen Rotstift irgendwo auf diesen Seiten zu verwenden – es wäre eine Todsünde gewesen.

Ich glaube, jeder, der bei mir Arbeiten eingereicht hat, weiß nun, wie außergewöhnlich und bemerkenswert die Schriften Wordsongs waren.

Meine Wertschätzung erschien mir selbst schon unprofessionell; meine Beinahevergötterung erschreckte mich. Aber ich stellte auch fest, daß das Erscheinen Wordsongs mir die gleiche Chance bot wie sie ein Mencken oder Max Perkins hatten, Genie zu erkennen und zu fördern. Als ich die erste Geschichte gelesen hatte, war ich so überwältigt davon, wie – erfüllt ich mich fühlte, daß ich mir richtig geläutert vorkam.

Dann erfuhr ich, daß es mir nur erlaubt war, zu LESEN. Nicht zu veröffentlichen. Zum ersten Mal während meines Lebens in der zweiten Hälfte dieses Jahrhunderts war ich auf einen Schriftsteller getroffen, der – ganz wörtlich – einfach nur aus Liebe zum Schreiben schrieb. Zuerst erschien mir das lästerlich. Mit der Zeit schien es mir dann beinahe göttlich. Doch ob ich nun als Herausgeber zwischen Himmel und Hölle gefangen war, so war ich doch durchdrungen von dem berauschenden und wohlmeinenden Gefühl des Entdeckerstolzes; Augenblicke, nachdem ich diese erste Geschichte verschlungen hatte, war ich nur zu bereit, sie anzunehmen und zu kaufen. Ich hatte keine Ahnung, wer ›Wordsong‹ sein mochte, aber es war unmöglich zu glauben, ein Anfänger habe das geschrieben. Ich dachte an die Giganten dieses Genres, die bereits in der Vergangenheit auf Pseudonyme zurückgegriffen hatten, konnte aber diesen unbeschreiblichen Stil nicht unterbringen. Und in diesem Augenblick wußte ich auch noch nicht, daß ich niemals die Chance bekommen würde, die Unterschrift dieses Autors auf einem eingelösten Scheck zu sehen.

Es war der Anruf mit den Instruktionen des Autors, der mir – Augenblicke, nachdem ich die erste Geschichte gelesen hatte – die meisten der hier an Sie weitergegebenen Informationen lieferte. Ich sagte dem frustrierenden Genie am anderen Ende, daß ich darauf bestand, die Geschichte zu bezahlen, da dies sie veröffentlichungsrechtlich binden würde und andere Herausgeber davon abhalten, sie zu erwerben; er oder sie könnte ja die Meinung ändern. »Wenn Sie sie wirklich so sehr schätzen«, murmelte die Stimme in mein Ohr, »dann tun Sie das – aber bitte in bar.«

Das war natürlich unverschämt. Ich sagte, ich werde mein Bestes tun. »Das ist alles, was ich von Ihnen verlangen kann«, kam die Antwort. Als ich mich bemühte zu erfahren, WARUM denn in bar und keine Veröffentlichung, wurde die Verbindung sofort unterbrochen.

Dennoch, ich machte, was ich versprochen hatte. Der Verleger war ein Gentleman, und obwohl er über die Transaktion nicht gerade glücklich war, gestattete er sie. Recht riskant: Ich schickte Wordsongs Bezahlung direkt an die mir angegebene Adresse – einen Briefkasten an einer Landstraße in einem dieser Staaten, an die sich niemand erinnern kann, wenn man versucht, die einundfünfzig verschiedenen Scheibchen der USA zusammenzubekommen; ein wilderer, freierer, weniger dicht besiedelter Staat – zu einer Kleinstadt gehörend, die sogar von guten Ortsregistern übersehen wird.

Ich bekam niemals die Erlaubnis, diese wunderbare Geschichte zu verwenden. Die gleichen, verwirrenden Bedingungen wiederholten sich, als ich wieder Erzählungen für neue Anthologien sammelte. Jedesmal wurden mein feinfühliger Stolz, mein Eifer als Herausgeber, zerschmettert durch einen Anruf, in dessen Verlauf ich gefragt wurde, ob ich die neue Arbeit »schätze«. Und dann wurde mir gesagt, ich dürfe sie niemals veröffentlichen, und ich stand da mit der selbstauferlegten Verpflichtung, die Geschichte zu erwerben. Ich glaube, tief im Inneren hoffte ich, eines Tages genug von diesen literarischen Edelsteinen zu haben, um damit eine königliche Schatzkammer von einer Kollektion herausgeben zu können – die Art von Buch, die meinen Namen denen von Campbell, Boucher, Grant, Schiff, Derleth und dem Rest hinzufügte.

Um die Wahrheit zu sagen: Es gab auch Zeiten, zu denen es mich verletzte, ja beinahe ärgerte, wie Wordsong mich bezahlen ließ für Material, das niemand sonst lesen würde, außer vielleicht dem Verleger (irgendwann einmal, ganz verständlich, verlangte er, zu lesen, wofür er bezahlt hatte).

Außerdem, na ja ... die ungewöhnliche Stimme dieses Schriftstellers, wie sie mich während unserer telefonischen Unterhaltungen erreichte, begann mich zu verfolgen. Ständig war die Verbindung sehr schlecht, und die Stimme des Autors zeichnete sich jedesmal durch eine eintönige Sprechweise mit langen Pausen aus, die sie auch bei guter Verbindung fern hätte erscheinen lassen. Und bei jedem Anruf war die Stimme männlich und weiblich zugleich, jedoch nicht androgyn. Es lag Energie darin, unausgesprochene Aufrichtigkeit, und die eigenartige Verschmelzung von Stärke und Sanftmut ließen das Geschlecht Wordsongs immer unwichtig erscheinen, bis wir aufgehängt hatten und ich dastand und den Kopf voller Verzweiflung und Verwunderung schüttelte.

Als die vierte Geschichte ankam, begann sich die Lage zu ändern: Sie wurde schlechter. NICHT die Geschichte; o nein! Wenn überhaupt, war sie die beste. Ich habe nie eine Erzählung gelesen – das ist die nüchterne Wahrheit – die in mir derart alle Gefühle erregte, mich lachen und weinen machte, erschrecken und verwundern ließ, Spannung empfinden und mich erschauern ließ ob der einzigartigen und erstaunlichen Perfektion des Abschlusses. Der Fehler lag in dem unvermeidlichen, verdammten Anruf – und Wordsongs endgültiger Erklärung, daß diese vierte Geschichte die LETZTE sei.

Ich wurde wenigstens darüber informiert, warum. Aber ich bin nicht in der Lage, das irgend jemandem zu erklären; höchstens insoweit, daß die Leser dieser bizarren Historie imstande sein werden, den Grund zu erkennen. Die volle Wahrheit. Sie liegt hier – Sie sind von ihr umgeben.

Mein Entschluß, Sekunden nach unserer letzten telefonischen Diskussion – eher einer einseitigen Tirade, da ich zuerst bettelte und am Ende schrie – war klar: Ich mußte versuchen, persönlich Wordsongs Erlaubnis zur Veröffentlichung aus ihm oder ihr herauszuquetschen. Wenn das nicht klappte, könnte ich zumindest aus dem Zusammentreffen mit dem Genie gelernt haben, hätte vielleicht etwas mehr Ahnung von den Gründen des Autors.

Ich fand heraus, daß ich den größten Teil des Wegs zu dem Weiler in dem leicht zu vergessenden Staat fliegen konnte, allerdings nicht ohne während der Reise mehrfach umsteigen zu müssen. Niemand flog dorthin, außer mir. Ich bezahlte die Reise selbst; ich hatte nicht gewagt, die Geduld meines Verlegers noch einmal zu strapazieren. Ich hatte auch daran gedacht, er könne dann vielleicht mitfliegen wollen, und – das muß ich zugeben – ich betrachtete es so sehr als meine persönliche Mission, daß ich nicht gewillt war, mein Zusammentreffen mit dem rätselhaften Autor mit jemandem zu teilen. Nachdem ich endlich am Zielort eingetroffen war, erfuhr ich zu meinem Leidwesen, daß ich einen acht Jahre alten Klapperkasten von der einzigen Autovermietung im Umkreis von vierzig Meilen mieten und selbst hinfahren mußte.

Bald befand ich mich auf einer Sandpiste, die sicher außer dem Landbriefträger seit dem Koreakrieg keiner mehr befahren hatte. Der Staub auf der Straße machte den Eindruck verdrießlicher Beständigkeit, eines im Prinzip feindseligen Absetzens, ja wieder Zurückgewinnens. Er ringelte sich unter den Reifen meines gealterten Autos empor wie Kränze von weißem Haar um den Hals eines pensionierten Geschäftsmannes, der bestimmte machtvolle und unangenehme Einflüsse behalten hatte. Der totale Wetterumschlag half mir auch nicht gerade. Ich hatte das wintrige, trübselige Indianapolis hinter mir gelassen, und hier war es heiß, drückend sogar wegen der Hitze aus dem überforderten Motor. Je weiter ich die Piste entlangfuhr, ohne jemals eine andere Person oder ein Fahrzeug zu erspähen, desto mehr gewann meine Einbildungskraft die Oberhand. Was, fragte ich mich, wenn Wordsong – wörtlich genommen – ein GHOST WRITER war? Einer, der sich, im Leben ohne Erfolg, so danach gesehnt hatte, sich auf der Erde einen Namen zu machen, daß er sich an eine teilweise Existenz, mit bleichen Händen am Schreibtisch, geklammert hatte, um es noch mal zu versuchen – mit einigen besonderen Einsichten, die ihm im Augenblick seines Zusammentreffens mit der Ewigkeit jemand ins Ohr geflüstert hatte.

Ich raffte mich dazu auf, über Bücher nachzudenken, die kreative Produktion anderer Autoren, und erinnerte mich daran, was Eudora Welty schrieb: »Es war überraschend und enttäuschend gewesen herauszufinden, daß Bücher, die Erzählungen enthielten, von LEUTEN geschrieben worden waren, daß Bücher keine Wunder der Natur sind ...« Der gesamte Prozeß, sich Geschichten ›auszudenken‹, war, wenn man genauer darüber nachdenkt, noch außergewöhnlicher als irgend jemand je auch nur halb zugegeben hat, vielleicht sogar AUSSERNATÜRLICH, wenn man kein besseres Wort dafür weiß. Er bestand zum Teil aus unzusammenhängenden Ideen, von denen der Autor glaubt, er könne sie auf spannende Art und Weise verknüpfen, bis zu einem gewissen Punkt lebensfähig machen, doch die Quelle der Ideen selbst war oft unmöglich aufzuspüren. Es war also ...

Eine kurze Reihe von Briefkästen erhob sich auf Pfosten am Rande der Piste wie hohe, kräftige Grabmale. Nachdem ich meilenweit gefahren war, erhielt ich hier den ersten Hinweis darauf, daß Wordsong, daß überhaupt irgend jemand es in dieser Einsamkeit aushielt. Natürlich sah ich jedes einzelne genau mit heruntergerolltem Fenster an, aber ich entdeckte lediglich, daß ich die richtige Landstraße gefunden hatte. Kein ›Wordsong‹ war zu finden, und die meisten der anderen Namen waren teilweise oder ganz von Zeit und Verwitterung unlesbar gemacht.

Ich hatte keine andere Wahl und fuhr weiter die Straße entlang, und so hüllten einige weitere Momente lang die trüben Wolken total leisen, eindeutig protestierenden Staubs den alten Wagen ein. Staub und die Ruhe eines unbebauten und von Menschen verlassenen Landes, ohne menschliche ›Veredelung‹, bezauberten mich, und ich lächelte und begann die Quelle der Inspiration meines Schriftstellers zu verstehen. Mittlerweile hatte die Abenddämmerung begonnen, und die Straße schien unendlich; jemand, der hier lebte, könnte früher oder später zu dem Schluß kommen, daß die Straße NICHT aufhörte, sondern sich weiter und weiter dahinzog durch wilde Welten jenseits der Phantasie selbst eines Schriftstellers, der sich – oder die sich – Wordsong nannte.

Und natürlich würde irgendwann einmal eine solche kreative Seele versuchen, das alles auf Papier einzufangen. Dann sah ich den nächsten Briefkasten über der Böschung zu meiner rechten und merkte schnell, daß ich auch in der Entfernung keine weiteren sah. Ich bremste scharf mit einem kreatürlichen Quietschen, das aufrüttelte, schockierte, parkte gleich hinter dem rostigen Postbehälter und blickte zum ersten Mal auf den Ort, an dem ein Haus hätte stehen sollen.

Ich sah es, obwohl der Wind weiterhin den Staub aufwirbelte mit einem Geräusch so schrill wie das einer sterbenden alten Frau, oder besser, ich sah die Grundmauern und zwei anschließende Wände eines Hauses, das zu Nathaniel Hawthornes Zeit erbaut worden sein mochte – oder als Modell für etwas benützt, was Hawthorne schrieb. Gerade so eben sah ich auch – oder glaubte, daß ich es sah – eine in gleichem Maße insubstantielle oder unvollständige Figur, die neben einer der Wände stand.

Munter sprang ich aus dem Auto. Ich wollte gerade etwas rufen, doch die amorphe Form war verschwunden – falls sie jemals dagewesen war. Es schien, als habe ich mich in überraschtem Erkennen bewegt und dabei eine unsichtbare Grenze zwischen den Dimensionen überschritten.

In der Ruine war nichts zu sehen. Sie war offensichtlich verlassen worden. Es gab kein Zeichen des Lebens, so wie ich es identifizieren würde, und doch konnte ich, glaube ich, etwas wahrnehmen. Ferne, unterscheidbare Reflektionen von Leben, die dort einst gelebt wurden, und von anderen, die immer noch währten, untergetaucht in die Tiefen des unbetretenen, unkrautbewachsenen Stücks Land wie Unterwasser-Lebewesen.

In einem Briefkasten mit korrekter Nummer fand ich keine Post – nichts. Er wirkte, als sei er seit Jahrzehnten nicht benutzt worden, doch den kurzen, senkrechten Schlitz hatte man offengelassen. Zitternd, da ich mir einbildete, etwas, das ich nicht sehen konnte, werde die Straße herunterfegen und mich in diesem krabbeligen, furchtbaren, verlassenen Stück Land ertränken, begann ich, den Kasten zu schließen. Aufgeben; wegfahren.

Aber an der Rückseite des Behälters fand ich eine gesunde und ziemlich aufgescheuchte Vogelmutter einer Art vor, die ich nicht identifizieren konnte, und um sie herum mehrere magere Vogelkinder. Ich muß wohl ein Geräusch verursacht haben, denn die Mutter flatterte dann auf mich los, schrie, als sie ihre Jungen verließ, und entkam, wieder lautlos, zum hochbrandenden Himmel. Ich beobachtete ihre Flucht und fühlte mich mit leisem Bedauern mit ihr verbunden, hoffte, sie möge zurückkehren, doch dann sah ich mir noch einmal die Jungvögel an.

Sie torkelten in einem Nest aus Bargeld herum – großzügig verteilten Dollarnoten – das ich Wordsong für diese perfekten und magischen Geschichten bezahlt hatte.

Ich saß eine Stunde lang hinter dem Steuer des Mietwagens, doch die Vogelmutter kehrte nicht zurück. Ich versuchte, so gut ich eben konnte, das Rätsel zu lösen und mir fiel etwas ein, was Eudora Welty in ihrem wertvollen kleinen Harvard-Buch DIE ANFÄNGE EINES AUTORS aus ihren Erinnerungen berichtet hatte: »Es ist nicht die Stimme meiner Mutter oder die Stimme irgendeiner anderen Person, die ich erkennen würde und ganz sicher nicht meine eigene.« Sie sprach von der inneren Stimme die sie immer hörte, wenn sie las oder schrieb: »Für mich ist es«, Schrieb sie, »die Stimme der Geschichte ... selbst.«

Das traf auf die Arbeiten Wordsongs zu. Die Geschichten hatten sich aus den Ruinen eines Hauses erhoben, aus der Vernachlässigung eines Stücks Land, das der Mensch nicht mehr benötigte, aus einer Sandpiste von irgendwo nach woanders; sie wurden nicht geboren und konnten nicht sterben. Sie existierten. Sie waren. Sie wollten gelesen werden – einmal. Und die anderen Wordsong-Geschichten waren um mich herum und überall, weiter, als das Auge blicken konnte, eine Straße hinunter, die aus dem Glauben eines verständnisvollen Lesers hinführte zur Phantasie und in die Unendlichkeit.

Thomas Sullivan

Der Mann, der Welpen ertränkte

Sully ist Lehrer und so was wie Schulrat. Er hat außer Science-fiction auch Western geschrieben, Liebesgeschichten, 30 Geschichten, für die er bei Literaturwettbewerben Geldpreise bekam, und den bekanntesten unveröffentlichten Roman überhaupt – THE PHASES OF HARRY MOON *– für den Pushcart-Preis nominiert, der allerdings nun doch von einem großen Verlag gekauft wurde.*

All das, was er erreicht hat, wird jedoch von dieser vorletzten Geschichte in unserer Anthologie in den Schatten gestellt: einer literarisch ausgefeilten, beinahe klassischen Tour-de-Force, um die sich zumindest zwei andere von Sullivan begeisterte Redakteure bemühten.

Sie mag Sie vielleicht an andere verzierte Erzähler erinnern, ist aber wirklich von keinem anderen Schriftsteller beeinflußt. Genießen Sie jede Silbe von dem MANN, DER WELPEN ERTRÄNKTE, *und staunen Sie über eine Geschichte, die Sie bis zum letzten Wort fesselt. Ich glaube, sie wird Sie auch darüber hinaus die nächsten Jahre über nicht mehr loslassen.*

MacIver war der Totengräber des gesamten Kreises. Er baute die Särge, bestattete die Toten. Er ertränkte junge Kätzchen und Welpen, schaffte die Kadaver toter Tiere beiseite und beseitigte Plagen, gleich ob es Ratten waren, Kartoffelkäfer oder Schlangen. Wenn sie einen Teil eines Wurfes hatten, den sie los werden wollten, riefen sie MacIver. Und als man Jonathan Sawyer verurteilte, weil er seine Frau Betsey ermordet hatte, war es MacIver, der ihn hängte.

Es gab nichts bei all diesen Aufgaben, was dem kleinen, stämmigen Mann mit den unnachgiebigen Augen besonderes Vergnügen bereitet hätte. Er betrachtete sich selbst als einen Quell der Kraft für die Leute, denen er diente, und die selbst nicht die Willenskraft besaßen, um zu tun, was getan werden mußte, und das war genug für ihn.

Man konnte Nachlässigkeit oder Tod oder den Geruch des Todes nicht dulden, wenn sie sich in den Dörfern ansammelten. Degeneriertheit bedeutete Fäulnis. Dulde sie, und sie nagt an den Lebenden. Töte sie, und du bereitest den Weg für Vitalität und Vermehrung.

Was MacIver machte, war nur gnädig. Was MacIver tat, diente dem höchsten moralischen Gebot, das die Dorfbewohner absegneten. Und diese Absegnung benötigte er. Sie machte ihn heil und sauber. Sie verlieh seinem Kommen eine geistliche Dimension. Unter der Verachtung und der Furcht lag die unwiderrufliche moralische Notwendigkeit, die Anerkennung, daß das, was er tat, korrekt und notwendig war. Er nützte diese Furcht niemals aus, und er behandelte die Verachtung beinahe mit Sympathie. Der Totengräber kommt. Der rituell sanfte MacIver.

Es gab allerdings schon Sachen, die auch einen resoluten

Mann wie MacIver erblassen ließen. Denn es gab eine Gruppe, die seine moralische Notwendigkeit nicht anerkannte. Die Kinder. Die Kinder würden niemals verstehen, daß er die Dörfer gesund erhielt, indem er tötete und begrub, was nicht länger leben durfte. Es spielte keine Rolle, wie krank das Haustier war oder wie lahm das Pferd oder wie zerstörerisch die süße Maus nagte – ein Kind würde niemals das Mysterium des Todes absegnen. Und es gab immer zu viele Welpen. Das ließ MacIver erblassen. Denn es gab Tage, an denen er den Kindern in die Augen schauen mußte.

Wie heute.

Es war Frau Garrick, die nach ihm geschickt hatte. Er bewunderte ihren Mut, weil sie nicht erst gewartet hatte, bis ihr das Landratsamt mitteilte, daß es eine Bedrohung darstellte. Kein Zweifel – die Tatsache, daß sie eine Witwe mit vier Kindern war, hatte damit zu tun. Sie konnte kaum ihre Familie ernähren. Trotzdem – die Kinder würden einen Aufstand machen – besonders Bobby – und ganz gleich, wie klar sie die Lage sah – es würde ihr das Herz zerreißen.

Eine Stunde nach Sonnenaufgang nahm er seinen Leinensack und ging los. Die Garricks lebten im entferntesten Dorf, aber die Schönheit und der Friede dieses Tages stärkten ihn, und der weite Fußmarsch störte ihn nicht. Er würde Bobby Garrick früh genug sehen, und das war seine Prüfung.

»Morgen, Mac«, hörte er plötzlich. Es war Elder Robinson, der mit seiner Axt am Waldrand erschien.

»Tag«, sagte MacIver.

»Hast deinen Welpensack dabei, wie ich sehe.«

»Ich bin auf dem Weg zu den Garricks.«

»Oh.«

»Sie hat nach mir geschickt.«

»Tatsächlich? Wenn du mich fragst, hätte sie vor sechs Monaten nach dir schicken sollen. Da hatte sie ja wohl ein Problem.«

»Na ja, nicht so schlimm. Aber jetzt werden sich die Kleinen wohl schwer von ihm trennen können.«

Elder Robinson grunzte. MacIver ging weiter.

Der Rittersporn blühte, Zaunkönige flirrten durch das Unterholz wie lautloses, schnell fließendes Wasser, doch alles, was MacIver sehen konnte, war Bobby Garricks Gesicht, von Tränen aufgeschwemmt und anklagend.

Deshalb überkamen ihn Erleichterung und Dankbarkeit, als er zum Haus der Garricks kam und es still und nachgiebig vorfand, den grauen Kadaver eines Hauses, aus dessen Räumen man zuvor alles Leben entfernt hatte. Der Totengräber kommt, und alles ist still.

Und so war es. Mary Garrick hatte ihre Kinder am Abend zuvor zu den Nachbarn gebracht, denn sie wußte, was die Morgendämmerung bringen würde.

»Ich werde jetzt gehen und sie wieder abholen«, sagte sie, ruhig aber bleich, »und wenn wir zurück sind, sind Sie fertig, Mr. MacIver.«

»Jou«, sagte er, und sie war weg.

Er verharrte einen Augenblick in dem stillen Haus und blickte sich um. Oft schon war er ebenso allein gewesen, kurz vor oder kurz nach einem Tod. Diesem Moment hatte er zu vertrauen gelernt, denn er war unausweichlich friedvoll, als ob die Welt und ihr Chaos in Ehrfurcht innehielten.

Mary Garrick hatte ihm nicht gesagt, wo es war oder wie es hieß, aber möglicherweise schlief es noch, und der Name spielte keine Rolle. Er tat einen Schritt in Richtung Schlafzimmer, und in dem Augenblick winselte es. Es war ein kaum hörbares Winseln, doch es sagte MacIver alles, was er wissen mußte. Das kleine Wesen würde ängstlich sein und fügsam. Es würde sich ducken, wenn er kam, zittern, wenn er es in den Sack steckte, ohne Widerstand und still, wenn er es zum Fluß trug.

Und so war es.

Er fand es unter dem Bett. Es kratzte und biß überhaupt nicht als er es sanft hervorzog und in den Sack steckte.

Es winselte, und MacIver murmelte: »Ist schon gut.« Er streichelte seinen Kopf zärtlich und zog den Sack ganz langsam und spielerisch über seinen Kopf. Er warf ihn nicht über die Schulter, sondern nahm ihn in seine Arme und sang leise, als er aus dem Haus auf die Straße ging.

Der Fluß war etwa eine Meile von dieser Stelle entfernt. Er kannte einen Fleck am Ufer, wo ein Steinvorsprung sich über die Wasseroberfläche schob. Die Strömung trieb alles darunter, und so würde er in der Lage sein, den Sack am oberen Ende festzuhalten, während Felsvorsprung und Strömung den Rest erledigten – keine Stockschläge, kein brutales Zurückschieben, um den immer wieder auftauchenden Sack unten zu halten. Er hatte dort viele Dinge ertränkt und die Körper nachher begraben. Man konnte niemals bemerken, daß es einen Kampf gegeben habe; er tat alles so sanft, so ehrfürchtig.

Er vollbrachte diese Dinge während der Sonnauf- oder -untergänge, an Nachmittagen und einmal bei Mondschein.

Es schien ihm reine Ignoranz, daß niemand dabei zusah. Zu welcher Tageszeit auch immer – die Dorfbewohner mieden ihn, ließen die Rolläden herunter, verschwanden von der Straße. Sie feierten Geburten und Hochzeiten, Bindungen und Gedenken – warum konnten sie nicht auch den Augenblick des Auslöschens feiern? Der Übergang von einem Leben ins nächste war doch sicherlich das Wichtigste überhaupt, und trotzdem zogen sie sich davor zurück wie vor einer Seuche. Wenn es sich um Mord gehandelt hätte, begleitet von Schreien, Blut und Leidenschaft, hätte er Verständnis gehabt, doch es war ein Ritual, das sie selbst sanktioniert hatten, und was sich auch immer unter dem Felsvorsprung abspielte, war eine Sache zwischen Gott und dem, dem die Feier galt. Daran konnte nichts Unheiliges sein.

Zeugen. Er hätte das begrüßt. Außer, wenn es Kinder wären. Als deshalb Bobby Garrick hinter ihm die Straße herunterrannte, sang er zwar und schaukelte es auf den Armen, doch verzagte er fast.

Nichts wurde gesagt, aber der Junge war wie eine glühende Kohle, frisch aus dem Ofen gefallen. Seine Hitze, sein zischender Atem umgaben MacIver. Er lief wieder und wieder voraus, um einen besseren Blick auf den Sack zu erhaschen, und seine Augen unter den feuchten Brauen wirkten riesengroß und klebrig. Gerade dann entwich dem Sack ein leichtes Wimmern. Der Junge streckte seine zartgliedrigen, weißen Finger danach aus.

»Nein, mein Sohn.« MacIver stand still, machte einen Schritt zur Seite und fuhr fort: »Am besten berührst du es nicht. Es wird friedlich dahingehen, wenn du es nicht berührst.«

»Er hat Angst«, sagte der Junge.

»Bis jetzt war er ruhig«, sagte MacIver und begann wieder

zu singen. Aber der Gesang klang irgendwie gehetzt, und das Wimmern hörte nicht auf.

»Er hat wirklich Angst«, beharrte der Junge.

»Weil du gekommen bist!«

»Vor mir hat er keine Angst. Lassen Sie mich ihn halten, dann werden Sie's sehen.«

MacIver hielt wieder an. »Seine Zeit ist gekommen, Sohn. Falls du daran denkst ihn freizulassen: das hilft nichts. Auf diese Art ist es eine Gnade.«

Sie gingen weiter.

»Warum ist es eine Gnade?« wollte der Junge wissen.

»Weil Gott Fehler macht und erwartet, daß wir sie korrigieren.«

Ein lautes, klagendes Winseln erklang aus dem Sack.

»Keine Gnade für ihn«, sagte der Junge.

»Doch, auch für ihn. Er ist eine Belastung für sich selbst, genau wie für deine Mutter. Er hätte nie geboren werden sollen. Es ist einfach kein Platz für ihn im Dorf.«

»Ich kann ihn in mein Zimmer nehmen.«

»... und doch wirst du das Unkraut im Garten jäten«, bemerkte MacIver.

»Was?«

MacIver schritt ein paar Augenblicke lang schweigend weiter. »Wie heißt er?«

»Mama hat uns ihn keinen Namen geben lassen.«

»Klug. Sie muß es die ganze Zeit schon vermutet haben. Seine Art erhält keinen Namen.«

»Ich nenne ihn Klingeling.«

MacIver grunzte.

»Mami hat immer Glöckchen um seinen Hals gehängt«,

erzählte der Junge bereitwillig. »So haben wir ihn von der Speisekammer ferngehalten.«

»Denk mal daran, was ihr alles hättet sparen können, wenn ihr nicht so lange gewartet hättet.«

Der Junge fand keine Antwort. Aber es war MacIver klar: Dem Jungen waren Not und Armut und überhaupt Lebensbedingungen gleich. Seine Mutter mußte es gewußt haben. Sie hatte die Entscheidung so lange wie möglich hinausgeschoben und Klingeling so lange wie möglich am Leben erhalten. Das Leben war voll von kleinen Qualen – unnötigen kleinen Qualen.

Sie näherten sich nun dem Fluß, und MacIver fühlte, wie die Angst des Jungen wuchs.

»Die Natur streut ihren Samen in den Wind, Sohn. Sie erwartet nicht, daß alle Wurzeln schlagen. Falls dem so wäre, würde die Welt unter dem Durcheinander ersticken. Wenn du willst, kannst du zusehen, aber du darfst mich nicht stören. Ich verspreche dir, er wird es gar nicht bemerken. Seine Art von Leben weiß nie, was geschieht.«

MacIver ging zu dem Ort, wo das Ufer eine Einbuchtung aufwies und ein großer Felsbrocken herausragte. Der Junge folgte ihm, angespannt und verkrampft schluckend, doch der Totengräber verschwendete jetzt keinen Gedanken mehr an ihn. Er war wie ein Priester, der sein Meßgewand anlegt, als er die Ärmel aufrollte und auf dem Felsen niederkniete. Das Liturgiegemurmel des Flusses zog ihn in seinen Bann, und er tauchte seine Hand ins Wasser, als befühle er Seide. Langsam lehnte er sich vorwärts, verdrehte den Arm und langte unter den Vorsprung. Der Arm verschwand fast bis an die Schulter, als er den Fleck von herumschwimmenden Resten reinigte.

Der Junge erstarrte. Sein Herz war zu Eis gefroren und jeder Schlag wie ein Meißel, der Splitter davon abtrennte.

MacIver richtete sich auf – einmal, zweimal – und jedesmal zog er einen durchweichten Ast heraus. Dann stützte er die Hände auf seine Knie, ganz draußen an der Kante, und beobachtete das vorbeifließende Wasser. Das war das Medium der Taufe, der Kern des Lebens. Der Sack neben ihm bewegte sich, und er packte ihn wieder am oberen Ende.

»Es ist schon gut ... Klingeling«, sagte er. Klingeling wimmerte einmal und war still, als MacIver den Sack über die Kante hinunterwuchtete.

Die Strömung schwemmte ihn sofort unter die Felsplatte, während MacIver das Ende festhielt und sich vornüberlehnte. Falls der Junge protestieren wollte, dann jetzt. Aber er ließ es. Er konnte einfach nicht, dachte MacIver. Jetzt war Gott an der Reihe unter dieser Steinplatte.

Als es vorbei war, hob er den Sack heraus. Er brauchte beide Hände dazu und mußte aufstehen. Wasser, rein und silbrig, floß durch das Leinen, und zurück blieb der Umriß Klingelings, irgendwie umfangreicher als zuvor.

»Möchtest du ihn sehen?« fragte MacIver.

Der Junge, blaß und betäubt, brachte gerade seinen Kopf einmal hinauf und hinunter.

MacIver zog den Sack herunter. »Siehst du«, sagte er schließlich, »er hat jetzt Frieden. Genau wie das Dorf. Er war niemals so wie wir, Bobby. In seinem Kopf war er irgendwie geschädigt, und jetzt ist er heil. Wenn du magst, kannst du seine Schuhe behalten.«

ALAN RODGERS

Der Junge, der von den Toten auferstand

Frisch aus dem College von Florida herausgekommen, wurde Alan Rodgers Assistent von T. E. D. Klein, dem ersten Redakteur von Rod SERLING'S TWILIGHT ZONE MAGAZINE. *Als das Projekt eines Story-Magazins vom Umfang eines Digest genehmigt wurde, bekam Rodgers den Posten des Chefredakteurs.* NIGHT CRY *wurde für die kundigen Liebhaber des unfaßbaren Horrors schon bald unentbehrlich dank der redaktionellen Konzepte des Redakteurs und seiner mutigen Forderung nach technischer Perfektion, was die Herstellung betraf.*

Mittlerweile fing auch er an zu schreiben – und wurde im Laufe der Zeit der wohl originellste Autor, den ich finden konnte, nachdem ich die Werke von 400 Absolventen der Digest School gelesen und für drei Horror-Anthologien lektoriert habe.

Die Chancen für einen Newcomer, in einer großen Hardcover-Anthologie den Platz für eine umfangreiche Novelle eingeräumt zu bekommen, liegen zwischen gering und nicht vorhanden. Aber dieses provozierende Kabinettstück liest sich geradezu rasend flott, ist voller Scharfblick und Ironie, sozialem Gewissen, phantasievollen Höhenflügen und häufig atemberaubender Kühnheit. Nichts, was Sie bisher gelesen haben mögen, ähnelt auch nur entfernt der Story DER JUNGE, DER VON DEN TOTEN AUFERSTAND.

Walt Fulton kam am Sonntagabend aus dem Grab zurück, nach dem Abendbrot, aber noch bevor seine Mutter den Tisch abgeräumt hatte. Er war schmutzig, von Kopf bis Fuß mit Friedhofserde bedeckt, aber all die Dinge, welche das Auto zerquetscht und zerbrochen hatte, als es ihn anfuhr (Dinge, die der Bestattungsunternehmer nicht völlig hatte kaschieren können), waren jetzt völlig in Ordnung.

»Mom«, rief Walt und stieß die Küchentür auf, »ich bin da!« Seine Mutter stieß einen Schrei aus, aber sie ließ die Porzellanschüssel, die sie gerade in der Hand hielt, nicht zu Boden fallen und zerschellen.

Irgend etwas steckt in einem achtjährigen Jungen, das ihn seine Mutter verstehen läßt, obgleich er niemals wissen konnte, daß es so war, oder in Worte kleiden konnte, was es ihm verraten hatte. Walt hätte niemandem sagen können, daß seine Mutter, als sie seiner zum erstenmal ansichtig wurde, anfangs nicht hatte glauben wollen, daß er es war – der Junge war tot und begraben, und bei Gott, laßt die Toten ruhen –, aber weil sie seine Mutter war und Mütter es ganz genau und mit Sicherheit wissen, konnte sie sagen, daß tatsächlich er es war, der von den Toten zurückgekehrt war.

Dann beobachtete Walt, wie der Schock zu wirken begann, sah, wie sie allmählich erstarrte. Aber sie war stärker; sie biß die Zähne aufeinander, schüttelte die Benommenheit ab. Sie war eine starke Frau, sein Körper, in dem er zurückgekehrt war, machte ihr namenlose Freude, denn sie liebte ihn. Doch sie wollte, daß er wegging und nie mehr zurückkam, denn ihn zu sehen, bedeutete erneut die Erinnerung an den Augenblick an der Highway-Raststätte, als sie hochschaute und sah, wie er einen Ball verfolgend in den fließenden Verkehr hinausrannte – und dann plötzlich wie eine Fliege gegen die vordere Stoßstange eines Buick jüngeren Baujahres klatschte. Und sie konnte diesen Alptraum nicht ertragen.

Walt nahm nichts davon übel, ja, er wußte noch nicht einmal, daß sie ihm gegenüber solche Gefühle hegte. Das gleiche Ding, das ihm das Wissen darüber vermittelte, was sie dachte (trotz der Tatsache, daß das unmöglich war), sorgte dafür, daß er sie stets liebte.

Nach eineinhalb Minuten hatte sie sich wieder gesammelt. »Walt«, sagte sie, »du kommst spät zum Essen, und du bist schmutzig. Wasch dir die Hände und das Gesicht, und dann setz dich an den Tisch.«

Sein Vater und seine Schwester lächelten; Dad hatte Tränen in den Augen, aber er sagte nichts. Mom erhob sich und deckte für ihn einen Platz am Tisch auf.

Und Walt war zu Hause.

Am Morgen nach seiner Rückkehr saß Walt stundenlang in der Küche und malte seine Malbücher aus, während seine Mutter das Haus in Schuß brachte. In seiner Zeichnerei lag eine gewisse Eleganz und Stimmung; er staunte über die seltsamen Gebilde, die auf dem Papier entstanden, während er mit den Farben herumhantierte.

»Walt«, sagte seine Mutter und blickte ihm über die Schulter, »du ahnst ja gar nicht, was für ein Theater es ist, dich wieder in der Schule anzumelden.« Sie kam in die Küche und bückte sich, um einen Blick in den Schrank unter der Spüle zu werfen. »Sie sind alle überzeugt, daß du tot bist. Die Menschen stehen nun mal nicht von den Toten auf. Niemand wird glauben, daß du es bist. Sie meinen, wir sind beide verrückt.«

Walt nickte. Sie hatte recht, natürlich. Es würde eine Menge Schwierigkeiten geben. Er starrte auf den Fußboden und scharrte mit den Füßen.

»Ich sollte es jemandem sagen«, meinte er.

»Was meinst du?« Seine Mutter hing mit dem Kopf unter der Spüle im Schrank zwischen Reinigerflaschen und der Stahlwolle und den alten verrosteten Kannen.

»Wie es ist, tot zu sein«, erklärte er ihr. »Ich kann mich daran erinnern.«

Walt wußte, daß seine Mutter ihm nicht zuhörte. »Das ist nett. Hast du dich für die Schule heute nachmittag schon fertig gemacht? Wir haben um ein Uhr, gleich nach dem Mittagessen, eine Verabredung mit dem Direktor.«

»Klar«, sagte er, »Schule ist schon okay.«Er kratzte seine Wange. »Ich weiß, die Leute müssen wissen, wie es ist, wenn man tot ist, meine ich. Das ist eines von den Dingen, die schon immer jeder wissen wollte.«

Walts Mutter zog langsam den Kopf aus dem Schränkchen. Sie wandte sich um und starrte ihn mit offenem Mund an.

»Walt! Du wirst nichts dergleichen tun. Ich dulde das nicht.« Ihre Stimme klang erregt.

»Aber warum nicht? Sie müssen es wissen.«

Aber sie kniff nur die Lippen zusammen und wurde puterrot. Bis nach dem Mittagessen redete sie mit ihm kein Wort mehr.

Der Schuldirektor, Mr. Hodges, war ein Mann mit pergamentener roter Haut und grau-schwarzen Haaren. Er trug einen marineblauen Anzug und ein rotes Seidentuch in seiner Brusttasche. Walt konnte ihn nicht leiden, noch nie. Er war niemals freundlich, und Walt dachte, daß der Mann ihm schaden würde, wenn es nur irgendwie möglich war.

»Ganz bestimmt ist es Walt«, erzählte seine Mutter dem Mann. »Ich weiß es sicher; Sam und ich gingen heute morgen kurz nach Sonnenaufgang los, um das Grab zu überprüfen. Das Erdreich ist aufgebrochen und zerwühlt, und man kann deutlich sehen, wo er herausgekommen ist.«

»Aber da ist nichts zu machen. Wir haben ja nicht einmal mehr die Akten. Die wurden in einen feuersicheren Keller in der Stadt gebracht.« Für einen Augenblick hielt er inne, um Luft zu holen. »Sehen Sie mal, ich weiß, wie schlimm es ist, ein Kind zu verlieren. Noch schlimmer ist es, dieses Kind sterben zu sehen, während man hilflos zuschauen muß. Walt ist nicht das erste Kind, das ich in der Klasse hatte und das bei einem Verkehrsunfall ums Leben kam. Aber Sie können sich doch jetzt nicht von so etwas völlig durcheinander bringen lassen. Walt ist tot und begraben. Ich weiß nicht, wer dieser junge Mann ist, geschweige denn, warum er Ihre Schwäche und Not derart ausnützt ...«

Walts Mutter geriet in Zorn und wurde allmählich so wütend, daß sie kaum sprechen konnte. Walt wollte die Dinge endlich regeln, um sie zum Schweigen zu bringen. »Was für einen Beweis wollen Sie?« fragte er den Mann. »Was würde Sie überzeugen, daß ich es wirklich bin.«

Weder seine Mutter noch der Direktor konnten ihm anfangs darauf antworten. Nach einem Moment entschuldigte Mr. Hodges sich und verließ den Raum.

Zwanzig Minuten lang saß Walt da und starrte aus dem Fenster des Direktorenzimmers und beobachtete die anderen Kinder bei der Pause. Seine Mutter rührte sich nicht von ihrem Platz am Schreibtisch des Direktors. Sie starrte mit leerem Blick an die Wand, während ihre Finger Papierstreifen zu winzigen, harten Kügelchen zusammenknüllten.

Schließlich öffnete Mr. Hodges die Tür und kam zurück. Er sah jetzt müde aus, sogar etwas geschockt, aber er wirkte nun nicht mehr gemein und bösartig. Er legte zwei dicke Aktenordner auf seinen Schreibtisch.

»Jeder Beweis, den ich fordern würde, könnte gefälscht werden, Walt. Aber ich habe nicht das Recht zu versuchen, dich in dieser Weise zur Strecke zu bringen. Wenn es niemandem schadet, dann hast du das Recht, dich zu nennen, wie immer du willst.« Er schlug einen der Ordner auf. »Ich kann dich mit diesen Akten nicht zusammenbringen, ohne Himmel und Erde in Bewegung zu setzen. Aber ich glaube, daß du sie brauchst. Es gibt hier keinen Grund, der uns zwingen könnte, dich anders zu behandeln, als wir normalerweise mit neuen Studenten umgehen.« Er begann zu lesen. »Du bist in der dritten Klasse. Die Klasse, die du besucht hast, ist jetzt ein Jahr weiter, aber deine Lehrerin, Miss Allison, arbeitet noch bei uns. Du bist nicht ganz ein Jahr von uns weggewesen; du kennst diesen Abschnitt während des dritten Schuljahres bereits, aber ich denke, eine kleine Wiederholung kann dir nichts schaden.«

Später, bevor Walt und seine Mutter die Formulare vollständig ausgefüllt hatten, rief der Direktor Miss Allison herein, um sie zu informieren. Walt blickte auf, als sie die Tür zu Mr. Hodges Büro öffnete, und er spürte, daß sie ihn erkannte, als sie seiner ansichtig wurde.

Miss Allison stieß einen Schrei aus, und ihre Beine gaben unter ihr nach. Sie fiel nicht in Ohnmacht – sie war nie bewußtlos –, aber als sie zu Boden sank, sah es so aus, als wäre sie es.

Sie schrie erneut auf, als er zu ihr hinüberkam, um ihr beim Aufstehen zu helfen.

»*Wal-ter!*« langgezogen und unheimlich, so wie in einem uralten Horrorfilm.

»Ist schon gut«, sagte Walt. »Ich bin kein Gespenst.«

»Was bist du denn?« Ihre Stimme klang schrill vor Grauen.

»Ich bin ... nun, ich bin Walt. Ich bin Walt.«

Miss Allison starrte ihn ungeduldig an.

»Wirklich. Ich bin Walt. Allerdings hat Mom gesagt, ich solle es nicht erzählen.«

Walter hörte, wie seine Mutter den Bleistift zerbrach, an dem sie herumkaute. »Erzähl's ihr«, sagte sie. Ihre Stimme klang wütend. »Erzähl mir's.«

Walter zuckte die Achseln. »Es waren die Fremden aus dem All. Sie wanderten auf dem Friedhof herum und schauten zu den Leuten in die Erde.«

»Was für Fremde?«

»Ein ganzer Haufen, alle waren anders. Sie sind in einem Raumschiff drüben im Wald gelandet. Zwei von ihnen sehen aus wie Fische – oder Schlangen, vielleicht – einer ist so wie ein Bär, zwei sind Maulwurfsgrillen, wenn man sie durch ein Vergrößerungsglas sieht. Die anderen auch. Aber der eine, auf den ich geachtet habe – er war derjenige, der dem ganzen Rest gesagt hat, was er tun soll –, der war wirklich furchtbar.

Er hatte einen riesigen unwirklichen Kopf – er sah genauso aus wie der von dem zurückgebliebenen Kind, das Mrs. Anderson bekommen hat ...«

»Walt! Billy Anderson ist ein mongoloider Idiot. Du darfst von denen, die weniger Glück hatten als du, nicht schlecht reden.«

Walt nickte. »'tschuldigung. Jedenfalls hatte das Ding so 'nen großen, dicken, weichen Kopf, und sein Gesicht sah aus wie bei einer Ameise – mit so großen Zangen statt einem Mund – und es sah aus, als hätte man in der Küche was auf den Boden geschüttet. Es triefte überall rum ...«

»Walt!«

»... und es gab so widerliche Geräusche von sich wie jemand, der 'ne Rotzladung hochhustet.

Aber es war nicht sein Aussehen, was mir soviel Angst gemacht hat. Richtig Schiß hatte ich erst, als das Ding an mein Grab kam und runterguckte, als könnte es mich durch die Erde sehen. Und seine Zangen klickten und rieben aneinander, genauso wie eine Katze, die sich die Lippen leckt, wenn sie 'ne Maus sieht, und die Ellbogen knickten so komisch nach hinten, als wollte es gleich springen. Es gab so'n winselndes Geräusch von sich wie ein Hund, wenn er bettelt, und ich dachte schon, gleich wühlt es sich in die Erde und frißt meinen verfaulten Körper. Und obwohl ich wußte, daß ich tot war und nicht mehr toter werden konnte, hatte ich Angst. Es war schon schlimm genug, etwas zu sein, das die Bäume nicht von Erde unterscheiden konnte, ohne auch noch von einem Ghoul verspeist zu werden. Aber da wandte das Ding sich ab und schaute sich die Gräber von anderen Leuten an. Nachdem sie jeden inspiziert hatten, kamen sie dann zu mir zurück und gruben die Erde über mir auf und schickten ihren Strahl zu mir runter. Es tat gar nicht weh – das tut es nie, wenn man tot ist. Nach fünf Minuten war ich wieder lebendig, und ich fühlte ’ne Menge, konnte aber nicht mehr sagen, was ich fühlte, und dann wühlte ich mich durch die Erde nach oben.

Aber als ich aus dem Grab rausstieg, waren die Fremden schon weg. Deshalb ging ich schnell nach Hause.«

Es war Miss Allison, die es schließlich aussprach.

»Walt, das kann nicht sein. Woher kannst du all das wissen, wenn du doch tot warst und in der Erde begraben? Auch wenn deine Augen offen waren, wie konntest du durch die Erde schauen?«

Walt zuckte die Achseln. »Das ist es ja, was ich ihnen erzählen muß. Wie es ist, tot zu sein. Sie haben es immer wissen wollen, die ganze Zeit, denn sie haben alle Angst. Es ist genauso wie das Gefühl, wenn man mit den Fingernägeln über eine Wandtafel kratzt, genauso als wäre man so lange wach, daß man im Kopf ganz dumm wird und irgendwelche Dinge hört, die nicht da sind. Und du fühlst überhaupt nichts, und du weißt genau, was um dich herum vorgeht, und auch Dinge, die weit entfernt sind. Es ist schlimm, und es macht einem Angst, aber es ist nicht so schlimm, daß du dich nicht daran gewöhnen kannst.«

Weder Miss Allison noch seine Mutter redeten an diesem Nachmittag noch einmal mit Walt.

Niemand sah einen Nutzen darin, Verwirrung zu stiften, indem man ihn mitten am Tag in die Klasse brachte. Der nächste Morgen wäre früh genug. (Vielleicht zu früh, verkündete der Ausdruck in Miss Allisons Gesicht, aber alle gaben sich Mühe, dies zu ignorieren.) Als sie nach Hause zurückkamen, umarmte Anne, seine Schwester, ihn, und sie spielten bis zum Abendbrot Karten. Nach dem Essen tobten Dad und Walt und Anne herum und veranstalteten im Spielzimmer eine Kissenschlacht.

Es machte Spaß.

Ehe er zu Bett ging, wollte Walt, daß Dad ihm eine Geschichte erzählte – er hatte Dads Gespenstergeschichten sehr vermißt –, aber Dad wollte nicht so recht. Nach einer Weile hörte Walt auf zu betteln. Er war nicht dumm; er wußte, warum es seinem Vater unangenehm war.

Aber was konnte er tun? Ganz bestimmt wollte er nicht zurückkehren, wollte nicht wieder tot sein. Es gefiel ihm zu leben. Er hatte es gern, wenn die Leute ihn sahen, ihn hörten, wußten, daß er da war. Die Toten waren eine armselige Gesellschaft. Fast alle waren still und müde, warteten auf die Auferstehung, hatten weniger die Welt satt, sondern waren niedergeschlagen, weil sie ihnen so sehr fehlte.

Dienstag und Mittwoch waren in der Schule ziemlich ruhig. Fast niemand in seiner Klasse hatte Walt vor seinem Unfall gekannt. Die wenigen, die ihn kannten, brauchten eine Weile, um auszuschließen, daß Walt etwas war, das sie aus den samstagnachmittäglichen Horrorfilmen kannten.

Bis zum Donnerstag hatte es sich herumgesprochen, und die mutigsten Jungen aus seiner Klasse vom Vorjahr – sie waren zu viert – suchten nach ihm und fanden ihn während der Pause in einer verlassenen Ecke des Schulhofs.

»Hey, Zombie«, rief Frankie Munsen ihn von hinten an

und schleuderte einen Erdbrocken, der Walt dicht unter dem Nacken an der Schulter traf.

»Graf Dracula, nicht wahr ...?« hänselte Donny James ihn und tauchte hinter einem Baumstamm links von Walt auf. Er drapierte seinen blauen Anorak über seinen Unterarm und verdeckte damit sein Kinn, so wie die Vampire es immer im Film mit ihren Capes zu tun pflegen. »Hast du auch Fledermäuse in deinem Glockenturm, Walt? Wie fühlt man sich denn, wenn man untot ist?«

Walt krümmte sich, als ihn ein Erdbrocken, der von rechts angeflogen kam, im Magen traf. Er schaute hinüber und entdeckte John Taylor und Rick Mitchell, die in einer Tannengruppe standen und mit Dreck warfen. Gleichzeitig erwischte ein Brocken ihn an der Stirn, und Staub drang in seine Augen.

Als er endlich wieder etwas erkennen konnte, lag er am Boden, und vier Jungen umringten ihn.

»Was'n los, Zom-boy? Ist dir was ins Auge geflogen?« krähte Donny und stieß Walt gegen die Schulter, so daß er auf den Rücken kippte. Donny hockte sich auf Walts Brust und nagelte ihn fest, indem er sich auf die Oberarme kniete. »Willste dich nicht wehren, Tsommbii?« Er kicherte boshaft. »Zu spät, du Flasche.«

Walts Stimme klang nicht ängstlich, überhaupt nicht unsicher, nur ein wenig erbost: »Was ist los mit euch? Ich habe euch nichts getan.«

»Wir haben es nicht so gerne, wenn Tote in unserer Schule herumlaufen, Zom-boy.« Donnys Spucke tropfte Walt in die Augen. »Wir wollen, daß du von hier verschwindest, Blödmann.«

Walt rollte sich auf die Seite, überrumpelte Donny und warf ihn ab. Während er aufstand, wischte er sich mit der einen Hand die Spucke aus den Augen und packte Donnys Jackenkragen mit der anderen. Walt riß den älteren Jungen von den Füßen.

»Ich bin nicht tot«, sagte er. Seine Stimme klang nun wütend und bebte. Er stieß Donny gegen einen Baumstamm, wo sein Kopf beim Aufprall einen dumpfen Laut verursachte.

Keiner der Jungen sagte oder tat etwas. Sie liefen auch noch nicht weg. Donny richtete sich auf und spuckte Blut in den Staub.

»Ich habe mir auf die Zunge gebissen«, jammerte er. Er schwankte unsicher hin und her. Und Walt ging nach Hause.

Jemand hätte etwas unternehmen müssen – bei ihm zu Hause anrufen, ihm jemand hinterherschicken, ihn wenigstens als Schulschwänzer melden. Aber niemand tat etwas. Es war nicht so, als hätte niemand bemerkt, daß er nach Hause ging. Und ganz bestimmt war auch niemandem entgangen, was er mit Donny James gemacht hatte. Aber Miss Allison konnte sich einfach nicht dazu durchringen, ihn zu melden, und niemand wollte ihr darin widersprechen.

Als seine Mutter nach Hause kam, saß er vor dem Fernsehapparat und hatte sein Malbuch auf dem Kaffeetisch vor sich liegen. Er hatte den Ton fast vollständig weggedreht.

»Du bist aber früh zu Hause. Wie kommt das?« erkundigte sie sich. Walt murmelte etwas Unverständliches gerade leise genug, so daß sie annehmen konnte, daß seine Antwort im Klappern ihrer Schritte untergegangen war.

»Tut mir leid, Lieber, ich hab dich nicht verstanden. Was ist los?«

Walts Hand drückte zu fest, und seine Malkreide hinterließ eine dicke Wachsspur auf dem Papier. Walt erschien sie wie eine Narbe.

»Ich hatte Streit«, sagte er. »Ich glaube, ich hab' Donny James ein ganz schönes Ding verpaßt. Er sah aus, als müßte er schnell zu einem Arzt. Ich wollte nicht mehr mit ihnen herumdiskutieren. Deshalb bin ich nach Hause gegangen.«

»Du hast einfach die Schule verlassen? Einfach so?«

»Mom, sie denken, ich bin ein Monster. Sie halten mich für einen Vampir oder so etwas.« Walt wollte weinen, vorwiegend aus hilfloser Enttäuschung, aber er tat es nicht. Er legte seinen Kopf auf die Arme, so daß seine Nase das Malbuch berührte.

Mom setzte sich neben ihn und hob ihn hoch, so daß er ihr die Arme um den Hals legen konnte. Vor ihnen, auf dem Fernsehschirm mit dem weggedrehten Ton, stritten die Personen einer Seifenoper sich wie Hunde, die sich um einen Knochen balgen.

»Du bist kein Monster, Walt«, sagte sie, während sie ihn festhielt und ihn an sich drückte. »Glaub ja nicht, was sie erzählen.« Aber ihre Stimme klang so unsicher, daß Walt, der es sich mehr als alles andere auf der Welt wünschte, sich nicht dazu bringen konnte, ihr zu glauben.

Eine Stunde vor dem Essen ging Walt hinaus, um zu sehen, was er tun könnte. Er wanderte ein gutes Stück, Häuserblock für Häuserblock, durch die Nachbarschaft, suchte jemanden, den er kannte, oder einen Sandplatz, um anderen beim Baseball zuzusehen oder sogar mitzuspielen, oder sonst irgend etwas, aber er fand nur ein paar schwimmende Wasserkäfer (von denen seine Mutter meinte, er dürfe sie nicht nach Hause bringen, weil es in Wirklichkeit Kakerlaken seien) unten im Bach an der Dumas Street. Viel Spaß machte ihm an das nicht. Auf dem Nachhauseweg funkelten die Sterne hell am Himmel, obwohl es noch nicht richtig dunkel war. Walt versuchte, Beteigeuze zu finden – ihm gefiel der Name dieses Sternes besonders, daher bat er seinen Vater, ihm bei der Suche zu helfen – aber der Stern war nirgends zu sehen. Anfangs blickte er nur zum Himmel, bewunderte die winzigen Lichtstriche, die die Sternschnuppen hinterließen – doch dann kamen sie alle herunter, und jede von ihnen zielte genau auf ihn. Drei Häuserblocks entfernt war ein großer Wald, fünfzehn oder zwanzig Blocks im Quadrat, wo bisher noch niemand Häuser erbaut oder Straßen angelegt hatte. Dorthin rannte Walt so schnell er konnte. Er rannte tiefer in den Wald hinein, als er es je gewagt hatte, bis er weder Häuser noch irgendwelche Merkmale in der Natur sehen konnte, die er kannte, und er wußte nicht mehr genau, wo er gerade war. Als er die Geräusche von Leuten hörte, die auf ihn zukamen, kletterte er auf den dicksten, höchsten Baum mit dem dichtesten Laub, den er finden konnte. Dort versteckte er sich.

Die Fremden hätten ihn finden müssen. Walt wußte das.

Sie waren zu sieben, jeder anders und seltsamer als der andere. Der einzige, den er richtig sehen konnte, war derjenige, der etwas hielt, das aussah wie ein Geigerzähler, es war der mit den riesigen Ameisenzangen anstelle des Mundes – genaugenommen war es ein Rachen, kein Mund. (Walt wußte das. Er war am Dienstag in die Bibliothek gegangen und hatte stundenlang in Büchern über Insekten gelesen.)

Es war derselbe, der ihn durch die Friedhofserde angestarrt hatte, als er noch tot war. Das Ding kam direkt zu dem Baum, in dem Walt sich versteckt hatte, und das Gerät in seinen Händen piepte und murrte wie verrückt. Er starrte von oben auf das Ding herab und biß sich auf die Lippe. Aus dieser Nähe war es sogar noch häßlicher als an dem Tag, an dem er es aus seinem Grab gesehen hatte. Die Dinger an den Enden seiner Arme waren überhaupt keine Hände. Sie hatten keine Handflächen oder Finger, sondern es waren nur muskuläre, wurmartige Hautlappen, die am Ende der Handgelenke flatterten und baumelten. Die Farbe seiner Haut war genauso wie bei einer Kakerlake, nachdem man sie zerquetscht hat. Es stank nach faulen Eiern und auch ein wenig wie die Maus, die in einem Sommer in den Fernseher geraten war, dort in den falschen Draht gebissen und sich selbst geröstet hatte. Anfangs sahen seine Arme völlig normal aus (oder irgend etwas in Walts Augen wollte dafür sorgen, daß sie normal aussahen), aber dann streckte das Ding sie aus, um sich gegen den Baumstamm zu stützen, und die Arme knickten nach hinten, mit doppelten Gelenken, und dann drückte das Ding noch fester, und der Arm war nicht nur doppelt gebeugt, sondern er bildete unter dem Gewicht einen Bogen. Die Beine waren genauso, und sie bogen sich in einer halben Kriechstellung nach hinten, wenn das Ding ging. Es trug ein Gewand, so daß Walt seinen Oberkörper nicht erkennen konnte, dann neigte es sich zur Seite, und das Tuch (oder war es etwas aus einem dehnbaren Gummimaterial?) wurde gestreckt und dünn genug, so daß es durchsichtig wurde, und Walt konnte sehen, daß es in der Mitte zusammengedrückt war wie eine rohe Bratwurst, so daß es schien, als bestünde das Ding aus zwei großen, runden Stücken, die nur durch eine hauchfeine Verbindung zusammengehalten wurden.

Doch das Schlimmste waren die Augen. Sie waren groß, größer als die Untertassen von Mutters Geschirr, und sie waren so, wie man es von Spinnenaugen sagt, wenn man sie aus nächster Nähe betrachtet. Aber nicht ganz. Mehr wie eine Schüssel voller Eier, bereits aufgebrochen und zum Verrühren bereit, doch mit immer noch unverletztem Eigelb. Um die etwa ein halbes Dutzend gelber Pupillen jeden Auges, durch die klare Substanz, konnte Walt Adern und Nervenenden sehen, die mit der Augenhöhle verbunden waren. Schleim tropfte ständig von den Augen in den Rachen. Das war auch der Grund, warum das Ding dauernd Geräusche von sich gab wie jemand, der Schleim aus dem Hals hochhustet.

Das Ding verbrachte viel Zeit damit, am Fuß von Walts Baum alles durchzukämmen, jeden Ast umzudrehen und in jedem Busch und Laubhaufen herumzuwühlen, während die anderen im restlichen Teil des Waldes suchten. Aber es blickte niemals nach oben. Keiner der Fremden, nicht einer von ihnen, schaute hoch.

Sie suchten ihn sorgfältig, methodisch, bohrten elektronische Sonden in das Erdreich, drehten jeden Stein und verfaulten Ast, stocherten in jedem Humushaufen herum.

Aber nicht ein einziges Mal überprüfte eines der Wesen das Astwerk eines Baumes.

Dämliche Fremde, dachte Walt. Später, als er noch einmal darüber nachdachte, entschied er, daß er recht hatte.

Nachdem sie etwa eine Dreiviertelstunde um ihn herumgeschlichen waren, gaben sie die Suche auf und entfernten sich. Walt blieb noch zwanzig Minuten länger auf dem Baum in seinem Versteck hocken, falls sie sich irgendwo versteckt hatten und auf ihn warteten. Er hätte lieber noch länger gewartet, aber, er konnte nicht mehr stillsitzen.

Aber das war auch nicht schlimm. Niemand kam, um ihn zu holen, als er vom Baum herunterkletterte.

Die Fremden sind noch ungeduldiger als ich, dachte Walt. Der Gedanke an nervöse Fremde reizte ihn zum Lachen, aber er tat es nicht.

Mittlerweile war es Nacht, und Walt kannte sich in diesem Teil des Waldes überhaupt nicht aus. Wenigstens war der Mond bereits aufgegangen und fast voll, so daß genug Licht da war, um den Weg erkennen zu können (allerdings keinen häufig benutzten; stellenweise wucherten dichte Grasbüschel mitten drauf), der in beide Richtungen führte, in denen er sich auch nicht auskannte.

Er machte sich wegen sich selbst eigentlich keine großen Sorgen – immerhin hatte er sich nicht sehr weit von zu Hause entfernt verlaufen, was geradezu lächerlich war –, aber er wußte, daß seine Mutter sich Sorgen machen würde. Sobald er nach Hause zurückkäme, wäre sie sicherlich wütend auf ihn. Er beeilte sich so gut er konnte.

Nach etwa fünfzehn Schritten öffnete sich der Weg zu Walts Friedhof.

Und zwar zu dem Ort, an dem Walt elf Monate und sieben Tage in der Erde vergraben zugebracht hatte. Der Baum, neben dem er stehenblieb, war der Baum, dessen Wurzeln ihn an sonnigen Vormittagen beinahe kitzelten. Vor ihm erhob sich ein Grabstein, der mit Graffiti besudelt war.

Sogar bei dem schwachen Mondlicht konnte er es erkennen; breite Streifen Sprayfarbe, die die in Granit gehauenen Buchstaben zudeckten.

Das mußte völlig neu sein. Er hatte sich in der Nacht, in der er aus seinem Grab gestiegen war, umgedreht und zurückgeblickt, und da war der Stein noch sauber gewesen.

Und dann hatte jemand die Erde wieder auf sein Grab geschaufelt und die Grassoden zurückgelegt.

Walt stand an dem Grab, bohrte seine Schuhspitze zwischen die Graswurzeln, starrte den Grabstein an und las wieder und wieder die Inschrift. Er versuchte auch, das Graffito zu lesen, doch es bestand nicht aus Worten, noch nicht einmal aus Buchstaben, sondern aus seltsamen Linien wie die Graffiti, welche die Wände der U-Bahn bedeckten, die Walt gesehen hatte, als Dad ihn nach New York mitnahm. (Dad erzählte, daß die Graffiti in der Stadt nur deshalb so aussahen, weil die Kids, die sie aufmalten, niemals Lesen oder Schreiben gelernt hatten, und daß sie sogar zu dumm wären, um das Alphabet zu beherrschen. Das erschien ihm geradezu unglaublich, aber Walt konnte sich keinen anderen Grund verstellen, warum sie nicht mit Buchstaben umgingen.) Er dachte, vielleicht haben die Fremden die Zeichnung hinterlassen, doch dann dachte er, *Warum sollten die Fremden dazu rote Sprühfarbe benutzen?*, und er wußte, das konnte nicht von ihnen stammen.

Als er das Grab betrachtete, machte ihn das schläfrig und vermittelte ihm ein angenehmes Gefühl. Es wurde spät, und er wußte, daß er eigentlich nach Hause gehen sollte. Aber er konnte sich nicht bremsen, nicht richtig. Er legte sich auf sein Grab, bettete den Kopf auf den Grabstein (die Farbe war noch so frisch, daß Walt sie riechen konnte), und für eine Stunde starrte er zum Himmel und beobachtete die Sterne. Nicht um nach einem fremden Raumschiff Ausschau zu halten, sondern weil es nichts gab, was ihm angenehmer erschien.

Seine Mom war nicht da, als er nach Hause kam. Nur Dad und Anne saßen vor dem Fernseher.

»Hey, Walt«, rief Dad, als er hereinspazierte. »Ist es bei den Pfadfindern wieder so spät geworden?«

Walt kicherte verhalten. »Ja«, antwortete er. Es war keine richtige Lüge; Dad machte nur einen Scherz. Walt setzte sich hinter Dads Sessel an den Kartentisch. Anne, die auf dem kleinen Sofa an der Wand saß, löste den Blick nicht von der Mattscheibe, bis der Werbespot begann.

»Karten?« fragte sie ihn.

»Nein. Ich glaube, ich gehe heute früh zu Bett.«

»Das Abendessen für dich steht im Kühlschrank, Walt«, sagte Dad. »Schweinekoteletts und grüne Bohnen.«

Walt nickte. »Danke.« Er stand auf und ging Richtung Küche.

»Oh, und Walt«, meinte Dad, »hab' ich ganz vergessen. Jemand von der Zeitung hat angerufen. *The Interlocutor.* Er möchte morgen früh vorbeikommen und sich mit dir unterhalten. Noch vor der Schule.«

»Hmmm.« Walt wußte nicht, was er davon halten sollte.

»Ja«, sagte Dad. »Es wird sicherlich interessant. Ich frage mich nur, wie sie es so schnell herausbekommen haben.«

Walt hob die Schultern, dann wurde ihm bewußt, daß

sein Vater diese Geste ja nicht sehen konnte. »Keine Ahnung. Wahrscheinlich jemand in der Schule, vermute ich.«

»Ja.« Sein Vater nickte in Richtung des TV-Geräts. »Ich denke, das wird es gewesen sein.«

In der Küche holte er den Teller aus dem Kühlschrank und versuchte zu essen, was seine Mutter ihm übriggelassen hatte. Walt mochte Schweinekoteletts. Sogar kalt. Aber jetzt konnte er nicht den Appetit aufbringen, sie oder die grünen Bohnen zu essen, und nach zwanzig Minuten ließ er den Teller so gut wie unberührt auf dem Küchentisch stehen und ging zu Bett.

Seine Mutter kam durch die Hintertür herein, als er über die Treppe zu seinem Zimmer hinaufging. Er wandte sich um, um ihr gute Nacht zu sagen, und sie war bereits auf der Treppe dicht unter ihm, hatte es aus irgendeinem Grund eilig und sah ihn in der Dunkelheit gar nicht.

»Mom«, sagte Walt, um sie auf sich aufmerksam zu machen, ehe sie mit ihm zusammenstieß.

»O mein Gott!« Seine Mutter schrie. In der Dunkelheit holte sie aus, und ihre Faust traf Walt dicht unter dem rechten Auge. Der Treffer haute ihn um; und er wäre die Treppe hinuntergepurzelt, wenn sein linker Fuß sich nicht zwischen ihren Füßen verhakt hätte.

Ganze fünf Minuten lang lehnte sie zitternd und schwer atmend am Geländer, das an die Wand geschraubt war, Walt regte sich nicht – es erschien ihm nicht sicher genug –, er lag nur da auf der Treppe zu ihren Füßen. Kurz darauf erschienen sein Vater und seine Schwester am Fuß der Treppe, und sie konnten die Szene sehen. Sie standen da und gafften nur. Sie sagten nichts.

»Walt«, sagte seine Mutter schließlich (ihre Stimme klang kälter und unmenschlicher, als redete sie mit einem völlig Fremden). »Hundertmal habe ich dir schon befohlen, du sollst das Licht anknipsen, wenn du auf der Treppe oder im Korridor bist.«

»Entschuldige«, erwiderte er und hatte Angst, daß sie noch wütender wurde, wenn er noch mehr von sich gab.

»Tu das nie wieder.«

Er nickte. »Ich war unterwegs ins Bett. Ich wollte dir nur gute Nacht sagen.«

»Gute Nacht«, meinte sie, und dabei klang ihre Stimme härter und abweisender, als sein Grab es je gewesen war.

Im Bett kurz bevor er in den Schlaf dämmerte, wurde ihm bewußt daß er die ganze Woche kaum etwas gegessen hatte und daß er seit seiner Rückkehr von den Toten überhaupt nicht hungrig gewesen war.

Dad weckte ihn am Morgen schon sehr früh, indem er ihn mit seiner großen weichen Hand an der Schulter schüttelte. Walt duschte und zog sich an, ehe er richtig wach war; später bemerkte er, das er sein Hemd verkehrtherum angezogen hatte.

Als er in die Küche kam, bereitete seine Mutter schon das Frühstück – Rühreier mit Speck –, und der Mann vom *Interlocutor* saß am Küchentisch. Er starrte Walt genauso an, wie Walt sich daran erinnern konnte, die Eidechsen im Reptilienhaus im Zoo angestarrt zu haben, als er sechs war. Aber die Eidechse hatte ihn nicht sehen können, oder sie tat so als ob.

»Hi, Walt.« Der Mann streckte ihm die Hand entgegen, aber er starrte ihn noch immer so an. »Ich bin Harvey Adler vom *National Interlocutor*. Ich bin wegen deiner Geschichte hergekommen.« Er lächelte, aber es erinnerte Walt an das Eidechsenlächeln: mehr eine Laune der Natur in ihrer Anatomie als ein richtiger Gefühlsausdruck.

»Wollen Sie mit uns essen?« fragte Walt. Er wußte nicht genau, warum er das tat.

»Ahh«, machte Adler unbehaglich, aber dann stellte Walts Mutter einen Teller vor ihn hin und einen zweiten vor Walt. »Nun. Sieht so aus, als äße ich mit.« Walt fühlte sich irgendwie verraten.

»Kaffee, Mr. Adler?« fragte Walts Mutter. Das war noch schlimmer; Walt wußte nicht warum.

»Nein, danke, Mrs. Fulton. Ich hab' heute morgen schon zwei Tassen getrunken.« Er wandte sich wieder an Walt. »Bist du tatsächlich gestorben, Walt? Und von den Toten zurückgekommen? Wie war es denn, sterben, meine ich?«

Walt stocherte mit der Gabel in seinem Essen herum. »Ich lief über den Highway und hab' nicht aufgepaßt. Ein lautes, kreischendes Geräusch ertönte. Ich denke, das war der Wagen, der zu bremsen versuchte. Aber ich habe ihn nicht gesehen. Ich drehte überhaupt nicht den Kopf. Es passierte zu schnell. Dann war um mich herum alles für eine Weile schwarz.«

Adler hatte seinen Kassettenrecorder eingeschaltet und machte sich hastige Notizen. »Was dann, Walt?«

Walt zuckte die Achseln. »Dann war ich tot. Ich konnte in meiner Umgebung alles hören und sehen. Genauso wie die anderen toten Leute. Aber ich konnte mich nicht bewegen.«

»Und in diesem Zustand warst du ein ganzes Jahr? Das muß doch ziemlich einsam gewesen sein.«

»Na ja, wissen Sie, es ist Ihnen eigentlich egal, wenn Sie tot sind. Und die toten Leute können Sie hören. Und mit Ihnen reden. Aber das tun sie nicht so oft. Eigentlich wollen sie es überhaupt nicht.«

So ging es für eine Stunde. Er erzählte dem Mann alles – über die Fremden, über das Heraussteigen aus seinem Grab, über seine Freunde und die Schule und alles. Am Ende kam er zu spät zur Schule. Wahrscheinlich war es dafür kein besonders guter Tag; als er schließlich seine Klasse betrat, redete Miss Allison schon vom Tag vorher kein Wort mit ihm.

In der Vormittagspause fand Donny James (grün und blau, aber nicht ernsthaft verletzt) Walt und fragte ihn, ob er nicht mal zum Risikospiel kommen wolle, das sie immer am Freitagnachmittag spielten. Er tat so, als sei nichts geschehen, vielleicht war er sogar ein wenig verlegen. Das konnte Walt überhaupt nicht begreifen, und obgleich er in seinem späteren Leben feststellte, daß Menschen sich so verhielten, konnte er es nicht erwarten oder glauben.

Ärger mit Miss Allison gab es etwa eine Stunde nach der Pause. Sie stellte der Klasse eine Frage (»Wo liegt die Malagasische Republik?«), von der sie meinte, daß niemand sie beantworten konnte. Aber Walt zeigte auf und beantwortete sie ziemlich gründlich (»Die Malagasische Republik ist die Insel Madagaskar vor der Südostküste Afrikas. Die Menschen dort sind schwarz, aber sie sprechen eine Sprache, die mit dem Polynesischen verwandt ist«), was sie ziemlich lächerlich aussehen ließ, und die Klasse begann zu kichern. Das hatte Walt nicht beabsichtigt. Doch sobald er den Mund aufmachte, wußte er, daß sie am Ende ziemlich lächerlich dastehen würde. Fragen zu beantworten, übte auf ihn einen großen Reiz aus, und diese Antwort kannte er, weil der alte Mann im Grab neben ihm dreißig Jahre lang im Indischen Ozean als Matrose unterwegs gewesen war, und wenn er einmal redete (was so gut wie niemals geschah), dann hatte er als Thema immer Afrika oder die Malediven oder so etwas in der Richtung.

Miss Allison nahm es überhaupt nicht leicht. Sie hatte seit Walts Rückkehr nichts mehr leicht genommen. Und es half auch nicht, daß Walt (der sich reichlich kühn fühlte, seitdem er dem Mann vom *Interlocutor* während des Frühstücks alles erklärt hatte) zu erklären versuchte, wie es kam, daß er solche seltsamen Informationen kannte und warum und daß es im Grunde nicht so wichtig war. Zum dritten Mal in dieser Woche wurde Miss Allison wütend, und sie holte aus, um ihn zu schlagen, und zum drittenmal funkelte Walt sie an, daß, falls sie zuschlug, dies das letzte wäre, was sie jemals tun würde. (Nicht daß er ernsthaft vorhatte oder auch nur fähig war, diese Drohung in die Tat umzusetzen. Es war ein Bluff. Aber er kannte sie gut genug, um zu wissen, daß es ihr Einhalt gebot.) Miss Allison ging nicht zu ihrem Pult zurück, zitternd, wie sie es bei den Gelegenheiten vorher gemacht hatte. Sie rannte aus dem Klassenzimmer hinaus und knallte hinter sich die Tür zu. Zwanzig Minuten lang kam sie nicht zurück, und als sie schließlich wieder erschien, wurde sie von Mr. Hodges, dem Direktor, begleitet.

Er holte Walt aus Miss Allisons Klasse heraus und ließ ihn ein Jahr überspringen – er versetzte ihn in die Klasse, in der er mit Donny James, Rick Mitchell und allen anderen gewesen war.

Dort gefiel es ihm besser. Selbst wenn die Lehrerin der vierten Klasse ein wahrer Haudegen war, so war sie wenigstens nicht hysterisch.

Am Nachmittag begleitete er Donny nach Hause und half ihm, das Risikospiel aufzubauen. Sechs Jungen fanden sich ein – Walt, Donny, Rick, Frankie, John und Donnys kleiner Bruder Jessie –, und das Spiel lief ganz gut. Walt gewann nicht, aber er war auch nicht der Verlierer. Eigentlich verlor niemand. Es wurde schon Zeit fürs Abendbrot, ehe endlich jemand soweit kam, die Welt zu beherrschen, daher beließen sie es dabei.

Als er nach Hause kam, waren sein Vater und seine Schwester noch nicht zurück. Seine Mutter saß am Küchentisch und trank mit den Fremden Kaffee.

Er wußte, daß die Dinger da waren, noch ehe er in die Küche platzte; als er die Haustür öffnete, roch er schon das verschmorte Fleisch und die faulen Eier, und er wußte, daß sie wegen ihm gekommen waren. Sein erster Gedanke war, daß sie seine Mutter als Geisel genommen hatten, sie gekidnapped hatten, damit er mit ihnen ging. Er rannte in die Küche (von wo der Geruch kam), getrieben von einem jener tapferen Reflexe, die ein Junge schon mal hat, wenn keine Zeit zum Nachdenken ist.

Aber er brauchte sie gar nicht zu retten.

Sobald er die Küchentür aufstieß, wußte er, daß er lieber umkehren und sofort weglaufen sollte, aber das tat er nicht. Der Schock lähmte ihn. Er drückte sich an die Wand gleich neben der Tür, durch die er soeben gekommen war, und starrte sie mit aufgerissenen Augen und weit offenem Mund an.

Seine Mutter saß am Küchentisch und trank mit den Fremden Kaffee. Der Häßliche, der mit der Haut von der Farbe von Kakerlakengedärm und Augen wie eine Spinnenleiche, saß dort mit ihr an einem Tisch. Hinter ihm, in dem Korridor, der zur Garage führte, drängten sich die restlichen Fremden an der Tür, um das Geschehen zu verfolgen.

»Walt«, sagte seine Mom, »das ist Mr. Krant. Er wird dich mitnehmen.«

Walt wollte schreien, aber seine Kehle verkrampfte sich, war zugeschnürt, und er brachte keinen Ton heraus. Etwas in seinen Knien wollte zerspringen und ihn zu Boden sinken lassen, daher lehnte er seinen Körper noch fester gegen die Wand, um sein Gewicht zu mindern.

»Deshalb haben sie dich geweckt, Liebes. Sie wollten dich. Sie sind wegen dir hergekommen. Sie wollen dir helfen.«

Walt glaubte kein einziges Wort, keine Sekunde lang. Der Ton seiner Mutter war zu süß und zu ernsthaft, sie log ihn genauso an wie kurz nach seinem Tod.

»Nein!« schrie er. Seine Stimme klang schrill. Er wollte noch immer schreien, aber jetzt wollte er auch weinen. Gott, warum seine Mom? Warum tat sie sich mit denen zusammen?

»Es ist okay, Walt.« Sie log noch immer. »Du brauchst nicht mit ihnen zu gehen, wenn du nicht willst. Aber hör sie an. Rede mit ihnen. Laß dir alles erklären.«

Er wußte sofort, daß dies das letzte war, das er tun dürfte. Der Fremde griff in die Tasche und holte ein Gerät heraus, bei dessen Betrachtung Walt ganz benommen wurde.

Ein Hypnotisierer, dachte Walt, und wendete so schnell er konnte den Kopf ab.

»Ganz ruhig, Walt.« Die Stimme des Fremden klang genauso wie die Luft, die in einer Toilette hochsprudelt, wenn in den Abflußrohren seltsame Dinge vorgehen, Walt konnte hören, wie das Ding mit dem Gerät hantierte. »Du kannst mich Captain Krant nennen. Wir haben einen weiten Weg zurückgelegt, um dich zu finden. Aus unendlich weiten Galaxien sind wir hergereist.« Walt konnte nicht anders; er drehte sich um, damit er sehen konnte, wie das Ding redete. Die Zangen rührten sich nicht, aber der Rachen hüpfte und verformte sich hektisch. Das hatte zur Folge, daß klebriger Schleim am kinnlosen Kiefer des Dings herunterrann. Walt verfolgte ihn, wie er auf das Gewand des Fremden fiel und in einen fleckigen Ring unterhalb des Halses floß …

– und er mußte sich übergeben, obgleich er seit Tagen nichts gegessen hatte, und seine Beine jagten ihn zwischen den Fremden hindurch ins Badezimmer –

– und er begriff, daß er sich bewegen, daß er rennen konnte –

– und dort, wo der Korridor sich teilte, rannte er geradeaus weiter, durch die Garage und durch die Seitentür hinaus, und dann rannte und rannte und rannte er, ohne noch einmal einen letzten Blick auf das Haus seiner Mutter zu werfen.

Was er, vielleicht, lieber hätte tun sollen, denn er sah es nie wieder.

Er achtete nicht darauf, wohin er rannte, deshalb überraschte es ihn nicht sonderlich, als er sich, Augenblicke später, keuchend und weinend über seinen Grabstein gebeugt wiederfand. Das Grab war sein Zuhause, wahrscheinlich das beste, das er je gehabt hatte – obgleich in diesem Gedanken etwas Widersprüchliches mitschwang, so etwas wie Bitternis. Es machte Walt nichts aus. Es war nichts Schlimmes an Bitternis, wenn die eigene Mom sich wie ein tollwütiger Hund gegen einen wandte – vielleicht war es sogar irgendwie berechtigt. Mütter sollten einen eigentlich beschützen und nicht in die Sklaverei verschachern (schlimmer: einen einfach weggeben), wenn die Fremden einen holen kamen.

»Walt?« und eine Hand auf seiner Schulter. Er zuckte zusammen und hätte beinahe aufgeschrien, doch er bremste sich. Er hatte niemanden kommen gehört. Ganz und gar nicht.

»Walt, bist du okay?« Seine Schwester. Niemand sonst. Niemand war bei ihr. Sein Herz tanzte wie wahnsinnig in seiner Brust.

»Ja.« Er atmete tief ein und ganz langsam aus. »Okay, ich hätte mich verabschieden sollen. Ich mußte einfach weglaufen.«

»Häh? Warum denn das?«

»Mom ...« Er hielt inne. »Du würdest es mir nicht glauben.«

Anne schüttelte den Kopf.

»Es ist schon schwer zu glauben, daß du lebst. Was könnte schlimmer sein?«

Walt versuchte für einen Augenblick, darüber nachzudenken, dann entschied er, daß er es doch nicht wollte. Er zuckte die Achseln. »Die Fremden, diejenigen, die mich zum Leben erweckt haben. Sie sind gekommen, um mich zu holen. Mom möchte, daß ich mit ihnen gehe.«

Sie hob die Schultern. »Vielleicht hat sie recht. Irgend etwas stimmt nicht. Ist falsch, seitdem du zurück bist.«

»*Gott!* Nicht auch noch du! Wenn du sie gesehen hättest, wenn du mit ihnen mitgehen solltest ...! Sie sind furchterregend!« Walt gab sich alle Mühe, nicht zu weinen, aber es hatte nicht viel Sinn. »Ich möchte aber nicht mitgehen. Und ich möchte nicht daß Mom versucht, mich loszuwerden.«

Anne stand da, mit ausdruckslosem Gesicht, und sagte nichts. Walt wußte nicht warum oder wie, aber er wußte wohl, daß es keine Möglichkeit für sie gab, auf das zu reagieren, was er gesagt hatte.

Und es gab nichts mehr, was er noch hätte sagen können. »Ja«, meinte er schließlich, denn er mußte die Stille mit irgend etwas ausfüllen – er meinte eigentlich nichts Bestimmtes, als er es aussprach. »Nun. Ich denke, dann auf Wiedersehen.«

Sie nickte, und sie umarmte ihn und wünschte ihm Glück. Sie drehte sich um, und ehe sie fünf Schritte gemacht hatte, war er bereits in den Wald eingedrungen und suchte sich seinen Weg zum dunkelsten Ort, den er finden konnte. Er sah sie lange Zeit nicht wieder.

Stundenlang hockte er im Wald und versuchte, sich darüber klar zu werden, was er als nächstes tun sollte.

Er wußte es um Mitternacht noch immer nicht, als er die

Schritte seines Dad hörte. Dad brauchte gar nichts zu sagen, damit Walt wußte, wer es war, er erkannte den Gang sofort.

»Sohn«, rief Dad fast so, als könnte er ihn atmen hören. »Walt? Bist du noch da, Sohn?«

Walt drückte sich tief in die Nische zwischen zwei dicken Felsbrocken, wo er hockte.

»Es ist alles in Ordnung, Sohn«, rief Dad. Im Klang seiner Stimme hörte Walt alles, was er glauben wollte: daß sein Dad ihn liebte, ihn bei sich haben wollte, ihn brauchte. Daß seine Mutter nur eine schwere Zeit durchmachte, und daß sie ihn schon bald wieder so lieben würde, wie sie es immer getan hatte. Sehr bald schon – nächste Woche, vielleicht auch erst in der Woche danach, spätestens.

»Es ist alles in Ordnung, Walt«, rief Dad wieder. »Niemand will dich zu etwas zwingen, was du nicht selbst möchtest. Ehrlich, mein Sohn. Deine Mutter ist ein wenig durcheinander, klar, aber das wird sich schon geben. Vielleicht können du und ich und Anne für ein oder zwei Wochen wegfahren und uns oben am See eine Hütte mieten.« Lake Hortonia, in Vermont, wo sie jedes Jahr ihre Ferien verbrachten, seit Walt drei Jahre alt war. »Damit deine Mom ein wenig Zeit für sich hat, Zeit, um sich an alles zu gewöhnen.«

Dad war jetzt sehr nahe herangekommen, aber Walt versuchte auch nicht mehr, sich weiterhin zu verstecken. Er stand aber auch nicht auf und gab so seinem Dad Bescheid, wo er sich aufhielt, nein. Er war vorsichtig geworden. Ein Reflex in ihm ließ nicht zu, daß er einfach aufstand. Dann zuckte sein Bein und ließ ein paar Erdbrocken ins Rutschen geraten. Und das Geräusch verriet ihn.

»Walt?« Die Stimme seines Dad klang nun gespannt,

schärfer. Die Taschenlampe schwenkte herum, und da war er, gefangen in ihrem Lichtkegel.

Walt wollte vor Entsetzen aufschreien, vor Enttäuschung, daß er doch erwischt worden war. Doch was herauskam war eher ein Weinen, obgleich er sich anstrengte, daß es nicht so aussah, und dann rannte er mit ausgebreiteten Armen los, lief »Daddy!« und schlang seine Arme um die Taille seines Dad und vergrub sein Gesicht in seinem weichen Bauch. Und er weinte in das weiche Flanellhemd und roch saubere Wäsche, weil sein Dad nie schwitzte.

»Daddy«, sagte Walt wieder, und er drückte ihn noch fester an sich.

»O Gott, Walt, o Gott ich liebe dich, Sohn, das weißt du doch.«

Und Walt nickte in den Bauch seines Vaters, obwohl es eigentlich keine richtige Frage war.

»Und ich flehe zu Gott, daß er mir eines Tages vergibt, was ich jetzt tue. Gott, deine Mutter hat mich dazu überredet, sie hat mich gezwungen ... !« Und dann packte die Hand seines Vaters sein Handgelenk, hart und sicher wie Eisenklammern, und er rief in Richtung des Friedhofs. »Ich hab' ihn«, und ...

Etwas in Walt zerbrach, und ohne darüber nachzudenken, ohne zu wissen, was er tat, stieg in ihm ein Schrei aus einem schwarzen, bodenlosen Schacht tief in seinem Innern auf.

Ein Schrei so furchtbar und echt, daß er den Wald erschütterte und, für einige Wochen, die Träume eines jeden, der ihn hörte.

Die Hände seines Vaters lösten sich von Walts Handgelenken.

Und Walt *rannte*.

Walt rannte die ganze Nacht. Er hatte kein bestimmtes Ziel. Noch nicht. So weit hatte er noch nicht nachgedacht.

Daher blieb er in Bewegung, denn er wußte, daß sie nach ihm suchten. Mehr als einmal hörte er ihre Schritte dicht hinter sich – die seiner Mutter, seines Vaters, den unheimlichen Gang der Fremden. Später auch den anderer.

Es war kurz nach Monduntergang, aber noch vor Anbruch der Morgendämmerung, als er das schrille, scharfe Flüstern eines Zischens hörte.

»*Hssit*. Walt.«

Zuerst glaubte er, es käme von Donny James' Haus – er befand sich im Wald genau dahinter – aber dann erkannte er, daß es von Mr. Hodges' Tür daneben kam.

Walt konnte sich keinen Grund vorstellen, aus dem der Schuldirektor ihn rufen könnte. Er ging zurück zum Hinterfenster – es war offen, hatte aber ein Fliegengitter –, um es in Erfahrung zu bringen.

»Was ist geschehen, Walt? Deine Eltern waren hier, und dann die Polizei. Sie haben nach dir gesucht. Sie müssen bei jedem Haus in der Nachbarschaft gewesen sein, um nachzusehen. Was hast du getan?«

Walt zuckte die Achseln. »Ich denke, ich bin weggelaufen. Die Fremden, die mich zum Leben erweckt haben, sind zurückgekommen, um mich zu holen. Mom wollte mich ihnen ausliefern.«

Mr. Hodges glaubte nicht ein Wort davon. »Selbst wenn das wirklich passiert sein sollte – ich denke, es ist nicht viel verrückter als alles andere, was ich mit dir in den letzten Tagen erlebt habe –, warum würde deine Mutter dann die Polizei benachrichtigen? Sie würden die Dinge für sie doch nur komplizierter machen.«

Walt zuckte erneut die Achseln. »Mom ist trickreich.«

Mr. Hodges schüttelte den Kopf. »Ich weiß nicht, was du bist, Walt, aber du bist wirklich seltsam.« Er blickte in den Wald, dann nach rechts und links. »Möchtest du nicht für eine Tasse Kakao hereinkommen?«

Walt wußte, daß er dem Mann nicht trauen sollte; er wußte aus Erfahrung, daß er heute niemandem trauen durfte. Aber er war müde und wollte keine Angst mehr haben, und die Lauferei wurde ihm auch langweilig, daher nickte er und sagte: »Ja.«

»Dann komm zur Seitentür«, erklärte Mr. Hodges ihm, und er tat es.

Im Haus war es noch dunkel. Sie saßen am Küchentisch, während der Direktor Kakao zubereitete (sich selbst brühte er einen Kaffee auf, und das einzige Licht kam durch die Fenster von der Straßenlaterne vor dem Haus.

»Am besten lassen wir das Licht gelöscht«, sagte er, »denn so, wie die draußen herumsuchen, sehen sie dich ganz gewiß, wenn wir die Lampen anknipsen.«

»Ja.« Walt nickte.

Eigentlich gab es für sie nichts, worüber sie sich hätten unterhalten können. Walt hatte bereits mehr über sich und die Fremden erzählt, als er je jemandem hatte verraten wollen. Überdies wußte er eigentlich auch nicht so viel. Da war die Schule, aber Walt hatte gewisse Hemmungen, dem Direktor irgend etwas Interessantes zu erzählen: Er könnte jemanden damit in Schwierigkeiten bringen.

»Miss Allison liegt im Krankenhaus«, berichtete Mr. Hodges. »Sie hatte gestern einen Nervenzusammenbruch. In ihrem Klassenzimmer. Der Hausmeister kam um vier Uhr, um aufzuräumen und sauberzumachen, und da war sie, starrte in die Ferne, als wartete sie auf etwas. Und nichts, was man auch versuchte, brachte sie dazu, auch nur zu zwinkern – obgleich sie das, wenn man lange genug hingeschaut hätte, auch aus eigenem Antrieb gemacht hätte.«

Walt nickte und rührte seinen Kakao mit dem Finger um. »Sie war am Vormittag ziemlich seltsam.«

Mr. Hodges zündete sich eine Pfeife an und sog dreimal zischend die Flamme seines Gasfeuerzeugs in den Pfeifenkopf. Rauch wallte auf, um im Licht von der Straßenlaterne zu erstarren. Der Duft war kräftig, aber leicht bitter und trocken.

Walt wußte, daß die Sonne bald aufgehen würde. Er fühlte sich selbst langsam abgleiten, so wie ein Bildschirm, der allmählich verblaßt; er spürte, wie seine Muskeln Stück für Stück nachgaben, spürte, wie sein Kopf auf das Polster seines Arms auf dem Tisch neben der Kakaotasse niedersank. Er versuchte, sich selbst aufzuraffen, sich anzuspannen, wach zu werden, aber es nutzte ihm nicht viel.

»Walt? Ist alles mit dir okay?«

Mr. Hodges' Frage weckte ihn. Er schüttelte den Kopf. »'tschuldigung. Ich bin okay.«

»Möchtest du dich hier auf die Couch legen? Mußt du schlafen?«

»Ginge das denn?« Walt war müde, aber er hatte auch Angst. Er malte sich aus, wie seine Mutter ihn fand, während er schlief, und ihn den Fremden gab, ohne ihn zu wecken, um ihn davon zu unterrichten. Er konnte sich selbst sehen, wie er in einem Raumschiff aufwachte, bereits Lichtjahre von zu Hause entfernt in den Armen eines Dings, das aussah und sich anfühlte wie Eingeweide und nach faulen Eiern stank. Er versuchte, nicht zu erschauern, aber es gelang ihm nicht.

»Walt? Soll ich dir ein Kissen und eine Decke holen? Schlaf nicht auf deinem Platz ein; nachher fällst du noch vom Stuhl und brichst dir das Genick.«

»Bitte.« Er stolperte ins Wohnzimmer und auf die Couch zu. Er war schon fast eingeschlafen, ehe Mr. Hodges zurückkam.

Der saubere Stoff des Kopfkissenbezuges fühlte sich für Walt angenehm und wunderbar, aber zugleich auch fremdartig an. Er war an das Seidenbett seines Sarges gewöhnt obgleich er es nicht fühlen konnte, als er tot war. Er lag länger wach, als er gewollt hatte, und gewöhnte sich allmählich daran.

Walt erwachte am frühen Abend; Mr. Hodges war noch nicht zu Hause und hatte auch keine Notiz hinterlassen. Walt ging ins Badezimmer, um sich so gut es ging zu waschen und frisch zu machen, ohne die Kleider wechseln zu können. Er hatte keine Ahnung, was er als nächstes tun würde; es kam ihm so vor, als gäbe es für ihn keine Zuflucht, kein Leben mehr, das er sich hätte einrichten können. Für einen kurzen Moment dachte er sogar, besser wäre er dran, wenn er tot wäre, aber er wußte auch, daß dem nicht so war.

Wenigstens einstweilen nahm ihm die Türklingel die Entscheidung ab. Walt legte das Handtuch, mit dem er sich das Gesicht abgetrocknet hatte, beiseite und blickte um die Ecke, wo der Korridor endete, ins Wohnzimmer.

Durch das Fenster im Alkoven konnte er drei Polizisten

erkennen, die Hände vor dem Bauch verschränkt wie Pagen in einem eleganten Restaurant. Seine Mutter stand hinter ihnen.

Er mußte verschwinden, oder sie schnappten ihn. Er rannte zum Schlafzimmer im hinteren Teil des Hauses, drückte das Fliegengitter aus dem Rahmen, kletterte hinaus und begann zu rennen.

»Walt!«

Sein Herz machte einen Satz und versuchte, ihm zum Hals herauszuspringen. Er glaubte, sie hätten ihn geschnappt, doch dann drehte er sich um und erkannte gleichzeitig die Stimme: Donny James, der in seinem Garten in einem Liegestuhl saß. Das Haus der James' stand direkt neben dem Haus von Mr. Hodge.

»Still!« flüsterte Walt nahezu lautlos. Er versuchte, ganz ruhig zu sein, aber es klappte nicht. »Sie suchen nach mir. Keine lauten Stimmen bitte.«

»Häh ...?« Donny rannte, um ihn einzuholen. Drüben auf der anderen Seite des Waldes, wo die Sturmdrainage unter dem Interstate Highway verlief, befand sich ein großes Abflußrohr aus Beton, groß genug, daß ein Junge hindurchgehen kann, aber für einen Erwachsenen zu klein. Er könnte sich dort verstecken, und selbst wenn sie ihn finden, würden sie nicht reinsteigen, um ihn zu schnappen. Oder ihm auch nur eine Falle zu stellen. Er könnte längst verschwunden sein, ehe sie zur nächsten Highway-Oberführung gelangt wären und ihn am Ende der Leitung umstellten.

»Wo willst du hin, Walt?« fragte Donny. Walt gab keine Antwort.

Noch immer war nirgendwo eine Spur von seiner Mutter

oder von den Polizisten, als sie das Rohr erreichten. Walt ging als erster hinein – genaugenommen tief gebückt und wie eine Ente watschelnd. Etwa in der Mitte des Rohres setzte er sich und lehnte seinen Rücken gegen die gerundete Wand. Es war kühl und trocken und dunkel. Es gab keine Käfer, jedenfalls keine, die Walt sehen konnte.

»Die Polizei war heute in der Schule und hat nach dir gesucht«, erzählte Donny. »Als sie dich nicht fanden, haben sie jeden ausgefragt.«

Walt nickte. So etwas hatte er beinahe erwartet.

»Was ist mit dir passiert? Warum bist du weggelaufen? Warum suchen sie nach dir?«

Walt wußte nicht was er darauf sagen sollte; er trat gegen die gegenüberliegende Rohrwand und versuchte nachzudenken.

»Die Fremden, die mich zum Leben erweckt haben, sind zurückgekommen, um mich zu holen.« Er erwartete dauernd, daß die Leute ihm nicht glaubten, dabei glaubten sie es die ganze Zeit. Seltsam. »Ich wollte nicht mit, weil sie richtig grauenvoll sind. Aber Mom wollte, daß ich es tue. Deshalb bin ich fortgelaufen.«

Donny schnippte einen Kieselstein durch die Öffnung, durch die sie eingestiegen waren. »Wo willst du denn jetzt hin?«

Walt hatte noch immer nicht darüber nachgedacht. Nicht richtig. Er hob die Schultern. »Ich glaube, ich weiß es nicht.«

Donny und Walt saßen da, dachten nach, redeten nicht, und das fünf Minuten lang.

»Nun«, begann Donny, »nach Hause kannst du schon mal nicht zurück. Sie würde dich sofort den Fremden ausliefern.

Aber du brauchst einen Ort, wo du längere Zeit bleiben kannst.«

»Ja.« Walt nickte. So weit hatte er noch gar nicht gedacht. Er vermutete, daß er sich davor gedrückt hatte.

»Und wo immer du hingehst, es sollte lieber möglichst weit weg sein. Sonst findet deine Mom dich doch noch.«

»Ja.« Das stimmte. Das war auch der Grund, warum er versucht hatte, nicht darüber nachzudenken, was er tun sollte. Er *wollte* nicht weglaufen. Er wollte nach Hause zurückkehren und dort bleiben und aufwachsen wie jeder andere Junge.

Aber das war völlig unmöglich. Er glaubte, jeden Moment in Tränen auszubrechen – mehr aus Enttäuschung als aus irgendeinem anderen Grund –, aber er wollte es nicht ausgerechnet dann tun, wenn jeder es mit ansehen konnte. Vor allem Donny.

»Ich glaube, ich breche lieber auf«, sagte Walt.

Donny nickte. »Und wohin willst du?«

»Ich weiß es nicht. Früher oder später komme ich sowieso zurück. Wir sehen uns noch.«

Aber das geschah nie. Als Walt wieder in die Stadt zurückkehrte, war Donny schon lange fort.

Im Fenster des 7-Eleven auf der Auffahrt zur Interstate sah Walt sich selbst auf der Titelseite des *National Interlocutor*.

JUNGE STEIGT AUS GRAB

Walter Fulton, Alter 8 J., wühlte sich in der vergangenen Woche aus seinem Grab heraus, in dem er vor fast einem Jahr

beerdigt wurde. Walt kam im vergangenen Jahr ums Leben, als ein Auto ihn überfuhr, während er eine Straße überquerte.
»Das Sterben war nicht so schlimm«, erzählt Walt. »Zwei Engel ergriffen meine Arme, hoben mich aus dem Autowrack und brachten mich in den Himmel.
Der Himmel ist ein schöner Ort, und alle sind dort glücklich und zufrieden«, fährt Walt fort, »aber dort ist kein Platz für einen achtjährigen Jungen. Es gibt dort kein Match, keine Baseballschläge, und niemand verletzt sich jemals beim Footballspiel.«
Dr. Ralph Richards vom Institut für Parapsychologische Forschung in Tuskeegee, Alabama, äußerte die Vermutung, daß Walts Erlebnis überhaupt nicht mystischen Ursprungs sein könnte.
»Es ist möglich, daß der kleine Fulton überhaupt nicht tot war, als er begraben wurde, sondern sich in einem Zustand totaler Lähmung befand, von der er sich später wieder erholte.«

(Fortsetzung auf S. 9)

Walt betrachtete staunend die Zeitung, las den Artikel wieder und wieder und starrte die Fotos an. Zwei waren da: eines ein Foto vom Friedhof mit seinem Grabstein als Hauptmotiv. Noch waren keine Graffiti darauf, und der Erdboden war noch aufgewühlt und aufgebrochen, nachdem Walt herausgeklettert war. Polizisten – fünfzehn oder zwanzig – eilten auf dem Friedhof umher. Walt hatte das Foto noch nie gesehen, aber er wußte, daß es aufgenommen sein mußte, kurz nachdem der Totengräber Walts Grab verlassen aufgefunden hatte. Das würde wohl am Montag nach seiner Auferstehung gewesen sein. Das andere Foto war ein Portrait von Walt. Er erkannte es; es mußte aus seinem Klassenbild aus dem ersten Schuljahr ausgeschnitten worden sein, aus jenem Gruppenfoto, auf dem die ganze Klasse für die Kamera posierte.

Walt betrat den 7-Eleven und kaufte eine Ausgabe der Zeitung von dem Pausenverpflegungsgeld, das er sich im Laufe der Woche angespart hatte. Er war überhaupt nicht hungrig gewesen.

Die Zeitung verblüffte ihn; es erschien fast so, als hätten sie den Artikel bereits geschrieben, bevor sie den Mann losgeschickt hatten, um ihn aufzusuchen. Er nahm die Zeitung von der Theke, bezahlte sie bei der Frau, verließ den Laden und wanderte durch die Straße, wobei er immer wieder den Artikel las. Er war völlig entgeistert; diese Zeitung hatte die Aura des Mysteriösen – des Wunderbaren.

Walt biß die Zähne zusammen und marschierte zur Auffahrt auf den Interstate Highway. Dreißig Minuten lang war er auf dem Grasstreifen rechts neben der nach Süden führenden Fahrspur mit erhobenem Daumen unterwegs und hoffte auf jemand, der ihn mitnahm.

Es war fast dunkel, als ein Kombiwagen neben ihm anhielt.

»Wohin willst du?« fragte der Bursche auf dem vorderen Beifahrersitz ihn. Vier Leute saßen bereits im Wagen. Der Geruch von Marihuana drang aus dem Fenster. Walt konnte auf dem Wagenboden zahlreiche Bierdosen sehen, und mindestens einer der vier Männer trank.

»Nach Süden«, sagte Walt. »So weit wie möglich.«

»Willst du auf der hinteren Ladefläche mitfahren, ja, Jack?«

Sie war fast leer.

»Klar.«

»Dann mach die Tür auf und laß ihn einsteigen, ja, Jack?«

Jack öffnete die Tür und lehnte sich weit genug zurück, so daß er über ihn hinwegklettern konnte. Walt machte es sich zwischen den Reisetaschen und den Tüten bequem. Stundenlang fuhr er so, auf dem Rücken liegend und den Kopf auf ein Kissen gebettet, das aus Kleidern zu bestehen schien. Als er so dalag, starrte er in den Himmel und beobachtete die Sterne.

Sternschnuppen schossen am Himmel über ihm kreuz und quer über den Highway. Und dreimal jagten Polizeiwagen mit heulenden Sirenen und zuckendem Blaulicht an ihnen vorbei.

Einmal fragte Jack ihn, ob er nicht Appetit auf einen Joint habe, doch den hatte er nicht. Jack und alle anderen im Wagen brachen in brüllendes Gelächter aus.

Um vier Uhr morgens machten sie vor einem Rasthaus halt, um die Toiletten aufzusuchen. Als sie plötzlich standen, wurde der Gestank im Wagen unerträglich.

»Wir verlassen den Highway an der nächsten Ausfahrt«, informierte Jack ihn. Er war noch vor den anderen wieder klar. »Wenn du weiter nach Süden willst, dann ist es dort wahrscheinlich günstiger als sonstwo, jemanden zu finden, der dich mitnimmt.«

Walt nickte. »Ja«, sagte er. Er begann hinauszuklettern und war froh, diesem Gestank endlich entfliehen zu können. Als er sich aufrichtete, sah er auch, woher der Gestank kam: von dem Bündel, das er als Kissen benutzt hatte. Schmutzige Socken und Unterwäsche. Sein Magen revoltierte, er würgte ein wenig, aber nichts kam heraus. Es war lange her, seit er das letzte Mal gegessen hatte, und dafür konnte er nur Gott danken.

»Nimm's leicht, Kid«, sagte Jack. Er kam ihm fürchterlich nahe, als Walts Körper sich zu erbrechen versuchte. »Bist du okay? Geht's dir bald besser?«

Walt stieg aus dem Auto. Er stand da, vornübergebeugt und stützte sich mit den Händen auf die Knie. »Ich werd' schon wieder«, sagte er. Der Geruch war grauenvoll, und er hing in seinen Haaren und Kleidern, und er war so müde. »Danke für's Mitnehmen.«

Er ging zu dem Wasserspender unweit der Picknicktische, und er trank zehn Minuten lang nichts als Wasser, ohne eine nennenswerte Pause zum Luftschnappen einzulegen. Als er aufblickte, war der Kombiwagen verschwunden.

Sein Zuhause war meilenweit entfernt, und er war müde, und er stank. Er suchte die Herrentoilette auf und versuchte, sich zu säubern, aber es half nicht viel. Der Geruch hatte sich bis in seine Poren verkrochen.

Er brauchte einen Platz zum Schlafen. Er war überzeugt, daß jemand ihn finden würde, wenn er auf einer der Bänke in dem kleinen Park an der Straße einschlafen sollte. Wenn schon nichts Schlimmeres, so wäre er jedoch derart verdächtig, daß irgendein Highway-Polizist, der nichts Besseres zu tun hätte, ihn finden würde. Aber er konnte die Vorstellung nicht ertragen, erneut zu versuchen, jemanden zu finden, der ihn mitnahm. Er blickte über den Zaun, der sich um die gesamte Fläche der Raststätte legte, und dachte an die dichten Wälder, die den Highway säumten. Sie waren unergründlich und dunkel und grenzenlos; stumm und ohne

Ende. Sie breiteten sich so weit aus, wie seine Augen reichten.

Der Zaun bestand aus drei Stacheldrahtadern, die um roh zubehauene Holzpfosten gewickelt wurden. In dieser Entfernung von der Stadt brauchte man nichts Aufwendigeres. Walt drückte den untersten Draht nach unten und schlüpfte zwischen ihm und dem Draht darüber hindurch. Sein Hemd blieb an einem der Drähte hängen und zerriß; ein anderer Stachel bescherte ihm einen langen blutigen Kratzer auf seinem Oberarm. Aber das störte ihn nicht. Er war zu müde. Er wünschte sich nur ein gemütliches Bett aus Tannennadeln, und dann wollte er darauf eine Million Jahre schlafen.

Aber er drang viel weiter in den Wald ein, als er vorgehabt hatte. Er vermutete, daß er diesen Marsch brauchte; im gleichen Augenblick, als er zusammenbrechen wollte, trieb ein Nervenzucken in seinen Beinen ihn immer tiefer in den Wald. Vielleicht war es nur sein Körper, der versuchte, auf diese Art und Weise überflüssiges Adrenalin loszuwerden, oder es war nur der Wunsch, sich so weit wie möglich vom Highway zu entfernen, nur um auf Nummer sicher zu gehen.

Kurz vor dem Morgengrauen blieb sein Fuß an einem verdrehten knorrigen Wurzelast hängen, den er nicht gesehen hatte, und er stürzte bäuchlings in einen Haufen aus weichem, nassem, giftig riechendem Dung. Er spritzte über seine ganze Hemdbrust, auf seine Oberarme (sogar auf die frischen Schnitte) und unter sein Kinn. Er begann zu weinen; es war nicht so schlimm zu weinen, zumal niemand zuschaute. Er zog sein Hemd aus und benutzte die Rückenpartie, um sich Arme und Hals abzuwischen. Es nutzte wenig. Die größeren Stücke löste es zwar von ihm ab, aber die verschmutzten Stellen des Hemdes beschmierten ihn auch noch dort, wo er bislang sauber gewesen war. Er schleuderte das Hemd auf einen Steinhaufen und kroch von dem Bärendung weg hin zum Fuß einer Tanne.

Dort saß er, mit dem Rücken zum Stamm, bis die Sonne aufging, gelähmt vor Enttäuschung und Hoffnungslosigkeit. Er dachte wieder daran zu sterben, doch dann meinte er, es würde niemandem nutzen.

Später am Vormittag schlief er wieder ein, immer noch dreckig, und seine Haut begann zu brennen und zu jucken, wo der Dreck sich festgesetzt hatte. Er hatte sich nicht bewegt, seit er zu dem Baum geschlichen war. Er nahm kaum den Wechsel zwischen Wachsein und Schlaf wahr.

Die Berührung von etwas Kühlem und Sauberem und Nassem weckte ihn. Ehe er die Augen aufschlug, während er aufwachte, dachte er, es sei Regen.

Aber das war es nicht.

Als seine Augen sich endlich einstellten, sah er, daß es der Fremde war, der Walts Körper mit einem weißen Tuch, das wie Zitronen oder eine andere Zitrusfrucht roch, sauber rieb. Seine Hände berührten ihn, es fühlte sich genauso an wie Gedärm im Kühlschrank eines Gemischtwarenladens. Hinter dem Zitrusduft tauchte der Geruch des Fremden nach Schwefel und … konserviertem Fleisch auf. Walts erster Impuls war, vor Grauen zu schreien – säuberte das Ding ihn genauso, wie man ein Tier säubert, ehe man es schlachtet? Wenn dies das Ende war, dann mußte es wohl so sein: Ob er es nun ernst meinte oder nicht, er hatte sich bereits damit abgefunden. Er starrte ruhig und kühl in die Triefaugen seines Gegenübers.

»Bist du verletzt?« fragte der Fremde ihn, wobei seine Stimme Blasen in einem Fischbecken war, sein Atem eine Wolke fauler Eier. Walt wandte davon sein Gesicht ab.

»Nein«, sagte Walt. Er seufzte. »Mir geht's gut.«

Der Fremde bewegte den Kopf langsam vor und zurück, wie ein Schaukelstuhl. Er beendete seinen Versuch, Walts rechte Schulter abzuwischen, und reichte hinüber, um sich auch die linke vorzunehmen. Walt konnte spüren, daß der Bereich unter seinem Kinn bereits sauber war. »Hör damit auf!« befahl er.

Der Fremde erschrak, aber er zog die Hand zurück. »Es verbrennt deine Haut«, sagte das Ding.

»Laß es einfach sein.«

Der Fremde saß da und starrte ihn für eine volle Minute an. »Du kannst nicht nach Hause zurück«, informierte er ihn. »Deine Mutter wäre mit dir unglücklich. Sie würde dir weh tun.«

»Ich weiß«, sagte Walt. Er wußte es schon seit einer Weile.

»Wohin willst du? Wo wirst du leben?«

Walt zuckte die Achseln.

»Als du tot warst, warst du unglücklich. Das ist so seltsam bei euch; fast alle anderen scheinen zufrieden zu sein. Wir brauchten einen Assistenten, daher haben wir dich geweckt.« Der Fremde schaute hinunter in die Erde. »Du brauchst nicht zu kommen.«

Walt spürte den Bärendung tief in seinen Poren, wo die Kreatur ihn gesäubert hatte. Er konnte den Dreck fühlen, der im Kombiwagen seine Haare verklebt hatte. Seine Kleider waren schmutzig, irgendwie fettig; er trug sie nun schon drei Tage. Und der Fremde – Hände wie Gedärm und mit dem

Geruch von etwas Totem und etwas Verfaultem – erschien ihm gar nicht mehr unangenehm oder widerwärtig. Nicht im Vergleich jedenfalls.

Er ging mit den Fremden mit. Ob das nun die richtige oder die falsche Wahl war, er bedauerte es niemals.

Und er hatte viel Spaß.

Und als er aufwuchs, führte er ein großartiges und ausgefülltes Leben zwischen den Galaxien, ein Leben voller Sterne und Abenteuer und Wunder. Als er vierzig war, kehrte er auf die Welt zurück, um mit ihr seinen Frieden zu schließen.

Sein Vater und er und seine Schwester und deren Familie verlebten gemeinsam eine Woche der Wiedervereinigung und der Festlichkeiten. Es war eine gute Woche, so fröhlich wie dreißig Weihnachtsfeste auf einmal.

Aber seine Mutter war bereits tot, als er zurückkam. Sie hatte nicht mehr lange gelebt, sie war, kurz nachdem Walt sich auf den Weg gemacht hatte, gestorben. Er ging zu ihrem Grab, um sich von ihr zu verabschieden.

Sie gab ihm keine Antwort. Sie tat ihr Bestes, ihn zu ignorieren.

Quellen- und Übersetzernachweise

Sleath ist ein kleines, abgelegenes Dorf in den Chiltern Hills, nordwestlich von London. Hier scheint die Welt noch in Ordnung zu sein, und wenig stört die jahrhundertealte Ruhe. Bis die Geister erscheinen und sich erschreckende und bizarre Ereignisse häufen.

David Ash wird nach Sleath geschickt, um den Dingen auf den Grund zu gehen. Er selbst ist ein Skeptiker, doch auch er muß bald erkennen, daß in Sleath nicht alles so ist, wie es scheint. Er sieht Dinge, die es nicht geben kann, und hört Stimmen, die in einem alten Choral den Tanz der Toten besingen; denn die Toten finden in Sleath keinen Frieden. Seit Generationen wird das Dorf von einer alten Familie beherrscht, in der Gegenwart vertreten durch den Reverend Edmund Lockwood und dessen Tochter Grace. Als Vikare des Ortes haben die Lockwoods stets ihre Aufgabe darin gesehen, die Menschen vom Diesseits ins Jenseits zu geleiten. Doch hinter ihrem Dienst als Begleiter der Seelen steht ein tieferer, düsterer Zweck. Und nun kehren die Toten zurück und verlangen Rechenschaft.

ISBN 3-404-14219-5

BASTEI
LÜBBE

In einem abgelegenen italienischen Bergdorf geht ein weltberühmter Wissenschaftler zur Beichte. Er hat nur noch kurze Zeit zu leben und bekennt eine Sünde, die so entsetzlich ist, daß der Pfarrer ihm die Absolution verweigert.
Wenig später ereignet sich in Washington eine furchtbare Tragödie: Eine junge Frau und ihr kleiner Sohn werden auf grausamste Weise getötet. Bei seiner Jagd nach den Mördern stößt der Bruder der Toten, Joe Carpenter, auf eine Reihe ähnlicher Fälle, die sich wie ein blutiges Band über die halbe Welt ziehen. Opfer sind stets kleine Jungen und ihre alleinerziehenden Mütter. Die Spur führt Carpenter zu »Umbra Domini«, einer sektenähnlichen Organisation konservativer Katholiken – und in das dunkelste Geheimnis moderner Medizintechnologie...

ISBN 3-404-12875-3

Chyna Shepard ist eine junge Frau, die nach einer harten Kindheit die Regeln des Überlebens beherrscht. Sie schließt selten Freundschaft, wie etwa mit Laura, die Chyna für ein Wochenende zu ihrer Familie einlädt. Doch selbst in der Geborgenheit des Farmhauses im idyllischen Oregon findet sie keine Ruhe. Und in diesem Fall erweisen sich ihre Instinkte als zuverlässig.

Ein Mann dringt in das Haus ein. Er liebt es, Worte aus den Buchstaben seines Namens zu bilden und sie seinen Opfern zuzuflüstern, bevor er sie umbringt. Er ist ein Mensch, der in seinem Leben nur ein Ziel kennt: jeden Moment auszukosten, ohne Furcht, ohne Bedenken.

ISBN 3-404-14184-9

BASTEI LÜBBE